クリスティー文庫
106

アガサ・クリスティー完全攻略
〔決定版〕

霜月　蒼

早川書房

8177

【注記】

＊各作品に付された星印はオススメ度を示します。五つ星が満点、☆は〇・五点。
星の数とオススメ度の目安は以下のとおり。

★★★★★↓未読は許さん。走って買ってこい。
★★★★↓ミステリ史上の傑作。
★★★↓読んで損なし。
★★↓クリスティーが好きなら問題なし。
★↓アガサを愛する貴方むけ。
BOMB!↓スゴい。ある意味で。

＊本文でのネタバレを避けるため、ネタバレ箇所がスミ塗りになっている箇所があります。その他にも、作品の真相を踏まえたうえでみると興味深い事柄については、五〇〇ページからの「巻末ノート」にまとめてあります。該当作品を読後にお読みください。

＊各作品の刊行年と、イギリス版の原題を追記しました（アメリカ版のみの場合はアメリカ版）。

目次

はじめに　8

第一部　エルキュール・ポアロ長編作品

1　スタイルズ荘の怪事件　★★★★　12
2　ゴルフ場殺人事件　★★★☆　17
3　アクロイド殺し　★★★★☆　20
4　ビッグ4　☆　25
5　青列車の秘密　★★★　29
6　邪悪の家　★★★☆　32
7　エッジウェア卿の死　★★★★　35
8　オリエント急行の殺人　★★★★　38
9　三幕の殺人　★★★★　43
10　雲をつかむ死　★★★　47
11　ABC殺人事件　★★★★☆　50
12　メソポタミヤの殺人　★★★　54
13　ひらいたトランプ　★★　57
14　もの言えぬ証人　★★★★☆　61
15　ナイルに死す　★★★★☆　65
16　死との約束　★★★★★　70
17　ポアロのクリスマス　★★★★　74
18　杉の柩　★★★★☆　78
19　愛国殺人　★★☆　82
20　白昼の悪魔　★★★★★　86
21　五匹の子豚　★★★★★　90
22　ホロー荘の殺人　★★★★☆　96
23　満潮に乗って　★★★★　100
24　マギンティ夫人は死んだ　★★★★　104
25　葬儀を終えて　★★★★★　110
26　ヒッコリー・ロードの殺人　★　114
27　死者のあやまち　★★★☆　117
28　鳩のなかの猫　★★　120

29　複数の時計　☆　124
30　第三の女　★★☆　127
31　ハロウィーン・パーティ　★★★　133
32　象は忘れない　★★★　138
33　カーテン　★★★★　144
幕間1　エルキュール・ポアロ長編作品総括　151

第二部　ミス・マープル長編作品

34　牧師館の殺人　★★★　160
35　書斎の死体　★★★★☆　164
36　動く指　★★★　168
37　予告殺人　★★　172
38　魔術の殺人　★★★　178
39　ポケットにライ麦を　★★★★　182
40　パディントン発4時50分　★★★★　186
41　鏡は横にひび割れて　★★★★★　190
42　カリブ海の秘密　★★★★　196
43　バートラム・ホテルにて　★★★☆　202
44　復讐の女神　★★★　208
45　スリーピング・マーダー　★★★☆　213
幕間2　ミス・マープル長編作品総括　219

第三部　トミー&タペンス長編作品

46　秘密機関　★★☆　228
47　NかMか　★★★★　233
48　親指のうずき　★★★★☆　239
49　運命の裏木戸　★★　242

第四部　短編集

50　ポアロ登場　★★★　246
51　おしどり探偵　★☆　251

52 謎のクィン氏 ★★★★★ 254
53 火曜クラブ ★★★ 262
54 死の猟犬 ★★★★★ 266
55 リスタデール卿の謎 ★★ 271
56 パーカー・パイン登場 ★★★★ 274
57 死人の鏡 ★★★★ 280
58 黄色いアイリス ★★★ 285
59 ヘラクレスの冒険 ★★★★ 288
60 愛の探偵たち ★★ 293
61 教会で死んだ男 ★★ 298
62 クリスマス・プディングの冒険 ★★★★ 303
63 マン島の黄金 ★★★★ 306
幕間3 クリスティー短編作品総括 309

第五部 戯曲

64 ブラック・コーヒー ★★★★ 316
65 ねずみとり ★★★ 320
66 検察側の証人 ★★★★★ 325
67 蜘蛛の巣 ★★★★ 330
68 招かれざる客 ★★★★ 334
69 海浜の午後 ★★★★ 338
70 アクナーテン ★☆ 342
71 殺人をもう一度 ★★★★ 347
72 そして誰もいなくなった ★★★★ 351

第六部 ノンシリーズ長編作品

73 茶色の服の男 ★★★ 358
74 チムニーズ館の秘密 ★★★ 362
75 七つの時計 ★★★☆ 367
76 愛の旋律 ★★★☆ 371
77 シタフォードの秘密 ★★★ 375
78 未完の肖像 ★★★ 380

79 なぜ、エヴァンズに頼まなかったのか？ ★★★☆ 384
80 殺人は容易だ ★★★ 387
81 そして誰もいなくなった ★★★★☆ 393
82 春にして君を離れ ★★★★★ 397
83 ゼロ時間へ ★★★★☆ 402
84 死が最後にやってくる ☆ 408
85 忘られぬ死 ★★★★ 411
86 さあ、あなたの暮らしぶりを話して ★★★ 415
87 暗い抱擁 ★★★★ 418
88 ねじれた家 ★★★★ 424
89 バグダッドの秘密 ★ 428
90 娘は娘 ★★★★ 432
91 死への旅 ★ 436
92 愛の重さ ★★★★ 442
93 無実はさいなむ ★★★★☆ 447
94 蒼ざめた馬 ★★★ 451
95 ベツレヘムの星 ★★★ 455
96 終りなき夜に生れつく ★★★★★ 459
97 フランクフルトへの乗客 ＢＯＭＢ！ 465
98 アガサ・クリスティー自伝 ★★★ 470
99 アガサ・クリスティーの秘密ノート（ジョン・カラン編） 476
幕間4 ノンシリーズ長編作品総括 481
特別収録
100 ポアロとグリーンショアの阿房宮 ★★★ 485
閉幕 攻略完了 491
巻末ノート1 本文中のネタバレ箇所 500
巻末ノート2 さらなる読書のために 504
文庫版あとがき 511
解説／杉江松恋 515

アガサ・クリスティー完全攻略〔決定版〕

◉—はじめに

読もう読もうとずっと思っていたのである。アガサ・クリスティーのことだ。ミステリ評論家を名乗り、ミステリについて語ることでお金まで頂戴し、数千冊のミステリを読んできたというのに、私はクリスティーの作品をわずか七作しか読んだことがなかったのである。

クリスティーは間違いなく世界でもっとも有名なミステリ作家だろう。「ミステリの女王」との異名をとり、ミステリ・マニアのみならず多くの読者に愛されている。だからこそ、死後四十年以上経ってもなお、邦訳にして百冊に及ぶ作品のすべてが書店で手に入るという異例の地位を得ている。

それなのに読んだことがあったのは――『アクロイド殺し』『オリエント急行の殺人』『ポアロのクリスマス』『白昼の悪魔』『葬儀を終えて』『そして誰もいなくなった』『ABC殺人事件』だけ。しかも、このほとんどは小学生の頃に読んだきりなのである。

なぜ読まなかったのか。

理由は簡単だ——「クリスティーはこういうふうに面白い」という明快な説明を目にしたことがなかったからだ。それについて語ってくれるひとにも出会ったことがなかった。小学生のときにミステリにはまってから三十年、数え切れぬほどのミステリ評論を読み、日本のミステリ・シーンで最高の読み手たちとミステリ談議をしてきたというのに、である。

クリスティーについての文章はプロ・アマを問わず無数に存在はする。そのなかには、たしかに「クリスティー・ミステリの面白さ」を語るものもある。だがそうした文章でとりあげられる作品はおそろしく偏っている。『アクロイド殺し』『オリエント急行の殺人』『白昼の悪魔』『そして誰もいなくなった』『ABC殺人事件』。こんなところだろう。百冊のうちの、たった五、六冊。それだけなのだ。それ以外の九十五冊については、情報は皆無に等しい。

果たしてクリスティー作品とはどんなミステリなのか。それは面白いのか。百作のうち面白いのはどれで、どういうふうに面白いのか。そういう情報を、私はずっと求めてきた。だが、それを得る機会は三十年経っても結局訪れなかった。

ならば自分で読んでみるしかあるまい。というのが〝クリスティー攻略作戦〟開始の動機だった。そしてそれを実行するにあたって、ひとつだけ自分にルールを課した。

クリスティー作品を、古典としてではなく、いまここにある新作として読み、評すること。

だから本書は第一に、「ミステリは好きだけどクリスティーは名作しか読んだことがない」という読者に向けられている。現代ミステリを通過した目で、ニュートラルに、「クリスティーはこういうふうに面白い」というのを記したつもりだ。アガサ・クリスティーという巨大な山脈に挑む手引きになれば、うれしい限りである。

そしてもちろん、すでにクリスティーを読んでいるかたに新たな魅力や新たな読み方を提示できたとするならば、それにまさる光栄はない。

なお、本書はインターネット上のブログ《翻訳ミステリー大賞シンジケート》に二〇〇九年十月七日から二〇一三年四月十七日まで連載されたものを、大幅な加筆訂正の上で一冊にまとめたものである。

また、各作品評の配列は、現在の定本である早川書房のクリスティー文庫の順番に即しており、連載時の順番をそのままにしている。つまり、私がクリスティー作品を攻略していった順に原稿は配置されていることになる。

各評を拾い読みすることももちろん可能だが、頭から通して読んでいくと、ひとりのミステリ読みのなかで、「アガサ・クリスティー」という作家の像が徐々に焦点を結んでゆくさまをお楽しみいただけるかもしれない。

また、本文中でのネタバレは避けたので、未読の作品についても安心してお読みいただきたい。

第一部　エルキュール・ポアロ長編作品

1『スタイルズ荘の怪事件』

★★★★

磁器のごとく美しくミニマル

The Mysterious Affair at Styles, 1920

【おはなし】

戦傷を負って帰国したヘイスティングズ氏は、友人の招きで《スタイルズ荘》に滞在することになった。だが到着早々、屋敷の主エミリーが毒死を遂げた。エミリーは二十歳も年下で素性も曖昧《あいまい》な男アルフレッドと結婚したばかりだった。

事故か、他殺か。謎めいた死に屋敷が揺れるなか、近隣に住むベルギーからの亡命者が調査を買って出る。彼こそは、ベルギーで名刑事の誉れ高かったエルキュール・ポアロ氏であった。

エルキュール・ポアロ初登場作品にして、アガサ・クリスティーのデビュー長編小説である。

漠然と想像していた「アガサ・クリスティーのミステリ」というイメージを裏切らない作品だ――舞台は地方のカントリーハウス、そこに集う客たち、発生する殺人事件、適度にエキセントリックでエキゾティックな名探偵の登場……。

過剰な情念や悪意があるわけでもなく、強烈なサスペンスも驚天動地のトリックもない。

つまり読み心地は静かに穏やかなのである。しかし、完成度はおそろしく高い。伏線は大胆かつさりげなく配置され、犯人は手のこんだやり方で巧みに隠されている。随所で真犯人候補や小さな謎が定期的に登場するから、読者を退屈させることなく、物語はアンダンテのペースで進んでゆく。最後にはロマンス要素で物語は閉じられ、明朗な読後感を残す。非常にウェルメイドだ。

と、そんなふうに書くと、特段の長所もない無難な出来のように見えるかもしれない。だが、この『スタイルズ荘の怪事件』、じつは大変にエポックメイキングな作品だと思うのである。

どこがエポックメイキングなのか。

本作こそが「本格ミステリ」というものの雛形《ひながた》だからだ。

『スタイルズ荘の怪事件』には、「本格ミステリ」という小説にとって不純物となるものがまったくない。不純物を徹底的に削り落とした結果、あとに残ったもの。つまり本格ミステリというものの「様式」。それが『スタイルズ荘の怪事件』なのではないか。

突出して過剰なもののない本作は、たしかに無難に見えかねない。だがそうではないのだ。これは実験的で尖鋭的な作品、いわばミニマルな美しさを持つ純白の磁器のような作品なのである。

本作は一九二〇年に発表された。この頃のミステリは、いまわれわれが考える「本格ミステリ」と引き比べると、夾雑物《きょうざつぶつ》が目につく。「（怪奇な）謎と、その解決」がプロットの芯を成していることは昔も今も変わらないが、問題は、その「プロット＝骨格」に、どんな「ストーリー＝肉」がかぶせられているか、という点にある。冒頭の「謎」で引きつけた読者の注意を、どういう物語に乗せて結末の「解決」まで引っぱってゆくか、ということだ。

アガサ・クリスティーはシャーロック・ホームズものが大好きだったといい、自身がミステリを創作する際にもホームズものを意識していたらしい。たしかにヘイスティングズとポアロの関係は、ワトソンとホームズのそれに倣ったものだ。しかし、長編シャーロック・ホームズ作品と『スタイルズ荘の怪事件』は大きく異なっている。

『緋色の研究』『四つの署名』『恐怖の谷』――これら三つの長編ホームズものは、「犯罪を追う第一部」と、「その因果を述べる第二部」の二部構成をとっている。第二部はほぼまったく「ミステリ」ではなく、波乱万丈な歴史ロマンスのような物語となっていて、要するにこれらは「謎を論理的に解く」という物語だけで長編一編を読ませているわけではないのである。残る一長編『バスカヴィル家の犬』は二部構成をとっていないものの、物語全体をみれば、「ミステリ」というよりも、荒地で怪光を発する魔犬をめぐる怪奇活劇小説というべきだろう。

本作以前の「名作」、ガストン・ルルーの『黄色い部屋の秘密』（一九〇八）はどうか。創意のあるトリックや推理合戦といった要素もあるにはあるが、全体としては感情過多なキャラが忙しく出入りする通俗サスペンス。さらに遡ってウィルキイ・コリンズの『月長石』（一八六八）になると、もはや長大な伝奇小説というべきだろう。

つまりこういうことである――この頃の長編本格ミステリは、じつのところ「冒険物語」や「怪奇物語」と言って差し支えない。「ミステリという物語」はまだ存在せず、ミステリ要素は「ミステリではない別の物語」をプラットフォームとして供されていたのだ。そもそもの出自からしてミステリは怪奇小説の嫡子だったから、怪奇小説のへその緒をまだ引きずっていたということかもしれない。

そのへその緒が『スタイルズ荘の怪事件』には見当たらない。この作品には「プラットフォーム」がない。クリスティーが純粋な本格ミステリ長編を生み出したというのはそういうことだ。

『スタイルズ荘の怪事件』は、言い換えれば推理を紡いでゆくプロセス自体をストーリーとした小説なのである。謎は冒頭で提出されたものに限られず複数提出される。冒頭の謎が、推理や手がかりの収集を経て、別の謎に姿を変えもする。容疑者たちのイメージも尋問や対話によって変動する。あるいは一見なんでもない描写に伏線や手がかりを仕込む。こうすることでクリスティーは、「本格ミステリという物語」を確立した。それが本作に漂うミニマルで純白な磁器の手触りの正体だろう。

やがて本格ミステリは、『スタイルズ荘の怪事件』で実現された雛形の上で発展してゆく。いわゆる「本格ミステリの黄金時代」が築かれてゆくのだ。

ちなみに本作と同じ一九二〇年に発表されたのがF・W・クロフツの『樽』。スリラー風の活劇要素もある長尺でファットな物語だが、じつはこれも「純粋な捜査のプロセス」で形成されたミステリである。警察捜査ミステリのプラットフォームも、同じ年に打ち立てられたということなのだ。

2 『ゴルフ場殺人事件』

★★★☆

テクニカラーの推理エンタテインメント

The Murder on the Links, 1923

【おはなし】

高名な名探偵エルキュール・ポアロのもとに、フランスから「危険が迫っているので相談に乗ってくれ」との依頼状が届いた。

ポアロは助手役のヘイスティングズとともに現地に向かうが、時すでに遅く、当の依頼人は刺殺され、造成中のゴルフ場に半端に掘られた穴で発見された……。

ポアロ長編第二作。『スタイルズ荘の怪事件』と本作のあいだには、第二長編『秘密機関』が発表されている。

あらすじだけ取り出すと、『スタイルズ荘の怪事件』と同様にスタンダードな古式探偵小説っぽいが、じっさいに読んでみると全然違う。渋い白黒映画のように抑えた風合いだった『スタイルズ荘の怪事件』に比べ、こちらはカラフルでテクニカラーの印象。語りのペースもキビキビとスピーディで、エンタテインメント性がぐんと加速している。

本作もポアロの助手役ヘイスティングズの一人称で語られてゆく。これはもちろん、クリスティーの敬愛するシャーロック・ホームズものを踏襲したものだが、ヘイスティングズの語りはワトソン以上に色彩豊かだし、語りの個性も前作よりずっと増している。このヘイスティングズの明朗快活な語りが、『ゴルフ場殺人事件』の魅力を大いに増幅していることは特筆しておきたい。彼の太平楽で「普通人」なキャラと、その語りに漂うほのかなユーモア、これらのおかげで、殺人ミステリという「死と策謀の物語」の毒が中和されているのだ。ポアロとのかけあいも楽しく、推理を進めながらポアロがヘイスティングズを真相のほうへ誘導していって、「すばらしい、そうです、あとちょっとですよ！」などと言いながら顔を輝かせるシーンなんて、じつにキュートなのである。

各章末が、「さあ大変だ、これからどうなる？」みたいな煽《あお》りで締められているのも本作の特徴。まるでジェフリー・ディーヴァーのように（いい意味で）あざとくて、クリスティーのエンタメ作家としての巧さが、第三作にして溢《あふ》れ出ている。

そんなふうに軽快に語られてゆく本作、「謎」が地味であるせいでミステリとしてはインパクトに欠ける感がある。しかし、じつのところ本作が扱っているのは結構な大ネタだ。ヘイスティングズとポアロは、物語のあちこちで小さな「謎」に出会う。「謎」のひとつひとつは地味ではあるが、この「謎」たちが「大きな氷山の一角」だったことがのちに判明する寸法。氷山の一角が、ちょこちょこと物語の水面から顔を出しているわけだが、ポアロの推理によって暴かれるこの「氷山」、かなりの大物なのである。

本作の刊行は一九二三年。この約十年後、ある歴史的名作がアメリカで発表される。ミステリの古典的名作の話になれば必ず挙がる超有名作。『ゴルフ場殺人事件』の仕掛けは、基本的にその名作と同じアイデアに基づいている。

それなのに『ゴルフ場殺人事件』がそういう文脈で語られないのは、解決の演出に失敗しているせいだろう。ポアロがこの大きな氷山を暴くタイミングが早すぎるのである。これをクライマックスに持ってくれば、もっとインパクトが強まったはずだ。もちろんクライマックスにはもうひとつの驚きが仕掛けてあるが、こちらは問題の大ネタには衝撃度で遠く及ばない。

なお、冒頭から登場するシンデレラ嬢がとてもキュートであることを付記しておきたい。彼女は現代の目で見てもチャーミングなキャラで、きっと本作の書かれた時代では、「お転婆」に分類されたことだろう。そんなおきゃんなお嬢さんを描くクリスティーの筆、じつに活き活きとしているのである。

3 『アクロイド殺し』

★★★★☆

欺《だま》しのマキャベリズム

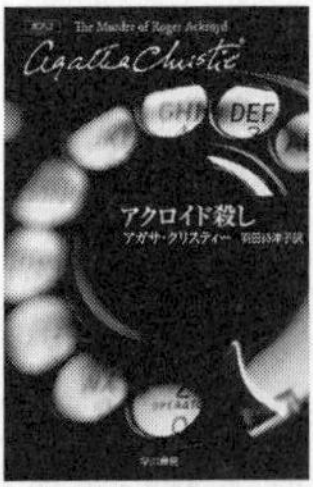

The Murder of Roger Ackroyd, 1926

【おはなし】

イギリスの田舎町で起きた資産家アクロイド氏殺害事件。町の医師シェパード氏は、事件発生の段階から現場に立ち会ったことで、この殺人にまつわる一部始終を記録することになった。捜査が続くなか、シェパード氏の隣に越してきた奇妙な外国人が首を突っ込みはじめた。

彼こそは、かの名探偵エルキュール・ポアロだったのである。

・

歴史的名作『アクロイド殺し』の登場である。ミステリ史上もっとも有名なトリックのひとつが使われている。ご存じのかたも多いことだろう。

読みはじめて、まず驚いたのが、まだシリーズ三作目だというのに、語り手がヘイスティングズではなくなっていることである。『スタイルズ荘の怪事件』でポアロとヘイスティングズをデビューさせ、第二作『ゴルフ場殺人事件』でヘイスティングズのユーモラスで微笑ましい語り口が確立したばかりのタイミングで、なんとクリスティーはそれをあっさり捨て、別の語り手を立ててしまったのだ。

普通はこんなことしません。

「シリーズのお約束」というのは読者にとって安心感の源であって、それが定着する前に捨ててしまうなんてありえない。しかも「名探偵の助手によるフレンドリーな語り」というのは、シャーロック・ホームズ以来、鉄板のフォーマットなのだ。そのことはホームズ・ファンのクリスティーはよく知っていたはずだ。

もちろんこれには必然性がある。クリスティーは、着想のためならばホームズ以来の無敵の様式を惜しげもなく捨ててしまえる作家だということなのだ。クリスティーは穏やかで居心地のいい探偵小説の書き手だと世間のひとは言う。だが私は言おう、とんでもない、彼女はミステリの鬼、欺しのマキャベリストなのだと。

さきほど述べたように、本作のメイン・トリックはミステリ史上もっとも有名で大胆で前衛的なものだ。じつは同じトリックを使った先行作品は存在するが、たとえそうであっても本作の価値は損なわれない。このトリックをどう活かすか、ということをクリスティーは周到に考え抜いたうえで、『アクロイド殺し』という小説を編み上げているからだ。

本作をすでにお読みのあなたも、もう一度読み直すといい。トリックを知っているからいいや、とお思いのかたには、ミステリの価値はトリックだけにあるわけではなく、演出が物を言うことを示す最良の例として、本作を再読すべしと申し上げよう。読み直すときっと、あの真相につながる伏線や手がかりがあちこちに仕込まれていることに驚くはずだ。

じつに大胆なのである。トリックを知った身で読むと、他人事ながら読者にバレやしないかと冷や冷やする。発表当時、『アクロイド殺し』は「フェア」か「アンフェア」かという議論を引き起こしたというが、こんなに大胆に手がかりが仕込んであるんだから、議論の余地などないだろうと私は思う。

つまりクリスティーは、「読者と作者のフェアなゲーム」ということを非常に厳密に考え抜いて本作を書いている。『アクロイド殺し』は、これ以上ないほど純粋な形態の「活字を通じた読者と作者の知恵比べゲーム」だからである。

第二十三章序盤、シェパード医師がポアロに手記の原稿を渡す場面（三九四ページ・クリスティー文庫版）をご覧いただきたい。そこに書いてあるのは、つまるところ、「三六四ページまでが『問題編』ですよ」というクリスティーからの注意書きだ。そして四十ページほどインターバルがはさまったあとにポアロは関係者一同を集める。この部分以降が「解決編」である。

そう、三九四ページの記述は、エラリイ・クイーンの《国名シリーズ》にあるような「読者への挑戦」に他ならない。解決のための手がかりはすべて三六四ページ以前にあるからだ。しかも「謎解きのテキスト」として、『アクロイド殺し』はクイーンの国名シリーズよりも徹底している。何せ読者とエルキュール・ポアロは、百パーセント同一の情報を与えられているからである！

三九四ページを読んだ瞬間、読者はクリスティーによってポアロの皮をかぶせられ、『アクロイド殺し』という小説のなかに、ほとんど物理的な意味で引きずり込まれる。『アクロイド殺し』という書物のなかの世界は、あなたが三九四ページを読んだ瞬間に、あなたのいる現実世界に侵入してくるのだ。

本作の「真相」を知った瞬間、読者は自分の手のなかの『アクロイド殺し』という本が、読み終える前とはまったく別のモノに変容していることに気づくだろう。読者は知るのだ、『アクロイド殺し』という書物は、単に「ロジャー・アクロイド殺し」を描いた物語なのではなく、『アクロイド殺し』という小説世界のなかの小道具のようなものなのだと。この本の三六五ページ以降を破いて捨てれば、そこに残る本はポアロが推理のために読んだシェパード医師の手記と、物理的な意味でまったく同じモノなのだ。

思えばクリスティーは『スタイルズ荘の怪事件』と『ゴルフ場殺人事件』で、手がかりとなるメモの断片などを画像として挿入していた。これはつまりポアロやヘイスティングズが見たのと同じ情報を、文字通り読者の目に見せる仕掛けだった。同じことを「作品世界全体の観察」にまで拡張したのが、『アクロイド殺し』という小説だった。

ミステリとは「作者の仕掛けた謎を、作者がひそませた手がかりから読者が解こうとする」物語であり、謎も手がかりも書物に仕込まれて文字として読者に差し出される。つまり「ミステリ」とは、「読者が謎を解くためのデータが仕込まれた、作者による文字列を印刷した紙の束」である。それが物理的実体としての「ミステリという書物」であり、クリスティーはそれを踏まえて『アクロイド殺し』を生み出した。この小説は、紙の上に文字で語られる「物語」が、口承の「物語」と、どんなふうに決定的に違うのかを示してみせる。

これは大いなるパラダイム・シフトだ。これがなければ、「新本格ムーヴメント」以降の日本の謎解きミステリは存在しなかっただろうと思うほどの。

4『ビッグ4』

☆同じ作家とは思えない

The Big Four, 1927

【おはなし】

アルゼンチンから帰国、ポアロの家を訪れたヘイスティングズ。再会をよろこぶ二人だったが、直後、瀕死の男が転がりこんできた。男は「ビッグ4」なる組織のことをポアロに告げ、死亡した。ビッグ4。それは謎の中国人の率いる国際犯罪組織、頂点に立つのは四人――なかでもナンバー4は凄腕の殺し屋であり、その素性はまったく不明だった。かくしてポアロは、大犯罪組織との壮絶な戦いに巻き込まれる――！

エルキュール・ポアロ・シリーズ長編第四作である。『ゴルフ場殺人事件』でも『アクロイド殺し』でも、作風や語り口をがらりと変えたクリスティー。それは本作でも同様だ。冒頭こそヘイスティングズの明朗な語り口が安心感を与えてくれるが、ポアロが突如として「国際犯罪組織《ビッグ4》」について語り出した瞬間、物語の質感は変容する。そして読み進めるほどに、「同じ作家が書いたとは思えない」という感覚が濃くなってゆく。

薄っぺらいのだ。雑なのだ。

『ビッグ4』は、連作短編集のつくりになっている。ヨーロッパ各地でポアロは《ビッグ

4》が糸を引く怪事件に遭遇し、それを解決することを通じて組織の全貌に迫ってゆくというのが骨子。つまり長編としての『ビッグ4』を貫くストーリーラインは「謎の秘密結社を追う」という「こどもむけ冒険ものがたり」みたいなものなのである。

　とはいえ、個々のパートが短編ミステリとしてよくできていれば、ストーリーのしょぼさに目をつぶることもできただろうが、ミステリとしても見るべきところはまったくない。トリックは、「トリック」と呼ぶのも気の引ける程度のものだし、どれもこれも、「ナンバー4は凄腕なのだ！」「ビッグ4は世界も征服できそうなスゴいヤツらなのである！」という根拠のない思い込みに支えられているから説得力を欠くことおびただしい。

　訳者あとがきによれば、一九二七年発表の本作は、クリスティーが夫の不貞や離婚騒動に苦しめられていた時期（有名な失踪事件を起こしたのもこの頃）に、出版社の催促に追われて完成させたものだそうだ。雑誌に発表したままの短編をつなぎ合わせて一冊にしたものらしい（クリスティーが書いていない部分もあるのではないかとも言われている）。

　なるほど。何もかもが台詞で説明され、地の文による描写はほとんどなく、ゆえに心理描写もなく、おざなりなイベントだけが連ねられて展開が無駄に速い――そんな本作の欠点も、そういった成立事情を考えれば理解もできる。

　しかし、それにしても《ビッグ4》――翻訳すれば「四天王」――という組織の底の浅さはいったいどうしたことか。これを基盤にした「スリラー仕立て」が、本作を「大人の鑑賞に堪えない」ものにしていると言っていい。

そもそもクリスティーはスリラー小説が好きだったようで、『スタイルズ荘の怪事件』に続く長編第二作『秘密機関』はスリラーに分類されているし、この時期、ポアロものの謎解きミステリと単発のスリラー小説をほぼ交互に書いていた。ちなみに「スリラー／thriller」には一対一で対応するミステリ用語が日本にはなく、強いて対応するジャンルを探せば、「冒険小説／謀略小説」に「サスペンス」の一部を加えた感じと言えばいいか。「thrill」は、「心地よい昂揚《こうよう》」とか「一種ポジティヴなドキドキ感」といったような意味合いの語である。

さてクリスティーが本作を発表した一九二〇年代は、古いタイプのthrillerがまだ生きていた時代である。古風なspy thrillerを「外套と短剣cloak and dagger」と呼ぶことがあるが、「外套（cloak）をまとって短剣（dagger）を持つ人物」というロマンティックで前近代的なイメージが、この時代のスパイには残っていたということだろう。要するにこの頃のthrillerは、『快傑ゾロ』や『紅はこべ』のようなロマンティックな活劇を、「スパイ／犯罪」というモダンな意匠で仕立てたものにすぎなかった。

それがリアリズムを獲得し、もっとシリアスな小説に進化するのは『ビッグ4』よりあとのこと。翌一九二八年にサマセット・モームによるスパイ小説連作『アシェンデン』（岩波文庫ほか）が刊行されるから、『ビッグ4』は、浪漫的なスリラーの黄昏《たそがれ》の時期に書かれたとも言える。

やがて時代が冷戦時代になると、スリラーはさらに進化／深化する。そして、私を含む現代の読者は、すでにそういうスリラーを体験してしまっている。そこが『ビッグ４』にとって致命傷となった。リアルでシリアスな名作スリラー（冒険小説・スパイ小説・国際謀略小説）を通過した二十一世紀のわれわれの目に、『ビッグ４』は稚拙すぎて鑑賞に堪えない。冷戦以降に書かれた数多くの名作スリラー群――ディック・フランシス（『血統』）、ジョン・ル・カレ（『寒い国から帰ってきたスパイ』）、ロバート・ラドラム（『暗殺者』）、クレイグ・トーマス（『闇の奥へ』）などなど――の前にあって、『ビッグ４』はいかなる点でも勝ち目はない。

かつてロナルド・ノックスは「探偵小説十戒」のなかに、「中国人を登場させてはならない」という項目をおいた。なぜ、こんな妙な項目を設けたのか、『ビッグ４』を読めば腑に落ちる。「中国人」というものが、当時どんな文学的小道具だったのかがよくわかるからだ。「噂は聞くけど見たことのないスゴそうな異国の人間たち」。それが当時の中国人であり、そういうツールを安易に使って物語をつくると、『ビッグ４』のような大惨事が引き起こされるわけである（いまの欧米でいう「ニンジャ」に近いか）。

エンタテインメント小説の研究者以外は、『ビッグ４』を読む必要はない。単に出来が悪いのみならず、この小説の消費期限は、決定的に切れてしまっているからだ。

5 『青列車の秘密』

★★★ グランド・ホテル・ミステリ

The Mystery of the Blue Train, 1928

【おはなし】

ロンドン発パリ行きの特急列車《青列車》。だが走行中、富豪の娘が惨殺され、暗い歴史を持つ宝石が盗まれた。容疑者として被害者の夫が逮捕されるも、本人は頑強に犯行を否認する。セレブから悪党まで多彩な乗客の乗り合わせた青列車には、誰あろう、名探偵エルキュール・ポアロの姿も……。

語り手ヘイスティングズ、再び姿を消す。つまり本作は、はじめて三人称によってポアロの活躍が描かれる長編小説である。

この「三人称叙述」の特性をクリスティーはじつに巧く活用し、視点人物を多数出して、小気味よく視点を切り替えながら物語を進めてゆく。これがじつにクリスピーで気持ちよい。さまざまな人物たちが、それぞれの事情で青列車に乗ることになるまでの冒頭のシークエンスは、まるで《タワーリング・インフェルノ》のようなグランド・ホテル形式の映画を連想させて、じつに鮮やかなのである。「グランド・ホテル形式」という言葉は映画《グランド・ホテル》に由来するが、映画は一九三二年製作。本作のほうが四年早い。つまりクリスティーは「グランド・ホテル形式」を借用したわけではなく、その天才的な演出術によって、独自にやってのけたのである。

こうしたキビキビした語りが本作にスピード感を与えている。エンタテインメント感でいえば、『ゴルフ場殺人事件』よりも上をゆく。

ミステリとしての仕掛けは、「あるひとつの虚偽」が全体に波及して大きな不可解を生み出す、というもの。誤解が織りなすタペストリーが、不可解な模様をつくって読者の目から真相を隠しており、ポイントとなる「ひとつの虚偽」という糸を引き抜けば、タペストリーは分解して一挙に真相が露わになる。

これがうまく効果をあげると、ジル・マゴーンの傑作『騙し絵の檻』のように、物語世界全体の構図が反転する美しい快感が得られたりもするのだが、残念ながら、『青列車の秘密』はあそこまで劇的ではない。物語全体にゴージャスな装飾（多数の人間ドラマや異国のエキゾティシズム）がほどこされているせいで、この「エレガントな反転の仕掛け」がうずもれてしまっている。

とはいえ、十分な意外性を組み込んだリッチな娯楽読み物であることは間違いない本作、看過できない瑕《きず》がひとつある――「国際謀略」の要素だ。これが『ビッグ4』なみに古く安い。おいしいビストロ料理なのに、つけあわせが昭和のまずいスパゲティ・ナポリタン、みたいなコレジャナイ感。

この国際謀略要素が本作での殺人事件の原因となっている。そもそも第二次世界大戦前の謎解きミステリにおいて「動機」というものは、作品中で殺人が起きることの「エクスキューズ」でしかなかった。殺人が起きないと「謎解き」の物語が発動しない。かといって何の理由もなく殺人が起きました、では物語が成り立たない。なので、殺人発生のエクスキューズとして何かしらの動機が置かれる——謎解きミステリにおける「動機」とは、その程度の重要性しかないものだった。つまり「動機」は何でもかまわない。だから安易に国際謀略を動機に設定したのだろうが、変にスリラーに色目を使ったりせずに、遺産相続なり恋愛事件なりが動機でも、本作は問題なく成立したはずなのだ。

だが、『青列車の秘密』の美点として先ほど挙げた「視点の切り替えによって物語をドライヴさせる」という筆法も、スリラーから借りてきたものだったかもしれない。伝統的な謎解きミステリの静かな語りと一線を画した本作の語り口は非常に鮮烈だ。

本作の失敗は、語り口だけでなく道具立てまでもスリラーから借用してしまったところにあった。そこだけが経年変化によって腐敗してしまったのである。

6 『邪悪の家』

★★★☆ まるで素うどんのような

【おはなし】

海岸でヘイスティングズとともに休日を満喫するポアロは、《エンド・ハウス》なる屋敷の若き女主人ニックと出会う。立て続けに三度、生命の危険にさらされたと語る彼女の身を案じ、二人は屋敷を訪れ、そこにまつわる人間関係を探りはじめるが、その矢先、ニックのショールを身につけていた女性が殺害された！

ヘイスティングズ、カムバックである。

本作中で彼は《アクロイド殺害事件》と《青列車殺人事件》に立ち会えなかったことを悔やんでいるので、今回の事件は『アクロイド殺し』『青列車の秘密』の次に起こったものとみてよさそうだ。

然るべきところで動転したり義憤に駆られたりするヘイスティングズのキュートな語りはポアロ長編第二作『ゴルフ場殺人事件』ですでに確立されていたが、ポアロのキャラも六作目にしてすっかり確立した風があって、セルフ・パロディ的に『名探偵ポアロ』に期待される「キャラ」を演じている気配さえ漂わせ、楽しい言動を繰り返してくれる。

Peril at End House, 1932

そんなエルキュール・ポアロ、過去の《名探偵事典》の類《たぐい》には、判で押したように「尊大でイヤミ」と書いてあるわけだが、理解に苦しむ。本作のポアロなど、イヤミどころか普通にカワイイではないですか。海外古典ミステリについての物言いは、昭和三十年代あたりでアップデートが止まってしまっている節がある。ドロシー・L・セイヤーズの『ナイン・テイラーズ』がおどろおどろしいゴシック作品のように紹介されていたり、ジョセフィン・テイの『時の娘』の楽しいサブキャラが無視されていたり。昔の探偵小説紹介はユーモアの感覚を欠いていて、ポアロの評価も、彼のキュートさをまったくすくえていない。

さて『邪悪の家』だが、この邦題はいかにも日本人好みの陰惨でオカルティックな「館《やかた》モノ」本格探偵小説を連想させる。作中でも、「この家は邪悪なのです」と震えながら語る娘が登場する。しかし、じつのところ屋敷自体の存在感は稀薄だし、亡霊も怨念も出てこない。屋敷の出入りも自由なので《吹雪の山荘》型の緊迫感があるわけでもない。だから「館モノ」を期待しないで読むべし。本作はまったり楽しく読める良作だからである。

適度にドキドキして、心地よく退屈——『邪悪の家』はそういう小説だ。それを悠然と進めながら、クリスティーは作中の不可解事の源泉である「あるひとつの虚偽」から読者の目をそらす。

そうか、これなのか。と、読みながら思った。これがクリスティーという作家のキモなのではないか。通常の謎解きミステリ評価のテンプレートが注目する「トリック」や「ロジック」という点では、『邪悪の家』は別にどうということもない。そういう意味ではどうということもないミステリだ。

なのに私は本作の真相に快い驚愕《きょうがく》を感じた。「巧いなあクリスティー」と思った。「巧いなあ」と思わせたものは、トリックやロジックとして抽出可能な、いわゆる「ミステリ部分」にはない。「巧さ」は、たぶん、「ミステリ部分」をとりまくものに宿っている。もっと「物語/語り」の領分に属する場所で、クリスティーは何かアクロバティックなことをやっている。そんな気がしたのだ。これが何かの鍵に違いない。その正体が何であるのかは、今後の宿題としたい。

ともあれ現段階ではこう言おう——『邪悪の家』は、安定したヘイスティングズの語り、安心のミステリ仕掛け、いかにもポアロらしいポアロの言動、これらがバランスよく配合されたクリスティー初のルーティン・ワークだと。だからこそ、これを読むとクリスティーの素《す》の魅力をよく味わえる。トッピングに頼らない、素うどんのような美味がある。

7 『エッジウェア卿の死』

★★★★

実はガチガチのピュア・ミステリ

Lord Edgware Dies, 1933

【おはなし】

奔放な美人女優ジェーンは、夫たるエッジウェア卿と何としても別れたがっていた。だが卿が離婚に応じないので説得してほしい——と、ひょんなことから依頼されたポアロが卿と会見した矢先、卿が殺害された。犯行時刻には屋敷にジェーンがいたと使用人は語るが、同時刻、彼女は別の屋敷での晩餐の席でも目撃されていた……。

というあらすじを見れば一目瞭然のように、本作は「ひとりの人間が二ヵ所に同時に存在していた」という不可解きわまる謎で幕を開ける。いわゆる「とびきりの不可能犯罪」なのだが、読んでいると、あまりそういう印象を受けない。なぜか。

冒頭から読み進めてきた読者のほとんどは、この謎が提示された途端に、「それってこういうことなんじゃないの？」と、トリックの見当がついてしまうからである。だから、強烈なはずの謎が強烈に感じられず、なんとなく「自分の推理の確認」みたいな気持ちで以降の物語を読み進めていくわけである。

ところが。

ここ一番こそがクリスティーのおそろしく巧緻なところなのだ。そんな風に読み進めはじめた瞬間に、われわれはクリスティーの手のひらの上に乗せられてしまっているからである。

事件が解決されたあとで本作を読み返すと、ごくなめらかに語られてきたリラクシングな物語が、ことごとく読者を翻弄《ほんろう》するために計算された「欺しの道具」だったことに気づく。読んでいるさいちゅうは「まったり楽しい物語だなあ」と思うだけなのに、じつのところ本書はガチガチのピュア・ミステリなのである——物語進行の手順も、人物造形も、小さな台詞も、すべてがミスディレクションのために意図的に仕掛けられたものだからだ。

「犯人探しミステリ」を読むとき、読者はどんなふうに容疑者たちを見るのか。どんなときに特定の容疑者を疑うのか。あるいはどんなときに特定の容疑者をリストから外すのか。——クリスティーは、それを全部見越している。そのうえで、それをすべて逆手にとって、読者の注意を間違ったほうに誘導する。そのときにクリスティーが道具として使うのが、一見すると「ミステリという骨格」を装飾しているだけに見える「物語という肉」なのだ。そこにクリスティーは罠《わな》を隠す。

これこそがクリスティーの流儀なのではないか。

クリスティーのポアロものは、これまで一作一作、文体や仕掛けを違えてきた。しかし本作ではじめて、クリスティーは前作（『邪悪の家』）と同じ語り口、ムード、物語構造を踏襲した。『ゴルフ場殺人事件』や『青列車の秘密』のような派手さもなく、『アクロイド殺し』のような飛び道具に頼らず、『スタイルズ荘の怪事件』のような冷たいミニマリズムでもなく、ヘイスティングズの軽いユーモアを全体のトーンとした『邪悪の家』の筆法。クリスティーは、『邪悪の家』で、「ポアロ・シリーズ」の基本形をつかんだということだろう。『エッジウェア卿の死』は、クリスティーの素の才能を如実に示した「ルーティン・ワーク」なのだ。

ここでポアロ・シリーズは安定を見たと言えそうだ。「名探偵ポアロ」というイディオムは、『邪悪の家』＝『エッジウェア卿の死』を画期として成立したのである。このことはクリスティーも自覚していたように思う。その証拠は、『邪悪の家』『エッジウェア卿の死』の双方に共通する「ある趣向」である。

この二作を画期として、名探偵エルキュール・ポアロは、作者にとっても読者にとっても作中人物にとっても、揺るぎない名探偵となったのだ。

8 『オリエント急行の殺人』

★★★★

疾走するブラックボックス

Murder on the Orient Express, 1934

【おはなし】

中東からフランスまで——上流人士が乗ったオリエント急行が豪雪のため停止を余儀なくされた夜、乗客のひとりがメッタ刺しにされて殺された。同列車に乗り合わせていた名探偵ポアロが精力的に乗客に尋問するも、誰もがアリバイを持っていて……。

歴史的名作『オリエント急行の殺人』の登場である。『アクロイド殺し』と並んで、ネタバレの危険が日々の暮らしのなかに潜んでいる超有名作品であるから、未読のかたは大急ぎで読んだほうがいい。

とはいえ、「あのトリック」を事前に知っていても本作は再読に堪える。真相を知って読むと、真相に直結した大胆な伏線やほのめかしが序盤からどしどし投入されていることに驚かされるからである。クリスティーがおそろしく豪胆な作家だったことを体感できるのだ。

『エッジウェア卿の死』の項で述べたように、クリスティー作品の楽しさとスゴさのポイントは、「ミステリという骨格」を覆う「物語という肉」にある。それは単にカラフルな娯楽性を宿しているだけでなく、なかに巧妙な「欺し」を仕込んでいる。一般的な謎解きミステリの判断基準からみれば地味と言っていい『邪悪の家』『エッジウェア卿の死』を読むと、装飾のようにみえる「肉」のなかに、伏線やミスディレクションが神経線維のように張りめぐらされているのがよくわかる。その技術がべらぼうに高度なのがクリスティーという作家だ。

そう思っていた。だが、本作はその点で非常に異色なのだ。物語に「遊び」がほとんどない。「殺人の発生」「容疑者への尋問」「解決」。それだけだ。物語はこれらをつなぐ役割しかないに等しく、話の運びは単調でさえある。

中盤を埋めつくすのは、列車の乗客たち――容疑者――への尋問。多くの謎解きミステリがこういう構成をとるものだが、これまでのクリスティーは、そういう「芸のないこと」はやらなかった。ポアロとヘイスティングズの道中記（『ゴルフ場殺人事件』『邪悪の家』）や、登場人物たちのドラマ（『青列車の秘密』）のような物語の綾《あや》を加えていた。なのに本作は違う。もちろん、小説巧者のクリスティーだから、尋問場面は長すぎない程度に適正に締め、被尋問者の個性は明確に描きわけ、章末には「さあ、これからどうなる⁉」調の演出をほどこしているから、凡百の謎解きミステリのような砂を噛《か》むがごとき退屈に陥ることはない。けれども、しかし、これまでのクリスティーは、こういう「痩せた」小説を書いてこなかったことも確かなのだ。

贅肉《ぜいにく》が徹底的に削られているから作品全体の尺も短いし味わいにも欠ける。そのぶん展開はスピーディ。あれよあれよという間に物語はまっすぐ佳境に突入し、ご存じ一世一代の大ネタがぶちかまされる仕立てになっている。

つまりこういうことなのだ――

本作の大ネタを、手がかりをきちんと配置したうえで描ききるのは綱渡りのように危うい。真相を知って読めば、あなたも納得するだろう。本作の展開はむちゃくちゃ危なっかしい。ほんの半歩、読者が「平凡なロジック」の道筋から足を踏み出せば、真相はその目と鼻の先にあるのだ。

だからクリスティーは物語の「速度」を上げたのではあるまいか。速度で眩惑し、ひと息ついて冷静になるいとまを読者に与えなかったのではないか。

「オリエント急行」という魅力的な舞台の扱いもそうだ。中東と欧州を結ぶ豪華列車、というゴージャス感の漂う道具立てを使っておきながら、物語にはエキゾティシズムも旅のロマンティシズムも香らない。クリスティーは中東にしばしば行っていたし、『青列車の秘密』で楽しく豪奢《ごうしゃ》な鉄道旅行を書いていたのだから、書けないはずはない。つまり書かなかった。

クリスティーはオリエント急行に、「登場人物たちと他殺死体を封じる場」という機能しか負わせなかったのだ。クリスティーにとって大事だったのは、この大ネタだった。だからエキゾティシズムの芳香も、物語の芳醇も、すべて犠牲にしたのではないか。『アクロイド殺し』で、あの着想を活かすために魅力的な語り手ヘイスティングズをあっさり捨ててみせたクリスティー。本作にも、その「欺しのマキャベリズム」を感じるのである。

ところで本作は、「解決」が通常の謎解きミステリとは異なっている。

ミステリというのは、「矛盾／怪異／謎をはらんだ事件」という「物語A」を、その合理的な解決たる「物語A'」に語り直すことで、世界に秩序を取り戻す小説である。ところが本作においては、合理的な「物語A'」――いわゆる「真相」――では、世界に合理的な秩序を取り戻せない。それは新たな理不尽を生んでしまうのである。そこでポアロは、世界に秩序を取り戻すための「物語A″」を提示するのである。「真相」を知るのは列車に乗っている者たちだけで、その外にいる大多数の人間にとっては、列車から発信された「『真相』という物語」が「真実」となる。

雪に閉ざされたオリエント急行というブラックボックス。その内部で展開される推理と、そこから外部にアウトプットされる「真相」。それはまるでシュレーディンガーの猫を封じる箱だ。「真相」と「解決」。「事実」と「物語」。それが揺らぎうること、乖離《かいり》しうることを、クリスティーは事件現場に探偵と事件関係者だけを封じることで示してみせた。

もっともクリスティーとしては、ただ単に、本作の犯罪の背景をなす現実の事件に義憤を燃やし、こうしたかたちの正義の物語を書いただけなのかもしれない。だが私は、ここに尖鋭的な本格ミステリにつながる萌芽のようなものの気配を感じる。京極夏彦の諸作（『姑獲《うぶ》鳥《め》の夏』『魍魎《もうりょう》の匣《はこ》』ほか）や、『匣の中の失楽』（竹本健治）といった自己言及的なメタ・ミステリに通じるものを。そんな可能性が『オリエント急行の殺人』には秘められている。

これは尖った実験作なのだ。

9 『三幕の殺人』

★★★★

すべてわざとやっている

Three Act Tragedy,
1934

【おはなし】

元俳優カートライトが開いたパーティーで、酒杯を乾した牧師が昏倒し、死亡した。事件性なしと判断されるも、その後、別のパーティーで医師が同様の状況下で死亡、こちらは毒殺とされた。これは同一犯によるものではないのか？ カートライトと、芸術のパトロンであるサタースウェイト、そしてカートライトに思いを寄せる女性エッグが謎を追う……。

異色作と言っていいのではないか。何せエルキュール・ポアロが完全に脇役になっており、物語をひっぱるのは三人の素人探偵であるからだ。当然、視点人物は、この素人探偵団。彼らの調査行がメインのストーリーになっている。そして——

ものすごく退屈なのである。ほんとうにクリスティーが書いたの？ と疑いながら読み進めた。『ビッグ4』でも同じようなことを書いたが、退屈のベクトルが違う。こちらはただもう純粋に退屈なのである。何かが根本的に大きく間違っている気がするくらい。

楽しくカラフルな人物描写（例えば『青列車の秘密』を見よ）が得意なクリスティーなの

に、本作での人物描写はやけに薄味、舞台も物語も動きが少なく、ほとんどが容疑者・関係者との尋問／対話に費やされていて、その尋問も『オリエント急行の殺人』のそれとはまったく異なる淡々とした会話なのである。

スリルもユーモアもない、変にニュートラルな三人称の語り口も平板だ。これはヘイスティングズの不在のせいだけでも、ポアロが前面にいないせいだけでもないと思う。『アクロイド殺し』を思い出すといい。あの作品でもポアロは脇役扱いで、素人探偵を演ずる町の医師が語り手だったが、あの人物の独特の性格が語り口にテンションを生んでいた。

語り口や物語のトーンが違えど、巧者クリスティーであれば、相応の緊張感なりサスペンスなり、なんらかの魅力的な彩りを添えるくらい、お手のものではないのか？　素人探偵三人の心理さえろくろく書かれない。キャラなど立つはずもない。何もかも薄紙一枚はさんで見ているような按配《あんばい》なのだ。

ミステリとしての演出にも疑問がある。通常、謎解きミステリの中盤部分では、要所要所で「それまでのデータ」を整理して、「当座の推理」を提出し、それが小粒な満足感を与えてくれるのだが、本作においてはそれもない。当初の「見立て」はほとんど変化しない。新たな証言を得ても、謎が解けるような気配もしない。挙げ句の果てには素人探偵のひとりが「率直にいって、われわれは進展しているのだろうか？」と身も蓋《ふた》もないことを言い出す始末なのである。

要するに退屈なのだ。薄っぺらだ。生彩を欠く。

……と、ここまで読んで、すでに『三幕の殺人』をお読みになっているかたは、にやにやしているのじゃないかと思う。

なぜか。

最終章に至り、ポアロが真相を語った途端、上に並べ立てた本書の難点はすべて、

美点に反転する

からである。

やられた。真相を知ってそう思った。ミステリで欺されてこれほど口惜しいと思ったことはなかったかもしれない。「退屈だ」と思った瞬間に術中にはまっていたのである。「クリスティー、駄作を書いちまったんだな」と知ったふうな顔で決めつけてしまった時点で、すでに負けていた。

クリスティーはすべて、わざとやっていたのだ。

すべて必然性がある。本作にまつわる何もかもが、題名から構成に至るまで、「あるひとつの趣向」のために周到に構築された意味のあるものだということが、最後の最後に判明する。『青列車の秘密』の項で、この時代の本格ミステリにおいて「動機」はミステリ部分とは本質的に無縁のものだと記したが、本作においては「動機」が見事に謎解きの鍵として機能していることも指摘しておきたい。

要するに退屈の向こう側を見ようともしなかった私が悪いのだ。それを象徴するのが、最終ページ五行目でポアロが口にする台詞だろう。おっしゃるとおりです、ムッシュ・ポアロ、

そういうことなのだ。

どんな物語がどんな印象を読者にもたらし、それがどう欺しに奉仕するのか。クリスティーはそれを知り尽くしたうえで作品を編み上げる。それがある意味で『アクロイド殺し』以上に大規模かつ精密に行なわれたのが『三幕の殺人』だと言ってよさそうだ。と感動したわけだが、とはいえ本作の「退屈さ」はちょっと度を超えていて、これはクリスティーの計算違いだったのではと思えもする。例えば気のいいサタースウェイト氏あたりを一人称の語り手にする手段があったんではないかとか思うけど……でも「素人探偵三人」を「読者」が観察者として観ることで本作のコンセプトは完成するとも言えて……そのあたりが悩みどころだ。

けれど、本作が「クリスティー的なる何ものか」の芯の芯を主題とした作品であることは間違いないと思う。正直、失敗作ではあると思うが、これは野心的な実験の末の失敗だ。

ここにある「クリスティー的なる何ものか」は、きっと、別のかたちで再び書かれるだろうと私は信じる。

10 『雲をつかむ死』

★★★ きれいなだけじゃ物足りない

Death in the Clouds,
1935

【おはなし】 パリからロンドンへ飛ぶ旅客機内で、ひとりの老婦人が死んでいるのが見つかった。その直前に機内にまぎれこんだハチが乗客に目撃されており、婦人はハチに刺されたショックで死亡したものと見られたが、機に乗り合わせていた名探偵ポアロは、その見解に疑いを抱く……。

『青列車の秘密』『オリエント急行の殺人』と列車を舞台にした作品を書いてきたクリスティーが、当時の最先端交通機関たる旅客機を舞台に殺人を行なってみせる。

いかにも本格ミステリ、という印象の作品となっている。犯行現場は密閉空間だから一種の密室殺人である。犯人はそこにいた少数の人間のひとり。凶器も現場に隠されているはずだ。時間も空間も限定されたなかで展開する殺人までのドラマが描かれているわけだから、搭乗から死体発見までの描写のなかに、犯行の一部始終が描かれていることになる。ゆえに読者がそこを読み返しながら推理するゲーム性も担保されている。そして最終的に明かされるのは、そんななかで盲点を突くトリックであって、そのキレ味も悪くない。

なのだけれど、物足りない。

いや、だからこそ物足りないと言うべきか。

クリスティーらしい「物語」部分の綾と、そこに織り込まれた欺しの醍醐味《だいごみ》が、物語のシンプルさゆえに十全に発揮されていないからだ。

殺人を含むさまざまなドラマを、これまでクリスティーは有機的に組み上げてきた。しかし本作においては、さきにいみじくも「いかにも本格ミステリ」と言ったように、ドラマのファットさが感じられない。後半で発生する第二の事件がよい例で、これは単に犯人の動機を裏づけるというミステリ上の都合だけで引き起こされたものでしかなく、民宿の建て増し部分みたいな雑な構成になっている。

いや、面白いといえば面白いのだ。

昔ながらの古典的トリックを「現在的」にリニューアルした手際は瀟洒《しょうしゃ》だし、手がかりの提示の大胆なフェアさもいい。裏の裏まで読んだ犯行の手順も緻密。ロマンス要素を添加して物語をカラフルにしてもいるし、非モテ男を造形する筆も見事。犯行のために女性を使い捨てるクリスティーお得意の手口にも意地悪だなあと感心させられる。だけど。

独自性に欠ける。

そういうことなのだ。「いかにも本格ミステリ」というのは、冒頭で「問題」を提出して、最後に「トリック」を暴いて「解決」する、という「Q&A」のクイズみたいな構造をとっているせいであり、「よくある本格ミステリ」の枠内にきれいに収まってしまって、ハミ出るところが一切ない、ということである。

たしかに良質だ。だが本作の発表以降、この程度の謎解きミステリなら死ぬほど刊行されている。トリックがありさえすればいいのか。否である。すぐれたトリックでなければ生き残れないのだ。

本作はチェスタートンの有名短編のバリエーションといっていいだろうが、クリスティーの作品がすでに「ミステリ史」という長いスパンで測られるべきものとなった現在、われわれに必要なのはチェスタートンのオリジナルだけなのだ。それが「トリック」の独自性だけに頼るタイプのミステリがはらむ脆弱性《ぜいじゃくせい》であろう。

本作が現在も生き延びられるとするならば、それは飛行機という当時は先端的な場に材をとり、そこでこそ活きる犯行計画（メイン・トリックもそうだが、ハチに関しては密閉度の高い飛行機ならでは）をきっちり創案してみせたことくらいか。

そしてクリスティーの名前ゆえ。質だけを厳密にみれば、ジョン・ロードあたりと同程度だろう。

11 『ＡＢＣ殺人事件』

★★★★☆

ノンストップ謎解きサスペンス

The ABC Murders, 1936

【おはなし】

エルキュール・ポアロのもとに「ＡＢＣ」と名乗る人物から犯行予告らしき手紙が届いた。予告どおりアンドーバーでＡＡのイニシャルを持つ女性が殺害され、第二の手紙ののちにはベクスヒルでＢＢのイニシャルを持つ女性が殺害された。いずれの現場にも『ＡＢＣ鉄道案内』が残されていた。

そして第三の手紙が……。

これまた有名作である。応用例や借用例も多い超有名トリックを擁している。

そして、すこぶる面白いのである。

『青列車の秘密』の項で、多視点による現代的なエンタテインメント演出がほどこされていることに触れたが、『ＡＢＣ殺人事件』には、第一級の現代ミステリの読み心地とたがわぬスピード感と緊迫感がある。

クリスティー文庫版には法月綸太《のりづきりんた》郎《ろう》による見事な解説が収録されていて、本書がサイコ・サスペンスの元祖であるというような記述がある。そこにつけ加えるなら、『ＡＢＣ殺人事件』が現代的なサスペンスに一脈通じるのは、構造やアイデアのせいのみならず、語り口／語り方のせいでもあるだろう。開巻早々、事件が起きる前から、本書にはやたらと緊迫した不穏な空気が漂っている。これは語りの問題なのだ。

『ABC殺人事件』はヘイスティングズを語りに立てた作品（ヘイスティングズはまたもや南米から久々に英国に帰ってきた）だが、ヘイスティングズらしい春風駘蕩《たいとう》たるノリは冒頭でわずかに見られるのみ。その直後、ヘイスティングズはポアロから、犯人「ABC」が送りつけた犯罪予告状を見せられる。すると彼の語りから、普段の遊戯めいた余裕は姿を消してしまうのである。

以降ヘイスティングズは、予告された殺人を阻止すべく走るポアロや警察とともに走りつづけることになる。当然、彼の意識も疾走し奔走するから、一人称の叙述も疾走し奔走する。本作のサスペンス発生源は、何よりもまず最初に、ヘイスティングズの精神状態＝語りにあるのだ。

やはり疾走感にあふれていたのが『オリエント急行の殺人』だったが、あれとは趣が違う。あちらでは、「ミステリの構造」――これは「物語を前方へ推進するエンジン」として無敵のものである――以外のものをぎりぎりまでとっぱらって全体を軽量化したがゆえの疾走感だったが、『ABC殺人事件』では、物語（り）それ自体が疾走している。

さらに本作では、「ヘイスティングズ以外の視点による章」があちこちに挿入される。それが要所要所で物語の速度をブーストするのだ。

序盤から随所にはさまれるアレグザンダー・ボナパート・カスト（イニシャルは「ABC」）の挿話は、主人公による語りの途中でサイコ・キラー視点の断章をはさみ込む現代ミステリの意匠（例えばローレンス・ブロックの『死への祈り』）の元祖といえそうだが、後半になると、これに加えて「ポアロ＝ヘイスティングズ組」以外の人々の行動が、ごく短い分量で畳み込むような格好ではさまれてゆく。まるでハリウッド産の一大娯楽映画を思わせるのである。『青列車の秘密』でも複数視点の切り替えで物語をドライヴさせてはいたが、本作での強烈な緊迫感は、あれを軽々と凌駕《りょうが》する。「Cの事件」以降、とくに「D」の殺人をめぐる場面のサスペンスたるや、二十一世紀でも十分に通用するほどのテンションを生んでいるのである。

さて謎解きミステリは「すでに起きたこと」の新たな解釈を組み上げるプロセスを描く小説である。だから、「すでに起きたこと＝事件＝謎」は過去に属する不変のものであり、ゆえに物語は、不変の過去を事後に分析するスタティックなものになる。だからこそ「安楽椅子探偵」というものが成立するわけだし、「安楽椅子探偵もの」こそが本格ミステリの純粋な形態だと言われるわけである。

ところが『ABC殺人事件』では、つぎつぎに新たな事件が発生するから、「すでに起きたこと＝解決すべき事件」が成長する。探偵たちも安楽椅子に座っているわけにはいかない。事件の阻止に走らねばならず、つまり現場で新たなデータをリアルタイムで拾いながら、仮説を組み替えなければならなくなる。ジェフリー・ディーヴァーの『ボーン・コレクター』あたりを想起するといい。『ABC殺人事件』はああいう話と同じつくりなのだ。

ポアロが走り、ヘイスティングズが走り、ヘイスティングズの語りも走るから、それに乗る読者も走る。作中の大衆もマスコミとともに走り、それら大衆と同じ立場で事件を対岸から見守るわれわれ読者は、こちらにも乗せられて走るのだ（このあたりをもっとエクストリームに描くと、本書の十三年後にエラリイ・クイーンが発表した『九尾の猫』になって、焦燥はパニックにまで発展するのである）。

本作の有名トリックの創意と処理は当然歴史的に素晴らしい。しかし、冒頭から解決直前まで、語りのエンジンが類例のない勢いで物語を牽引《けんいん》していることは見逃すべきでないだろう。もし『ABC殺人事件』が二十一世紀の現在に発表された作品だったなら、「本格ミステリ」というレッテルは貼られなかったはずだ。むしろ「本格ミステリとしても見事なサプライズを仕掛けた疾走サスペンス」として評価されたのではないか。つまり本作は、さきに挙げたディーヴァーやマイクル・コナリー、リー・チャイルドやジャック・カーリイらの作品と併せ読まれるべき作品なのだ。『ABC殺人事件』が好きな読者は、ディーヴァーやコナリーやチャイルドやカーリイを楽しめるはずである。

「謎解きミステリであること」は、ガジェットや表面上の物語形式、ましてや本の帯やあらすじに貼られたレッテルによって成立するわけではないのだ。

12『メソポタミヤの殺人』

★★★ ロマンスの思い出のために

Murder in Mesopotamia, 1936

【おはなし】

考古学者ライドナー博士が率いる発掘調査団。同行する博士夫人ルイーズの心身に不安があるとのことで呼ばれた看護婦エイミーは、ルイーズから死んだはずの前夫に脅迫されていると打ち明けられる。だが直後にルイーズは自室で何者かに撲殺《ぼくさつ》されてしまう。犯人は宿舎内の人物しかありえず、つまり犯人は調査団の一員なのだ。折しも近辺に滞在していた名探偵エルキュール・ポアロが招聘《しょうへい》され――。

ポアロが異郷で事件と出会う作品。クリスティーと縁の深い中東を舞台とした長編である。出来は可もなく不可もなし。というのが正直な感想である。

中東のエキゾティシズムは達者に描かれているし、宿舎に隔離されている調査団の人間模様も過不足なく描かれている。事件発生までの百ページほどは、こうした人間ドラマに割かれるわけだが、退屈させることはない。密室殺人のトリックもシンプルで小奇麗で、しかもこの舞台あってのものである。

だけど物足りない。これは『雲をつかむ死』で得たのと同一の感想である。

これまで何度も、「クリスティーは欺しのマキャベリストである」というようなことを書いた。「欺すこと」が先にあり、その効果を最大限に活《い》かすためには手段を選ばない。たいがいの本格ミステリは結末から逆算して書かれるものだが、クリスティーは「物語」を編む糸自体を欺しのツールとして使うほどに、「欺すこと」にすべてを奉仕させてきた。

だが本作はどうだろう。手記の書き手をヘイスティングズでなく、本書初登場の看護婦にしたりといった工夫はあるし、それがミステリ仕掛けに奉仕している部分もなくはないが、例えば『アクロイド殺し』と比べると弱さは否めない。殺人トリックはキレ味がいいとも言えるが要するに小粒だ。犯人の正体をめぐるトリックには無理が感じられる。何かが足りない。どうもクリスティーらしくない。

と、考えていたときに、本格ミステリに造詣の深いミステリ評論家・千街晶之《せんがいあきゆき》氏と会う機会があった。ちょうど『メソポタミヤの殺人』を読んだところだと言うと、氏は甲高い声で言ったのである。

「あれの被害者って戦争中に結婚していて、その後別れて、考古学者と結婚するでしょう。これクリスティー自身の結婚・離婚・再婚とほとんど一緒で、そこが面白いんですよねえ」

「ですよねー」と、知った顔で相槌《あいづち》を打ったのだったが、なにぶん私は『アガサ・クリスティー自伝』を未読であるから、そのあたりの事情など持つべきものは博識な友人である。

知らないのである。

でもこれで平仄《ひょうそく》は合った。と思った。

本作は、トリックも、事件をめぐる人間模様も、「メソポタミヤの発掘現場」という舞台ならではのものに仕上げてある。だが、先にトリックがあって、それを最大限に活かすためにメソポタミヤという舞台を選んだのではない——逆だ。舞台が先にあったのだ。メソポタミヤの発掘現場で殺人が起きる。そこから逆算して書かれたのではないか。

本作はクリスティーにとってパーソナルな作品だったのではないかと私は思うのだ。不幸な最初の結婚が破綻したのち、クリスティーは中東で、考古学者マックス・マローワンと出会い、結婚する。自身のロマンスを象徴する土地を舞台にした作品を書かずにはいられなかったのではなかったか。

ところで、これまでポアロ・シリーズは作中の時間にそって、事件発生の順番に書かれてきた。ところが本書は違う。『メソポタミヤの殺人』を解決したあと、ポアロは、あのオリエント急行に乗り込むことになる。エキゾティシズムの殺《そ》ぎ落とされた『オリエント急行の殺人』と、エキゾティシズムこそがメインとも言える『メソポタミヤの殺人』とが、最終的にはひとつながりになるわけである。*

＊正確に言うと、本事件ののちに乗ったオリエント急行で殺人事件に出くわすことになる、とある。『オリエント急行の殺人』冒頭の記述とは若干矛盾もあるようだが……。

13 『ひらいたトランプ』

★★ ここには殺しかない

Cards on the Table, 1936

【おはなし】

ロンドンの社交界で独特の存在感を放つ「悪魔的な人物」シャイタナ氏。ある日、シャイタナ氏は、殺人者のコレクションをお見せしよう、とポアロをパーティーに招く。そこには四人の「殺人者」の男女と、犯罪捜査に一家言あるポアロほか三名の男女の姿があった。「殺人者」と「探偵」の二グループにわかれてコントラクト・ブリッジのゲームが開始されたが、ゲーム終了時、「殺人者」の部屋にいたシャイタナ氏が他殺死体で発見された！

謎解きミステリには二種類ある。硬質なものと軟質のものである。と、思っている。前者はガチガチのミステリの趣向や構造を前面に打ち出したもので、後者は物語のテクスチャーでミステリ仕掛けを包んだもの、とでも言えばいいだろうか。エラリイ・クイーンの《国名シリーズ》やクリスチアナ・ブランドの作品などが前者で、エドマンド・クリスピンやレジナルド・ヒルは後者。クイーンも後期作品は後者寄り。有栖川有栖だと『孤島パズル』が前者で『乱鴉《らんあ》の島』が後者、みたいな感じだが、おわかりいただけるだろうか。どっちが上とか下とかいう話ではないです。

そしてクリスティーは後者の代表選手。けれどクリスティーの場合、軟質の部分が単にミステリ部分を包む「物語」の役割以上のものを負っている。言ってみればクリスティーの「軟質部分」は、「ミステリ仕掛け」を繊維になるまで細く細く伸ばして、それで編んだメッシュみたいなものなのだ。触感はやわらかでも、素材としてはガチな。

ところが今回の『ひらいたトランプ』は硬質なのである。趣向が前面に立っている。殺人の起きた部屋でブリッジをしていた男女四人それぞれが、どうやら殺された人物に過去の殺人の弱みを握られていたとおぼしく、それぞれの背景を、ポアロに加えて三名の、それぞれにキャラの立った探偵役が探っていく。これを指して、「作中作のようにして四つの短編ミステリが組み込まれた長編」と呼ぶ向きもある。つまり、四人の容疑者それぞれの「短編」の結末が、容疑者たちの人物像を浮かび上がらせ、それがよりあわさって大枠たるシャイタナ殺しの犯人探しにつながるという贅沢な趣向――

と言えば言えるのだが、どうも釈然としない。昂揚しないのだ。読み終えて犯人が指摘されても残尿感のようなものが残りつづける。

本作は一見すると徹底してゲーム的だ。文字によるゲームたる「謎解きミステリ」をいくつも組み合わせ、謎解きの核心にもブリッジという文字通りのゲームが配置されている。ところが実際には「推理」の妙味がほとんどないのである。

まず四人の容疑者をめぐるパートに謎解き要素が皆無。四人の探偵たちは単に質問を繰り返して真相にたどりつくのみで、いわばハードボイルド・ミステリから毒も薬も洒落《しゃれ》っ気も取り除いたような按配である。物語より趣向が先に立っているぶん、多くのクリスティー作品にある人間模様の楽しみも稀薄で、このパートに見るべきところはほとんどない。せいぜいがそれぞれの探偵たちのキャラへの関心くらいだろう。

　では本題であるシャイタナ殺しはどうか。

　ブリッジというゲームが日本人にとって縁遠いことは問題ない。推理のプロセスでブリッジが果たす役割は、ブリッジ独自のルールに則っているものではなく、麻雀に入れ替えても問題なく成立する程度の（その意味ではフェアな）ものだからだ。

　問題は、本書においてポアロがブリッジに即して展開してみせる「詰め手」が、いわゆる「心理的探偵法」にのみ依っていることだろう。

　ポアロは以前から、自分が重視するのは心理である、というようなことを繰り返し言っていた。これまでも容疑者候補を絞るときなどに援用されてはきたが、あくまで用途は補助的なものにとどまっていた。ところが本作においては、心理的探偵法一発。これだけで犯人が断定されてしまう。

　これのもたらす失望感はただものではない。

　謎解きミステリの「解決」は、本来、出来レースのようなものである。作者はすでに犯人を知っていて、謎は必ず解かれ、そこへ向けて作者は物語を紡いでゆくものだからだ。作者の腕のみせどころは、解決の説得力と劇的効果をいかに醸成するか、というところにある。

ポアロの心理的探偵法にしろ、矢吹駆《かける》の本質直観にしろ、「あらかじめ決まっている意外な真相」への道程をもっともらしく見せ、「解決の論理の軌跡の美しさ」を生む道具である。

そうみたとき、「心理的探偵法」はどうか。「心理」は、Aを入力すれば必ずBが出力される、といったものではない。因果関係は曖昧だ。要するにどうとでも言える。それは説得の道具として有効とは言えない。疑問の余地なきロジックではないからだ。だから本作における心理的探偵法のみによる解決は、「そんなのズルいよ、〝言ったもの勝ち〟じゃんか」という失望感をもたらしてしまう。『ひらいたトランプ』は、ゲーム的で、趣向が勝った、きわめて人工的な、要するに「硬質の本格ミステリ」っぽい仕立ての作品だ。しかし内実は、硬質さに見合うだけの解決の強さを持たない。

ここに決定的なアンバランスがある。軟質なのにガチな謎解きミステリであるという、いつものクリスティーとは正反対な作品――殻はしっかり硬いのに、内実は空虚なのだ。

ふと思うのは、本作はクリスティーによるファンサービスだったのではないか、ということだ。ポアロ、バトル警視、レイス大佐といった別シリーズのキャラに加え、クリスティーの分身たるアリアドニ・オリヴァ夫人が登場し、ポアロも「お得意」と言われつづけてきた「心理的探偵法」を実質的にはじめて駆使する。クリスティーの生んだキャラを愛していればいるほど、いま私が述べたような弱点はどうでもいいものになるのではないか。

読者を選ぶ作品、ファンのための作品なのだ。

14 『もの言えぬ証人』

★★★★☆

カントリーサイド・スラップスティック

Dumb Witness, 1937

【おはなし】

ポアロのもとに届いた手紙は、生命を狙われているのかもしれない、という片田舎の資産家の老婦人アランデルからの依頼状だった。だが手紙の日付は二ヵ月前のものであり、当の老婦人は急死してしまっていた。病死との判断が下ってはいたが、ポアロは他殺を疑い、彼女が依頼状を書くキッカケとなった小事件の夜に屋敷にいた男女を調べはじめる。

百冊に及ぼうというクリスティーの作品には、一度も名前を聞いたことのなかった作品がいくつもある。本作もそのひとつだ。だがしかし——

むちゃくちゃ面白いのです。

とりたてて派手な要素は何もないといっていい。だが語りが、演出が、キャラ造形が冴えわたっている。クリスティーの作家としての力量が練達の域に達したと思わされるのだ。これまでのクリスティー作品で最長の作品だが、退屈するいとまはない。この感興にもっともふさわしい形容詞は、シンプル至極の「面白い」の一語だと思う。ちなみにヘイスティングズが語り手の作品である。

まず言っておくべきは、本作がコメディであることだろう。そもそも原題*Dumb Witness*からして、英語圏の人間なら「間抜けで使えない証人」というニュアンスを読みとるだろうから、コメディであることは題名ですでに暗示されている。

基本的には「ポアロが容疑者／関係者たちを順次訪問し、情報を集め、それぞれの『性格』を探ろうとする」ということの繰り返しで成り立っている作品だが、今回ポアロは隠密調査を意図しているので、尋問相手に会うたびにいちいち身分を偽る。もっともらしく嘘をつくポアロがじつに楽しげであって、とぼけた感じが可笑《おか》しい。それをわきで見ている純朴なヘイスティングズが、「嘘がバレやしないか」と、ハラハラした気持ちの一人称で綴《つづ》るものだから、可笑しみは余計増幅される寸法である。

人物造形もいつになく誇張されている。とりわけ、近所に住む老女ミス・ピーボディが出色で、この食えない婆さんにキッツいツッコミを入れられるのを、ポアロは明らかに喜んでいるのである。このやりとりは、クリスティーのクリスピーな会話の巧さもあって、最高にコミカルな場面になっている。

「降霊術」というオカルティックな要素が大きな役を演じる本作だが、おどろおどろしい雰囲気なぞひとカケラもなく、これがまた人を食った感じでよろしい。「霊なんているわけないでしょ」と言わんばかりのクリスティーの健康な感性が、徹底的に心霊主義をおちょくっているのである。

その真骨頂がトリップ姉妹。事件直前に被害者を招いた降霊会を開いたという「自称・霊媒」な彼女たちは、スピリチュアルにかぶれた不思議ちゃんみたいな、現在でもまったく違和感なく通用するキャラで、最高に笑える。

そして真打ち、タイトル・ロールたる「ものの言えない証人」、被害者の愛犬ボブである。ヘイスティングズがボブくんの心中を勝手に忖度《そんたく》して書いている台詞が何ともキュートでたまらないのです。私は猫派だが、それでもボブくんには悩殺されてしまった。ボブとたわむれるヘイスティングズに萌《も》える読者もいそうだし、「彼」に冷たい態度をとられてしまって凹《へこ》むポアロがまたかわいいのである。

と、キャラたちについて書き連ねるだけで、本作が非常に楽しい小説だとわかるかと思うが、もちろんそれだけではない。最後にはちゃんとミステリの伝統にのっとって、容疑者たちを一ヵ所に集めて謎解きが行われる。

本作のミステリとしての興味は「犯人探し」。犯人指摘の流儀は『ひらいたトランプ』と同様で、容疑者の「性格」を重視して行われる。つまり『ひらいたトランプ』がそうだったように、独断的で説得力の稀薄なロジックで犯人が導き出されるわけだから、本作にも同じような不満をおぼえてもおかしくはないのだが、そうではない。じつのところ本作の主眼は「犯人探しの論理の軌跡」のもたらす驚愕と美にはなく、終盤の「トリッキーな物語進行」にあるからである。

終盤、ポアロは謎めいた行動を繰り返す。その真意の暴露こそがミステリとしての『もの言えぬ証人』のポイント。たしかに「犯人探し」自体には謎解きの快感があまりない。しかしそれ以外のところに謎が仕掛けられており、その「解決」が、驚愕とカタルシスをもたらす造りになっているということである。そして、その驚愕とカタルシスは、クリスティーお得意の周到な伏線によっていつものように支えられている。だからミステリらしいスリルと快感はちゃんと搭載されていて、不満を抱かずに本を閉じることができる。

ところで、本作にはマイナーな毒物が使用されている。毒物が何であるのかは謎解きにおいては重要ではないのだが、この毒物の副作用がもたらすある現象が非常に面白い。解決場面で、作中で描かれる「ある怪現象」の説明として毒の副作用について語られたとき、あまりの突拍子のなさに「これはバカミス的だ」と思ったことを付記しておく。

つまり『もの言えぬ証人』は、物語自体のトリッキーな仕掛けを主眼として、キャラクターの楽しさで読ませる傑作である。クリスティーの円熟の気配を感じた。

ところで、「謎解きミステリのクリシェ」を批評的にミステリに組み込む作家というと、アントニイ・バークリーの名前ばかりが挙げられるが、クリスティーもそういう冒険をやってのけていることは忘れるべきでないだろう。本作では、解決場面の章の冒頭付近のヘイスティングズの述懐なんかがそれである。じっさい、この『もの言えぬ証人』は、作品全体が、謎解きミステリにおける「お約束」をことごとく外していて、それが意図的であるようにも感じられるのだ。つまり——

以下、ネタバレになるので、巻末ノート1を参照ください。

15 『ナイルに死す』

★★★★☆

豪華、豪壮、豪奢、ゴージャス！

Death on the Nile, 1937

【おはなし】

結婚して間もない大富豪の美女リネットは夫サイモンとエジプト旅行に出た。彼女は親友だったジャクリーンのストーカー行為に頭を痛めていた――なぜならサイモンは以前、ジャクリーンの恋人だったからだ。旅先で名探偵エルキュール・ポアロと出会ったリネット夫妻だったが、エジプトにまでジャクリーンは姿を現し、二人にまといつく。

彼ら三人が醸し出す不穏な空気を憂慮していたポアロだったが、やがてナイル川を往く観光船の上で、その空気がついに殺人として発火する！

クリスティーの代表作との誉れ高い『ナイルに死す』。その名は昔から聞いていた。幼少時に映画版《ナイル殺人事件》がゴージャスな大作として頻繁にCMで流されるのをTVで見た記憶も鮮やかだ。だが、じっさい『ナイルに死す』はどういうふうに面白いミステリなのだろう？　それはずっと謎のままだった。誰も語ってくれないのである。ただただ「名作」で「代表作」で「旅情」だと連呼されるばかりであって、そもそも「旅先系ミステリ」

が好きじゃない私は、じゃあ読まなくてもいいか、という気分でスルーしていたのである。だいたい事件発生まで二百ページ以上もかかると聞くから、きっと延々とどうでもいい「旅情」の描写を読まされるのに違いない。などと思っていた。クリスティー全作攻略は昔からの懸案だったのだが、それを二十年も先延ばしにしてきたのは、正直、『ナイルに死す』を読むのに気のりがしなかったせいなのだ。

だがついに覚悟を決めて読んだ。これは修行であると言い聞かせて。そしてびっくりしたのだ。

あまりに面白いので。

これは傑作である。代表作にふさわしい威容もある。物語としてゴージャスだ。名作。クリスティーはスゴい作家だ。読みもしないで本作を馬鹿にしていたおれは死んだほうがいいと思う。

さきほど「ミステリ的にどうなのか誰も語らない」と不満を述べたわけだが、それはある意味しかたないことである。本作は、殺人事件発生までの二百ページの物語の面白さが物を言う作品だからだ。

この二百ページで主に語られるのはリネットとジャクリーンとサイモンの三角関係と、それをめぐるナイル川ツアーの面々のドラマである。定型といえば定型の三角関係。しかし「定型」になりえたというのは、それが物語として不変に面白いからである。そんな強い物語を、クリスティーが傑出したストーリーテリングの技術で綴っているのだから、これはもうたいへんに面白くなって当然だ。

たしかにこの二百ページは何の犯罪も怪奇現象も起こらない人間ドラマである。けれど、われわれは『ナイルに死す』がミステリであると知って読みはじめるわけであり、ゆえに「きっとこの三角関係が起爆剤となって殺人事件が近々に発生するはずだ」とつねに考えながら読み進める。この三人のなかの誰が死ぬのか。この三人の誰かが誰かを殺すのか。誰であってもおかしくない。しかもクリスティーのことだ、そこさえ裏切ってくるかもしれない……。

そんなふうに、「来るべき死／破局」が、三角関係の物語を水平線の向こうから牽引する動力源になってもいるのだ。だから猛烈にページターニングな物語になっている。

で、結局ミステリとしてどうなのか？

いわゆる「殺人トリック」は、誰にでも実行可能なリアルなもの。つまり特段の独創性も驚きもない。だから「『ナイルに死す』はミステリとしてどうか？」という問いにシンプルに答えることはむずかしい。しかし、それでもなお、『ナイルに死す』はミステリとして面白い。

この「トリック」は、これほどのヴォリュームのミステリ作品を支えるには小品にすぎる。けれども本作の驚愕のポイントはそこになく、じつは「事件発生までの二百ページ」のなかにひそまされているのである。これ以上はネタバレになりそうなので自粛するが、序盤の「二百ページ」で描かれる人間ドラマこそが驚愕のキモである、と言っておこう。

この「二百ページ」内にとどまらず、本作にはクリスティー一流の華麗な伏線やダブル・ミーニングの手がかりが大量に仕込まれている。こうした手がかりがメインの事件の真相につながってくるわけだが、『ナイルに死す』が特異なのは、これらがメインの事件以外の複数の策謀にも回収される点だ。つまり殺人の起こった船は、単なる事件現場ではなく、複数の策謀が錯綜する場なのである。

「ナイル川上の船＝『ナイルに死す』という作品」は、輻輳《ふくそう》する多数の「策謀の線」で成り立つ綿飴のようなもので、そのなかを、メインの「殺人」の謀議が一本の銀線のように貫いている格好になっている。この長い長いミステリには、多数の謎と解決が詰めこまれているのである。

『ナイルに死す』は、いわゆる「クリスティーの名作」──『アクロイド殺し』『オリエント急行の殺人』『ABC殺人事件』などなど──とは異質の作品だ。ひとつの発想に基づくひとつのトリックで全体を支えるのではなく、メインの謎＝事件を、多数の謎によって装飾し、それを「物語自体として面白い」ストーリーに載せた作品。これが『ナイルに死す』なのである。だから「ミステリ的に要するにどうよ？」と問われるとすっきりした答えを返すことができないのだ。

室内楽のシンプルな美しさではなく、交響曲のゴージャスな美しさ、とでも言えばいいだろうか。

思えば『ナイルに死す』を前にした私の忌避感は、「アガサ・クリスティー」という作家への忌避感と同じものだったろう。ミステリとしての面白さをわかりやすく伝えることがむずかしく、すでに読んだ者たちが、「ミステリ」の周囲にある装飾についてのみ語るほかないような作品／作家。しかし読めば、そこには曰《いわ》く言い難い面白さが厳然としてある。傑作『ナイルに死す』とは、クリスティーそのものであるのかもしれない。

16 『死との約束』

★★★★
無敵のストーリーテリング

【おはなし】
旅先のエルサレムで、エルキュール・ポアロは穏やかならざる会話を耳にする。ある男が、「彼女」を殺さねばならない、と連れの女に熱っぽく語っていたのだ。中東の地をポアロとともにめぐる一行――そのなかに「殺されるべき女」と、「殺意を抱く男女」がいるのだ。やがてポアロは、家族を独裁者のように横暴に支配する老女ボイントン夫人が、「未だ発生していない犯罪」の焦点なのだろうと、ひそかに注視するが……

Appointment with Death, 1938

傑作だ。これまで題名さえ知らなかったが、これは素晴らしい。

前作『ナイルに死す』でつくりあげたテンプレにしたがって書きました、といったふうに双子のような構成をとっており、舞台も中東だ。あれほど尺は長くないものの「事件が起きるまで」の物語のサスペンスでぐいぐい読ませる。前回は「不穏な三角関係」がサスペンスの源泉だったが、今回の焦点はボイントン夫人を中心とする「不穏な家族関係」である。

ボイントン夫人がどういう老婦人かといえば、家族を支配下におく非常に不愉快なババア。《渡る世間は鬼ばかり》というTVシリーズがありますね。あれの中華料理屋〈幸楽〉のババア。あの不愉快感です。逆にいえば、あの長寿連続ドラマと同質のパワフルで不滅の物語が、殺人の起きるまでの前半を支えているということである。これは無敵だ。『ナイルに死す』の項で、「これがミステリであるからには、誰かがこれから殺される」という事前の予測が三角関係のドラマに追加のサスペンスを注入する、と書いたが、本作では、まずプロローグでの「殺さなきゃならない」のひとことで読者をふんづかまえたうえで、「目の離せないホームドラマ」が投入される。ページをめくりつづける羽目になるのも当然であろう。

こうしたページターニングの欲望には、ボイントン夫人についてのムカつきが作用していることも見逃すべきではない。要するに、「誰だか知らないけど早くこのババア殺しちまえよ、俺は応援するぜ！」と、少なからぬひとが夫人の死を願いつつ読むはずなのだ。だから「殺人が起きるまで」の物語は、『ナイルに死す』よりも強力だ。通常、謎解きミステリにおけるカタルシスは、最後の解決場面に至るまで与えられない。ところが『死との約束』では、「中盤のカタルシス」を期待させることになるのだ。つまり、「ババアの死」である。もちろん、じっさいにボイントン夫人が殺人の被害者になるのかどうかはわからないにしても。

これがクリスティーの計算のうちであることは間違いないと思う。

と、本編の内容に関してはこれ以上、細かく突っ込んで書かないほうがいいだろう。仕掛けがシンプルであるがゆえに、余計なことを言うと味わいを損ねかねない。どういう種類の驚きであるかも言えない。ただ、解決の場面で激しく虚を衝かれたということだけは言っておく。

本作の欺しは小さくシンプルな仕掛けによる。『雲をつかむ死』や『メソポタミヤの殺人』のような物理トリックがあるわけではない。そうではなく、「読者はこう考えるだろう」と完全に把握したうえで、それを逆手にとる欺しである。

これは『エッジウェア卿の死』や『邪悪の家』に通じる流儀だが、あの二作には「物語としての軽い単調さ」を否めなかった。その点を改善したのが『死との約束』であり、その改善策は、『ナイルに死す』にあった「物語としての楽しさ」だった。

クリスティーは『エッジウェア卿の死』で「クリスティーらしい欺し」を生み出した。そして、それを搭載する最適なプラットフォームとして「殺人以前の人間ドラマ」を『ナイルに死す』で開発したのである。それが本作に引き継がれた。

『ナイルに死す』の項で、私は「旅先系ミステリ」が好きではないと書いた。そうした作品が、往々にして物語仕立てのトラベルガイドでしかないからである。しかし『ナイルに死す』と『死との約束』はそうではない。そもそも旅情描写は必要最低限で、観光地案内の文字列が物語の楽しさを押しのけてしまうこともないのだが、それ以上に、この二作での「旅」が、ミステリを構成するために人間関係を限定すべく導入された必然なのが重要だ。

クリスティーは、登場人物たちの人間関係のドラマで無類に面白い物語を紡ぐ才能を持ち、小さな誤導を鍵とした「意外な犯人」を驚きの核とすることを好んだ。そのためには登場人物の数と、人間関係の広がりを一定の範囲に限定する必要があった。だから「旅先」なのだ。これはクリスティーというミステリ作家の才能を活かす、最良の枠組みだった。

対をなす『ナイルに死す』と『死との約束』。よく似た作品だが、個人的には本作のほうが、クリスティーのキャリアにとって重要である気がする。多数の小事件を詰めこんでゴージャスな装飾をほどこした長尺の『ナイルに死す』は、代表作たる威風をクリスティーが意図的にまとわせたような気配があった。しかし『死との約束』は、自然体のリラックスした空気を漂わせたシンプルな作品になっている。華麗で多彩な装飾を取り払っても、『ナイルに死す』のようなミステリは成立するのか――クリスティーがそれを試したかのような気配を、私は本作に感じた。

そして、そんな実験の結果は吉と出た。『エッジウェア卿の死』で開発された「クリスティー流ミステリ」と、『ナイルに死す』で開発された「物語」。その双方の本質だけをとりだして組み合わせたのが、シンプルな傑作『死との約束』ではないかと思うのだ。

ここにクリスティー流のミステリが完成した。そんなふうに思った。これまでに読んだ十六作のなかでも上位におきたい。

17 『ポアロのクリスマス』

★★★★ がちゃがちゃしたバカミス

Hercule Poirot's Christmas, 1938

【おはなし】

アフリカのダイヤモンドで巨万の富を得たシメオン・リー翁の屋敷「ゴーストン館」。クリスマスを祝おうとの翁からの便りで息子たちが呼び集められた。だが曲者《くせもの》シメオンは、もともと兄弟が抱えていた不和を煽るような言動を繰り返し遺言状の書き換えまでほのめかす――

屋敷を不吉な空気が覆うなか、果たしてクリスマス・イヴの夜、シメオン翁が内側から施錠された部屋で喉を切られ、血の海に倒れた姿で発見された。付近に滞在中の名探偵ポアロが捜査を開始する……。

豪壮な屋敷で起きる・血みどろの・密室殺人。である。

「血みどろ芸術」という、「モルグ街の殺人事件」以来のミステリの原点に立ち返るようでもあり、つまりは人工的で反リアリズム的な作品。**本格探偵小説！** とゴシック体で叫ぶようなクリスティー作品にお目にかかるのは、本作がはじめてである。

「謎解きミステリの歴史的傑作」とされるクリスティー作品を見渡しても、『オリエント急行の殺人』は舞台がモダンな客車、『アクロイド殺し』は発表当時は規格外の前衛的作品、

『ABC殺人事件』は形式からしてモダン、『そして誰もいなくなった』もトラディショナルな謎解きの形式からほど遠い。

なのになぜこういう作品を書いたのか、というのは本編開始前におかれた「献辞」に書いてある。自分のミステリが「洗練されすぎ」で「貧血症的」だという意見をもらったので、血の気の多い派手なものを書いてみた、というのである。つまりクリスティーは、わざと「古風な謎解きミステリっぽいもの」を書いたのだ。一種のパロディとして。

本作に先立つポアロもの『ナイルに死す』『死との約束』で、クリスティーは「ミステリっぽくない人間ドラマに導かれ、そこに欺しを仕込んだミステリ」という流儀を発明・完成させた。これは既存の「いわゆる謎解きミステリ」とは違った構造のものとなった。だから、初手から「いわゆる謎解きミステリ」のパロディを意識して組み上げられた本作は、まったく別のアプローチの作品、『ひらいたトランプ』の項で述べた「硬質の謎解きミステリ」――ミステリという小説特有のメカニカルな構造が前面に出た作品――となった。

むろん一定の人間ドラマは描かれているが、物語性は稀薄。早々に発生する殺人と、その謎の強さで読者をひっぱってゆく。そのあたりも『ひらいたトランプ』に近い。ファンのために書かれた（とおぼしい）『ひらいたトランプ』と、「血みどろの探偵小説が好きな義兄のジェームズ」のために書かれた本作、出自にも近似するところがある。ただし異なるのは、「いかにもミステリっぽい」のにミステリとしては空虚だった『ひらいたトランプ』に対し、本作は最後の最後まで「いかにもミステリ」という趣向が貫徹されている点だ。

『ひらいたトランプ』の解決はあいまいな「心理」にしか基づいていなかったが、『ポアロのクリスマス』では、いくつもの伏線や手がかりに則る明快な因果関係のロジックで真相が導かれる。「明らかに自殺には見えないのになぜ密室にしたのか？」という謎から芋づる式に、即物的なトリック（これがバカミス的でいい！）と意外な犯人が導かれる有機的な構成になっていて、この解決プロセスは、サービス過剰ではないかと思うほどめまぐるしい。伏せられていた事実がつぎつぎに明かされてゆく楽しさは圧巻だが、一方で、これまでのクリスティーがみせてきたシンプルでエレガントな物語巧者ぶりと対極のがちゃがちゃした印象さえ与えるのである。

「密室殺人」に期待される「物理トリック」も、これまでのクリスティーの物理トリックと趣が違う。過去のクリスティー作品での物理トリックには、『メソポタミヤの殺人』や『雲をつかむ死』の系統の小《こ》体《てい》なもの、『ナイルに死す』系統の地味なもの、あるいは『オリエント急行の殺人』の大がかりなトリックといったものがあった。それぞれに良し悪しはあるが、共通するのは「日常的なリアリティ」がある点だろう。『オリエント急行の殺人』のトリックはド派手ではないか、とおっしゃるかもしれないが、あれだって、やろうと思えば誰にだってできるし、現象自体はただの刺殺。ところが『ポアロのクリスマス』でのトリックは無闇と手がこんでいて、色彩も派手なら、いろいろとモノが散らかるがちゃがちゃしたものだ。しかも、そういうがちゃがちゃしたトリックが二つも組み合わさっている。

要するに人工的なのだ。そういうのをクリスティーはわざと書いた。「こういうのが読みたいんでしょ？」と。「血みどろの探偵小説を読ませてくれ」と言われて、微笑まじりにこれを書いたクリスティーのミステリ批評的なセンスと、それを実現してしまう手腕には感服するほかない。

かくも意識的な「探偵小説のパロディ」たる本作に唯一欠けているのは、ゴシックな怪奇趣味である。血みどろではあっても、本作は明朗な空気を失わない。例えば本作の四四五～四四六ページで、本事件のきわめて謎めいた状況が作中のヒルダという女性の悲鳴じみた証言によって語られているが、もしこれをジョン・ディクスン・カーや横溝正史あたりが書いたならば、ここで描写される「ある条件」を冒頭で示し、舞台たる邸宅に幽霊話を背負わせたりしただろうな、と思う。だが、これがクリスティーという作家なのだろう。そういえば心霊主義を扱った『もの言えぬ証人』でも、幽霊話を豪快に笑い飛ばしていた。

ところで、本作におけるクリスティーっぽさの白眉は、じつは冒頭に仕込まれている。読後、トリックを知ったうえで、頭から読み返してみることをおすすめする。あまりに大胆な伏線が仕込まれているので驚くはずだ。この人を食った感じもまたバカミス的にエクストリームである。

読み落としがちな手口で問題の伏線は仕込まれているので、ご注意のうえ再読なさいますよう。

18 『杉の柩』

★★★★☆

彼女は何を考えているのか

Sad Cypress, 1940

【おはなし】

エリノアは法廷に立つ。容疑はメアリイ・ジェラードなる女性の殺害。名探偵エルキュール・ポアロも傍聴席から事態を見守っている。

エリノアは殺人に至るできごとを回想していた――富裕な叔母ローラの死、幼なじみで婚約者だったロディー、叔母のお気に入りの美しき娘メアリイ。ローラの死後、ロディーはメアリイとの恋に落ち、エリノアに別れを告げた。そしてメアリイはエリノアが調えた食事をとり、毒死した……。

『杉の柩』は人気作品である。しかも本気度の高いクリスティー・ファンが、「じつはこれが一番好き」といった感じの文脈で本作を推すことが多い「偏愛の一作」であるようなのだ。

読みはじめて連想したのはジェイン・オースティンの『高慢と偏見』だった。すなわち、いささか自意識過剰気味で知的な、古風な伝統が身体に合わないヒロインを配した恋愛小説。ただし、『高慢と偏見』と違って本作にはユーモアがほとんどない。メランコリックなブルーグレイの色彩の小説だ。

物語を駆動するのはエリノア＝ロディー＝メアリイの三角関係。「素直になれない」エリノアの心理、そんなエリノアに苛立《いらだ》ちを抱くロディー、そこに現れる素直で美しい娘メアリイ――つまり本作は屈折をはらんだロマンスである。そして、ロマンス劇の開幕前におかれた序章として、エリノアを殺人罪で裁こうとする法廷の場面がおかれているせいで、濃い不安の影が一貫して垂れこめている。

本作は三部構成をとる。エリノアを軸とした不穏なロマンスの物語が殺人に至るまでが「第一部」で、このパートはほぼ完全に心理描写を欠いている。要所要所に主人公たるエリノアの内的独白が書かれているけれども、基本的にクリスティーは客観描写に徹している。『ナイルに死す』や『死との約束』などと同じ流儀で「事件前のドラマ」を書いているのに、『杉の柩』がブルーグレイの印象を与えるのは、心理描写を排除した冷たく硬い質感のせいでもあるだろう。

そのおかげで、第一部の物語はややとっつきが悪い。視点人物であるエリノアの内心が書かれていないため、すべてが多義的だからである。つまり描かれていることの「意味」を単一のものに確定する手がかりが心理描写として与えられない。読者は、どうとでも解釈できる登場人物たちの言動を、自分なりに読解して読み進めなくてはならない。だからとっつきが悪く、読むのに労力を要するのである。読者の感じるこの疲労は、エリノアの心が読めないせいで疲弊するエリノアの婚約者ロディーの気分とまったく同じものだ。

つまり第一部の筆致は、感情を押し殺して生きるエリノアの心象風景と呼応している。これは『杉の柩』が優れた技巧で書かれていることの証左なのだが、おそろしいのは、これがミステリとしてのカギにもなっている点なのである。それはエルキュール・ポアロがようやく登場して殺人事件を調査しはじめる「第二部」に入るとわかる。

ポアロが登場した途端、われわれ読者は、これまで主人公エリノアに寄り添うスタンスで読んできた「第一部」を、はじめて客観的にみることになる。すると途端にエリノアが無実かどうか判らなくなるのだ。エリノアの内心がほとんど描かれておらず、彼女が無実かどうか判断する材料が不足しているからであり、それはクリスティーが周到に「第一部」で心理描写を省き、テキストを多義的にしているからだ。われわれはエリノアが無実かどうか判らなくなる――われわれはさっきまで読んでいた「エリノアの物語」をどう読めば正解なのか判らなくなる。

『杉の柩』のポイントはここにある。多義性をはらんだテキストたる「第一部」は、「問題編」だったのである。ポアロが事件に関与する「第二部」は、「第一部をどう読むのが正解なのか」の手がかりを見つけ出す「捜査編」、法廷が主な舞台となる「第三部」は、「第一部は実はこういう物語だったのだ」と解読してみせる「解決編」なのである。だから『杉の柩』は、「問題編」「捜査編」「解決編」という三種類のテキストから成り立っている。

すべてを知ってから「第一部」を読み返すと、クリスティーの周到さに眩暈《めまい》を起こしそうになる。ダブル・ミーニングが呆れるほど徹底して敷かれているからだ。つまり表面上のロマンス小説の裏側で、まったく別の物語が進行しているのである。そして、この「裏の物語」は、「表の物語」と交差する一瞬だけ、その一端を表面上に出現させる。このときクリスティーのダブル・ミーニング技術が炸裂《さくれつ》するのだ。物語の二重構造を実現するために。

本作は『アクロイド殺し』と『三幕の殺人』の発展形と言っていい。『アクロイド殺し』は「推理のテキストとしての物語」という趣向を追究した作品だった。これを「紙に記された文字列」ではなく「登場人物の行動」に拡張したのが、『三幕の殺人』だった。では、この延長線上でクリスティーが『杉の柩』のなかで試みたのは何であったのか。

心理描写の排除による多義性は、『三幕の殺人』でのポアロ登場以前の物語にも仕掛けられていた。これを、エリノアという屈折したキャラクターを造形することで、ミステリのための仕掛け以上の小説としての必然にまで高めた。さらにロマンスという物語の魅力を付与し、同時に、『三幕の殺人』の核心部分の人工性をリアルな人間の行動に移し替えたのである。それが『杉の柩』という実験作だった。そしてそれは見事に成功を収めたと私は思っている。

本作はクリスティーの周到さがきわめて徹底された作品だ。おそるべき野心を秘めたミステリでありながら、読後には、ひとり毅然《きぜん》と立つエリノアという女の肖像が、美しく痛ましく残りつづける。彼女の法廷での立ち姿が、彼女のすべてを象徴して佇立《ちょりつ》する。そう、真相が明らかになると、物語の必然と手法の必然が主人公の内面と結び合わさって、輪が閉じるのである。

19 『愛国殺人』

★★☆
ザ・床屋政談

【おはなし】

ロンドンの歯医者を訪れた名探偵エルキュール・ポアロ。その日、問題の歯医者はポアロ以外にも一癖ある患者が予約をとっていた。政財界で高名な銀行家ブラント氏、謎めいたギリシャ人アムバライオティス氏、そしてミス・セインズバリイ・シール。

帰宅したポアロは、旧知のジャップ主任警部から、あの直後に歯科医が拳銃自殺を遂げたと知らされる。殺人の疑いもある歯科医の死に続き、アムバライオティス氏が毒死、さらにはミス・シールも失踪を遂げた。事件の裏に何があるのか？


『杉の柩』や『三幕の殺人』の流儀を使ったクリスティーらしい趣向の作品である。大がかりな物語作法上のミスディレクションが仕掛けられており、それが判明した瞬間、鮮やかに事件の構図が転倒する。伏線も巧みに張られ、いかにもクリスティーらしい周到緻密さが存分に発揮されている。「ジャンル小説のパロディ」という意味では『ポアロのクリスマス』を思わせもする。

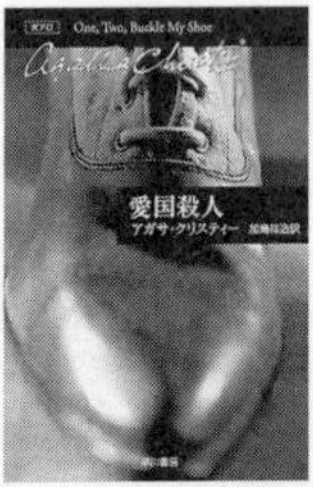

One, Two, Buckle My Shoe, 1940

そう、『愛国殺人』は、いかにもクリスティーらしい良さがある小説なのだ。だが――
退屈なのだ。

クリスティーは『ナイルに死す』で「事件前の物語」という手法を開発した。『愛国殺人』は、第一に、その面白さを欠いている。事件は開巻早々に発生し、以降、事件をめぐる人間関係の構図と背景をポアロが探ることで真相に迫る形式になっている。基本的にはポアロと関係者の対話＝尋問の繰り返しで『愛国殺人』は成り立っている。尋問される関係者同士の人間関係は描かれない。彼らは孤立した点であり、それをつなぐのはポアロの捜査行という動線だけだ。ゆえに活き活きしたキャラクターは立ってこない。物語前面にいるのはポアロだけであり、尋問の連なりは有機的連関を持たない「推理に必要なデータの収集クエスト」の索漠たる反復となる。つまり「物語」が稀薄なのである。

これは謎解きミステリにはよくあるパターンなのだが、しかしクリスティーは、「事件前のドラマ」という発明によって、この「謎解きミステリのお定まりの単調さ」をクリアしていたはずだ。それを放棄した本作は、だからクリスティーが「ありふれた本格ミステリ」の形式に後退した作品であると言えるかもしれない。じっさい、筋運びもクリスティーらしからぬギクシャクした按配で、とくに必然性もなく作中の時間が一ヵ月とんだりする箇所が真ん中へんにあるあたり、妙に素人じみている。

だが、それだけであれば『愛国殺人』は凡庸な作劇術で書かれた謎解きミステリ（それなりの驚愕つき）であるにすぎない。本作の最大の問題は、背景におかれた「謀略」にある。

『青列車の秘密』がそうだったように、『ビッグ4』がそうだったように、『愛国殺人』にも「諜略スリラー」の要素が組み込まれていて、それが決定的に経年劣化を起こしてしまっているのだ。

現在に生きる誰に、「アルファベットと数字の並ぶコードネームで呼ばれる間諜」などというものの存在を信じることができるだろうか？　われわれにとっては、007をパロディにした映画《オースティン・パワーズ》さえ過去のものだ。二十一世紀の世界をサヴァイヴできるように腐心したダニエル・クレイグ版ジェームズ・ボンド映画の苦闘と成果もわれわれは目にしている。そんなわれわれにとって、『愛国殺人』の「陰謀」は、真面目に向き合うには古臭すぎ、幼稚にすぎるのである。

本作における諜略話の拙劣さは、一種の手がかりでもある。愚劣きわまりない左翼演説や、左翼がそろいもそろって阿呆にしか見えないというあたりもミスディレクションの一端であると言えば言える。さらには、そのへんを「解決」によって（政治的に）埋め合わせているとも言える。

だが、それでいいのだろうか？　ミステリだから許されるのか？　一九四〇年の作品だから半笑いでスルーしてよいのか？

私には無理だ。すでに戦後の諜略小説を通過してしまっている人間には無理なのだ。

エリック・アンブラーのリアリズム諜略小説『ディミトリオスの棺』は、『愛国殺人』よりも以前に発表されている。もちろん、当時のアンブラーは最先端の諜略スリラーだっただろう。だから牧歌的な謀略スリラーもまだ消費期限内だったかもしれない。ジョン・ル・カレやレン・デイトンが登場するのはずっとあとのこと。だから私だって、『ビッグ4』や『愛国殺人』をもって「作家クリスティー」を否定するつもりはない。言いたいのはただひとつ、ミステリ作家としてのクリスティーは時代を超えて素晴らしいが、スリラー作家としてのクリスティーは歴史の審判に堪えられなかったということだ。

一方で、たとえ連合国vs枢軸国の対立が解消されてもエリック・アンブラーは素晴らしいし、冷戦構造が崩壊してもル・カレやデイトンやブライアン・フリーマントルは面白く読める。すぐれた作品であるというのはそういうことだ。

だから『愛国殺人』は残念な作品なのだ。クリスティーがやりたかったことはわかる。仕掛けが明らかになって全体像が転倒して以降の見事さには感服する。だが、その迷彩として謀略スリラーの要素を採択したことが決定的な失策だった。こんな道具を使わなくても、この設定は活かせたのではないか。

本作で露わになっているのはクリスティーの左翼観である。ポアロの捜査を通じて連ねられる左翼的演説は、もちろんクリスティーによる左翼批判であるのだろう。しかし、それはまともに取り合うレベルのものではないし、リベラリズム批判も底が浅すぎる。そもそもクリスティーに政治スリラーは向いていないことが、こうした点からもわかる。

周到なミステリと粗雑な床屋政談の融合。それが『愛国殺人』という残念な小説だ。

20 『白昼の悪魔』

★★★★

シンプル＆ソリッド！

Evil Under the Sun, 1941

【おはなし】

スマグラーズ島に一軒だけ建つ「ジョリー・ロジャー・ホテル」。名探偵エルキュール・ポアロはそこで避暑を楽しんでいた。だが避暑地の平穏はひとりの美女の登場で危うく揺れはじめる――元女優アリーナ・マーシャル。

恋多き女として名を馳せる彼女は夫と夫の連れ子とともに島を訪れていた。アリーナは若いレッドファン夫妻の夫パトリックを誘惑、妻クリスチンを苦悩させる。アリーナの夫ケネスは泰然とふるまうが、娘リンダはアリーナを憎悪していた。アリーナを軸に愛憎が渦を巻きはじめたとき、入り江に隠れた砂浜で、彼女が絞殺死体で発見された！

シンプル＆ソリッド。それに尽きる。

ソリッドといっても、『ひらいたトランプ』や『ポアロのクリスマス』系の「ミステリの趣向が前面に出た硬質さ」とは違うし、シンプルといっても『オリエント急行の殺人』の「ミステリ以外の要素を削り落とした結果のシンプルさ」とは違う。流儀自体は『ナイルに縮した結果としての「シンプル&ソリッド」であり、それが『白昼の悪魔』なのである。ミニマルな佇《たたず》まいは涼やかでさえあり、ちょっとクリスチアナ・ブランドの鋭利な毒を感じさせもする。

形式も『ナイルに死す』『死との約束』のそれを踏襲している。「旅先」を舞台とすることで登場人物＝容疑者集団を限定し、事件に先行して人間関係をドラマとして描いて、事件発生とともにミステリ劇に突入するという構成だ。

けれど本作での人間関係は、先行二作品よりも整理・圧縮されている。「スマグラーズ島」のなかだけで人間関係がきれいに完結するように、魔性の女アリーナを扇のかなめとした二つの三角関係が、基本の構図となっている。そして、この三角関係ドラマをとりまくように「悪」に関する問答を展開させることで、事件に至る必要十分のドラマを、おそろしく手際よく描いているのである。各登場人物の簡にして要を得た造形もいつもながら見事で、とくにおしゃべりなおばさまと、毎度同じ相槌しか打たない夫がいい。彼らの会話のギャグが、緊密であるがゆえに息苦しくなりかねない作品世界に、こころよい弛緩《しかん》の瞬間を生み出している。

事件の謎もシンプル&ソリッドだ。トリックもシンプル&ソリッド。そして衝撃はそれゆえに大きいのである。

虚を衝かれる、というのはこういうのを言うのだろう。じっさい、「真相」を告げる場面の瞬発力はどうだ！　本格ミステリでは、謎解きの演説を通じて論理のプロセスをたどったのちに、その帰結としてトリックが明かされるのが常道だが、本作でのポアロは、謎解きを後回しにして、突如、トリックを告げるのである――まるで居合抜きのような迅《はや》さ。この緊迫感。

　ぴぃんと緊張感が張りつめているのは本作全体がそうであり、これが『白昼の悪魔』の最大の特徴と言ってもいい。サスペンス感では『ABC殺人事件』と『オリエント急行の殺人』がこれまで突出していたが、これらは作品の形式自体が高速を指向してカスタマイズされていた高速走行モデルだった。しかるに『白昼の悪魔』は、形式自体は『ナイルに死す』以来のスタイルそのままなのだが、無駄を省いて作品全体を筋肉質に絞ることで緊迫感を生んでいる。つまりは『ナイルに死す』～『死との約束』でひとつの完成をみたスタイルが、もう一段、洗練／凝縮されて、『白昼の悪魔』となっている。

　そして三二二ページ（第十一章2）、沈思黙考するポアロの姿を描いたのち、さらなる加速をみせる。

　クリスティーは一気に畳みかけるように推理のデータを箇条書きで連打、次いで最後の手がかりを打ちこみ、とどめとばかりにショッキングな事件をひとつ発生させ、前述の居合抜きのごとき電撃的解決を叩きこむ！　その余韻のなかで、題名そのまま「邪悪evil」としか言いようのない犯人の禍々《まがまが》しい叫びが空間を引き裂くのだ。

　このスピード感。このインテンシティ。息を呑むほかない。

かくもシンプル＆ソリッド＆スピーディな本作に対して贅言は不要だろう。『白昼の悪魔』は、『ナイルに死す』にはじまるクリスティー・ミステリの総決算である。ここに至るすべての要素を、ほとんど記号的なほどまでにシンプルに凝縮して組み上げたのが『白昼の悪魔』なのだ。

とくに『ナイルに死す』の意識的な変奏のような側面がある。三角関係のありよう。人間関係の反転と、犯人の属性。被害者像（なかんずく、その性格の多面性）。そしてトリック。いずれも『ナイルに死す』と比較すると非常に面白いはずだ。ぐっと短い尺で『ナイルに死す』を書くことはできるか？という挑戦が、『白昼の悪魔』だったのではないか。

クリスティーお得意のアイデンティティの擬装によって生み出される謎。それが犯人の「邪悪さ」と重なり合って、その恐ろしさを増幅しているあたりも見事である。トレードマークとも言える大胆な伏線も健在で、本作を読み終えた者は、伏線となる序盤の「あのひと」を永遠に忘れることはできないだろう。トリックもまた、『エッジウェア卿の死』や『ナイルに死す』でのトリックをシンプルに洗練させたものと言っていい。

クリスティー以外の何ものでもない、研ぎ澄まされた刀のような作品。つまり傑作だ。

21 『五匹の子豚』

★★★★★
未読の者は書店に走れ！

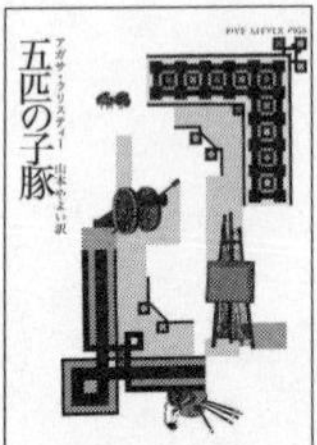

Five Little Pigs, 1942

【おはなし】

十六年前、画家アミアスは自宅アトリエの庭先で毒死した。派手な女性関係で悪名高かった彼はモデルのエルサと恋仲にあり、妻カロリンと喧嘩を繰り返していたという。死の直前にアミアスが口にしたビールのグラスからはカロリンが盗んだ毒が検出され、殺人罪で起訴されたカロリンはろくに抗弁もせず有罪判決を受け、のちに獄死する。

そして今、名探偵エルキュール・ポアロのもとを若き女性カーラが訪れる。彼女はアミアスとカロリンのあいだの娘であり、母が本当に犯人だったのか調べてほしいと依頼する。ポアロは事件当日に現場に居合わせた五人に当時の話を聞く。

スゴい。**これは傑作だ。**最高傑作であろう。

未読の者はすぐに本屋に走るように。以下の駄文を読んで時間をムダにしている場合ではない。そう叫びたくなるほどに完璧な傑作なのである。

読みはじめて真っ先に思ったのは、これは『杉の柩』の発展形ではないか、ということだった。『杉の柩』は、「第一部」が殺人の被告人となった女性エリノアを主人公とした事件の顚末を描くパート、「第二部」がそれに関するポアロの調査、「第三部」が法廷の場における解決、という構成になっていた。『五匹の子豚』は、『杉の柩』の「第二部」を拡充したものではないのか、と思ったのだ。「殺人に至る物語」を、ポアロと読者がともに読み、その正しい読み方を調査によって発見することで、謎を解明するという。『杉の柩』では、作品全体の半分以上を費やした「第一部」で、事件をめぐる物語がフルに語られる。それが「第二部」で違う視点と角度から語り直されることで、「第一部」の正しい読み方が徐々に浮かび上がってくる仕組み。しかし『五匹の子豚』では、『杉の柩』の「第一部」にあたる「事件について」で読者に提示される情報が、新聞の社会面の記事程度のギリギリの内容に抑えられている。

読者に最初に与えられる「事件」は、変奏曲における「主題」のようなものである。この主題の提示ののち、ポアロは容疑者である五人のもとを順次訪れて話を聞くことになる。彼らの証言は単なる手がかりではない。彼らの証言は、最初に提出された事件の骨格に、彼らなりの肉付けをしたもの、つまり主題が五通りに変奏されるのである。

五人の証人たちが語るのは、同じひとつの事件であるはずだ。しかしそれは、それぞれに異なる立場からの、それぞれに異なる「解釈」に基づく、それぞれに異なる「カロリン像／アミアス像」を軸にした、それぞれに異なる「感情」が彩る、それぞれに異なる「物語」となる。だから、この五つの証言の連なりは、不変で揺るぎない「事件」の細部を事務的に収集していくという、通常のミステリでの尋問シーンとはまったく違う面白みを持つ。たったひとつの人間関係が、状況が、どんなふうに読み替えられ、どんなふうに異なる物語を生むのか、それに耳を傾ける楽しみがあるのだ。

以上が『五匹の子豚』の「第一部」である。「第二部」に入ると、五人の証人たちが事件前後の状況を詳細に記した手記が並ぶ。ここでも同じように、「同じできごとが、視点によって異なった色合いや意味合いを帯びる」のを読むスリルがあるが、同時に、「謎解きミステリ」のフェアプレイを意識したゲーム性も立ち上がる。『アクロイド殺し』を思い出そう。あれと同じように、「第二部」で並ぶ手記たちは、ポアロ＝読者が、まったく同じ立場に立って接する「謎解きのテキスト」なのである。

『アクロイド殺し』の項で、同作の三九四ページの記述が「読者への挑戦」だった、と書いた。『五匹の子豚』でも、五人による手記をカーラが読み終えた瞬間、「第三部」がはじまる。ポアロとカーラと読者が同じ情報を手にした瞬間に、「解決編」がはじまるのである。

クリスティーは本作を、作者と読者がテキストをはさんで知恵比べするゲームに仕立てている。『アクロイド殺し』の趣向から人工性を減じたのが『杉の柩』だったと書いたが、『杉の柩』での達成を踏まえたうえで、『アクロイド殺し』の人工的なゲーム性を呼び戻したのが『五匹の子豚』だと言うことができる。

さらに本作は、ポアロのいわゆる「心理的探偵法」がはじめて効果を発揮した作品でもある。ポアロはことあるごとに「関係者の性格を知ること」や「関係者の心理」が謎を解くのに不可欠だと言ってはきたが、『ひらいたトランプ』のように、これを「真っ当な謎解きミステリ」のなかで活かすことは非常に困難である。『ひらいたトランプ』は失敗作だとしても、『アクロイド殺し』や『三幕の殺人』などで、クリスティーは「秘められた心理を知る＝言動の真意を読み解く」ことと謎解きのプロセスとを縒《よ》り合わせようと努めてきた。その最初の達成が、「物語の多義性」を実現し、その「多義性の読解」を謎解きのキモとした『杉の柩』だった。

そして『五匹の子豚』の「第二部」の読解こそは、「心理的探偵法」を最良のかたちで活かすことのできる趣向なのである。「それぞれに被害者・加害者に対して異なった感情を持つ者たちが、個人的な記憶にのっとって事件を語る」という五つの手記。手記の筆者それぞれの心理と感情は、いわば色眼鏡として作用して、手記に影響する。それを読むポアロは、手記に書かれた事柄が「どんな色眼鏡で見た風景なのか」を見破り、「真の風景」を観ようとしているのだ。

心理は不定形で不可視で定量化できない。それが『ひらいたトランプ』の解決の残尿感を生んだ。しかし、「あるひとつの現象を記憶に頼って描いた手記」というかたちをとれば、心理の作用を「文字列」という物理的な実体に落とし込むことができる。だから心理的探偵法を、ソリッドな謎解きのツールとして活用できるのだ。

『五匹の子豚』の謎解きの最大のキイとなるのは「動機」であるが、それが心理的探偵法にとってベストの相性であることは言うまでもない。ちなみに、その「動機」を生むに至る心理的な引き金もまた、「ある物理的な事象」に落とし込まれている。

　これこそクリスティーのミステリ技法、小説技巧の集大成。そう私は確信したのである。しかし、『五匹の子豚』の真のスゴさを体感したのは、これを読み終えて一ヵ月ほど経ったときのことだった。「そういえば『五匹の子豚』ってどういう話だったっけな」と思い、犯人を思い出した瞬間に、**作品のすべてが脳内に出てきた**のだ。文字通りすべてが。芋づる式に。

　事件をめぐる人間たち。犯行現場。四阿《あずまや》。母屋。動機。手段。降り注ぐ明るい陽射し。その向こうの荒々しい海。一気に乾《ほ》されるビールの苦味。油絵具の匂い。すべてが。

　すべてが、一片の無駄もなく、有機的に堅牢に結び合わさっているということである。ミステリとしても、登場人物の言動を追うドラマとしても、無駄が何ひとつない。すべてが、『五匹の子豚』というミステリ／ドラマに不可欠な部品として機能している。本作のもたらす驚きは『杉の柩』でのダブル・ミーニングの驚きと同質ではあるが、「裏の意味」を浮かび上がらせる反転の過激さは『杉の柩』をしのぐ。そして、この反転を成立させるために、すべての登場人物が逆算するかたちで造形され、完璧に配置されている。

　それだけではない。それだけでは単に本作がおそるべき緻密さで構築されているというにすぎない。だが『五匹の子豚』においてクリスティーは、その緻密さを官能で裏打ちしている。すべてのものを、五感を刺激する鮮烈さをもって描写している。だからこそ、本作のことを思ったとき、私はジャスミンの香りや忍び入る猫の気配を体感したのである。

被害者と殺人者の造形の素晴らしさについて語るのは紙幅の都合もあり、自粛しておこう。ラスト・シーンの美しい痛ましさと恐ろしさが読んだ者の記憶に忘れがたく刻まれるだろうと言うにとどめる。

あまりに見事。完成度はおそろしく高い。疑いなくクリスティーのベスト。

22 『ホロー荘の殺人』

★★★★☆

彼女たちの不遇と悲しみ

The Hollow, 1946

【おはなし】

郊外に邸宅を構えるアンカテル卿夫妻が知人を招いた。互いに微妙な感情を抱く客たちの焦点となったのは、医師ジョン・クリストウと、クリストウと恋愛関係にある彫刻家ヘンリエッタ。ジョンにはガーダという妻がおり、またヘンリエッタに思いを寄せる若い男エドワードがおり、彼らが一堂に会してしまったのだ。

静かな緊張が高まるなか、近隣に滞在中の名探偵エルキュール・ポアロが邸宅に招かれた。庭にしつらえられたプールにさしかかったポアロが出くわしたのは、プールサイドに倒れるジョンと、そのそばで銃を手に立ち尽くすガーダ……。

本作もまた事前に評判を聞いたことのない作品だった。だが無名のクリスティー作品を舐《な》めるべきではないと、私はこれまでの道程で知らされた。『ABC殺人事件』とか『アクロイド殺し』とか、派手派手しいトリックを擁する有名な傑作がクリスティーには少なくない。だが、それらほどの知名度を持たない作品――『五匹の子豚』『白昼の悪魔』『死との約束』『杉の柩』など――のほうが、クリスティーの本質をより明瞭にあらわしているのではないか。派手な作品のほうが異色作なのではないか。そんなふうに思うのである。そしてさほど有名ではない『ホロー荘の殺人』は、期待どおり傑作なのだ。

これまた『杉の柩』を連想させる作品である。本作の中心人物ヘンリエッタが『杉の柩』のエリノアに連なる自立してクールな女性だというのもあるし、ミステリとしての趣向にも重なるところがある。「エリノアが語る物語」の正しい解釈の仕方を模索することで真相に到達するというのが『杉の柩』の趣向だったが、『ホロー荘の殺人』では「殺人現場の光景」の正しい解釈が真相へ至る道となっている。『杉の柩』の「第一部」を、「あるひとつの場面」へと凝縮／限定したのが本作なのであって、この二つは作法として同じである。『杉の柩』の進化形『五匹の子豚』とも当然似通うところがある。『ホロー荘の殺人』における「殺人の場」は、『五匹の子豚』のそれに通じる印象的なものだ。謎解きのポイントが、「殺人の場」に至るさまざまな情景の正しい解釈を見つけることにおかれるところも同一。芸術家が重要な役回りを演じるという点でも相似形をみせる。

本作のミステリとしての「趣向」は、一見地味だが、じつのところかなり大がかりで挑戦的なもの。初期の超有名作品のエコーをかすかに響かせつつ、大がかりな欺しが仕込まれている。当然、それを実現させるための策略は精妙（でちょっと皮肉）だ。ポアロは今回の事件についてしきりに「単純な事件なのかそうでないのかわからない」とつぶやくが、まさにそういう事件であり真相なのである。と、これ以上、具体的なことを書くと、シンプルで大胆な仕掛けであるがゆえにネタバレの危険があるので、ここらでブレーキをかけて、『ホロー荘の殺人』と先行作品について述べることにする。

『ホロー荘の殺人』『五匹の子豚』『杉の柩』『白昼の悪魔』――これらは、『ナイルに死す』『死との約束』で定式化した「殺人にいたるドラマ」の発展形である。読者のリクエストに応えたパロディ作『ポアロのクリスマス』と、政治スリラーを盛り込んで空回りした『愛国殺人』の二作を例外に、クリスティーはここまで一貫して、『ナイルに死す』の流儀を追求し、洗練させ、進化させてきたことになる。

『ナイルに死す』系統の作品には、つねに物語を励起し発火させる「焦点」のような人物がいる。彼女たち（ほとんどが女性なのだ）は読み終えたあとも忘れがたい印象を残す。『死との約束』で言えば独裁的な老女。『杉の柩』ならば主人公エリノアと、若く天然な被害者。『白昼の悪魔』の「悪女」たる被害者と、あの恐るべき犯人。『五匹の子豚』なら、被害者、被害者の妻、被害者の愛人の三人。

『五匹の子豚』の項で述べたように、「彼女たち」の姿を思い浮かべさえすれば、作品のすべてを「芋づる式に思い出す」ことができる。謎解きミステリにおいて「殺人」とは、そもそもは頭脳パズルのお題にすぎなかった。だが『ナイルに死す』以降のクリスティーは、道具としての「殺人」に、人間ドラマとしての必然を組み込んだ。だから、これらの作品においてエルキュール・ポアロの影が薄いのも当然といえる。「主役」は殺人へ至るドラマを演じる者たちだからである。『ホロー荘の殺人』ではそれが頂点に達していて、後年クリスティーは、「ポアロを出したのは失敗」と述懐していたという。

では、本作における「彼女」は誰か。

医師の妻、ガーダだと私は言おう。

え、ヘンリエッタでしょう普通に考えて、とおっしゃるかたが多かろうとは思う。彼女はクリスティーお得意の魅力的で自立した女性であり、実際、彼女が本作の主人公だ。『ホロー荘の殺人』が清澄な後口を残して幕を閉じるのは、ラストがヘンリエッタの物語で締められ、全体が彼女の物語として完結するからだろう。ヘンリエッタはエリノア（『杉の柩』）やカロリン／カーラ（『五匹の子豚』）の姉妹たる、非常に魅力的な女性である。

だが、それでも私にとって本作は「ガーダの物語」として記憶に残りつづけるだろう。ヘンリエッタの陰画のようにして薄闇に立つガーダ。彼女は私の心に暗い波紋を起こす、ひどく印象深い人物なのである。彼女の肖像の陰影の深さ。ヘンリエッタの引き立て役にしては、ガーダを描くクリスティーの筆使いは濃く細やかにすぎるように思えてならない。むしろヘンリエッタのほうが、ガーダという陰画を際立たせる光源であるような気さえするのだ。

『ホロー荘の殺人』は、だから、私にとってひどく悲しい物語だ。忘れがたい作品になるだろう。

（巻末ノート1で、本作と『五匹の子豚』の真相について記しました。こちらもご参照ください）

23 『満潮に乗って』

★★★

横溝正史がロマンティックになったなら

Taken at the Flood, 1948

【おはなし】

富豪ゴードン・クロード氏が戦災で死亡した。氏は死ぬほんの少し前に娘のように若いロザリーンと結婚、巨額の遺産は彼女のもとに行くことになった。戦争が終結した今、クロード一族が郊外の邸宅で顔をそろえる。ロザリーンは兄のデイヴィッドとともにやってきた。

いずれもゴードン氏の財産に寄生するように生きてきたクロード一族の面々は、遺産を独占することになったロザリーンに複雑な思いを抱いていた。そんな折、アフリカで死を遂げたとされるロザリーンの前夫が生きているのではという噂が流れ……。

なんと殺人事件が起きるのは全体の半分のところになってからである。

『ナイルに死す』以降のドラマ路線が極まった感すらある。とはいえ退屈なわけではまったくなく、むしろこれまでのクリスティー作品で、もっともドラマティックな印象のある作品である。

本作は一九四八年に発表された。これまでのクリスティー作品には、ほとんど戦争の影はみられなかった(現実にはロンドンは空襲されていたのに)が、『満潮に乗って』は全編が戦争の傷跡の気配に覆われている。ドラマティックな空気はそのせいもあるだろう。

この劇的な感じ、いっそ「メロドラマ調」と言ってしまってもいいくらいの濃いものだ。本作で物語の主軸をなすのは、「ゴードン氏の姪リンが、婚約者ローリイと、『危険な男』デイヴィッドのあいだで揺れる」というもの。もちろん本作は謎解きミステリなのだが、同じくらいの勢いで、「よろめきメロドラマ」になっているのである。

つまり読ませるということだ。娯楽物語の王道だからである。しかもリンはクリスティーお得意の自立した女性(『杉の柩』のエリノア系)であるから、ロマンスの臭みも品よく抑えられ、楽しくページを繰らせてくれる。

過去に何度か付随的なトリックとして登場した小さなネタを煮詰めてメイン・トリックに持ってきた感がある。しかし縮小再生産ということではない。本作もれっきとした『ナイルに死す』系統の作品である。ただ、本作はオーソドックスな殺人ミステリとは少し趣を違えていて、そこが本作のミステリとしてのキモだ。

つまり「殺人事件」はメインではなく、もっと大きな構図のなかのパーツにすぎない。これはクリスティー・ミステリの新機軸と言っていい。クリスティーは、お得意のダブル・ミーニングを駆使することで、「犯罪小説/倒叙ミステリ」のようなプロットを、いかにも彼女らしくみえる殺人謎解きミステリのかたちで書いてみせたのである。ある意味、『白昼の悪魔』を半回転ほどさせたバリエーションのようにもみえる。

さきに述べたように、主人公リンは『杉の柩』のエリノアの血脈に属する「クリスティーのヒロイン」の典型だ。ロザリーンとリンの対照も物語を駆動するエネルギーになっていて、これは前作『ホロー荘の殺人』を引き継いでいる。じつは初期の作品でもクリスティーは時折「愚かな女の悲劇」をミステリのスパイスとしてフィーチャーしてきたが、『ホロー荘の殺人』と本作で、これが主題にまでのぼりつめたと言えそうである（ついでにいえば、おなじみの「現実には破綻している結婚のくびきに苦しむ女性」のテーマも本作の支点になっている）。

だがしかし、リンがエリノアの血脈にある女性とみなしたとき、どうしても納得できないのが結末である。単にメロドラマめいてチープだというだけでなく、リンというキャラクターに矛盾が生じているように思えてならないのである。これはおそらく、リンの相手役の描写に関して、ミステリとしての要請と恋愛小説としての要請が衝突してしまったせいだろうが……。

以下は余談である。

第四章からはじまるクロード一族のパーティーの場面を読んでいて、「ん、こういう前に読んだことがあるな」と思った。

少し考えて思い当たった。横溝正史の金田一耕助シリーズである。例えば『犬神家の一族』。例えば『悪魔が来りて笛を吹く』。あのへんの作品で、こういう場面をよく見た。

巨万の富を持つ当主に寄生している一族。憎悪され冷遇される遺産相続者。「想定されて

いた相続の順序」が乱されて起きるトラブル。戦争のドサクサで死んだと思われていた人物

の生存の可能性。の生存の可能性。そして何より戦争で乱されてしまった旧家の因習。

横溝正史がクリスティー作品を愛好していたことは有名だが、クリスティーに無知だった私には、それがあまりぴんときていなかった。しかし『満潮に乗って』を読んでようやく、横溝とクリスティーの関係がみえてきたように思ったのだ。

殺人を発火させる人間関係の綾織り。それを織り上げる流儀として、横溝正史はクリスティーを咀嚼《そしやく》したのではなかったか、と。まだクリスティー作品の攻略は四分の一ほどでしかない身で僭越《せんえつ》ながら、横溝正史は本作を好んでいたのではないか、と私は言おう。本作のちょっとしたサブ・トリックが、横溝正史の晩年の某作品でそのまま使われていたりするあたりをみても、そんなふうに思うのである。

しかも、である。第八章の謎の男イノック・アーデンが屋敷をめざす場面をご覧いただきたい。これ、横溝正史の名作『本陣殺人事件』で三本指の男が登場する場面にそっくりなのだ。この場面を下敷きに、ここにトリックをひとつ仕掛けて、横溝は『本陣殺人事件』を構想したのでは？

――と思いたくなるが、残念ながら発表は『本陣殺人事件』のほうが二年早い。面白い偶然の一致ですよね。

24 『マギンティ夫人は死んだ』

★★★★ ハードボイルドだど

Mrs McGinty's Dead, 1952

【おはなし】

田舎町で通いの掃除婦をしていた寡婦マギンティ夫人が撲殺された。ほどなくして若い男が逮捕され、死刑判決を受けた。

だが事件を担当したスペンス警視は退職を目前にして悩む。どうしてもあの男が殺人犯だと思えないのだ。かくしてスペンスは旧知の名探偵エルキュール・ポアロに事件の再調査を依頼。ポアロが被害者の家で見つけたのは、夕刊紙から切り抜かれた、かつて陰惨な事件に関わった女性四人をとりあげた記事。この四人の誰かが町にいるのではないか？　これが事件の原因なのでは？

なんかクリスティーっぽくない。そう思いながら読んでいた。静かだが着実なドライヴ感、派手ではないが抑制された緊迫感、最初は小さく曖昧だった謎が物語の進行とともに大きく明確に成長してゆくダイナミズム。それがこれまでのクリスティーの風合と違う気がしたのだ。別の何かを思わせた。

ああそうか、と、やがて気づいた。ハードボイルド・ミステリみたいな読み心地なのだ。

舞台が閉じられた空間（屋敷や避暑地）ではないから、ポアロは調査のために町を終始移動しつづけ、関係者を訪ね歩いてゆく。滞在する下宿屋はメシがまずくて居心地が悪いため、腰を落ち着ける瞬間はない。視点もポアロに固定、その内心が物語前面に出てくる。読者はポアロの慨嘆や印象や思考を共有し、すべてを彼の眼を通じて見て、彼とともに空間を移動する。それが本作の基調だ。

日本でもっともすぐれたハードボイルド・ミステリの書き手のひとり、結城昌治（『暗い落日』『死者たちの夜』『エリ子、十六歳の夏』など）は、名エッセイ「一視点一人称」で、ハードボイルドの視点＝叙述形式こそが、もっともフェアな謎解きミステリを書き得るスタイルだと述べている。手がかりを含む作中のすべての事物が、探偵の五感を通じて読者にダイレクトに伝えられるからである。例えばビル・プロンジーニの『名無しの探偵事件ファイル』などを読めば、結城説がよく理解できるだろう。そして、「ハードボイルド的であるがゆえに優れたミステリ」のカテゴリに、この『マギンティ夫人は死んだ』も加えられるべきだろうと思う。

展開もハードボイルドのスタンダードを踏んでいる。冒頭でポアロの眼でロンドン逍遥《しょうよう》が描かれ、次いで事務所で依頼人と面会し、「警察が大っぴらには捜査しにくい事件」を依頼される。そしてポアロは関係者を単身で訪れ、それぞれの「物語」を収集し、それを通じて彼らの肖像を描いてゆく。まさにハードボイルドの定型である。

ここで大急ぎで言っておくと、「ハードボイルドのようだ」というのは、ポアロが拳銃を振り回したり粗暴なセックスに溺《おぼ》れたりギャングを殴り倒したりする、みたいなことを意味しない。

ハードボイルド・ミステリとは、公的な権威を持たない一個人が、権威の網の目から漏れた犯罪を、街路に立つ等身大の人間の目線から見つめ、等身大の人間たちの物語を収集していくことで真相を見出す、というプロセスを踏んだ末に、探偵自身の私的倫理と職業倫理と法体系のせめぎあいが浮き彫りとなる物語である。ときに暴力性が顕われるのは、権威の後ろ盾を持たない私人が犯罪の培地に踏み込む際の武装の手段にすぎない。物語の副産物なのだ。

『マギンティ夫人は死んだ』がハードボイルドめくのは、登場人物が、これまでクリスティーがほとんど扱ってこなかった「裕福でない人々」であるせいもある（被害者と容疑者を見よ）。だからポアロは、屋敷に腰を据えて医師や使用人や貴族の話を聞くのではなく、ごくふつうの生活者たちの家を巡礼してゆくことになる。結果、物語は謎解きミステリのスタティックで冷えた空気ではなく、体温をともなう動的な空気を獲得した。

レイモンド・チャンドラーが、名エッセイ「簡単な殺人法」（『チャンドラー短編全集2　事件屋稼業』収録）で伝統的な本格ミステリを批判したのは一九四四年。チャンドラーは、犯罪をヴェネティアン・グラスの花瓶から引っぱり出して街路に放り出した、と、ダシール・ハメットを称賛した。本作でクリスティーは、「自分だって犯罪を上流階級の屋敷から引っぱり出して、平凡な市民のなかに放り出すことぐらいできる」と反論してみせたのではないか。

やはりポアロによる関係者インタビューが繰り返される構成をとるのが『愛国殺人』だった。だが『愛国殺人』でポアロが面会したのは浮世離れし戯画化された人物ばかりであり、ポアロは彼らから地に足のつかない床屋政談を聞かされるのみだった。

だが『マギンティ夫人は死んだ』では違う。彼らの姿は、声は、とてもリアルだ。だから、それを受けてポアロが漏らす慨嘆にも、リアルな人間の実感という芯が一本通る。というか、本作の人物たちの肖像は、これまでのポアロ作品でも屈指の生彩を放っているように思える。例えば、死刑判決を受けた青年などは、いまどきのコミュ能力不足の男の子たちを思わせて印象深い。

ひょっとすると、伝統的な舞台を愛する読者は、『マギンティ夫人は死んだ』は貧乏たらしくて野暮な作品だとしりぞけるかもしれない。だが、それはもったいない。だって言い換えれば、本作はポアロが出ずっぱり、ポアロのぼやきのキュートな楽しさも格別の作品、等身大のヒーロー、ポアロを存分に楽しめる作品なのだから。

そもそもハードボイルドの流儀は、謎解きミステリの快楽と矛盾するものではない。ハードボイルドは語り口の名称であり、謎解きミステリは構造の名称であるからだ。この二つは両立できる。そう、マイクル・Z・リューインの『沈黙のセールスマン』や、タッカー・コウの『刑事くずれ／蠟のりんご』、ジョン・ラッツの『稲妻に乗れ』といった作品が証明するように。

玉に瑕なのが、中盤に登場するミステリ作家アリアドニ・オリヴァ夫人の存在である。たしかに彼女の言動は楽しい。だが、本作においては完全に空気を壊している。夫人が滞在するのは本作中で数少ない上流人士の屋敷であり、彼女が何をやるのかといえば、必然性の稀薄な、ユルい会話だけなのである。いちおう彼女が手がかりをつかみはするのだが、これは別にポアロにやらせればいいことであって、必然性もまるでない。「いかにもクリスティーなパート」を読者サービスとして組み込んだのかもしれないが、これが完全な夾雑物になってしまっているのは皮肉である。

意外な犯人を仕掛けたミステリとしての手口は正攻法。解決への大きな手がかりは、無論ポアロの行動のひとつとしてリアルタイムで読者に伝えられている。秀作と言っていい。

個人的に気持ちよかったのが、本題の犯人探しが完了したあとに、つぎつぎと撃ちこまれる「小さな謎」の解決群。ここが素晴らしい。ミステリとしての驚きと、さまざまな登場人物の「生」にケリをつけるという物語上の要請が、同時にきれいに達成されているのだ。『ホロー荘の殺人』や『満潮に乗って』では、「ドラマとしての決着」が過剰な甘さとなってしまった憾《うら》みがあるが、本作では非常に程のよい後口になっている。「語らないことによる余韻」を響かせる、じつに品のいい作品なのである。

とくに愛するのは、最後から二番目の章での対決シーンである。

まるで「ファム・ファタル」もののハードボイルド・ミステリのクライマックスのようなクールネスがそこにはある。ポアロがサム・スペードやフィリップ・マーロウに見えてきそうなくらい。

ここに至って『マギンティ夫人は死んだ』は『杉の柩』以来の「凜としたヒロイン」ものの変奏だったとわかるわけだが、その貫徹がハードボイルド／ノワールの硬質なロマンティシズムとして結実しているのである。この章の凜冽《りんれつ》たるカッコよさ――ここを読むためだけでも本作を読む価値はある。

とくに普段ハードボイルドを読んでいるような人は必読。傑作。

25 『葬儀を終えて』

★★★★★

こんなに後期の作品なのか！

After the Funeral, 1953

【おはなし】

「だって、リチャードは殺されたんでしょう？」

アバネシー一族を前に、急死した当主リチャードの遺言を読み上げようとしていた弁護士エントウイッスル氏は、リチャードの妹コーラの発言を聞いて動転した。コーラは不用意に真実を口に出すくせがあることで有名だった。だがリチャード氏の死に他殺の疑いがあるというのは初耳だった……。

果たして翌日、コーラが自宅で殺害されて発見された。やはりリチャードは殺されたのか？　コーラは殺人者によって口をふさがれたのでは？　エントウイッスル氏は独自に調査を開始するも曙光は見えず、名探偵エルキュール・ポアロに助けを求めた。

巧い。見事だ。

犯罪の気配など微塵《みじん》もない一族の会合の場面を、たったひとことの台詞で一挙に「ミステリ」に変じてみせる瞬発力に心底感動した。

「だって、リチャードは殺されたんでしょう？」

この台詞は本格ミステリの名台詞ベスト1にしたっていいんじゃないかと思う。本作は、わずか二十文字のこの鮮烈なひとことを軸に、周到に組み上げられた傑作である。

クリスティーらしく周到な作品ではあるが、『ナイルに死す』以降の作風とはかなり違ったものでもある。例の台詞は開巻早々三二ページでぶちかまされ、コーラの他殺死体も五三ページで発見される。殺人にいたるドラマをみっちり描くという流儀を今回クリスティーは採っていない。

かといって『ポアロのクリスマス』や『愛国殺人』のような「頭で書いたブラック・コメディ」でもない。もちろんハードボイルド・ミステリ風の『マギンティ夫人は死んだ』とも違う。

じつは『葬儀を終えて』は、私がクリスティー攻略開始以前に読んだことのあるクリスティー作品のひとつだった。初読時は、これがいつ頃の時期の作品だったか、といったことにはまったく無自覚だったのだが、今回あらためて思ったのは、

「あ、『葬儀を終えて』って、こんなに後のほうで発表された作品だったんだ」

ということだった。そう、一九五三年の発表なのに、本作の質感は、むしろ初期作品に近いのである。

たったひとつの欺瞞《ぎまん》から、大いなる謎と物語を紡ぎ出す。殺人にいたる物語ではなく、殺人に引き起こされる右往左往に焦点を合わせる。人間ドラマで読者を牽引するのではなく、謎に対する関心で牽引してゆく。さらには犯人が幾人もの関係者に危害を加えることでサス

ペンスを生む手つきは、昔ながらのミステリの王道でもある。

エルキュール・ポアロの出番は非常に少ない。物語のほとんどは、つぎつぎに起こる事件を受けて右往左往する関係者たちの姿に割かれていて、ポアロはあまり関係者たちと直接接触しないからだ。ようやく推理が固まった段階で、ポアロは関係者のあいだに本格的に姿を現し、ちょっとしたトリックを仕掛けて、事態を解決へ導いてゆく。

本作におけるポアロは安楽椅子探偵のようでさえあるし、「何が起きたのか」を把握したうえで事態を操作して解決へ、というトリッキーな所作は、レックス・スタウトのネロ・ウルフものを思わせもする。クリスティーがネロ・ウルフを意識したなどというつもりはないが、こうして『オリエント急行の殺人』以降のポアロ作品を見てくると、その物語や形式の多彩さに啞然とする。『ナイルに死す』と『死との約束』の構造に相似が見られたり、『杉の柩』のエリノアのように反復されるモチーフはあるものの、作品ひとつひとつの質感を、クリスティーはドラスティックに変えてきた。エルキュール・ポアロをクリスティーが嫌ったのは、それによって物語の自由度が低まるせいでもあったと聞くが、裏返せば、作風のバリエーションを多彩にすることにクリスティーが意識的だったということでもあろう。

さきほど私は、『葬儀を終えて』は初期作品っぽい」と書いた。じつのところ私の脳内には、「ある特定の初期作品」がある。その作品は、初期のスタイルなのでポアロが出ずっぱりで、クリスティーの弱点である「謎の弱さ」を抱え、物語のつくりも「ありがちな殺人ミステリ」の定型を踏んでいた。ひょっとするとクリスティーは、その初期作品を、『杉の柩』以降のスタイルで仕立て直す実験をしてみたのではないかと思うのだ。それが『葬儀を終えて』だったのではないかと。ポアロの登場を最低限に抑え、物語上のひねりを加え、例のコーラの名台詞によって「謎」をぐっと鮮烈に提示したかたちで。

その傍証がある。

第十二章なかほどで、ポアロは唐突に『[redacted]』の犯人のことを口に出すのである。これがカギなのではないかと思うのだ。狡猾《こうかつ》な[redacted]なら、これ以外の作品にも出てきていた。なぜわざわざ『[redacted]』なのか？（スミ塗り部分は巻末ノート1を参照）

そう、『葬儀を終えて』は、あの作品の変奏であり、また強化バージョンであるということを、ここでクリスティーは大胆に宣言しているのではないか。でなければ、わざわざあの作品を持ち出してくる必然性がないのだ。

そう思ってみれば、この二作のアイデアはほとんど同じと言っていい。トリックによって犯人が意図した効果も本質的に一緒だ。しかし、このトリックのもたらす効果は『葬儀を終えて』のほうがずっと強くなっている。インパクトを強化しているのは、他ならぬあの台詞、「だって、リチャードは殺されたんでしょう？」である。

つまり、『[redacted]』をより磨き上げられたテクニックで再生させた作品、それが『葬儀を終えて』なのではないか。そう私は思うのだ。

26 『ヒッコリー・ロードの殺人』

★つまらなさの研究

Hickory Dickory Dock, 1955

【おはなし】

ロンドン、ヒッコリー・ロードにある学生寮。そこには留学生も含む多数の若者が住んでいる。そこで奇怪な盗難事件が相次いだ。電球だのホウ酸だの、つまらないものばかりが盗まれるのだ。名探偵エルキュール・ポアロの秘書の姉が寮母をしていた関係で、ポアロはこの怪事件の調査を開始。「やったのは自分です」とひとりの女子学生が名乗り出、ことは収まったかに見えたが、直後、その女子学生が自殺を装って殺害された——。

『ナイルに死す』から『葬儀を終えて』までのクリスティーの冴えはおそろしいほどである。欺しの技術と物語りの才能を周到な構築で組み上げた傑作群。それでいて一作一作、色が違う。個人的には好きではない『愛国殺人』さえ、核のところのミステリとしての仕掛けは素晴らしい。

で、本作である。物語や人物から適度に距離をおいた軽妙な筆致、つまりコメディ調に仕立てられていて、謎も魅力的だ。なのに決定的につまらない。

「盗んでもしかたのないものが次々と盗まれる」、「一見、脈絡のない品々に一貫した何かがあるらしい」というのが『ヒッコリー・ロードの殺人』の「謎」で、現在でいう「日常の謎」のようなところがあって面白い。だから問題は、これらの「謎」に対する「解決」のほうにある。

「謎」と「解決」、このペアは謎解きミステリにとって不可欠なものである。しかし、この二つを比べたとき、より重要なのは「解決」のほうだろう。例えば泡坂妻夫《あわさかつまお》の傑作短編「歯痛の思い出」のように、何の謎もない（ように見える）ところから、ふいに「解決」が立ち現れてくる謎解きミステリの傑作もあるからだ。一方でその反対、「謎があるのに解決がない」というのは、ごく前衛的な作品以外あり得ない。つまり、「謎がつまらなく見えても解決によって傑作となる」ことはあるが、その逆はないのだ。

要するに『ヒッコリー・ロードの殺人』は「解決」に問題がある。さきに述べたように、本作の謎のキモは「なぜ？」にあるわけだから、問題は連続窃盗の「動機」ということになる。

これがまるで意外でない。身も蓋もないが、つまりそういうことなのだ。

解決のプロセスがまずいのもある。本作での謎の解明は、解決場面で一気呵成に行われるのでなく、いくつかの段階を踏みながら、消去法的に謎の核心へと迫っていく形態をとっている。すると、全体の半分をすぎたあたりで「意外な動機」の見当がついてしまうのだ。最後の解決場面では、それが追認されるだけであって、挨拶に困るとしか言いようがない。そもそも動機自体が常識の範囲内なのだ。「電球を盗む動機」に至っては小学生のいたずらレベルである。

クリスティーの意図はわからないではない。日常の些細《ささい》な事柄が、大きく広いものにつながってゆくというスケールの落差のダイナミズムが意図されたのではないかと思う。けれども残念ながら私はすでに北村薫作品を筆頭とする、すぐれた「日常の謎」ミステリを知っている。ハリイ・ケメルマンの『九マイルは遠すぎる』も読んでいる。小さな謎から生えてゆくアクロバティックでエレガントなロジックの美を知っているし、小さな事象がもっと巨大な落差を持つ事象につながってゆく驚愕も知ってしまっている。

問題の本質はここにあるのかもしれない。二十一世紀のわれわれは、『ヒッコリー・ロードの殺人』程度の「意外な動機」では驚けない。この程度の「謎と解決の落差」では一編のミステリを支えることはもはやできないのだ。

27 『死者のあやまち』

★★★☆

リラクシン！

Dead Man's Folly, 1956

【おはなし】

名探偵エルキュール・ポアロのもとに推理作家のアリアドニ・オリヴァ夫人から電話がかかってくる。とある祭りでミステリ・ゲームが開催されることになり、その原案を担当すべく、同地に招かれたのだという。だが祭りが近づくにつれてキナくさいものを夫人は感じ、ポアロを呼ぶ——殺人が実際に起きても不思議じゃない気がするのよ！と。

果たして祭りのさなか、死体役をつとめた少女が殺されて発見され、次いで館の主人の若き妻も失踪を遂げた。

クリスティーの小説にユースホステルとかホットパンツが登場するとは！と意外の感をおぼえたのだが、じつのところ別に不思議では全然なくて、本作が書かれたのは一九五六年。もはや戦後ではないのである。

読み心地は軽妙至極、いい意味で「軽い佳作」に仕上がっている。それほどの新味はないが、序盤のある人物との邂逅《かいこう》シーンなど、真相を知ってから読み返すと腰を抜かす大胆さであるし、別のある人物の証言にも精妙なダブル・ミーニングが仕込まれている。「いつものクリスティー」を超えるものではないにせよ、読者を欺すためのクリスティーの非凡な神経は行き届いているし、最後にはじゅうぶん満足できる驚きが待ち受けている。

と、軽量であれども軽妙かつ軽快で楽しい本作、その最大の功労者はアリアドニ・オリヴァ夫人にほかならない。以前にも夫人は、『ひらいたトランプ』や『マギンティ夫人は死んだ』といった作品に登場していたが、いずれも彼女の魅力を活かすには不似合いな作品だったように思う。すでに書いたように、見かけは硬質なのに中身はぬるいという『ひらいたトランプ』の難点は、オリヴァ夫人の無責任で非論理的な行動に象徴されていたと言っていい。『マギンティ夫人は死んだ』も、せっかく庶民的な舞台でポアロがリアリスティックな調査を行なっているのに、半ばで登場する夫人のパートだけが全体から浮いていて、作品の完成度を損なっていた。

オリヴァ夫人の本来の魅力は、本作でようやく発揮されたのである。「旧式の軍艦」のようだ、などと書かれている服装も変なら、髪型も変（これはぜひ現物にあたって、夫人初登場の場面での髪型を楽しんでいただきたい）。クリスティーの筆致からして、明らかに楽しそうだ。「こういうひとっているよなあ」と思わせる絶妙なリアルさと、こちらを笑わせずにおかない奇矯さ。オリヴァ夫人は、P・G・ウッドハウスやドナルド・E・ウェストレイクなんかの作中人物を思わせるのである。

しかも、お調子者で周囲の人間に影響されやすいという夫人のキャラが、本作では真相へのちょっとした手がかりにもなっている。このあたりの巧さはさすがクリスティーというべきもので、本作はキャラクター小説として、よい仕上がりなのである。

一方でポアロの影はずいぶん薄くなってしまっていて、このあたりはクリスティーのポアロへの思い入れの薄さを反映しているのだろう。

クリスティー文庫版の横井司氏による名解説にあるように、ファンにも初心者にも安心してすすめられる佳作。楽しくリラクシングでありつつも、クリスティーらしい仕掛けがある作品なので、もし誰かに「クリスティーって読んだことないんだけど、どんな感じ？」と軽く問われたならば、『死者のあやまち』を読むといいよ」と答える手もあるんじゃないか、と思えてくる。

たぶん『オリエント急行の殺人』とか『ABC殺人事件』なんかより、この『死者のあやまち』のほうが、クリスティーという作家の本来の資質がよく表れている気がする。

28 『鳩のなかの猫』

★★ ワーキャー楽しそうなんだけどね？

Cat Among the Pigeons, 1959

【おはなし】

生徒も教師も女性ばかり、良家の子女が通う女子高メドウバンク。そこにハンサムな男性職員アダム・グッドマンが赴任した。生徒たちは「あれ誰かしら？」と囁《ささや》き合い、それぞれに癖のある教師たちもさまざまな思いをめぐらす。

じつはグッドマン、イギリスの情報機関の一員で、瓦解した中東の小国の王子が、さる英国人を通じて国外に持ち出した宝石を追っていた。莫大な価値のある宝石が、この学校の女子生徒の一人の手元に隠されているとおぼしいのだ。だがグッドマンの捜索が完了せぬうちに、体育教師が体育館で射殺されてしまった！

『ヒッコリー・ロードの殺人』『死者のあやまち』と読んでくると、いまひとつ作品から粘りや稠密《ちゅうみつ》さが失われてきたように思えてきた。この時期、クリスティーはもう老齢、本作『鳩のなかの猫』は一九五九年発表、六十九歳のときの作である。

そして、嗚呼《ああ》、スリラー仕立てなのである。

第二章で中東の架空の国が登場、革命勃発前夜の王子と英国人青年の友情と謀議が語られる。例によって描写は太平楽、リアリティのほとんど感じられない絵空事感がつきまとう。とはいえ本作は女子校の寮が主な舞台であり、女の子たちがワーキャーいっているにぎやかな感じのせいで、クリスティー式スリラーの弱さがずいぶんカバーされてはいる。教師同士の不和なども戯画化されていて、作品世界からリアリティがいい具合に除去されているのだ。

例えば恩田陸『ドミノ』やドナルド・E・ウェストレイク『骨まで盗んで』のようなファンタスティックな騒動劇の風合。あるいは昭和っぽい少女マンガ。あるいは「ライトノベル」に進化する以前のジュヴナイル少女小説。そういう手触りであり、「学園でファンタスティックな事件が起きる」という意味でも、少女小説風である。

だから、大真面目に「リアリティが云々」などと講釈を垂れたり、「この時代にはすでにエリック・アンブラーが活躍していたからどうの」とかいった話をするのはお門違いかもしれない。おきゃんで楽しい空気ゆえに、本作はクリスティー式スリラーのなかで比較的「サムくない」ものになっている。

だが。

ミステリ部分が弱いのである。あまりに弱い。『ヒッコリー・ロードの殺人』と同じ弱さ。読み終えても索漠たる気持ちしか残らないのである。

本作の「謎」は「犯人は誰か?」である。というかそれだけだ。動機はすでにわかりきっているし、特段のトリックもない。

とはいえ「犯人探し=フーダニット」はミステリの本道であるはずだから、「犯人探しだ、い、から物足りない」という理屈は成立しない。何か足りないものがあるということだ。例えば、大がかりな謎もトリックもない『オランダ靴の秘密』（エラリイ・クイーン）のような傑作と、本作はどこが違うのか。

問題は「解決」のプロセスにある。どういったプロセスで真犯人が指摘されるのか、という部分に問題があるのだ。『オランダ靴の秘密』の最大の魅力は、「継がれた靴紐」と「現場の家具の位置」という些細な手がかりから華麗な論理が紡ぎ出され、ついに犯人指摘に至るロジックの昂奮《こうふん》にあった。そういう知的なスリルが『鳩のなかの猫』には欠けている。

犯人探しミステリにおいては、そのプロセスに何かスペシャルなものが必要なのだ。ロジックに則りつつも、読者の常識を超越する飛翔やアクロバットを見せなくてはならない。クイーンの『Zの悲劇』では容疑者群の絞りこみの手続き。チェスタートンの「見えない人」なら犯人の隠し方。クリスチアナ・ブランドの『疑惑の霧』のような作品では、犯人へ一直線に通じる大胆かつ巧妙な伏線。やはりクイーンの『エジプト十字架の秘密』ではエレガントな手がかり。こういった謎解きミステリにおける「解決」のスリルとは、一編の小説をずっと読んできたという「時間の投資」に対するリターンなのである。

本作の「リターン」は小さすぎるということだ。主なトリックは二つあって、いずれもクリスティーお得意の「アイデンティティの擬装」を軸にしている。しかしどちらも「じつはこのひとはこういうひとでした！」と言い放つのみで、その場かぎりの反射的な驚きしかもたらさない。伏線や手がかりに裏打ちされているわけでもない。そういう弱点を、「スリラーならこういう人物が出てきてもおかしくないでしょ？」ということで逃げているのだ。謎解きミステリとして上質とは言えない。

一方で本作には、明確な主人公やストーリーがあるわけでもないから、読者を先へ先へと牽引するのは「いずれ謎が解かれる」ことへの期待感のみなのである。女学生たちの楽しげな騒動はストーリーを成すほどまでには至らず、ページの表面を騒がせる楽しい効果音にとどまる。要するに『鳩のなかの猫』は謎解きミステリ以外のなにものでもなく、ゆえに読者が投資した時間へのリターンは、「解決」によってなされなければならないはずだ。

ここで私は『ナイルに死す』から『マギンティ夫人は死んだ』までの圧倒的な充実を思い出す。これらの作品は見事なストーリーを持っていた。人物たちのしっかりしたドラマがあった。そのうえに、生き馬の目を抜くような油断ならなさと速度感を持つミステリ仕掛けをそなえていた。

そのいずれも本作にはない。あるのは表層的な面白さを演出する女学生たちの大騒ぎと、女性教員たちのギスギスした人間模様だけである。

過大な期待はせずにぼんやりと読むのがよろしかろうと思う。舞台の設定やスリラー要素を見るに、クリスティーは『ヒッコリー・ロードの殺人』の改善版を意図したのかもしれない。そして『ヒッコリー・ロードの殺人』よりだいぶマシだとは思う。

でも、それだけだ。

29 『複数の時計』

☆これはひどい。

【おはなし】

派遣タイピストが仕事で出向いたフラットで出くわしたのは男の死体だった。現場にはいくつもの時計が並べられていたが、家の主人である盲目の女性は、それらの時計は自分のものではない、誰かが持ち込んだものに違いないと言う。事件にかかわることになった秘密情報部員コリン・ラムは、不可解な謎だらけの事件の解明を旧知の名探偵エルキュール・ポアロに依頼する……。

The Clocks, 1963

これはひどい。

のひとことですませたい気もするが、けなす書評はほめる書評より意を砕くべきだと世間では言うから、この「ひどさ」を精査してみることにする。

本作の焦点は「事件の謎の解明（のプロセス）」のみにおかれている。死体は開巻早々に発見されるからである。読者の期待は自動的に「謎の解明」のみに絞り込まれる。以降、ポアロが登場する後半までは、警察とコリン・ラムの二視点から事件の捜査が描かれてゆくから、この二陣営による捜査のプロセスに、物語としての面白みが仕込まれている必要がある。

まず、ここがダメだ。クリスティーは、「関係者への即物的な尋問の繰り返し」で物語を躍動させるのが上手ではない。『愛国殺人』も『鳩のなかの猫』もそうだった。だからこそ、そうした「尋問」の大部分を「事件前のドラマ」に組み込んだ『ナイルに死す』の発明は見事なものだったのだ。

とはいえ、「解決」が素晴らしければ許されてしまうのがミステリという小説ジャンルである。『鳩のなかの猫』の項で記したように、これは投資とリターンの問題であるから、リターンの大きさが物を言う。ミステリ読者は、退屈な物語に対して、時間と忍耐を投資して、驚愕の真相という大いなるリターンを期待するわけである。

本作における「謎」は、なかなか魅力的だ。すなわち題名にある「複数の時計」。ほかにも謎はあるが、これらは単に「わからないから謎である」というだけのものなので、無視して差し支えない。要するに読者の投資活動は「複数の時計の謎」のもたらす期待によって動機づけられ、リターンは、この謎の解明によってなされなければならない。

それがひどい。これ以上ないんじゃないかと思うほどひどい。欺されたと思ってお読みになるとよろしい。私は正直、目を疑った。「地面に猫の足跡があった」という謎に対して、「猫がいたから」と答えるようなレベルの解決だからだ。本作にはスリラー要素が含まれているので、「クリスティーのスリラーに良作なし」という仮説がまたもや補強されたと言えそうだ。

なお、本作にはポアロが突如ハードボイルド・ミステリ批判を展開する場面がある。当該箇所でポアロ＝クリスティーは、ハードボイルドの暴力性を批判しているのだが、そもそものハードボイルド理解の浅薄さは措《お》くとしても、ミステリを倫理性の文脈で批判することに私は違和感を持つ。

ミステリとは何だろうか。それは犯罪と謎をめぐる物語であり、なかでもクリスティーらが切り開いた古典的な謎解きミステリは、殺人という究極の暴力行為を漂白／脱臭し、論理ゲームのコマに還元することで成立している。謎解きミステリは、暴力の暴力性を隠蔽《いんぺい》して遊戯の道具として使う芸術なわけであり、つまりミステリとは、その出自からして反倫理性を抱えている文学なのである。暴力を遊戯の道具としているミステリと、暴力の暴力性から目をそらさぬミステリと、どちらが罪深いだろうか？

最後に。本作は原題を*The Clocks*という。これを限りなく逐語訳しながらも、日本語として魅力的な『複数の時計』という邦題にしてみせたのは見事としか言いようがない。

これが本作の唯一最大の長所である。

30 『第三の女』

★★★☆

エルキュール・ポアロVSモッズ

Third Girl, 1966

【おはなし】

ある日、名探偵エルキュール・ポアロのもとに現代風の若い娘が訪れた。自分が殺人を犯したような気がする――と不可解なことを言う彼女は、しかし、依頼の契約を結ばずにポアロの事務所を去ってしまった。のちにポアロは、アリアドニ・オリヴァ夫人がとある若い娘に探偵としての自分のことを紹介したと聞かされる。ポアロは娘の家を訪れるが、当の娘は姿をくらませており、一家には複雑な事情があるらしきことがうかがえた。

いったい何が起きているのか。ポアロとオリヴァ夫人は、それぞれにロンドンをさまようが……。

『死者のあやまち』で、クリスティーの小説にホットパンツが出てきて驚いた、と書いたが、「アガサ・クリスティー」と言われると、どうしても「ミステリ黄金時代」とか「ザ・探偵小説」とかいうイメージが湧いてきて、二十世紀前半が舞台であるような気がしてきてしまう。しかしクリスティーの活動は想像以上に「最近」までつづいていた。

この『第三の女』の発表は一九六六年。舞台はロンドンであるから、これは要するに――

スウィンギング・ロンドン！の真っただ中なのである。つまり映画《オースティン・パワーズ》の世界。モッズとかロッカーズとかが出現し、男の子がひらひらの襟のドレスシャツに紫色のヴェルヴェットのヴェストとか着て闊歩するロンドン。時代のアイコンはビートルズである。

そんなユース・カルチャー最先端のロンドンをエルキュール・ポアロがいつもの髭とぴかぴかの靴で歩く。遠からぬ場所ではジェフ・ベックがヤードバーズの一員としてギグをやっているはずで、事件解決から少し経てば、これが解散してジミー・ペイジがレッド・ツェッペリンを結成する。それが『第三の女』の世界である。元気にキュートなアリアドニ・オリヴァ夫人も、調査のためにポップ・アート志向の若者のアトリエを訪れ、孔雀みたいな風体の彼らと交流する。

……と、『第三の女』を読んでいると、つい風俗の面白さに目が行ってしまうのは、クリスティーが「ポアロ＝オリヴァ夫人組」vs「スウィンギング・ロンドン」の衝突を、意識的に演出しているようにみえるからである。

もちろんこれまでも若者文化についての言及が多少ありはした。前述のホットパンツや、同じく『ヒッコリー・ロードの殺人』でのユースホステル、あるいは『白昼の悪魔』のセクシーな水着や若い娘の黒魔術趣味などがそうだが、これらはあくまで背景幕にすぎなかった。けれども本作では、「モッズvs名探偵」みたいな構図が前面に躍り出ている。ポアロは積極的に若者たちのモッズ・ファッションを批評するし（洒落者《しゃれもの》のポアロは彼らの華美な服装に寛容だ)、オリヴァ夫人も若者たちの行状に目を白黒させつつも楽しげに交流している。これほど活き活きと若者たちの姿を描いた作品は過去になかった。

こうした「ポアロvsモッズ」の構図に注目しながら(そう、クインシー・ジョーンズの名盤『BIG BAND BOSSA NOVA』あたりをBGMにして)読むのが、本作を楽しむ最良のアプローチだと私は思う。

そんなふうに前半を彩る「スウィンギング・ロンドン逍遥」とクロスフェードするようにして、後半は徐々にミステリアスな空気を濃くしてゆく。ただ、冒頭にある「おはなし」がどうにも曖昧模糊としていることから推察できるように、本作のミステリとしての輪郭はどうも漠然としている。ぼんやりと霧のたちこめたような曖昧感は、クリスティーが老いてきたせいではないかと思いたくなるが、たぶんそうではない。ここが本作のポイントだ。

つまり本作の「濁り」は、ニューロティック・ミステリ特有の不安感の反映ではないかと私は疑っているのである。

「ニューロティック・ミステリ」というのは(いま私が大急ぎで命名した呼称なのだが)、犯罪の背景として精神分析の要素を導入することで生まれ、その根底に理性信仰への疑義があるタイプのミステリを指す。こうした作品は五〇―六〇年代に主にアメリカで発表され、物語/登場人物の拠って立つ足元が危なっかしく揺らぐ不安感が特徴的だった。

一九四〇年代までのミステリは、理性とロジックという盤石の基礎の上に築かれていて、犯人の動機も事件の真相も物語の構造も理性的で理解可能だった(これは本格ミステリだけの話ではなく、ハードボイルドも同様）が、それとまったく異質のアティテュードで書かれたのが、ニューロティック・ミステリだったわけである。当時最先端のミステリだったと言っていい。

その歴史をざっと見てみよう。嚆矢《こうし》は一九四〇年代半ばのジョン・フランクリン・バーディン（『死を呼ぶペルシュロン』46年／『悪魔に食われろ青尾蠅』48年）の作品に求められるだろう。一九五〇年にはヘレン・マクロイの『暗い鏡の中に』が登場する。マクロイは一九四二年の『家蠅とカナリア』ですでに精神分析を謎解きミステリに導入していて、これを伝統的な謎解きミステリからニューロティック・ミステリへの過渡期とみることもできる。そして一九五六年、マーガレット・ミラーがニューロティック・ミステリの歴史的傑作『狙った獣』でアメリカ探偵作家クラブ（MWA）最優秀長編賞を受賞する。一九五九年にはロバート・ブロックが『サイコ』を発表。翌六〇年にはシーリア・フレムリンが『夜明け前の時』でMWA最優秀長編賞を受賞する。

この時期には、MWA長編賞の最終候補に以下のような作品も挙がっていた。一九五八年、ビル・S・バリンジャー『消された時間』。六三年、マーク・マクシェーン『雨の午後の降霊会』。ロス・マクドナルドのニューロティック・ハードボイルド『ウィチャリー家の女』と『縞模様の霊柩車』は六二年、六三年と二年連続で最終候補。ちなみにマクドナルドによる同系統の最高傑作『さむけ』は一九六四年。一九四〇年代末から一九六〇年代前半に、ニューロティックなミステリが次々に刊行され、アメリカで高く評価されていたことがわかる。

一方イギリスはどうだったか。この時期のイギリス推理作家協会（CWA）が顕彰していたのは、マージェリー・アリンガムらの伝統的なミステリと、エリック・アンブラーやジョン・ル・カレといったスリラーだった。いくぶん保守的である。

そんななかでアガサ・クリスティーが発表したのが『第三の女』だった。この作品でクリスティーは、アメリカ産の最先端のミステリに挑んだのではないかと私は疑うのだ。例えば本作中盤には、登場人物のひとりが精神科医と長い会話（診察）を交わす場面がある。そこで暗示されるのはエディプス・コンプレックスと犯罪のかかわりであり、これはロス・マクドナルドやロバート・ブロックが執拗に主題にしたものだった。

本作のミステリとしての特徴は、「何が起きているのか、あるいはそもそも何も起きていないのか判らない」というところにある。この謎はやがて、ある人物が正気なのかそうでないのか判らない、という謎に収斂《しゅうれん》してゆく。この「正気／狂気」の揺らぎの謎にケリがつくと、クリスティーらしく盲点を突いたトリックが明かされて幕となる。それが『第三の女』という小説で、これはマーガレット・ミラー作品のような曖昧模糊とした不安の物語を、謎解きミステリの形式に落とし込んだ結果のように見える。

本作は、ニューロティックな謎とクリスティーらしいトリックが巧く組み合わさった佳品と言っていい。最先端の風俗を活き活きと写しとり、巧みなキャラいじりで物語を彩りつつ、最先端の形式に挑戦するという野心が横溢《おういつ》している。この野心を、私は何よりも評価したいのだ。

なぜなら『第三の女』という小説は、現在でいえば、P・D・ジェイムズが、ジャパニーズ・オタク・カルチャーを彩りにして、パルプ・ノワールを書いたような作品なのだから。

そんな無謀とも言える挑戦に打って出て、水準をクリアする佳作を書き上げてみせる。クリスティーのすごさが、本作にも刻まれている。

31　『ハロウィーン・パーティ』

★★★

過剰な殺しの手口

Hallowe'en Party, 1969

【おはなし】

田舎の邸宅で開かれたハロウィーン・パーティ。そこに招かれた探偵小説作家アリアドニ・オリヴァ夫人は、少女ジョイスにまとわりつかれる。やがてジョイスは、自分は殺人を目撃したことがある、そのときは殺人だって気づかなかったんだけどね？　と言い出した。

パーティがお開きになった頃、そのジョイスが水の入った樽に頭を押し込まれ、溺死《できし》体で発見された。オリヴァ夫人は友人の名探偵エルキュール・ポアロに事件の解明を依頼した……。

　クリスティーの犯人たちは殺し方に凝らない。

「モルグ街の殺人」以来、「ミステリ」には血と惨劇の芸術の側面がずっとあったが、それはクリスティー作品にはみられない。クリスティーの犯人たちは「殺人計画」には凝るが、「殺し方」は単純だ。刺す、撃つ、殴る、毒を盛る。その程度である。

『スタイルズ荘の怪事件』の項で、私は同作を「磁器のようでミニマル」と評したが、同じことはクリスティー作品の死体にも言える。彼女の描く死体からは血や死臭が拭《ぬぐ》われており、磁器のように乾いている。「モルグ街の殺人」の凄惨きわまる——ゆえに美しい——死体や、『ジェゼベルの死』（クリスチアナ・ブランド）のシアトリカルな死体損壊や、『三つの棺』（ジョン・ディクスン・カー）で死体を取り巻くイリュージョンめいた舞台装置とは無縁なのだ。

それは、クリスティーのミステリが最高度に「洗練」された、ゲーム性のきわまったミステリであることの証左である。「死体」は「謎の記号」として徹底的に抽象化され、論理ゲームの邪魔となる凝った殺し方は排除される。ミステリというゲームのためには、「誰かが死にさえすれば十分」なのだから、さっと急所を撃つなり刺すなりすれば足りるのだ。「死体」は謎の発生の副産物にすぎない。

だから『ハロウィーン・パーティ』を読んでまず気になるのは、殺人の手口があまりに陰惨なことなのだ。犯人は少女の頭を水の満ちたリンゴ樽に押し込んで殺しているのだから。

これまで、ポアロ作品で「過剰な手口の殺し」が登場したのは、『ポアロのクリスマス』『オリエント急行の殺人』の二つだった。だが、これらにおける凄惨な殺人は、「血の芸術」のためではなかったことを思い出そう。あの殺し方は、トリックと密接にかかわる必然だった。『ポアロのクリスマス』は、「いわゆる殺人ミステリにおける『血の芸術』をクリスティー作品が書かない」という意見に応えて書かれたものだが、それでもクリスティーは、「血みどろの殺人」の「血みどろ」に必然性を用意した。クリスティーはそういう作家だったのだ。

ところが『ハロウィーン・パーティ』では、過剰な殺しの「必然性」が存在しないのである。

本作でポアロは、しきりに「精神の異常によって行われる殺人」について議論している。これは京極夏彦が『姑獲鳥の夏』の冒頭で、「観察することの不確実性」の議論を展開したのと同じ流儀だろう。「異常で狂った殺しというものがある」と読者に繰り返しレクチャーすることで、本作の眼目へと誘導していこうとしたのではないかと私はみる。つまり『ハロウィーン・パーティ』は、「異様な動機」についてのミステリなのではないか。

クリスティー作品に芸術的な死体が登場しないのは、殺しの動機が現実的だからとも言える。過去の秘密を守るためとか、愛人と結ばれるべく配偶者を消すためとか。そういう動機が要請するのは理性的な殺し、「ターゲットの生命の火を消しさえすればいい」という経済的で合理的な殺しの手口だ。『ABC殺人事件』と『白昼の悪魔』でクリスティーは精神の歪《ゆが》みのもたらす殺人を書いているが、どちらにおいても殺しの動機自体はプラグマティックで、異常性は補助的な役割を演じているにすぎない。

しかし本作で明かされる動機は、ゴシックな探偵小説にありそうな美学的なものだ。いちおう伏線も張られており、そこの部分には奇妙な抒情のようなものが漂っている。きっとクリスティーが書きたかったのはこの抒情、この美学的な感覚だったのだろう。

だから殺しの手口が過剰だったのだ——と言えれば話は早いのだが、そうではないから困ってしまう。問題の美学的な動機と殺しの手口とは最終的に無関係だと判明してしまうからだ！　殺しの異様さは、異常心理の議論の口火以上のものではない。

私の推測はこうだ。

『ハロウィーン・パーティ』を書こうとするクリスティーの手元には、①異常な動機、②犯人に直結する手がかり、という二つのアイデアがあった。①を論理的な謎解きの芯にするのは困難である（論理的なホワイダニット・ミステリは困難な企てなのだ）。だから、異常な動機をめぐる小説に、謎解きミステリとしての体裁を与えるために、ネタ帳から②を持ってきたのではないか。なぜなら本作の殺しの手口には、一発で犯人に到達できる手がかりが含まれているからである。クリスティーにとって、殺しの手口の過剰さは重要なポイントではなく、この手口が犯人探しに使いやすかったことが重要だったのではなかったか。じっさい、本作での犯罪計画で、①にかかわる部分と②にかかわる部分は明らかに分離しているのである。

ミレイの名画《オフィーリア》のように、若い女と水と死のイメージには蠱惑《こわく》的な美がある。だから、美学的な動機と陰惨な死を結びつけるのは不可能ではなかったはずだし、もしそれが達成されていたら、本作は陰惨華麗な殺人芸術ミステリになっていたかもしれない。けれどクリスティーには、「『死と頽廃《たいはい》の芸術』としてのミステリ」という発想がなかった。彼女は何より健康な作家だったから。

クリスティーの健康さは、その写し身たるアリアドニ・オリヴァ夫人のキュートなふるまいからも仄《ほの》見える。夫人を大きくフィーチャーした本作、彼女がポアロのもとを訪れるシーンを筆頭に楽しい場面が満載だ。本作が後期作品の退屈をまぬかれているのは、夫人の楽しく健康な大騒ぎのせいでもある。

オリヴァ夫人の楽しさキュートさを見事に活かしたことは、後期のポアロ作品特有の美点でもある。

32 『象は忘れない』

★★★★

真実は告げられるべきか？

Elephants Can Remember, 1972

【おはなし】

アリアドニ・オリヴァ夫人は、とある婦人に奇妙な話を持ちかけられる。婦人の息子が、オリヴァ夫人がかつて名づけ親となった娘シリヤとの結婚を考えている。ところが十数年前、シリヤの両親は心中と思われる状況でともに銃で撃たれて死んでおり、警察も心中と結論を出していた。だが婦人はいう、父親が母親を撃ったのちに自殺したのか、あるいはその逆か。息子との結婚を許すかどうか考えるうえで、この事件の真相を知らなければならないと。

かくしてオリヴァ夫人は名探偵エルキュール・ポアロとともに過去の事件を調べる羽目になる。シリヤの家族についてよく記憶する者を求めて二人は調査を開始した。

発表は一九七二年。アガサ・クリスティーが最後に書いたポアロもの長編小説である。

先に言っておくと、ここには中期クリスティーのような恐るべき緊密さはない。初期のような度肝を抜くようなトリックもない。中盤など正直中だるみしていると思う。事件解決も関係者の長々しい告白に頼っているから謎解きミステリとしては反則とも言えるし、ロジカルな謎解きの妙もない。

だが非常に味わい深いのだ。これはとてもすぐれたクライム・フィクションだと思う。すぐに読む必要はないかもしれない。けれど、クリスティーをある程度読んだあとで、ふと手にとって静かにひもとくのに最適だろう。いい作品です。

本作は「過去の殺人」テーマの作品。大傑作『五匹の子豚』の系譜にある作品なわけだが、本作中でも、『五匹の子豚』や『マギンティ夫人は死んだ』『ハロウィーン・パーティ』といった「過去の殺人」にまつわる事件が随所で話題にされている。クリスティー自身、「過去の殺人」というモチーフに自覚的だったということだろう。

「過去の殺人」形式が『五匹の子豚』にもたらしたのは、「多義的な物語を読み解き、その意味をひとつに確定させることで真実に到達する」という『杉の柩』以来のクリスティー・ミステリの究極形だった。そもそも『杉の柩』自体が、「第一部」をポアロ＝読者が読み解いてゆくという「近過去の殺人」のミステリだった。『杉の柩』の「第一部」は、「過去の殺人」についての証言者たちの「記憶」と同じ性質のテキストだからだ。『アクロイド殺し』もそうだった。ポアロによる解決場面の前までの手記は「近過去の殺人の記述」だからである。

「過去の殺人」を、探偵が証言や手記を通じて解明すること。これは謎解きミステリを読んで読者が真相を推理しようとするのと同じことだ。「すでに起きてしまったことについての記憶＝物語」をポアロが読み、そこから真実を掘り出すことと、「すでに起きたことを描く

ある。ミステリという「テキスト」を読者が読み、そこから真実を推理するのとは同じことだからで

『五匹の子豚』や『杉の柩』の見事さは、「謎解きのテキストとしての記憶の物語」に、細密きわまりないダブル・ミーニングを膨大に仕込み、そのなかに伏線や手がかりや真実の断片を隠していることによる。「物語の形式をとったテキストを読んで謎を解くゲーム」という謎解きミステリのひとつの究極形を、クリスティーは「過去の殺人」というテーマを使って達成したことになる。記憶違い／主観による歪曲／言い落とし――すなわちノイズ。ノイズが混入することが当然な叙述のなかに、ノイズのように見える手がかりを、ノイズに隠して提示する。それがクリスティーのやったことだった。

謎解きミステリは、誤解の余地なき事実によって解決が導き出されなくてはならない小説形式である。だから上記でいう「ノイズ」は、心理の綾とか心象風景といった「文学的要素」でもある。謎解きミステリを読むとき、読者（＝探偵）は、曖昧で意味が確定できない文学的な要素をテキストから削り落としてゆき、テキストを覆う文学的叙述のなかから隠された事実を彫り出してゆく。

それが『五匹の子豚』を頂点とするクリスティー流「過去の殺人」ミステリだった。そういう見方でいくと、『象は忘れない』は弱い。オリヴァ夫人が中盤で耳を傾けるのは、証言する「象」たち――象は記憶力にすぐれた動物とされている――の曖昧な思い出話だが、じつのところ、それは解決に大して奉仕しないからである。解決は突如として告白としても

たらされてしまう。おまけに真相は大して意外でもなく、ある登場人物の属性が明らかになった段階で、見当のつくひとも少なくないだろう。

でも、それでいいのだ。それは瑕《きず》ではない。なぜなら本作は謎解きミステリではないからだ。ここで重視されているのは「ノイズ」のほうなのだ。本作における「過去の殺人」というモチーフは、先述のような謎解きゲームの趣向として選び取られたのではない。中盤にオリヴァ夫人が聞き取る回想の数々は、解決に奉仕する「謎解きのテキスト」とか「伏線と手がかりのための煙幕」などではない。誤解を恐れずに言えば、これは大いなる回り道のためにある（だからちょっと退屈するんですけどね）。『象は忘れない』は、「なぜ過去の殺人の謎が謎のまま残りつづけていたのか」を語る小説なのだ。

『五匹の子豚』でエルキュール・ポアロは依頼人にこんなことを言う、「過去の殺人の犯人とされた人物の無実を証明してほしい、というのがあなたの依頼であれば引き受けない。だが真実を知りたいのなら力を貸そう」と。本作におけるポアロの態度も同じである。ついでに言えば、本作も『五匹の子豚』も、結婚を控えた凜とした若い女性が、結婚の前に自分の親についての真実を知りたいという強い意志をもってポアロの調査結果を待つ物語だった。

だから本作は『五匹の子豚』の変奏曲である。だが焦点は真実を導き出すプロセスにはなく、真実は告げられるべきかという問題にある。中盤の回り道は、「真実を告げる」ことへの逡巡、「真実を告げる」ことの倫理的な煩悶《はんもん》を反映した必然なのだ。これがあるからこそ、解決場面のドラマティックさが増幅される。

真実を知ったオリヴァ夫人は、あの思い出話のなかに真実があったのね、と語るが、それは『五匹の子豚』や『杉の柩』のような意味で「真実があった」のではなく、謎解きミステリとしては「ノイズ」として切り捨てられてしまうもののなかに、そこで物語る人物たちのさまざまな感情の綾を通じて、「真実」が仄見えた、ということなのだ。重要なのは「ノイズ」のほうだ、というのはそういう意味である。

前作『ハロウィーン・パーティ』と本作について、一種幻想的な質感を持つ、と指摘する評者が幾人かいる。私は特段の幻想性は感じなかったが、本作も前作も、謎解き本格ミステリにとっては「ノイズ」である部分（前作では美学的な動機）に力点がおかれていることは共通していて、そうした「ノイズ」を物語の中心に据えるための小説的処理がほどこされている（前作で言えば風景描写）。それが、アンビエント・ノイズのような按配で小説空間に作用して、ぱきっと明晰な「謎解きミステリの空間」とは異質な空気感をもたらしているのはたしかだ。そのうっすらとノイズのかかった感触を、「幻想的」と捉える読み手もいるということだろう。

ここ数作のポアロものは、「悪というもの」を考える作品になっている。『白昼の悪魔』でいうところのevil。本作における「過去」のモチーフは、人間はそうしたevilを宿命として抱えなくてはならないのか、という主題を見つめるための装置である。もちろんそれは『五匹の子豚』にも存在するテーマだが、しかし、『五匹の子豚』はあくまで謎解きミステリであることに重点がおかれていた。『象は忘れない』においては、「evil」と「宿命」のテーマが作品全体の核の地位にある。その設問にクリスティーがどういう解答をもたらしたかは、解決を受けた最終章のポアロとオリヴァ夫人の台詞に示されている。

ミステリとは、犯罪という「人間の悪」に否応なく触れる小説である。それを書き続けてきたクリスティーが、最後のポアロものの最後に記したこと。それは本作の余韻として静かに力強く響いている。

33 『カーテン』

★★★★

最後にして最高のポアロ・ミステリ

Curtain:Poirot's Last Case, 1975

【おはなし】

名探偵エルキュール・ポアロから送られた手紙でヘイスティングズは、あのスタイルズ荘へ赴く。そこで待っていたポアロはひどく老いており、もう歩くこともおぼつかないと聞かされる。現在は下宿屋となったスタイルズ荘に、ポアロは長く滞在していた。用向きを尋ねたヘイスティングズにポアロは、「幾度も謎めいた変死に関わった人物『X』がここにいる。きっと殺人が起きるだろう。自分の代わりに動いて欲しい」と告げた。Xの素性はすでにわかっているとポアロは言うが、ヘイスティングズに名前は明かさない。被害者は誰か？　Xは誰か？　末の娘ジュディスも滞在するスタイルズ荘で、ヘイスティングズは不安にさいなまれながら目を光らせる……。

自分の死後に発表するように手配し、クリスティーが一九四〇年代初頭に書きあげた〝エルキュール・ポアロ最後の事件〟。

驚いた。傑作。傑作。傑作である。個人的な嗜好《しこう》だけで言えば、これぞエルキュール・ポアロもののベスト。

これまで、『カーテン』といえば「最後のポアロもの」で「スタイルズ荘再訪」で、という情報くらいしか私は聞いたことがなかった。それがこんな傑作だったとは。こんな小説をクリスティーが書けたとは。そういう驚きに私は慄《ふる》えた。

未読のひとは即座に読んだほうがいい。

とくに「クリスティー的なるミステリ」にあまり関心のないクライム・フィクション・ファンは、大至急、本作を読むべきだ。とはいえ本作を楽しむうえでポアロものをまったく読んでいないのは障害になるから、『ABC殺人事件』『五匹の子豚』『白昼の悪魔』『マギンティ夫人は死んだ』あたりを読めばいいだろうか。それから『カーテン』を読むといい。この傑作を体験するためなら、その程度の回り道はどうということもない。

それくらい本書は素晴らしい。一般的なクリスティーのイメージからすると異色だが、同時にきわめてクリスティーらしい衝撃を仕掛けた作品である。すべてのミステリ読者は『カーテン』を読まねばならない。

読みはじめてまず驚くのは、その語り口の苦く沈んだダークさである。語り手は久しぶりのヘイスティングズだ。『ABC殺人事件』でも事態の緊迫ゆえにシリアスな筆致で物語を語っていたヘイスティングズだったが、本作における彼の語りのダークさは、あれと根本的に性格を異にする。

沈鬱で、静かで、モノクローム。カラフルで明朗でチャーミングなヘイスティングズは、もうここにはいない。そう、彼も老いたのだ。愛妻を亡くし、娘も巣立った。もしポアロを亡くしたら自分にはもう誰もいない、とさえヘイスティングズは言う。そんなうっすらとした絶望、過去への憧憬《しょうけい》、喪失感、それらの重い色彩で本作は綴られてゆく。この苦い魅力は、謎解きミステリのファンよりむしろ、ロス・マクドナルド作品のような苦みに魅力を感じる読者にこそ、うってつけではないかと思う。

クリスティーの語り口の美点は、そのニュートラルさと、そこににじんでくる明朗なユーモアにあると、私は思ってきた。そんなユーモアが姿を消した作品はあまり多くない。一回かぎりの語り手をたてた『アクロイド殺し』。叙述を徹底的に切り詰めて高速化した『オリエント急行の殺人』。語り手の心理がサスペンス叙述に直結している『ABC殺人事件』。そして主人公の三人称一視点に近いスタイルで心理描写を封じて書いてゆく『杉の柩』(とくに第一部)。これくらいだろう。これらにおいては、そうした語り自体が、欺しの仕掛けと不可分だった。

そして『カーテン』のダークな語りも、ミステリとしての仕掛けに寄与している。とくにヘイスティングズが、かつての彼からは考えられないような行動を決意する衝撃的な場面があるが、この地点まで彼と物語をスムーズに導くためには、こうした絶望に彩られた語りが必要だっただろう。

事件がなかなか起こらないことも特徴的だ。もちろん『ナイルに死す』以降のクリスティーのスタイルは「殺人までのドラマ」を文庫本にして百ページほども綿密に書くことにあった。殺人までのページ数がいちばん長くかかったのは『満潮に乗って』だろうが、本作はあれ以上。そして、いつになく不穏な影をまとった人間ドラマが展開する。

殺人が起きるのは冒頭でわかっている。だが誰が誰を殺すのかはわからない。ポアロは老い、ヘイスティングズも己の老いに半ば絶望しており、先に光はまるで見えない。ただただ疑心暗鬼の暗い彩りが物語を支配する。黒く細かな不安の粒子が始終、作品空間を満たしているのだ。このサスペンス。心を薄黒く染めてゆく空気。

だから読むのを止めることができない。誰が死んでもおかしくない。まして「ポアロ最後の事件」と題名にあるのだ。ポアロもヘイスティングズも被害者リストから外せない。そんな語りの暗いパワーが、ミステリとしての仕掛けと不可分となっている。

これ以上踏み込むとネタバレの危険がある。それくらい、語りと仕掛けは密接している。物語のショックが真相への手がかりと説得力に奉仕している。そう言うにとどめよう。

「誰もが殺人者でありうる」——これはミステリにおける「意外な犯人」というものがもたらす絶望である。犯人の意外性は、「このひとが殺人などするはずがない」という読者の信頼を裏切ることで生まれるからだ。意外な犯人にさらされつづけ、読んでいて好感を抱いた脇役や、かわいらしい子供や、うっかり見過ごしかねない端役が殺人者だったと知らされることを繰り返すうちに、読者は、「誰もかれも殺人者でありうるのだ」という地点にたどりつかざるを得ない。それは絶望であり不信だ。

そして本作でヘイスティングズが直面するのも、この絶望であり不信である。彼は、愛《まな》娘《むすめ》が殺人者である可能性さえ考えなければならなくなるのだ。

意外な犯人。意外な動機。意外な被害者。

どんな人間にだって人を殺せる。どんな動機でだって殺しは行われうるし、どんな人間だって殺されうる。ミステリの意外性の先には、そういう底なしの不安が口を開けている。

それが『カーテン』の主題だ。その不安、恐怖、絶望を、仕掛けに昇華した野心的なミステリが『カーテン』なのである。

かつてクリスティーは『アクロイド殺し』を発表したのち、「アンフェアだ！」という批判にさらされたが、本作の解決場面で、ポアロはしきりに「これはフェアだ」と告げる。きっとクリスティー自身、本作が『アクロイド殺し』同様の野心作だと自覚していたのだ。そして、そんな野心的な着想をフェアな謎解きミステリとして仕上げたことに自信を持っていた。それほど尖鋭的な試み、ミステリの芯の芯を逆手にとった仕掛けなのである。「人間性への不信」と、それと骨がらみとなった「ミステリという小説の悪意」。『カーテン』はそこに根ざしている。だから語りの質感も不信の仄暗《ほのぐら》さをまとう。

しかし、そんなふうな絶望の霧のたちこめる小説なのに、最後の最後で凱歌《がいか》をあげるのはクリスティーの「健康さ」であることは見逃せない。

この「健康さ」は「常識的で凡庸」ということを意味しない。最終章で暗い殻を破って現れる、凛冽たる勁《つよ》い意志のごときもの。峻烈な正義感、倫理観といってもいい。それは刃のような鋭利さをはらむ感情であり、同時に健康で清潔なものだ。氷の刃の潔癖さ——クリスティーの健康さとは、生ぬるい偽善ではなく、そんな勁さをはらんだものなのだ。『カーテン』の最後で私たちが目にするのはそれだ。

世界を満たす霧のごとく捉えがたい悪意に、クリスティー＝ポアロはどう対抗するのか。──『カーテン』の主題は絶望ではない。絶望と悪意にどう対抗するかが、最後に主題として立ち上がる。その回答たる「正義への意志」の表明は、ミステリとしてのドンデン返しと同時に行われ、それと不可分なかたちで最後の最後に告げられる。

犯罪＝悪意にまつわる謎を解く物語たるミステリ／クライム・フィクション。それがはらみ得る、ありとあらゆる感動と衝撃が、この一作に結晶している。

クリスティーは、ミステリの究極の主題に取り組み、見事なミステリとしてまとめあげたのである。

ミステリの女王の白鳥の歌──その名に一ミリも恥じない傑作。ひどく重い闇の果てにさしこむ、目を射《い》るように鋭く明るい一条の光。それがもたらすラストの感動を、私は忘れないだろう。

幕間1

エルキュール・ポアロ長編作品総括

エルキュール・ポアロの登場する長編作品三十三作を読み終えたことになる。これからクリスティーを読もうというかたの手引きになるかもしれないので、以下に個人的なベスト10を掲げる。

1『カーテン』
2『五匹の子豚』
3『白昼の悪魔』
4『ABC殺人事件』
5『死との約束』
6『もの言えぬ証人』
7『杉の柩』
8『アクロイド殺し』
9『マギンティ夫人は死んだ』
10『ナイルに死す』

ふりかえれば、ポアロもの第十五長編『ナイルに死す』から第二十五長編『葬儀を終えて』までの充実ぶりは驚嘆に値する。右の十作中六作がその時期の作品である。

マイルストーンとなるのは、「殺人にいたるドラマを充実させ、そこで読み物としてのリッチさを醸成するとともに稠密な伏線の迷彩とする」という形式の皮切りとなった『ナイルに死す』（第10位）と、その発展形として「ドラマ部分に細密なダブル・ミーニングを仕掛けて、小説の読解を通じて謎解きが行われる」形式を生み出した『杉の柩』（第7位）の二作だろう。

『杉の柩』は、エリノアという「凛とした女」を生み出したという意味でも重要だ。こういう女性は、以降も『五匹の子豚』や『ホロー荘の殺人』などで印象的な役割を務める。一方で『ナイルに死す』は、クリスティーが繰り返し描く「不遇な女の悲劇」の物語でもあり、これは『ホロー荘の殺人』や『満潮に乗って』の物語＝犯罪の支点となっている。

そんな「殺人にいたるドラマ」と「ダブル・ミーニングの物語の読解」の両者の要素を融合させて、一片たりとも無駄がなく、人間ドラマとしても印象深いものとなったのが、現時点で完成度ではベストだと考える『五匹の子豚』（第2位）。

クリスティー論の類をみると、同作が「過去の殺人」テーマの嚆矢、というふうな言われ方をよく見かけるのだが（そしてそれはそのとおりなのだが）、「過去の殺人」という形式うんぬんよりも、「ダブル・ミーニングのドラマ」を活かしやすいものとして、「すでに起きた事件」という素材を選んだと言うべきではあるまいか。執筆の時点でクリスティー自身が「過去」というモチーフに文学的なこだわりを持っていたとは思えない。

ともかくも、無駄が一片もない謎解きミステリでありつつ、見事に印象的な人間ドラマである『五匹の子豚』は、すべてのミステリ・ファンに読んでいただきたい。これを気に入るにせよそうでないにせよ、ここにあるのはミステリのひとつの達成であるからだ。

と、冷静に考えはするものの、個人的な趣味では『カーテン』（第1位）にまさるものはない。

ベスト1がシリーズ最終作なのはどうかと自分でも思うが、ロス・マクドナルドや結城昌治の暗い犯罪悲劇を愛する身としては、『カーテン』の暗く不穏な空気は忘れがたい。無論ただ暗いだけではなく、その底で苛烈なまでの正義への意志がウォーキングするベースラインのように脈打っていること、ミステリとしても大胆不敵なはなれわざに挑み、説得力をもって成功させていること、そして最後の最後で峻烈な正義の光が一閃して闇を払うところまで、間然するところがない。傑作であることは疑いないと断言する。

クリスティーらしいか？　と問われれば微妙かもしれない。けれども、この清冽な健康さは、クリスティーという作家の美点をぎりぎりまで精錬したあとに残る核のようなものだと私は考えている。

『白昼の悪魔』（第3位）と『死との約束』（第5位）は、野心作『ナイルに死す』をきりりと研ぎ澄ました洗練形として愛する。もちろん『ナイルに死す』の比類ない芳醇な味わいを大いに評価したうえでのこと。なにせ『ナイルに死す』は、「殺人なんて起きなくても別にかまわないよなあ」と思わせるほどに、前半のドラマが面白いのである。ここで私は、クリスティーの評価を大きく変えた。

『死との約束』は、明らかに『ナイルに死す』の延長線上にある。だがインパクトの強烈なイヤなババア造形が忘れがたいこと、ところどころにはさまれる絶妙なコメディ風味、そして盲点を突くトリックの瞬発力で『ナイルに死す』より上に置いた。『ナイルに死す』はミステリとしていささか弱いところがあるのは否めないだろう（ただし『ナイルに死す』のトリックは、以降も繰り返し変奏されるので、そういう意味でも看過できない）。

それをさらにもう一層研ぎ上げ、ユーモアも削り落とした結果、刃のごとき殺気と鋭利さを放つに至った傑作が『白昼の悪魔』。トリックも、クリスティー的なトリックの洗練形の極致ではあるまいか。鋭利さは全編に及んでいて、解決に至るプロセス、犯人が真の貌《かお》を現す場面など、終盤のクリスピーなリズムの瞬発力に呼吸を奪われる。『白昼の悪魔』と『死との約束』のどちらを上に見るかは好みに依《よ》る気がするが、ノワールやクライム・ノヴェルの血を基本に持つ私としては、『白昼の悪魔』の犯人のおそるべき哄笑と、終盤の無慈悲なまでのスピード感を評価したい。

ファンのあいだで人気の高い『杉の柩』は、じつは初読時にはぴんとこなかった作品だった。だが、エリノアの物語に仕掛けられた伏線の神経症的なまでの細密さと、それを活かす構成の妙に気づいた瞬間に感動したのである。この趣向は、『三幕の殺人』で最初に試みられたものだ。

『ＡＢＣ殺人事件』（第４位）と『マギンティ夫人は死んだ』（第９位）は、クリスティーを単なる「守旧的な謎解きミステリの書き手」と見なしていた己を大いに悔いた作品だった。前者はトリックを仕掛けたノンストップ・サスペンスとして二十一世紀にもふつうに通用する疾走感をそなえているし、後者は「犯罪をヴェネチアン・ガラスの花瓶から取り出してみせた」ハードボイルド・ミステリのスピリットを秘めた作品。『マギンティ夫人は死んだ』には瑕もあるのだが、最終章でのノワールめいたダークなカタルシスが忘れがたい。

歴史に残るトリックを擁する『ＡＢＣ殺人事件』『オリエント急行の殺人』『アクロイド殺し』（第８位）のうち、『オリエント急行の殺人』を選外としたのは、クリスティーとしては異色の作品だと思わざるを得ないこと、作品の完成度として『五匹の子豚』や『白昼の悪魔』などには一歩ゆずると思ったからである。

これらのなかで『アクロイド殺し』が、いちばんクリスティーらしいと言えるだろう。作者vs読者の知的ゲームの究極形であることからも無視はできない。また『ＡＢＣ殺人事件』については、サスペンスとしても評価できる傑作であることを強調しておきたい。『オリエント急行の殺人』は——これも前衛的な小説であるのだが——トリック一発のストイシズムが作品をやや味気なくしている点がマイナスに働いてしまうのである。

以上の九作品は——『マギンティ夫人は死んだ』を推すひとは少なそうだが——順当と言っていいのではないか。問題は『もの言えぬ証人』（第６位）。これは私の個人的偏愛が大いに働いている。瑕もある。ちょっと長すぎるとか、トリックが推理不能とか。でもドナルド・E・ウェストレイクやカール・ハイアセンを愛するコメディ・ミステリ好きとして、この作品を推しておきたいのだ。ハイアセンやウェストレイクを読んだときに反応する脳の部分が、クリスティーで反応するとは思いませんでした。

犬をめぐるポアロとヘイスティングズのかわいらしさ、食えないバアさん描写の冴え、スピリチュアル（笑）な霊媒姉妹、そして解決場面で明かされる「アレ」。随所で大いに笑わせてもらった。これは隠れた傑作だと私は言う。

なお、十傑に入れられなかったことが残念だった作品の筆頭は『葬儀を終えて』と『三幕の殺人』か。『葬儀を終えて』は見事な完成度の作品だったが、『白昼の悪魔』などと同系統の傑作であるので、毛色の違う『もの言えぬ証人』に席をゆずってもらった。悩んだのは『三幕の殺人』のほうである。

読んでいるさいちゅうの退屈さ、物語の生彩の欠け具合がどうしても無視できなかった。ただし、それが仕掛けのもたらす必然であることがわかった瞬間の驚愕は強烈なものだったことは書いておきたい。「アガサ・クリスティー」という作家のすごさを思い知ったのは『三幕の殺人』によってだった気がするのである。

「読者を欺す」ことにテキストのすべてを奉仕させ、技巧を凝らすという流儀。それは、「トリック一発！」の瞬発力を娯楽小説に組み込むジョン・ディクスン・カーや、エクストリームに論理を膨張させて「小説」としては畸形《きけい》の域に達した初期エラリイ・クイーンなどと、根本的に違うアプローチだ。これがクリスティーらしさなのだろう。

例えば『アクロイド殺し』。『三幕の殺人』。『杉の柩』。『五匹の子豚』。いずれもドラマとミステリは渾然としている。クリスティーを継いだ作家たちの作風である「小体のミステリ仕掛けをファットなドラマで覆う」作法と、これは根本的に異なる。

古典的な謎解きミステリのなかでみても、「トリック」や「ロジック」といったユニットをプラットフォームたるストーリーに搭載したカーや初期クイーンとも違う。ドラマを織りなす糸自体が、ミステリ仕掛けを細く細く周到にほぐして紡いだものとでも言えばいいか。『ポアロのクリスマス』や『愛国殺人』、『アクロイド殺し』や『オリエント急行の殺人』をみれば、クリスティーは「ミステリ」という小説の機能や、読者の固定観念に自覚的であったこともわかる。クリスティーはそういうものを逆手にとる。しかし、例えばアントニイ・バークリーのようにミステリの形式の外部に出てしまうのでなく、あくまでミステリ内部にいつづけながら逆手にとる。逆手にとることでミステリとしての驚きを演出する。

それがこれまでのところのクリスティーという作家の印象である。

第二部　ミス・マープル長編作品

34 『牧師館の殺人』

★★★ ニュートラルで無色の

【おはなし】

田舎の村セント・メアリ・ミードの牧師たる私の館で、元判事のプロズロウ大佐が射殺体で発見された。大佐には美しい後妻と妙齢の娘がおり、彼女たちをめぐる恋愛事件の噂はたびたび村で囁かれていた。しかしほどなくして画家ロレンスが大佐殺しを自供、逮捕された。だが、大佐の死体とともに見つかった書面に記された時刻が鍵となって事態は混乱してゆく。

The Murder at the Vicarage, 1930

記念すべきミス・マープル・シリーズ長編作品第一作。一九三〇年の発表である。

すでに紹介した作品でいえば、『青列車の秘密』と『邪悪の家』のあいだにあたり、書誌的には『七つの時計』と『シタフォードの秘密』にはさまれる。

不可解きわまる謎があるわけではない。とりたててエキセントリックな人物が登場するわけでもなく舞台に何か特色があるわけでもない。ゆえに物語としてもミステリとしても、「犯人は誰か」の興味だけで読者を牽引してゆく作品になっている。

そしていささか退屈。これは必ずしも不快な「退屈」ではなくて、『邪悪の家』や『エッジウェア卿の死』あたりに近い、まったりとした退屈さ。クリスティー的な退屈とでもいうべき感じがある。しかし『邪悪の家』などと比べると、あちらではヘイスティングズの語りが楽しく物語を彩っていたのだが、本作の場合は語り手の牧師が事態をニュートラルに観察しているのみであるため、物語はひたすら淡々と進む。

そんなふうな、いかにも「殺人ミステリです」という古典的な殺人ミステリ（このへんが、『スタイルズ荘の怪事件』や『邪悪の家』などと似通う）として進行していったのちに、適度に意外な犯人が明かされるのである。

鮮やかなトリックやロジック一発で解決、というふうな作品ではない。人間の出入りを時刻表のように精密に組み上げ、そこに「穴」を設けるという手法。華々しさは感じられないが、「なるほど、よくできました」という感心を得た。アリバイ崩しミステリに魅力を感じるタイプの読者には、本書の精巧な造りはアピールするんじゃないかと思う。

さてエルキュール・ポアロにならぶ名探偵、ミス・マープルとはどんな人物であるのか。

これまでも、クリスティーのおばあちゃん描写――『もの言えぬ証人』の食えないバアさんや『死との約束』の因業ババアやアリアドニ・オリヴァ夫人などタイプも多彩――は冴えに冴えていた。ミス・マープルにも、そんな按配の生彩があるのだろうと期待して読んだのだが、彼女の登場シーンは思いのほか少ない。主人公はあくまで語り手の牧師であって、ミス・マープルはほかの村人たちとあまり変わらぬ扱いである。要所要所に登場して重要なことをつぶやく、という具合で、「横丁のご隠居」みたいな風情といえばいいか。

村人たちの口を通して、「なんかあのおばあさんコワいのよね」「あのひとは何でも知ってるんだよ」みたいな言われ方をしきりにされるわりに、ミス・マープルの言動はとくに意地悪でもエキセントリックでもない。彼女は「無色の老女」としてニュートラルに描かれているのである。

ただ、そんな穏やかな皮膚の下にある「地金」のようなものが露わになる瞬間がある——犯人を指摘する瞬間だ。そこで彼女の放つ空気が変わる。そしてそれを終えるとミス・マープルは、「犯人を狩る」提案をする。

とくにポアロものの後期において、クリスティーという作家の健康で峻烈な正義感のようなものを私はみてきた。ここでミス・マープルにみえるのもそれである。ポアロものにおいては後期になってようやく姿をみせたクリスティー的な正義感は、本作の段階ですでに、ミス・マープルには搭載されていたのだ。アリアドニ・オリヴァ夫人とは別の意味で、ミス・マープルにはクリスティーの魂が封入されているのではないか。

ところで、ある作家の作品群を概観するには、①水準点、②複数の作品を三角点のようにして得られる水準面、の二つがないとむずかしいと思っている。

②を得るには、①を確定させたうえで、①とほかの作品との関係を見なければならないわけだが、とりあえず本作を読んだ段階で、『牧師館の殺人』は、ミス・マープル・シリーズの水準点として機能するだろうという印象を受けた。非常に無色でニュートラルな風合いで、

形式も標準的な作品だからだ。そういう意味でも、完成度という意味でも、本作は「水準作」と言える。これは『スタイルズ荘の怪事件』を読んだときの感想と非常に近い。普通によくできたフーダニット、という。

ついでに付記すれば、この『アガサ・クリスティー完全攻略』という書物は、私が「アガサ・クリスティー」という作家を測る水準点を探し、水準面をつくってゆくプロセスを映したものになるだろう。例えば本書第一部のポアロ編でも、序盤から半ばにかけて「ポアロ長編」を評するための水準面の模索が行われているように思う。

個人的な感覚では、『エッジウェア卿の死』あたりで、とりあえず実用に足る「ポアロものを測る水準面」ができあがったような手ごたえがあった。それ以降の項目は、その「水準面」の精度をあげてゆくプロセスを映しているはずだ。

そしてミス・マープル編に関しても――すでに「クリスティー」をみる水準面はある程度できあがってはいるが――しかるべき水準面を得るために、あと一、二作は要することだろうと思う。

35 『書斎の死体』

★★★★☆

探偵小説を脱臼させる

The Body in the Library, 1942

【おはなし】

セント・メアリ・ミード村からちょっと離れたところにあるバントリー大佐の屋敷。そこで早朝、書斎に死体が転がっているのが発見された！ 田舎にはふさわしくない派手な装いの若い女の死体で、屋敷の主人夫妻にもこれが誰なのかさっぱりわからなかった。大佐の妻ドリーは友人で探偵趣味のあるミス・マープルに助力を乞う。

一方、警察は屋敷から数十キロほど離れたホテルから姿を消したダンサーの捜索願が出されていることを知り、届け出をしたホテルの滞在客ジェファースンのもとへ赴く。

書斎の死体。*The Body in the Library*。

この言葉のひびきには、《吹雪の山荘》とか《雪上の密室》のような、本格ミステリの「お題」とか「定型」のような響きがある。だから読む前の私は、本作が「屋敷の書斎で死体が見つかるミステリ」の元祖なのかもしれない、などと思っていた。

しかし、そうではなかったのだ。本作が書かれた段階ですでに、「書斎の死体」といて本作を書いた。「ありがちな探偵小説のパターン」となっていた。クリスティーはそれを自覚しものを書こうと思ったのだ」というようなことが述べられている。

そしておもむろに本編が開始されると、これが、じつに可笑《おか》しいのである。クリスティーのコメディ・センスって、こんなに見事だったろうか？　旦那さま書斎で死体が見つかりました、と冒頭三ページめで使用人から知らされた館主夫妻を描くナンセンス・コメディ調の展開は文句なしだし、以降の展開も驚くほど楽しいのである。

前作『牧師館の殺人』のスローで平坦な印象から一転、クリスティーは小気味よい場面転換で物語を転がしてゆき、戯画化されたキャラたちのとぼけた会話で笑わせる。真面目な刑事ととぼけた本部長のかけあいも楽しいし、ちょこちょこ動き回っているミステリ好きの小僧も、「ぼく、ドロシイ・セイヤーズと、アガサ・クリスティーとジョン・ディクスン・カーとH・C・ベイリーのサインもってるんだよ？」などと自慢して笑わせてくれる。

これは見事なユーモア・ミステリです。私は『もの言えぬ証人』の楽しさを思い出した。タイトに引き締まっているぶん、『もの言えぬ証人』よりもこちらのほうが上だろうと思う。例えばドナルド・E・ウェストレイクのファンは、絶対にこれを読んだほうがいい。

クリスティーが序文で語っているように、本書はオーセンティックなミステリらしい「書斎の死体」ではじまりつつも、以降の展開で、それを徹底してズラしていく。この可笑しみは、「どこかに侵入して何かを盗み出す」という強奪小説の骨法をはずしたり引っくり返したりするウェストレイクの看板シリーズ、《ドートマンダー・シリーズ》と同じ手口である。ジャンル小説の約束事を十分に理解したうえで、その境界をパロディを梃子《てこ》に超えてゆく、という。

ちょっとだけ例をあげると、立派な地方のお屋敷の書斎で死体が発見されたというのに、

①死体は派手な化粧と服装のいまふうの女性

②物語はすぐに屋敷から出ていって戻ってこない

と、期待を見事に裏切る。ふつうなら発見されるのは上流階級の人物の死体だろうし、物語は屋敷のなかをメインに展開するのが常道なのだ。こんな調子で、本作は古典的な探偵小説にそぐわない方向にばかり転がってゆくのだが、これ以上は言わぬが花。にやにやしながら読んでいただきたい。

ミステリとしては、「驚天動地の大驚愕！」みたいな仕掛けがあるわけではないが、解決の鍵となる「ある事実」が明かされた瞬間、私は思わずリアルで「あっ」と言ってしまった。物語の楽しさと小気味よくスピーディな展開のせいで、完璧にめくらましを喰らっていたのである。仕掛け自体は、ポアロものでも繰り返されていた「じっさいの経緯」と「見かけ上の経緯」を、ある一点の誤認により劇的に変えてしまい、そこから謎が生じるというもの。だが、それが明らかになる瞬間には、思わず「あっ」と言わされてしまうほどのキレ味があるのだ。

ミス・マープルの出番は『牧師館の殺人』に比べると多いものの、やはり大半は警察側の

視点を主に語られている。マープルのキャラの特色は以前よりも増していて、何かあるたびに「わたしの知っている誰々さんはこうだった」と、知人をひきあいに出し、それをとっかかりにして容疑者なり関係者なりの人物評に変える場面が頻出する。探偵としてのマープルの武器を、クリスティーは「年の功による経験値／世間知」に絞り込んだということだろう。ついでにいえば、真相への重要な手がかりが「女性ならでは」の視線がすくいあげた事柄になっているのも、ポアロとの違いを見る上で重要かもしれない。

本作の発表は一九四二年。傑作『白昼の悪魔』と超傑作『五匹の子豚』にはさまれる。おそるべき傑作を連発していた時代に書かれた作品ということだ。序文によれば、この時期のクリスティーは、オーセンティックな道具立てを違ったかたちで活かすことを試していたという。そういえば、この四年前に発表された『ポアロのクリスマス』もそういう作品であり、本作と同傾向のまえがきが付されていた。

36 『動く指』

★★★★
積み木細工はあざやかに崩れる

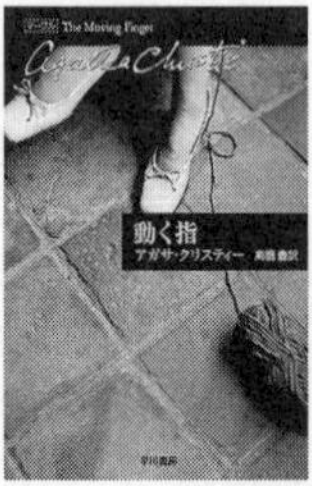

The Moving Finger, 1942

【おはなし】

私、ジェリー・バートンは飛行機の墜落により傷を負い、「何もないような平穏な場所で静養すべし」という医者の指示で田舎町に屋敷を借り、妹ジョアナとともに暮らしはじめる。ところがある日、私たち兄妹の関係を勘繰る品のない筆致の手紙が届く。同様の手紙は村中に届いていた。警察の介入をいやがる村民たちは奇禍をやりすごすだけだったが、ある日、村の弁護士夫人が自殺を遂げた——例の手紙を読んだ直後に。

ここに至って村は揺れはじめ、私も素人なりに手紙事件に首をつっこんだ矢先、ついに村ではじめての殺人が起こる！

めったに語られないクリスティー作品のひとつである。本作の存在を知らないかたも少なくないのではないか。とはいえ一九四三年発表だから『五匹の子豚』の次に書かれたわけだし、名作と名高い『ゼロ時間へ』が本作の次。『カーテン』もこの時期に書かれたと言われている。まさにクリスティー円熟期の作品なのである。

そして大層楽しい小説なのだ。快活なユーモア、カラフルな登場人物、快いロマンス要素、そして語り手の健康な倫理観がもたらす明朗な空気。娯楽読み物として非の打ちどころがない。楽しいの一語。

「クリスティーの人物造形は類型的」という批判をしばしば聞くが、たしかに本作を読むと、そうかもしれないとは思う。だが、この手の批判は本作の前には無粋でしかない。たとえ人物たちがそれぞれの「類型」の規定する役割からはみ出すことがなくとも、彼／彼女の動きはクリスティーの振る軽快なコメディの指揮棒にしたがって楽しくコントロールされていて、物語自体は類型に安住することなく、読者を小気味よく楽しませてくれるからだ。そのためにクリスティーは脳に汗をかいて、人物たちに緻密な振り付けをしているのである。ここに文学的に複雑な人物を放り込んでも空気を壊すだけである。

ポアロものの『ハロウィーン・パーティ』には、天真爛漫な英国コメディ小説の巨匠P・G・ウッドハウスに捧げる旨の献辞があったが、同作を含めて、これまでクリスティー作品にウッドハウスの影響を感じたことはなかった。しかし『書斎の死体』や本作にはウッドハウスみたいな楽しさがある。そういえば『書斎の死体』の冒頭部分は、まるでウッドハウスの名シリーズ、エムズワース卿もののようだった。

そんなふうに楽しい物語は、脅迫状をめぐる「コップのなかの嵐」のごとき村の騒動を軸として進む。すこぶる楽しく読めるのだが、あまり「ミステリ」っぽい感じはせず、コミカルな騒動記の趣である。それが一挙にミステリ化するのは、終盤のミス・マープルの登場によってである。『牧師館の殺人』以上に出番の少ないミス・マープルは、ちょこちょこっと動き回り、さくっと謎を解き、この騒動にミステリとしての決着をつける。

——と書くと、コメディ小説にミステリとしての体裁をくっつけただけ、と見えるかもしれないが、さにあらず。『書斎の死体』同様、本作にも見事に盲点を突く仕掛けがある。そして真相を知ってから見直せば、その仕掛けは、本作のようなかたちで構成することによって最大級の効果を発揮するのだとわかるのだ。

つまり、「小さな事件をめぐる騒動が大半を占め、それを健康な語り手が一人称で語り、最後に名探偵が一気に解明する」。本作は、このかたちで書かれなくてはならない。以前私は、クリスティー作品において視点人物の設定はミステリとしての仕掛けと不可分であると書いた。それは本作にも当てはまる。

基本的にはクリスティーが繰り返し使っているお得意の流儀の一変奏なのだが、全体の謎の「支点」となるポイントが巧みに凝縮されている。例えるなら、大きな積み木細工が、たった一片の積み木を引き抜くだけで一挙に崩壊し、それに隠されていたものが露わになる——そんな劇的な解決なのである。「大きな積み木細工」がコミカルな物語であり、「一片の積み木を引き抜く」のがミス・マープルの一瞬の登場というわけである。

ちなみに私は、これを読んで現代ミステリの巨匠ジェフリー・ディーヴァーのある長編を連想した。ディーヴァーのその作品は現代作品なので、当然ながら『動く指』と小道具が異なっているのだが、やっていることはほぼ同一と言っていい。

トリックはとくに独創的ではない。本作のミステリとしての見事さは、「犯人側の仕掛け

＝トリックそれ自体」よりもむしろ、「探偵の解決のしかた＝真相開示の流儀」によって生み出されている。クリスティーがミステリの演出法を知り尽くしていた証左である。

ロマンス要素も本作で重要な位置を占めており、ミーガンというちょっと奇矯な娘が登場する。登場して早々、主人公に「馬」と形容されていたり（そのあとで「磨けば光るという意味である種の馬みたい」といったフォローを主人公は入れているが、若い娘を指して「馬」はいかがなものか）、穴のあいた靴下を平気で履いていたりする娘なのだが、これは現在でいえば萌えキャラのひとつなんではないかという気がする。

これまでもクリスティーは、いわゆる伝統的な「女らしさ」の抑圧からフリーな若い娘たちを好意的に描いてきた。『杉の柩』のエリノアを代表とする凛とした女たちもそのひとつだが、ミーガンのようなタイプの女子も、「女らしさ」から別のかたちで自由である女性キャラと言えるだろう。ミーガンのような女性は、すでに初期作品『ゴルフ場殺人事件』でシンデレラ嬢として登場してもいて、私のみるところでは、ミーガンやシンデレラを意地悪に発展させたのが、『葬儀を終えて』のコーラなのではないか。つまり「空気を読まない不思議ちゃん」である。

37 『予告殺人』

★★

「退屈なミステリ」という問題

A Murder Is Announced, 1950

【おはなし】

殺人お知らせ申し上げます――新聞の広告欄にそれは記されていた。屋敷の名と日時を添えて。殺人ゲームのお知らせに違いない。そう思った村のひとびとが屋敷に押しかけ、とまどいつつも屋敷の主人たちは彼らを歓待する。そして予告された時刻――居間の電灯が消え、闇に閉ざされた客と主人たちは、何者かが入り口から室内に向けて拳銃を二度発砲するのを見、次いで第三の銃声を聞いた。残ったのは銃弾を受けた男の死体。

自殺か事故か、あるいは殺人か。警察の捜査が行われるも一向に真相は見えない。そこに同地を偶然訪れていたミス・マープルが助け舟を出す。

江戸川乱歩の昔から名高い名作である。

右の「おはなし」にあるように、冒頭の謎はきわめて魅力的だ。殺人の広告は死んだ男自身が新聞社に出広《しゅっこう》したものであり、素行のよろしくなかったホテルマンが、なぜそんなことをしたのかもさっぱりわからない。容疑者群は電灯の消えた部屋に集まっていたから、これは一種の密室殺人なわけである。

面白そうではないですか。

ところが事件が起きて以降の大半がどうにも退屈なのである。事件は開巻してものの数十ページで発生するから、作品の大半が退屈だということです。なぜなのだろう。

語り口と、語られていることが索漠としているからではないか。

まずもって本作はニュートラルな三人称の語りになっている。ミス・マープルはいつものようにあまり登場せず、要所要所でちょこちょこ顔を出すのみで、主に動くのは捜査担当のクラドック警部である。ところが警部は『書斎の死体』の刑事たちのようなコメディ・リリーフの側面を持たない真面目な警察官で、「捜査をする人物」という記号以上のものではない。彼は証言を引き出して手がかりを収集することに徹している。必然的に、物語もそういうものになってゆく。

本稿を書く必要上、私はクリスティー作品を読みながら、作品のポイントになる箇所に付《ふ》箋《せん》を貼っている。その数が本作の場合、他を圧して多い。つまり「手がかり（になりそうなもの）」の数が多いのだ。「手がかり（になりそうなもの）」というのは、事件にまつわる「事実」――誰がいつどこにいたとか部屋に何が置かれていたとか――であって、それは要するに即物的なデータである。即物的なデータを効率的に提出する文字列のことを、日本語では「説明」と呼ぶ。つまり『予告殺人』という長編小説を埋めているのは即物的な「データ」であり、ここにある文字列の多くは、事実の「説明」に充てられている。「描写」ではないのだ。

「説明」と「描写」をわける線を規定するのは簡単ではないけれども、さしあたり、その文字列が「データ」以上の何か――「物語」や「感情」や文字列自体がもたらす「快楽」など――を生み出すものを「描写」と呼ぼうか。主人公たるクラドック警部が記号的な人物であるから、『予告殺人』を構成するのは、ただただ「データの収集↓結合↓解決」というメカニカルな手順の説明なのである。

これまでも、事件が早々に発生するタイプのクリスティー作品はあまり面白くなかった。『愛国殺人』がそうであり、『複数の時計』がそうだった。本作もまた然り。事件が早々に発生するということは、「事件発生」と「解決」のあいだが分量的に長いということである。「事件発生」と「解決」のあいだを埋めるのは、謎解きミステリにおいては「手がかり収集／尋問」である。つまりクリスティーは、「手がかりの収集／尋問」を書くと退屈になってしまう作家だったということになる。

しかし、この退屈は本当にクリスティー特有の問題なのか。「オーソドックスな本格ミステリ」というものの宿痾《しゅくあ》ではないのか。

本作を読むのは苦痛だった。途中で投げ出さなかったのは読むことが任務だったからだが、そうでなくても「名作である」という前評判ゆえに、私はがんばったはずだ。なぜならミステリにおいては、ときに、明らかに退屈で小説として失敗していても名作たりうるからだ。

これは他の小説ジャンルにはないミステリ独自の基準である。どんなに小説として退屈であろうと稚拙であろうと、それを埋め合わせるだけの一発が最後の最後に繰り出されれば許されるのがミステリというジャンルなのだ。要するに「解決」ないし「トリック」。もちろん他のカテゴリに属する小説であっても、最後まで読まないと評価は下せないが、ミステリにおいて「解決／トリック／結末」に与えられている重さは畸形的なほどに大きい。

だから問題は、『予告殺人』のトリックが、あの退屈さを埋め合わせるほどのものなのか、というところに収斂する。たしかにクリスティー作品のなかでは凝っているほうだろう。これをやるには長編小説くらいの分量の文字数が必要でもある。たしかに面白いトリックだと思う。しかし。

謎解きミステリであるからといって、小説として明らかに退屈であっても許容していいのだろうか。例えばエラリイ・クイーンの初期作品や、笠井《かさい》潔《きよし》の『青銅の悲劇』などのように、異様なまでに徹底して物理的手がかりを収集することを貫けば、そこに別種の「読む快楽」が発生する。しかし『予告殺人』は半端に程がよすぎる。「物語の興趣を欠いたありがちな本格ミステリ」でしかなく、つまるところトリックにしか旨味はないのである。

左様、「謎解きミステリ」を原理主義的にみるのなら、『予告殺人』は「面白い」のかもしれない。謎解きミステリにおける文章の役割を「推理のためのデータの効率的かつ忠実な報告」と考えれば、一般の小説でいう「描写」はノイズを含んだ叙述と言えるから、『予告殺人』のように「説明」のみで構成される作品はすぐれているのかもしれない。

だが、私はそういう立場に同意しない。そんな私にとっては、一編の長編小説の体裁をとりながらもドラマも物語も文章を読む楽しみも欠いた『予告殺人』は、退屈な文字列でしかなかった。ただし、ミス・マープルが鮮やかに登場して以降、終盤の物語はまずまず楽しく読めるようになる。

ここで思うのは、クリスティーはクエンティン・タランティーノのように、「ブルシット＝無駄な会話」が抜群にうまい作家だったのではないか、ということだ。「尋問」は情報収集に特化した特殊な対話なので、そうした「ブルシット」を活かすのは困難である。『ナイルに死す』以降の「犯行以前のドラマ」は、クリスティーのそうした才能をうまく活かす。じつは本作でも、決定的な手がかりは無駄話のなかに仕掛けられているのだ。退屈な尋問は退屈なデータを収集する無駄なものだったと判明する。

さらに言えば、クリスティーは、「謎の不可解性」を演出するのが不得手なミステリ作家だった。これまでにも強烈な謎のあるクリスティー作品というのはなかった。『オリエント急行の殺人』や『アクロイド殺し』は、トリックは素晴らしいが謎自体はどうということもないものだった。

ひょっとすると本作も、ジョン・ディクスン・カーやクレイトン・ロースンのように、謎の演出に秀でた作家の手になれば、もっと面白く仕上がったかもしれない。不可能性があちこちにある事件だからである。しかしクリスティーはそれを、ニュートラルに品よく、淡々と描いてしまい、謎が謎であることを読者に気づかせない。『予告殺人』のような躍動しない物語であっても、書きぶりによって「すごい謎だ！　しかもそれがいずれ解かれる！」という期待を読者に抱かせれば、もっと強く牽引することもできただろう。『予告殺人』はアガサ・クリスティーの弱点が非常に強く出た作品ではなかったか。

そして、そもそもアガサ・クリスティーという作家は、「トリック」で物を言う作家ではなかったのではないか。

38 『魔術の殺人』

★★★ これは横溝正史である

【おはなし】

女学校時代の友人ルースに会ったミス・マープルは、やはり同窓であるルースの妹キャリイの身によからぬことが起きる予感がするというルースの頼みで、キャリイが三番目の夫らとともに住む屋敷に赴く。そこはキャリイの夫ルイスが運営する少年犯罪者更生施設に隣接していた。
怪しい使用人エドガー、キャリイの娘や孫娘らが集う屋敷で、それとなく内情をさぐるミス・マープルだったが、施設の理事であるキャリイの最初の夫の連れ子クリスチアンがやってきた夜、凶事が起こった!

They Do It with Mirrors, 1952

題名の「魔術」という言葉のもたらす期待を裏切らぬ、「探偵小説的」なムードのある作品である。これまでクリスティーは、屋敷を舞台にしていてもゴシックな雰囲気を強調してこなかった。しかし本作でミス・マープルが屋敷を訪れる場面では、ゴシック・ロマンスを彷彿《ほうふつ》とさせる按配で、屋敷のうっそりと重苦しい概観がきっちり描かれている。

物語上それほど大きな意味を持つわけではないが、「犯罪傾向を持つ少年たちを集めた施設」という設定も、昔ながらの「不穏な気配」の現代版のような印象を与えるし、奇矯な使用人エドガーの存在も、ほのかに恐ろしげな空気を生み出す。『予告殺人』では、多数の人間を駆け足で紹介したせいでごちゃっとした印象を与えた序盤も、本作ではミス・マープルと各人物の邂逅《かいこう》と対話を巧みに一対一の場面に仕立てて処理していること（これは演劇の流儀だろう）と、事件発生まで一定のページ数を割くことの二つで、風通しよくさばいている。こうして登場人物と人間関係を描き終えたところで殺人が発生する。この『ナイルに死す』以来の筋運びは、もはや自家薬籠中のもの、といった安定感である。

ミステリとしての仕掛けは、小さな刀を素早く小さく操ってみせた、という感じの小粒だがキレのよい物理トリックをフィーチャーしている。つまり『メソポタミヤの殺人』系の作品ですね。ただし、このトリック（および犯人）を解明するために、長編小説の長さが必要だったかというと微妙なところで、謎が解けた瞬間に感じるカタルシスの質感は、よくできた短編ミステリのそれに近い。

不安な調子を漂わせつつも楽しく読ませる本作、悪くはないが、『書斎の死体』『動く指』の楽しさには遠く及ばない。クリスティーには、「いわゆるトリック」を持ち出すと物語が精彩を失う傾向があるのではないか。また、さきほど記したように、本作にはクリスティー作品ではめずらしく、ゴシックな不穏の空気が強い。けれどもそれは、例えばジョン・ディクスン・カーの初期作品や、日本の横溝正史らの作品のように、「ゴシックな怪奇性だけで読者を強く牽引する」ほどの強度を持たない。

さて、いま引き合いに出した横溝正史は、クリスティーを愛好していたことで知られている。じつは『魔術の殺人』を読んでいる最中に私が感じていたのは、横溝正史の作品との相似だったのである。舞台を岡山なり那須なりに移せば、そのまんま横溝作品になるんじゃないかと。

実子と養子と前夫の連れ子と養子の子が入り乱れ、そこに奇矯な使用人がからみ、美しい養子と醜い実子の確執が展開されたり、元気な嫁に振り回される気弱な夫が登場したりする。殺人の動機となるのも、この血縁関係の複雑な線が醸す不穏なモアレ模様。これはもう横溝以外の何物でもない。おまけに舞台となる屋敷の裏手には湖まである。まるで『犬神家の一族』ではないか。

横溝正史が好んで使ったモチーフに、「顔のない死体／首なし死体」と「戦争の傷痕／復員兵」がある。一方でアガサ・クリスティーは、ミステリの根幹に「アイデンティティの擬装」を仕掛けることをほとんど手癖のように多用していた。

「顔のない死体」とは、要するにアイデンティティの擬装／混乱の種である。横溝正史は作中に戦争を持ち込むことが多かったが、しばしば、戦時中の身分登録制度の混乱によるアイデンティティの混乱を描いていた。つまり横溝は、クリスティーからアイデンティティの擬装と、それによる人間関係の混乱という流儀を学んだのではなかったか。それを「顔のない死体」として自作に組み入れた。「人体破壊」という日本の探偵小説らしい酸鼻な殺人芸術の彩りを、「アイデンティティの擬装」に加えたのだ。

「横溝正史」と聞くと、つい表面的なグラン・ギニョール趣味、つまりジョン・ディクスン・カー的な怪奇性が目についてしまうが、謎解きミステリを組み上げる流儀だけを仔細《しさい》にみれば、こうしたクリスティーからの影響をみることができるように思う。

ところで、あまり本筋に関係しないと書いた「犯罪少年更生施設」という要素だが、これは、ある作中人物の「過去」もあいまって、『杉の柩』『マギンティ夫人は死んだ』『白昼の悪魔』『ハロウィーン・パーティ』『象は忘れない』『カーテン』などでクリスティーが幾度も検討してきた主題とつながってくる。すなわち、「犯罪傾向は生来的なものなのか」「犯罪傾向は遺伝するか」という問題である。

クリスティーは「殺人は癖になる」と幾度も作中で語ってきた。だがそれは、あくまで殺人者個人の問題であって、遺伝するような「血」の問題ではない。だから若い者たちは過去や血に縛られることなく、前に向かって進むべし──それがクリスティーの結論であるように見える。これはクリスティーの勁い健康さの証左であろう。

39 『ポケットにライ麦を』

★★★★

復讐の女神、誕生す

A Pocket Full of Rye, 1953

【おはなし】

投資会社社長フォテスキュー氏が、オフィスで毒死した。摂取したのは遅効性の毒物であり、氏は屋敷での朝食時に毒を盛られたものと考えられた。フォテスキュー氏の若き後妻、事業に関わる長男とその妻、クールな美形の家政婦などなどが集う屋敷に赴いたニール警部だが、捜査は思うように進展しない。

そんな折、被害者の後妻の毒殺死体と、屋敷の小間使いの絞殺死体が立て続けに発見された！

まず何より、

ミス・マープルがカッコいい。

ということを強調しておきたい。彼女の登場シーンに私は鳥肌を立てた。カッコいいのだ。

要領が悪く不器量な小間使いグラディスの死体が発見され、物語の緊張が一挙に高まった瞬間にクリスティーは章を断ち切る。つづく章がミス・マープルの登場場面だ。描かれるのは、列車に乗って現場を目指すミス・マープル。彼女は列車の座席に座り、殺人事件を報じる新聞三紙を静かに読んでいる。その横顔。そこに浮かぶ憤激の色。

途方もなくクールなのである。まさに正義のヒーロー登場の場面。

これまでもミス・マープルが峻烈《しゅんれつ》な正義の代行者の相貌を閃《ひらめ》かせる場面はあった。だがこれまでの彼女の怒りは一般的な「殺人という悪」に向けられたものだったし、一瞬の目の光として描かれるにとどまった。本作では違う。彼女は私的な怒りに駆動され、個人的な正義を実現すべくやってくる――

ネメシス。後年のマープル長編の題名が脳裏に浮かぶ。復讐の女神。

殺害された小間使いグラディスは不幸な生い立ちの娘だった。そんな娘が社会に出られるように、ミス・マープルは躾《しつけ》をほどこした。だが夢見がちなグラディスは街に出奔《しゅっぽん》してしまい、紆余《うよ》曲折《きょくせつ》の末にフォテスキュー邸の仕事に就いたのだった。

グラディスの不遇についてミス・マープルが語るのは、たった二ページほどにすぎない。しかしグラディスの人生の軌跡は読む者に強い印象となって刻みつけられる。そこには不幸な娘への深い共感があり、正義の使徒マープルの仮借なき怒りがある。

『ポケットにライ麦を』は、復讐の女神ミス・マープルの誕生を告げる物語なのだ。

という具合で「ミス・マープル」というキャラクターについていえば無類にカッコいい本作、長編ミステリとしてはどんな出来か。

まずもって本作は、詩や歌の文言になぞらえて連続殺人が起きる「見立て殺人」ものである。日本の作品では横溝正史の『悪魔の手毬唄』が有名だ。この種のミステリは、「ただ殺せばいいものを、なぜわざわざ詩に見立てているのか」という理由や必然性が謎の核心となる「ホワイダニット」ミステリということになる。とはいえ実のところ、「見立て殺人」の作例のなかには、単なる怪奇や恐怖のムードづくり以上のものではないケースが少なくない。きちんと「見立て」の必然性を提示した数少ない傑作として、本作と同じくマザーグースの歌を扱ったエラリイ・クイーンの『ダブル・ダブル』を挙げておく。本作は『ダブル・ダブル』ほどアクロバティックな鮮烈さを持たないものの、とりあえず読者を納得させるだけの必然性を瀟洒に提示しているから、まずは合格と言っていいだろう。最初の事件は早々に発生するから、これまでのクリスティー作品の例からすると、退屈なのではないかと心配になるが、『予告殺人』や『愛国殺人』などの弊をうまくまぬかれている。

クリスティーにはめずらしく、謎の奇怪さが強調されていることが、その理由のひとつだろう。さらには、随所で新たなイベント（久しぶりに屋敷に帰還する次男の登場、第二・第三の殺人、ミス・マープルの登場とグラディスの物語など）を投入して、物語のテンションを随時ひきしめてもいる。

ことに、これが見立て殺人だと判明したあとに語られるアフリカの鉱山をめぐる因縁話の不吉な按配が見事で、おかげで物語は最後までサスペンスフルに保たれる。特段のトリックがあるタイプの作品ではないが、細かな欺しと人物の精妙な出し入れで事態の不可解性を巧みに醸成し、それが中盤の物語のテンションを高めている。派手ではないものの、絶妙な物語構築で一級の作品に仕上げられているといっていい。

仄暗く不吉なロマンティシズムをかすかに香らせて、巧みなストーリーテリングで最後まで読ませる円熟の傑作。そういう印象を得た。このダークな緊張感は『カーテン』に一脈通じる。いい作品です。

そしてミステリとしての決着がつけられたのちに描かれる最終章。これが残す余韻が素晴らしいのだ。

事件を解決したのちに帰宅したミス・マープルのもとに届く一通の手紙。最後の最後に登場するこれ。悲痛で、痛ましく、クリスティーうまいよなあと嘆息した。この手紙によって、この物語のすべてがグラディスの悲劇に収斂する。そして、正義と真実の追求を通じて悲劇に立ち向かったミス・マープルの物語として着地する。悲嘆と怒りの物語として、幕を閉じるのだ。

感動的なのである。クリスティーを読んで泣くことになろうとは。傑作です。

ちなみに、本作にも横溝正史を思わせるところがある。ミス・マープルがニール警部らの前でマザーグースの詩を暗誦する場面だ。これは『悪魔の手毬唄』そのもの。金田一耕助と磯川警部が見守るなかで、おばあさんが子守唄を歌いながら毬をついてみせる場面に、呼吸がそっくりなのだ。

『悪魔の手毬唄』を横溝が連載したのは一九五七年のこと。『ポケットにライ麦を』は一九五三年の作品で、邦訳刊行は一九五四年。横溝が本作にインスパイアされた可能性は十分にある。

40『パディントン発4時50分』

★★★

痛快な悪への一撃

4.50 from Paddington,
1957

【おはなし】

ロンドンのパディントン駅を4時50分に発つ列車に乗っていたマギリカディ夫人は、並走する列車の窓に、女を絞め殺す男の後ろ姿を見た。駅に着くや、そのことを通報した夫人だったが、問題の列車とおぼしき列車内に死体はなかった。セント・メアリ・ミードに住む旧友ミス・マープルに相談を持ちかけたところ、ミス・マープルは夫人を信じ、パディントン発4時50分の列車に乗ってみる。
夫人が殺人を目撃した地点にさしかかり、その地理的条件を見たミス・マープルは、ある閃きを得る……。

新たなヒロイン、ルーシー・アイルズバロウが登場する。

彼女はどんな人物であるか。

おそるべき鋭利な知性の持ち主たるルーシーは、現代社会は「家事労働力の不足」という問題を抱えていると看破した結果、フリーランスの家事請負人となった女性である。

掃除洗濯料理は無論、ありとあらゆる家内労働を完璧に執行、代わりに料金は高額。ひとつの家にとどまることを嫌い、一定期間がすぎれば家を去る。その仕事ぶりに惚《ほ》れこんだ家が高額で終身雇用をオファーすることも少なくなかったが、彼女はいつも拒否する。仕事の期間が終わると優雅な休暇をすごすことにしている……まさに**ゴルゴ13の家事版**。キャラの立ち具合は過剰なほどであり、ライトノベルにも登場可能な気さえする。

さて本作でルーシーが登場するのは、ミス・マープルが体調不良だからである。調査を決意したものの体調ゆえにままならぬミス・マープルは、大仕事を安心して任せるに足る知性の持ち主として、ルーシーを招喚するのだ。与えたミッションは――

潜入調査である。死体が消えたのは列車から投げ落とされたためではないか。となれば転げ落ちた死体は、隣接するクラッケンソープ家の広大な敷地に落ちるはず。だからルーシーを家事請負人としてクラッケンソープ家に潜入させ、死体を探させよう……。

燃えるではないですか。まるでスパイ・スリラーだ。敵国の代わりにカントリーハウス、消音銃の代わりに箒《ほうき》を手にした美女が活躍するという。

ポアロとヘイスティングズのコンビがホームズとワトソンならば、ミス・マープルとルーシー・アイルズバロウのコンビは、レックス・スタウトのネロ・ウルフ&アーチー・グッドウィン、あるいはA・A・フェアのバーサ&ラムのコンビを思わせる。探偵コンビが静／動の分業をするわけです。物語の前面に「動」の担い手が立ち、結果として作品に躍動感が満ちるのが、この種のミステリの特徴だ。

本作前半は、そんなルーシーによる「潜入捜査」のパート。死体が発見されると、事件を担当するクラドック刑事の物語がそこに加わる。ルーシーの物語も面白いのだが（後述）、クラドック警部による捜査パートがまたいい。

他殺死体は発見されても、謎はあまり晴れてくれない。本作の最大の謎は「この事件がどういうものなのか判然としない」ことにあるのだ。そもそも死体の身元がわからない（このあたりの五里霧中感は、ヒラリー・ウォーの『ながい眠り』あたりを思わせる）。ゆえに「事件まわりの人間関係」が曖昧になって、クラドック警部は地道に関係者を訪ねて駆け回ることになる。バレエ・ダンサーが被害者候補として浮かべば海千山千風の団長率いるバレエ団に赴く（この場面は出色）といった調子。クリスティー作品の尋問場面はあまり面白くないことが多いが、本作ではカラフルな人物をたくさん出すことで成功している。

クラドック警部の捜査行と並走するルーシーの物語も楽しい。つまり二本立てのストーリーによって本作の中盤は支えられていて、退屈しない作品になっているのである。ルーシーに心を奪われる男たちが続出するのが可笑しい。芸術家である屋敷の主人の息子を皮切りに、ついには屋敷の偏屈な老主人までもがプロポーズらしき微妙な台詞を発し、それらをルーシーは華麗にスルーする。この老主人の爺さんのキャラもグッドで、クリスティーがしばしば描く「遺産によって家族を抑圧するクソ老人」のように見えながら、じつはキュートな爺さんなのです。

つまりルーシーが主役を演じる物語は「ロマンス」。クールに自立した女性を魅力的に描くのはクリスティーの得意技だから、彼女が演じるロマンスが面白くなかろうはずがない。そんな捜査の末、被害者の素性が判明するや事件の全貌が芋づる式に判明、すべては急転直下、解決に向かい……ついにミス・マープルが登場する。今回も解決場面で見事なカッコよさを見せるのだが、本作には特段のトリックがあるわけではないため、快刀乱麻な推理を開陳するわけではないし、『ポケットにライ麦を』のように正義を背負っているわけでもない。となると、どんなふうなカッコよさを彼女は見せるのか？

『刑事コロンボ』を評する言葉に「逆トリック」というものがある。犯人をひっかけるためにコロンボが仕掛ける「トリック」のことだが、ミス・マープルが本作のクライマックスでやるのはそれ。それで犯人の自爆をうながすのである。

逆トリックが行使される瞬間とは、受動的な役回りである探偵が能動的にふるまう瞬間である。ミス・マープルの「ヒーロー性」は、ここに由来する。単に事件を読み解くだけでなく、積極的に犯人を嵌《は》め、悪に鉄槌《てっつい》をくだす。本作における逆トリックは犯人にしてみればアンフェアだ。ミス・マープルはそれを承知で犯人を陥れる。痛快至極な悪の成敗。

冒頭の鮮烈な謎で幕を開け、ルーシーの物語の楽しさとクラドック警部の物語の静かなスリルで中盤をひっぱり、最後に痛烈な悪への一撃で閉じる。

見事なエンタテインメントなのである。

41 『鏡は横にひび割れて』

★★★★

あまりに美しく痛ましい犯罪悲劇

The Mirror Crack'd from Side to Side, 1962

【おはなし】

かの『書斎の死体』事件の現場となった屋敷ゴシントン・ホールが売りに出され、そこを買い取った高名なアメリカ人映画俳優マリーナ・グレッグが引っ越してきた。結婚離婚を繰り返す恋多き女優マリーナ。彼女が夫とともに開いた新居お披露目パーティーで事件は起こった——世話好きで有名な女性ヘザーがカクテルに混入された毒で死亡したのである。しかもヘザーが飲んだのはマリーナが飲むはずのグラスに注がれたものだった！

今や私はミス・マープルのファンだ。

自分がそんなことを口にする日がくるとは想像もしなかった。そもそもかつての私のイメージでは、「ミス・マープル・シリーズ」の印象は決してよくなかったのだ。詮索好きの老女が村の噂に意地悪に聞き耳をたて、田舎なのになぜか頻発する殺人事件を次から次へと解決する、みたいな、読者と作者の狎《な》れ合いじみたユルくヌルいミステリを想像していたのである。

だが、そんなイメージは完全に間違いであった。現物をちゃんと読んでみれば、ハードボイルドと冒険小説に育てられてノワールに行きついた私のような読者にとって、むしろポアロよりもミス・マープルのほうが魅力的に映ったのだ。

『ポケットにライ麦を』でミス・マープルが見せる峻烈《しゅんれつ》なヒーローぶりに痺れたときに、すでに私はジェーン・マープルに魅了されていた。そして、この『鏡は横にひび割れて』で、ミス・マープルへの愛着は確固たるものとなった——映画女優をめぐる殺人に対峙すべく美容院から映画雑誌のバックナンバーを山ほど借りてきて読みふけるキュートさよ！ そして第二十一章ラストで彼女がニヤリとしながら放つひとことの途方もないカッコよさよ！

そんな具合で本作は、ヒーローとしてのミス・マープルの魅力を確立したような趣がある。『ポケットにライ麦を』には「ミス・マープル自身の事件」のような側面があったが、本作での事件とミス・マープルの関係にはパーソナルな思い入れは存在しないので、言わば本作は「ヒーロー、ジェーン・マープル」の素の魅力を描き切った作品だと言っていいだろう。

当初からミス・マープルの登場シーンは、ポアロと違ってあまり多くなかった。事件を担当する刑事などが前面に立って物語＝捜査の進行役をつとめ、ミス・マープルは随所でデータを吸い上げ、たいていの場合、作品の半ばあたりですでに事件の真相の見当をつける。そして物語の裏側で動き、最後に解決をもたらす、といった按配で、ミス・マープル・シリーズは安楽椅子探偵ものに近い。これは本作でも同様で、進行役は『パディントン発4時50分』にも登場しているクラドック主任警部が務めている。ときにはボヤいたりへコんだりしながら、ミス・マープルの家でシェリーをご馳走になりながら相談する主任警部は、なかなか可愛らしい。

殺人事件が発生するのは八十ページすぎ。事件前のドラマもそれなりに描かれてはいるが、構成としては『ナイルに死す』路線ではなく、むしろ序盤で事件が発生する系統だろう。ゆえにクラドックによる関係者への尋問の連続が物語の過半を占めることになるが、『複数の時計』系統の退屈さは感じられない。なぜか。

前半の尋問の焦点を、事件の核心たる女優マリーナ・グレッグの人物像にあてているからである。

毒死した被害者が口にしたのは、マリーナに手渡されたグラスに入っていた酒であり、それはすなわち、殺人のそもそもの標的はマリーナだったのではないかという推測を生む。だから事件の鍵はマリーナをめぐる人間関係と、彼女自身の人物像にある。ところが神経の強くないマリーナは事件のショックで臥《ふ》せっており、ほぼ物語の真ん中にいたるまで姿を見せない。

ハードボイルド・ミステリでは、不在の失踪者の肖像を、探偵の尋問の連続——関係者による「失踪者」の物語——によって浮かび上がらせる構成をとるものが多いが、本作前半も、それと同じ按配で、マリーナ・グレッグという女優の過去と性格の謎を徐々に浮かび上がらせるプロセスで読ませるのである。

もうひとつの謎はさらに魅力的だ。事件発生直前、パーティーのさなかで、マリーナは

「横にひび割れた鏡に凶兆を見せる。テニスンが詩に詠《うた》った「横にひび割れた鏡に凶兆を見た姫」のようだ、と評されるこの表情が、いったい何を意味しているのか、という謎だ。この詩的とさえ言える謎が、一貫して物語の中心にありつづける。そしてマリーナへの尋問で一区切りがついたあとは、第二の殺人の発生、捨てられた養子たちの問題と、イベントの発生によって解決までの物語は引き締められ、加速してゆく。

ミス・マープルは本作の事件を「単純なものだ」と言う。そう、これは幾重もの誤認やダブル・ミーニングや誤導によって不可解なものになった、本質的には単純な事件である。そんな事件の粉飾の手際はじつに精妙かつ見事（ことにある人物の証言にひそまされた、さりげなく、しかし綱渡りのように危ういミスディレクションといったら！）である。けれども、いわゆる謎解きミステリの基準――トリックやロジックの斬新さ――をもって測ってしまうと、『鏡は横にひび割れて』は、大した作品にはみえないことだろう。犯人の意外性は十分だが、それはトリックやロジックの意外性によって支えられているわけではないからだ。そういう意味での興趣は稀薄である。

だがそんなことはどうでもいい。

たとえば謎解きミステリとして精妙な仕掛けを施した『予告殺人』よりも、本作のほうが圧倒的に素晴らしい。そういうことなのだ。作品の本質から目を逸らして、殊更に「謎解きミステリとしてどうの」と言いたてるのは不毛だろう。『鏡は横にひび割れて』を読むと心の底からそう思う。

言い換えればこういうことだ――

クリスティーに貼られた「本格ミステリの女王」みたいなレッテルにめくらましを食わされて、本作のような素晴らしい犯罪悲劇の傑作を、この歳になるまで読んでこなかった己の馬鹿さ加減に天を仰いだのだ俺は！

そう、それくらい本作の結末で明かされる真相の痛ましさは衝撃的だ。犯人の意外性と動機の意外性とがあいまって、運命的な悲劇を描きだす。お涙頂戴に走らず、抑制を利かせ、透徹したとさえ言えそうな筆致で。

ここには『ギャルトン事件』や『ウィチャリー家の女』といったロス・マクドナルドの最良の作品を想起させる美しく悲しい犯罪悲劇がある。そしてその悲劇性は――ロス・マクドナルド作品がそうである以上に――「ミステリ」という物語特有の構造によって、その効果を最大限に引き出されているのである。つまり、私たち読者は、真相＝悲劇の暴露以前に、刑事や探偵の捜査や推理を通じて、この悲劇をもたらした要因について十分に学んでいる。だから作者は、真相＝悲劇を明かしたのちに、その内実を読者に向けてくどくどと説明する必要から逃れられる。

私たちは、すでに知る悲劇の当事者たちの性格や過去や生活のデータを「真相」へとつなぐ、「語られざる物語」を、私たちそれぞれの脳内で描くことになる。これは「ミステリ」だからできる芸当である。そしてそれゆえに、悲しみと痛ましさは、私たちのなかで、より深いものとなるのである。

本作は一九六二年に発表された。能天気に緩い『鳩のなかの猫』（五九年。書誌的には六一年に単発作品『蒼ざめた馬』が刊行されている）と、ひどい出来の『複数の時計』（六三年）のあいだに書かれたとは信じられない傑作である。

必読。

42　『カリブ海の秘密』

★★★★★

ミス・マープルというヒーロー

A Caribbean Mystery, 1964

【おはなし】

ミス・マープルはカリブ海のホテルに長逗留することになった。ある晩、退役少佐の昔話につきあわされていたミス・マープルだったが、ふいに少佐は「殺人を繰り返しては身分を変えて姿をくらましている人間」の写真を持っていると言い出す。だが写真を取り出しかけたところで、少佐はミス・マープルの後方に目をやり、写真をしまいこんだ。

直後、少佐は急死する。薬の飲み忘れだろうという予測が囁かれるも、ミス・マープルは納得のゆかぬものを感じる。この死と「殺人者の写真」に関係があるのではないか？　事実、写真は消えていたのだ。

本作中にはこんなやりとりがある。意味はそのままに、言葉遣いを少しだけアレンジしてみよう。

女　ギリシャ語にはぴったりの言葉があるのさ。〝復讐の女神〟とか何とかってね。

男　なるほどな。おまえさん、「復讐の女神」を演《や》ろうって腹だな。

女　そういうことさ——あんたの力を借りてね。

まるでフィルム・ノワールのようではないですか。女にローレン・バコール、男にハンフリー・ボガート、なんてどうだろう。梶芽衣子と成田三樹夫とか、ジーナ・ローランズとジョン・カサヴェテスとか。

だが実際に本作でこの(ような)会話を交わすのは、薄ピンクのスカーフをかぶったお婆ちゃんと、介助なしには動けないお爺さんなのだ。この会話のあと、爺さんのほうがこんなことを言う——「あんたとわしとでどうやって殺人を防ぎとめようというんだ? あんたはよぼよぼばあさんだし、わしは廃人同様だよ」(これは訳文どおり)

そんな老人コンビがこんなやりとりをする。失笑する? しょぼい? パロディっぽい? 否である。そんな台詞が似合わないからこそ、この場面は鳥肌が立つほどカッコいいのだ。

ちょっと寄り道をしよう。——世には完全無欠&必勝不敗のヒーローもいる。それはそれで時代を問わずカッコよくありつづけてはいる(例えばスティーヴン・ハンターのスワガー親子、リー・チャイルドのジャック・リーチャー)が、キャラクターの人格や属性に欠落やアンバランスを組み込むことでヒーロー性を浮き立たせるという流儀が、一九六〇年代あたりから広がってきている。

ふだんはうだつのあがらない窓際スパイだが、最後には緻密な策謀で必ず一発逆転を決める『消されかけた男』『再び消されかけた男』などの主人公チャーリー・マフィン(ブライアン・フリーマントル)がそうだ。正義の戦士なのか犯罪者なのか判然としない『ダークナイト・リターンズ』以降のバットマンもそうだ。映画《キック・アス》もそう。恐怖に駆動されるノワールの主人公たちも同様である。つまり「完全無欠の戦士としての強くマッチョな男」というヒーロー像は、ずいぶん前からリアリティを失いはじめていたということだ。「絶対死なない」「必ず勝つ」という主人公は、予定調和感を生んでしまうからである。

もちろん、現在でも完全無欠のスーパーヒーローのカッコよさは成立する。けれども、そういうヒーローを前にしてわれわれが感じるのは、「お約束」「王道」「ベタだけどカッコいいじゃん」みたいな、作品を一歩引いて眺めるメタな視線に基づく感慨である。物語のパターンが消費されるというのはそういうことだ。

では「お約束」の安心感を超えて、リアルにひりつくような昂奮を読み手の心に撃ちこむにはどうすればいいのか。ヒーロー物語を書こうとする者が直面するのは、この問いである。どうすればヒーローが現実的に見えてくるのか。どんな行動原理ならばヒーローの動機が説得的に響くのか。どんなかたちで読者とヒーローとのあいだに感情移入の手がかりを確保するか。どうすれば新鮮なカッコよさを読者に感じさせられるのか。

その答えが「欠落」だった。「欠落を抱えた者がヒーローとして活躍する」というところに生じる落差のようなもの。それが新鮮な意外性と、それと背中合わせのリアリティとを生む。こうした現代的ヒーローたちは、伝統的なヒーロー性である「清く正しい正義感」「〝健全な〟精神と肉体」「遵法精神」に欠落がある。それが「カッコよさ」に、現在のリアリティを与えるのだ。

さあクリスティーに戻ろう。クリスティーは、これまでずっと、時代の固定観念や枷《かせ》から自由な女性を描きつづけてきた。ひとつには『杉の柩』のエリノアと『パディントン発4時50分』のルーシー・アイルズバロウを達成とする、凜として自立した女性キャラ。ひとつには『動く指』のミーガンや『ゴルフ場殺人事件』のシンデレラといった、「常識」を楽しげに笑いながら蹴飛ばす女性キャラ。彼女たちを通じて、クリスティーは（主に性差についての）固定観念を梃子とした落差によって、カッコいい女性たちを描いてみせた。

その極点がミス・マープルなのだ。

じつは、ノワール的なヒーローと並んで九〇年代以降見逃せないのが、「女性ヒーロー」の流れである。例えば『天使の帰郷』のキャシー・マロリー。《GHOST IN THE SHELL 攻殻機動隊》の草薙素子。映画《キック・アス》では、少女である「ヒット・ガール」のほうが、強く速くカッコいい「ヒーロー」だった。彼女たちの源流にミス・マープルを置きたい、といまの私は思っている。「正義のヒーロー、ミス・マープル」は、現代に通用するくらい鮮烈にカッコいいからである。

本作でのマープル&ラフィールのコンビには、「老い」という落差もある。二人の武器は、老いをカバーする知力と意志。この弱さと強さの落差が、彼らのヒーロー性に光輝をもたらしている。

『ポケットにライ麦を』から本作に先立つ三作のミス・マープルものを、クリスティーは明らかにマープルのヒーロー性を意識して書いてきた。『牧師館の殺人』から『動く指』までの三作でライトな謎解きミステリとして快活にはじめられたシリーズは、『予告殺人』『魔術の殺人』で、「謎解きであること」に淫することで停滞したように見えた。だが『ポケットにライ麦を』で「正義のヒーローとしてのミス・マープル」というテーマを得て、新たな高みに至ったように私には見える。

本作の発表は一九六四年――『複数の時計』の次の作品である。『複数の時計』の退屈な主人公は「ヒーロー然としたカッコいい男の情報部員」だった。これをミス・マープルやルーシー・アイルズバロウのカッコよさと比較すると大変興味深い。

ミステリとしては、『死との約束』『白昼の悪魔』のタイプ。最初の死は早期に起こるものの、殺人扱いでないから官憲は登場せず、メインはホテル滞在客のあいだのドラマとなる。クリスティーの「旅行もの」の「事件前のドラマ」が展開するわけである。容疑者群は巧みに限定され、例によって見事なダブル・ミーニングの会話、小さな誤認による大きな謎の発生、絶妙に意外な犯人、といったおなじみの良質さが保たれている。本作でミス・マープルは、「旅先で出会ったひとの個人情報など本人の言ったもの勝ちでウラがとれない」というようなことを言うが、なるほど、クリスティー・ミステリの鍵となるアイデンティティの擬装、人物たちの性格や背景、その相互作用、限定された容疑者群のなかの意外な犯人、といった要素は、「旅先という時空間での人間関係」に見事にマッチするのである。だから『死との約束』も『白昼の悪魔』も本作も、キレ味よく無駄がない名品となっているのだ。

これは傑作。素晴らしい。

最後にひとつ。本書に登場する偏屈な富豪の老人ラフィールのことである。かつてのクリスティー作品では、こういう老人はヤなやつだと相場が決まっていた（『死との約束』を見よ）。しかしラフィール翁はなかなかの好人物なのだ。『パディントン発～』の富豪の爺さんもそうだった。

本作執筆時、クリスティーは七十四歳。『パディントン発～』の時点ですでに六十七歳。それを思うと、老人像の変化がちょっと面白く見えてくる。

43 『バートラム・ホテルにて』

★★★☆

ホテルという夢の空間

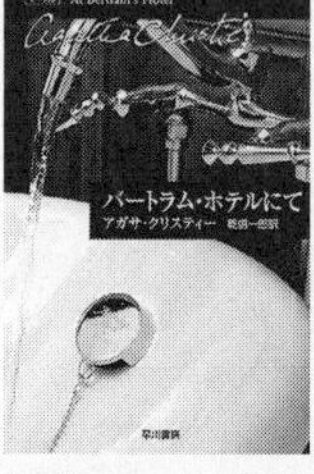

At Bertram's Hotel, 1965

【おはなし】

ロンドンにひっそりと建つクラシカルなホテル、《バートラム・ホテル》。昔ながらの雰囲気とサービスを誇る同ホテルは、かつての英国を懐かしむ高齢の常連客と、それを味わいにくる外国人観光客でにぎわっている。娘時代の記憶をたどりにやってきたミス・マープルもそのひとり。居心地のよいロビーに腰を据え、ミス・マープルはホテルに出入りする女冒険家として名高いセジウィック夫人やレーサーで艶福家のマリノスキー氏、若き女相続人エルヴァイラと後見人のラスコム大佐らを眺めて過ごす。

そんななか、牧師のペニファザー氏が不可解な失踪を遂げ……。

冒頭のシーンが素晴らしい。エドワード朝時代の雰囲気をとどめたホテル内、多彩な宿泊客、完璧なサービスの従業員たち。優雅にゆるやかに動くキャメラで追うように、これらが静かに描かれてゆく。

ホテルという空間が持つ独特の空気が、ここには漂っている。豪奢な空間でありながら、そこには限られた時間しか住まうことはできず、けっして所有者にはなり得ず、そこに生まれる客同士の関係も一時のものでしかなく、そこにあるものはすべて、そこをゆっくりと通過するためだけに存在する。ひとりひとりの客たちにとって、すべてはひとときのイメージとして存在するにすぎず、どれほど美麗であれ快適であれ、それは言わばはかない夢のようなもの、脆《もろ》い記憶のなかのものでしかない……。

どこか現実感を欠いた空気、現実とのあいだに皮膜が一枚はさまったかのごとき音と色。それがこの序章には漂っている。

本作は異色作である。ミス・マープルの印象が薄いせいもある。登場シーンが少ないというのではない。そういう意味では『動く指』や『予告殺人』のほうが登場場面は少ないだろう。けれど本作でのミス・マープルはもっぱら娘時代の記憶をたどり、宿泊客のようすを眺め、ロンドンの街でショッピングを楽しんだりしているだけなのだ。つまりミス・マープルに探偵役が割り振られていない。探偵役はロンドン警視庁のデイビー主任警部が担っている。

そもそも本作の造り自体が異色なのだ。ちょっと『青列車の秘密』あたりを思わせる手つきで、さまざまな登場人物を描く場面を細かく切り替えながら、物語は進んでゆく。「おはなし」に記した牧師の失踪事件が起きるまでかなりのページ数が費やされ、「いかにも謎解きミステリ」な感じの事件は一向に発生しない。失踪事件にしても、比較的早期にとりあえずの決着がついてしまうのである。

物語はモザイク状だ。個々のモザイク——冒険家セジウィック夫人の豪快な言動、見え隠れするレーサー、跳ね返りっぽい少女エルヴァイラ、追憶にふけるミス・マープル、街をさまよう牧師、頻発する強盗事件を追うロンドン警視庁の捜査班——が組み合わさって、物語を構成している。

結果として本作は、「いったい何が起きている／起こった／起こるか」がさっぱりわからない物語になっているのである。「すでに起きたこと」を推理する、という謎解きミステリの構造ではない。同時並行して進む複数のドラマが徐々にひとつに合流してゆくことで、ひとつの大きな絵が浮かんでくる。そこに本作のキモはある。

じっさい、本作はミス・マープルが不在でも成立する。ホテルのひとびとを眺める存在は彼女でなくてもよい。本作を謎解きミステリっぽく見せているのはミス・マープルの存在だけであり、結局彼女は探偵役をほとんど演じないから、本作は仕掛けのある犯罪スリラーと言って差し支えない。

ペースは並足、描写は各人物から距離をおいたクールなものに整えられているから、スリラーといってもジェフリー・ディーヴァーやジョゼフ・フィンダーの作品のような、読者の胸倉につかみかかるがごとき緊迫感はない。とはいえ構造はその種のスリラー／サスペンスと同一で、大きな不可解と、人物たちの直面する小規模な危機で読者を引っぱっていく。一方で『ビッグ４』や『愛国殺人』みたいな薄っぺらで嘘くさい国際謀略が噛んでくるわけではないから、十分に楽しんで読める（ついでに言うと、本作には『ヒッコリー・ロードの殺人』のリベンジみたいな趣がある）。

ミステリとしての驚きは大きなものではないが、つなわたりのようなプロットの精妙さが冴える快作といっていいだろう。

しかし、そんな具合にスリラーとして十分な出来の作品なのだから、ますますミス・マープルが主人公であるのが不可解である。クリスティーはシリーズ・キャラを用いないスリラー作品を多数発表しているではないか。

それはたぶん、本作の大きな主題が「古きよき時代への追憶」にあるからではなかったか。たしかに主人公はミス・マープルでなくてもいい。バートラム・ホテルに封じられた空気を体感し、追憶する老人がひとりいれば、本作は成立したはずだ。けれどもクリスティーはミス・マープルに、「追憶する者」の役割を振った。「読者がミス・マープルを知っていること」による効果を狙ったからだろう。

私たちは、ここまでずっとミス・マープルの活躍を見てきた。彼女が老人であることを知っている。つまり彼女に「歴史」があることを承知している。そんなミス・マープルを物語に投げ込めば、われわれ読者は、無意識に「書かれざる歴史」を重ねて本作を読んでいくことになる。何の背景もない新たな人物をフィーチャーするよりも、「過去」があり「歴史」を背負うミス・マープルのほうが、「追憶の物語」を奥深く描くには向いているのだ。だからミス・マープルはバートラム・ホテルにいる。ホテルのありようを、より味わい深く読者に伝えるために。

そして無論、それは欺しにも奉仕している。

ところで、本作がスリラー（＝冒険小説）であるというのは、真の主人公、セジウィック夫人のキャラからもわかる。クリスティーは繰り返し、「（押しつけられた）女性性」に抵抗する女性キャラを描いてきたが、このセジウィック夫人は、イギリスの冒険小説の伝統をダイレクトに継ぐ人物として造形されていて、もはや男女の性差などを超越した趣がある。彼女は古式ゆかしい英国産冒険小説の主人公なのである。

北上次郎の名著『冒険小説論』で例証されているとおり、英国の正統的な冒険小説の主人公は、「退屈を持て余した富裕な人物」であり、彼らは無聊《ぶりょう》をなぐさめるために、都市の平和から脱出して非日常の冒険に身を投じてきた。ところが、こうした「冒険（者）観」は、一九五〇年代頃から、世界の秩序が固まるにつれ、失効してゆくことになる。正統的な英国冒険小説を継承した最後の作家はクレイグ・トーマスだと私は思っているが、トーマスの作品の主人公たちは情報部の工作員である。すなわち「冒険者」は体制に組み込まれたのである。冒険は道楽ではなく、「職務」となったのだ。

クレイグ・トーマスは、自身のシリーズ・キャラである冒険者パトリック・ハイドを指して、「危険な秘密活動のジャンキー」と呼んだ。かつての退屈した富める冒険者が持っていた「優雅な冒険趣味」が、スパイが抱えた「危険な病」へと変じているわけである。時代の変化ゆえに、「趣味」が「病」と呼ばれるようになったのである。

『バートラム・ホテルにて』は、一九六五年に書かれた。クレイグ・トーマスの描く「ジャンキーとしての冒険者」が生まれるのは、その十年以上あと（『ファイアフォックス』七七年、『狼殺し』七八年）のことだが、六〇年代の冒険小説は、すでに情報機関の工作員たちによるリアルな冒険の物語となっていた。本作の冒険者セジウィック夫人は、伝統的な冒険者たちが居場所を失った時代に生きていたのである。

そしてクリスティーは、そのことをちゃんと自覚していた。それは本作を読めばわかるだろう。これは「冒険」することが許されなくなった冒険者の物語であるのだ。『バートラム・ホテルにて』は、そういうふうに読むことで真価を発揮する。

44 『復讐の女神』

★★★★

女たちの領分

【おはなし】

その朝、ミス・マープルは大富豪ラフィールの死亡記事を見つけた。かつてカリブの地で協力しあい、殺人犯の捕縛を実現したタフな老人である。その後、ミス・マープルはラフィール翁の弁護士に呼び出され、死期を覚ったラフィール翁が遺した奇妙な依頼を告げられる。翁は何か過去の殺人をミス・マープルに解決してほしがっていた――成功報酬は二万ポンド。事態がさっぱり見えないなか、ミス・マープルはラフィール翁がお膳立てした「英国庭園バスツアー」に参加するが……。

『復讐の女神』は、最後に執筆されたマープルものである。マープル最後の事件たる『スリーピング・マーダー』は、『カーテン』同様、クリスティーがすでに書きあげて、自分の死後に発表するようにとの指示とともにストックしておいたものだからだ。

発表は一九七一年。すでに紹介した作品では『ハロウィーン・パーティ』と『象は忘れない』のあいだ。書誌的には『フランクフルトへの乗客』と『象は忘れない』のあいだにはさまる。存命中に発表された作品としては、最後から三番目となる。

Nemesis, 1971

あの傑作『カリブ海の秘密』の続編である。ミス・マープルと名コンビぶりをみせたラフィール氏の再登場。しかし、ラフィール氏は物語開始前に死んでおり、その動く姿を見ることはできない。

不思議な読み心地の作品だ。そもそも、「解決する事件が何であるのか」すら、なかなか見えてこないのである。ミス・マープルはラフィール老人が生前に敷いておいたレールに沿って、その先に何があるのかもわからないまま、指定されたバスに乗って進んでゆく。つまりはミステリー・ツアーだ。行く先々で、「ラフィールさんからあなたのことをうかがっていました」という人間が次々に現れ、徐々に、ミス・マープルに託された任務の全貌が浮かび上がってくる。

本作でもミス・マープルのヒーローぶりは冴える。真相を見抜いた彼女が犯人と対決する場面のクールネスは相当のものだ。『カリブ海の秘密』の名場面も幾度か回想されて、クリスティーはこれまで以上にミス・マープルをヒーローとして描いている。

だがしかし、「ちょっとカッコよすぎるかな」と思わないでもないのがヒーロー物語のむずかしいところ。ヒーローを演じるお膳立てができすぎているせいで、『カリブ海の秘密』のような「落差」が減じてしまっている気配がある。そういう意味では、死してなお、すべてを操る演出家として無類の存在感を見せつけるラフィール翁のほうが、本作のヒーローにはふさわしいのかもしれない。

そうは言っても、瀕死の証人が「ミス・マープルを呼んでくれ」と言い出す場面をはじめとして、「待ってました！」と叫びたくなるような瞬間がいくつもあるし、ミス・マープルの風格は疑いなくカッコいい。

ミステリとしての衝撃は大きくはない。事件の全貌が見えた段階で、基本的な仕掛けを見破るひとも多いだろう。犯人は意外だけれども、犯人特定のプロセスに推理の妙味が欠けている。代わりにポイントとなるのは「動機」である。

あるトリックの解明を経て事件の様相が見えたのち、動機が犯人を導き出すという展開。これは同時期の『ハロウィーン・パーティ』や『象は忘れない』を思い起こさせる。この時期のクリスティーの関心がそこにあったのだろう。もちろん、加齢によってトリック創出が以前ほどの冴えを見せなくなったというのもあるだろうが、いずれにせよ、クリスティーは「クライム・フィクション」と呼ばれる小説にはらまれる「欺し／驚愕／トリック」ではない要素に、関心を移していたと言えそうだ。その関心の主眼となるのは――『ハロウィーン・パーティ』でも『象は忘れない』でもそうだったように――「悪をなす人の心」である。犯罪傾向を持つ人間とはどういうものなのか。そもそもそういうものが存在するのか。殺人者は普通の人間と違うのか否か。あるいは狂気という問題。『復讐の女神』でも、これらに関する問答が繰り返される。そして最後にあらわれる動機も、限りなく狂気に近い愛という感情。その歪みの苦さと重さが、本作の最大の主題となっているのだ。

それと背中合わせとなっているのが「正義」の問題である。ラフィールとミス・マープルが共有することになる「正義の観念」。これがじつに一筋縄ではいかないものなのだ。

本作でミス・マープルは過去の殺人の謎を解決しようとする。その目的は、解決を通じて、ある人物を救うことだ。なるほどこれは「正義」である。だがしかし、これによって救われる人物が罪なき者かというと、そう言いきれない設定になっている。その人物は贖《あがな》うべき罪を多く背負い、しかし贖うことを逃れ続けてきた者なのだ。それでもなおラフィール翁は、その人物をひとつの不正義から救うことを望み、ミス・マープルはそのために邁進《まいしん》する。

ラフィールの求める「正義」は、一見すると、人情によって曲げられたものに見えるかもしれない。しかし、そうではないのだ、と私は思う。これはおそろしく純粋で峻烈な正義なのではないかと。

ひとつの「不正義」は、たとえどんな事情がほかにあろうとも「不正義」なのであり、それは糺《ただ》されねばならない。それがラフィール翁とミス・マープルの信じる「正義」なのではないか。情を削り落とした末に残る純粋きわまる正義なのではないか。

「正義 justice」の語源たるローマ神話の女神、ユースティティア（Justitia）は、力を意味する剣と秤《はかり》を持ち、眼には目隠しがかけられ、この目隠しは世俗的な思い込みに惑わされぬことを意味しているとされる。『復讐の女神《ネメシス》』と題された本作でのミス・マープルに、私は「復讐の女神」だけでなく、「正義の女神」の面影をも見る。

本作で事件の焦点となる少女の名は「ヴェリティ」という。これは英語で「真実」を意味する。ミス・マープルは後半、この少女ヴェリティ（真実）を追うことになる。そしてミス・マープルがヴェリティについて訊くたびに、彼女を知る人物は、その名を言い間違えるのである――「ホープ（希望）」や「フェイス（信念／信仰）」と。「真実＝ヴェリティ」同様、「希望」も「信念」も、女性のファーストネームに使われる語だ。言うまでもなくNemesisは復讐の女神だが、ミス・マープルはネメシスを自称する。「nemesis」と普通名詞としてつづられると、「天罰」を意味する。本作でのミス・マープルの役割は「真実《ヴェリティ》」を追求して「justice（正義）」をもたらすことにある。大文字のJを持つ「Justice」は正義の女神の名を意味する。

真実《ヴェリティ》。正　義《ジャスティス》。天罰《ネメシス》。あるいは希望《ホープ》、信念《フェイス》。

　これらはすべて女性の名前、正義も真実も天罰も「女性」だということである。クリスティーは、このことをきっと意識していたに違いない。だからこそ、謎の焦点となる少女を真《ヴェリ》実《ティ》と名づけた。ちなみに少女の姓はハント（Hunt）。Verity Huntは「真実探し」を意味する。『カリブ海の秘密』と『復讐の女神』は、クリスティーの構想した三部作の第一作、第二作だったという説がある。そして、書かれなかった三部作完結編の題名は『*Woman's Realm*』だったといわれている。すなわち「女の領地」、「女の領分」。

　Nemesis、Justice、Verityの物語を引き継ぐ作品に、そんな仮題を与えていたというのは非常に興味深い話だ。もしそれが書かれていれば、クリスティーという作家の、あるいは罪と真実と正義をめぐるミステリという小説の、根源を見つめる作品になったのではないか。

＊本稿については、巻末ノート1もご参照ください。

45 『スリーピング・マーダー』

★★★☆

クリスティーは「絵」である

Sleeping Murder, 1976

【おはなし】

結婚したばかりの女性グエンダは、理想的な新居を見つけた。自分好みに庭や屋内をリフォームするうち、かつて自分はここに住んでいたのではないかという奇妙な思いにとらわれはじめる。そしてついには、この屋敷でヘレンという女が殺されたことを思い出す。

これは真実の記憶なのか。それとも。グエンダは夫とともに自身と屋敷、いまは亡き両親とヘレンの謎を解き明かすべく行動を開始する。知人のおばミス・マープルは、そんな二人に「眠った殺人は起こさないほうがいい」という忠告をするが。

ミス・マープルもの最終作『スリーピング・マーダー』である。本作もポアロ最終作『カーテン』同様に一九四〇年代に書かれ、クリスティーの死後に刊行されるよう用意されていた。執筆時期は、おそらくマープルもの第二作『書斎の死体』、第三作『動く指』が発表された頃か。

クリスティーお得意の「過去の殺人」、「記憶のなかの殺人」テーマの作品である。調査の契機となるのは一片の記憶、主人公グエンダの脳内にある「柵のあいだから目にした死せる美女の姿」。豪壮な屋敷の床に横たわる美女、という、どこか幻想的なまでに美麗なイメージが焦点となる。

この絵の美しさが、ゴシックで謎めいて美しく不穏、という本作の空気を決定している。読みながら私が連想していたのは、死んだ女を描いた名画《オフィーリア》だった。

『スリーピング・マーダー』の全編にオーバーラップするように見えつづけるのは、この美しき死の図像である。思えばクリスティーのすぐれたミステリ作品には、いずれも鮮烈な「絵」が中心にあった。SFの紹介／翻訳／実作の第一人者・野田昌宏の名言に、「SFは絵だねえ」というのがあるが、ここまでクリスティー作品を読んできて、私は言おう、

クリスティーは絵だ。

と。

アガサ・クリスティーというミステリ作家の真価は、一九三〇年代末―一九四〇年頃から発揮されはじめたようだ。作品でいえば、習作としての『三幕の殺人』（三四）、ブレイク作『ナイルに死す』（三七）、最初の結晶体『杉の柩』（四〇）といった具合で。

つまり、大向こうを唸《うな》らせるようなトリックに頼るのではなく、繊細で精緻な欺しのテクニックをドラマのなかに織り込む流儀だ。ここでクリスティーはミステリ作家としての独自性を築き上げた。そして、そんなクリスティー流ミステリの傑作群は、いずれも鮮烈な一幅の「絵」を鍵としていた。

例えば『白昼の悪魔』――降り注ぐ陽光と水着の女たち。『カリブ海の秘密』で遠くに投げられた視線。『鏡は横にひび割れて』の「表情」。『ホロー荘の殺人』のプールサイドの情景。『五匹の子豚』のアトリエとその庭。『象は忘れない』の岬での一幕。『杉の柩』では、心理描写を抑えて描かれる第一部全体を、ひとつの動画とみるべきだろう。

鮮烈で、美しく、しかし謎めいた「絵」。それがクリスティー作品の「謎」の焦点である。私は『五匹の子豚』や『杉の柩』の項で、「クリスティーは多義的な物語の『真の意味』を探ることで真相を見出す流儀を確立した」と書いた。たしかに『五匹の子豚』などを見ると、ニュアンスの異なる多義的な物語の数々を解読する作業が、謎解きの梃子になっている。それは間違いない。しかし、ちりばめられた謎の細片たちは、ひとつの「絵」に集約/象徴/収斂させることができる。

絵は、物語より多義的である。「物語」には、物語中のひとびとの内心や事物の含意を言葉で代弁する語り手がいるが、「絵」はそうではない。「絵」のなかのひとやものに秘められた意味を語ってくれる者は存在しない。すべては鑑賞者にまかされるのである。《モナ・リザ》の微笑を見よ――絵はつねに謎めいているのだ。

謎をはらんだ「絵」の正しい解釈を探ってゆくこと。それがクリスティー・ミステリなのではなかったか。

そう、クリスティーは「絵」なのである。

絵――ある瞬間の封じ込め。時系列から切り取られ、前後関係を切り離され、連続性を失い、意味や感情を剝《は》ぎ取られ、永遠に凍結した一瞬のなかにある死美人の像。『スリーピング・マーダー』で、グエンダらはそれを見つめ、追う。筆法は『復讐の女神』の悠然たるそれとは異なる小気味よさにあふれていて、キレ味のよい対話によって物語は転がってゆく。クリスティーが軽快に叩くタイプライターのリズミカルな音が聞こえてきそうなほどだ。

問題の「絵」から発して、調査は、その被写体であるヘレンに焦点を合わせてゆく。ヘレンは恋多き女だったから、物語は必然的に「愛」の謎をめぐるものとなる。主人公が若き夫婦であるからなおのことだ。本作は「結婚」をめぐって幾つも起こる愛憎劇を、新婚の夫婦が巡礼する物語でもある。だからほとんどロマンスと言ってもいい。

そもそも本作の序盤の展開からしてゴシック・ロマンスそのものなのだ。過去の因縁を封じた豪壮な屋敷。そこへの女主人公の帰還。それによって息を吹き返す過去と、それがもたらす怪異と危機。

多くの探偵小説作家と異なり、クリスティーはゴシックな空気や怪奇性を作中にほとんど導入してこなかった。それを避けていたような風情さえある。しかし本作には、明らかにゴシック・ロマンスの意匠と、その仄暗い気配が漂っている。

……と、このあたりで読者諸賢は、私が一向に本作でのミス・マープルについて触れないことを奇異に思われるかもしれない。毎度ミス・マープルのヒーロー性について長広舌をふるっていたのにと。

本作では、ミス・マープルの存在感が薄いからである。それなりに出番はあるし、グエンダ組の調査の折々にミス・マープルの調査がはさまって絶妙なアクセントを醸してもいる。けれどもキャラが薄いのである。ときどき「年の功」めいた警句を発するのみであり、犯人の発見にもほとんど貢献しない。

理由のひとつは、本作が何よりもまずグエンダを主人公とするロマンティックなサスペンスであることだろう。

謎はグエンダの記憶のなかにあり、事件の核心は彼女の亡き父とその後妻の関係にあり、舞台も彼女の屋敷である。調査の大半はグエンダによって行われ、それによって危機に陥るのは彼女であり、そこを切り抜けるのにミス・マープルがちょっとだけ貢献するにすぎない。だから本作は、グエンダの物語として読むのが正解だろう。そうすれば、怪奇な発端・徐々に全貌が見えてくる中盤・一挙に危機が加速する終盤、と、非常に上等な引き締まったサスペンスとして読めるはずだ。

ミス・マープルの「薄さ」の第二の理由は、これが『動く指』の次に書かれた作品だからだろう（作中に『動く指』までの三つの事件についての言及がある）。クリスティーが《復讐の女神》としてのミス・マープルを「発見」したのは『ポケットにライ麦を』においてだった。これは一九五三年。『スリーピング・マーダー』執筆の約十年後である。

つまり、本作執筆時点でのミス・マープルは、世間知を軸として洞察力を発揮し、老女であることを梃子に調査を行い、最後の最後に推理を開陳するという老女探偵にすぎなかったのだ。大傑作『カーテン』と比べて本作のインパクトが決定的に弱いのは、ミス・マープルというキャラクターが十分に成熟していない時期に書かれたことにあるだろう。

私はそれを惜しむ。《ミス・マープル最後の事件》が一九六〇年代半ばに描かれていれば――と。それはきっと、痛快で、『カーテン』から類推するにヘヴィな「悪」の問題を突きつめた、傑作となっていたはずだからだ。

そして、クリスティーが『カーテン』で追求したevilの問題に真正面から対峙《たいじ》するには、エルキュール・ポアロよりも、神話的な人物であるミス・マープルのほうが適任なはずだからである。

幕間2　ミス・マープル長編作品総括

これでミス・マープルもの長編を読了し終えたことになる。『鏡は横にひび割れて』の項で記したように、私はすっかりミス・マープルのファンとなっている。驚きだ。中期以降のエルキュール・ポアロものの作品としての見事さには舌を巻くほかないけれども、『ポケットにライ麦を』以降の《復讐の女神》ミス・マープルのカッコよさの前にあっては、ポアロの影はいささか薄いほどである。

第一部同様、ミス・マープルもの長編の総括を行なっておきたい。あいにくとミス・マープルものの長編は十二作しかないので、ベスト5にとどめることにしよう。

1『ポケットにライ麦を』
2『鏡は横にひび割れて』
3『カリブ海の秘密』
4『書斎の死体』
5『パディントン発4時50分』

『ポケットにライ麦を』と『鏡は横にひび割れて』のどちらを上におくか、というのは非常な難問である。正直、どっちが上でもかまわない。

『鏡は横に～』は、私が偏愛する「犯罪悲劇」の傑作として、結城昌治の『幻の殺意』、ロス・マクドナルドの『縞模様の霊柩車』、マーガレット・ミラーの『狙った獣』、ローレンス・ブロック『暗闇にひと突き』、河野典生『他人の城』などとともに殿堂入りする価値があるとさえ考えている。

だが、いまはたまたま『ポケットにライ麦を』を上におきたい気がするというだけのことである。悪を誅《ちゅう》するヒーローとしてのミス・マープル像が確立した重要性、その登場シーンの身悶えするようなカッコよさ、幕切れの悲しみと、そこから立ち上がる揺らがない正義への意志。その鮮烈さが忘れがたい。

なお、同作でミス・マープルの《ネメシス》ぶりを鮮やかにしているのが、問題の小間使いの死が事件全体のなかで大して重要でない殺しだという点である。あの娘はいわば虫ケラのように殺される——「ほかならぬ彼女を殺す」という必然性などまるでなく、単に邪魔だったというだけで命を奪われる。作中でも、生きている彼女の描写は少ないし、あまり好意的でもない。

だからこそ、その死に対するミス・マープルの怒りが大きな意味を持つ。不器用な小間使いだったとしても、彼女の命も同じ一個の命である。そんな「そこらへんの人殺し」に正面から相対する姿勢は、ミステリという小説の根幹をなすものだ。とかく富裕層に偏りがちだったポアロものに対して、市井の人間の死を扱う頻度の高かったミス・マープルものの核心を描いた作品だとも言える。
3位『カリブ海の秘密』は、そんなふうにして発見されたミス・マープルのヒーロー性を追求し、「ヒーロー＝ネメシス」として完成させた傑作。掛け値なしのカッコよさ。異常な存在感を『復讐の女神』で発揮することになるラフィール翁の登場作としても無視できない。5位の『パディントン発4時50分』も、ヒーローとしてのミス・マープルもの。無敵のメイド、ルーシー・アイルズバロウの魅力も込みで推しておきたい。
そして4位の『書斎の死体』は、ハッピーでユーモラスな初期マープルものの代表として。『動く指』の洗練も好きですが、ドナルド・E・ウェストレイクばりにミステリの定型を徹底して裏切りつづけることで笑いと物語の興趣を生む手口は、「ミステリを知り尽くした欺しの天才」クリスティーの才能が別のかたちで十全に発揮されたものだと思う。

さて、ではポアロもの長編を含む、ここまでの作品を総合してのベスト10。

1『カーテン』
2『五匹の子豚』
3『ポケットにライ麦を』
4『白昼の悪魔』
5『鏡は横にひび割れて』

6『カリブ海の秘密』
7『死との約束』
8『ABC殺人事件』
9『書斎の死体』
10『杉の柩』

『カーテン』のダークな鋭利さ、『五匹の子豚』の異常なまでの完成度は、いまのところ無双である。とはいえ、『ポケットにライ麦を』（あるいは『鏡は横にひび割れて』）を2位に据えようかと少し迷ったことは言っておきたい。

《幕間1》でのベスト10と比べると、『死との約束』と『ABC殺人事件』の順番が入れ替わっている。これは、読後、時間が経つにつれて『ABC殺人事件』のインパクトが薄れ、『死との約束』の物語づくりの巧みさの印象が勝ったためである。『ナイルに死す』を十傑から外したので、そのぶん『死との約束』に上乗せした結果でもある。

新たにランクインしたのはミス・マープルものの傑作群、『ポケットにライ麦を』『鏡は横にひび割れて』『カリブ海の秘密』『書斎の死体』。

押し出されたのは『もの言えぬ証人』『アクロイド殺し』『マギンティ夫人は死んだ』『ナイルに死す』で、『もの言えぬ証人』のコメディ味は、もっとタイトな出来の『書斎の死体』にゆずった。『アクロイド殺し』は、そのニューロティックな味わいも含め、正直捨てがたいところだが、いまの私はクリスティーを「トリックメーカー」と見なすことに疑問を感じていて、「トリッキーなクリスティー作品」は代表を一作挙げればいいだろう、という気分になっているためだ。『白昼の悪魔』がその代表である。『マギンティ夫人は死んだ』のハードボイルド性、すなわち「民主的な正義の味わい」は、ミス・マープルものの多くで描かれていることを知った。ゆえに、『ポケットにライ麦を』『鏡は横にひび割れて』あたりをもって代えた。

いや、それにしてもミス・マープル・シリーズがこういう小説であるとは思っていなかった。クオリティは非常に高く、現代ミステリとも十分、伍してゆける。全十二作のうちの三分の一が十傑に入ってしまった。

これは言い換えれば、巷間いわれているミス・マープルものについての評言や形容が、実情をほとんど反映していなかった、ということである。

穏やかな田舎町での小事件を、ちんまりしたおばあちゃんが、紅茶などを飲みながら謎解きして、世のなか平和でよかったね♡　みたいな物言い。

そんなもの、ひとカケラだって、私は感じなかったのだ。当たっているのは「田舎町」と「おばあちゃん」くらいだろう。そもそも「ミス・マープル」とセットで語られる「セント・メアリ・ミード」が主要な舞台になる作品は半分に満たないではないか。

いずれも事件の根は深い。少なからぬものが暗く悲しい悲劇である。解決によって和やかな忘却など訪れようはずがない。そうではないか？

ミス・マープルものは、巷間いわれるようなかわいらしいものではない。かわいらしいミステリを積極的に嫌うようなミステリ・ファンにこそ、私はミス・マープル長編を強く強く推薦したい。

読むべし。ヘヴィだぜ。

第三部　トミー&タペンス長編作品

46 『秘密機関』

★★☆

若いということ

The Secret Adversary, 1922

【おはなし】

沈没せんとする客船ルシタニア号の甲板で、ひとりの男が若い女に秘密文書を託した。彼女は快くその封筒を受け取った……。

そしてロンドン。幼馴染みの若い男女トミーとタペンスは偶然に再会、ともにお金に困っていた二人は意気投合して「青年冒険家商会」なるものを立ち上げた。さっそく依頼人が現れ、二人はルシタニア号で秘密文書を託されたのちに失踪した女性をめぐる暗闘にまきこまれることになる。イギリスを危機にさらす謎の黒幕「ブラウン氏」の正体は？

若いなあ。かわいいなあ。

と書くと、杉江《すぎえ》松恋《まつこい》氏による本作の文庫解説のパクリと思われるかもしれない。杉江氏は同解説で「トミーとタペンス、若いなあ！」と叫んでいるからである。だが、私が「若くてキュート」と言いたいのは、著者アガサ・クリスティーのことなのだ。

本作はデビュー作『スタイルズ荘の怪事件』のつぎに書かれた第二長編である。発表は一九二二年、最初期のポアロもの二作、『スタイルズ荘の怪事件』と『ゴルフ場殺人事件』にはさまれている。

デビュー作『スタイルズ荘の怪事件』は、既存の探偵小説を蒸留して精錬したかのようにミニマルで静かな作品だったが、この『秘密機関』は一転、躍動的でカラフル、陽性で楽しい作品となっている。読み心地は、第三長編『ゴルフ場殺人事件』に近い。とはいえ、さきほど「若い」と言ったのは、そういう元気なカラフルさだけが理由ではなくて、『秘密機関』が非常に素人っぽい作品だからである。

ミステリとかスリラーとかが好きでしかたがない若い女性（執筆当時クリスティーは三十歳ちょい）が、「自分もそういうの書いてみました」といった調子の楽しさが、本作の基調になっている。作中でトミーとタペンスが設立する「青年冒険家商会」からして、ミステリ好きの高校生が「探偵クラブ」を立ち上げるみたいな部活気分がある。「ぼくたちが好きな探偵たちやスパイたちみたいなことをやってみたい！」という「ごっこ遊び」の気分である。本作を書くクリスティーのなかに脈打っていたのも、そういう「ごっこ遊び」の気分ではなかったか。

本作のあちこちでトミーやタペンスは、「自分はミステリ・ファンだからうんぬん」みたいな台詞を口にするが、これはクリスティー自身の気持ちの発露に違いない。「わたしもミステリが好きでたまらない！　だから自分も書いてみたい！」という。

いくら一九二〇年代といえど、世界の命運を握る秘密文書の行方を、二十代の素人カップルにまかせるなんてことはありえないだろう。そんな具合に、トミーとタペンスの行動といい物語の進行といい、本作はツッコミどころ満載なわけだが、そういった欠点はトミーとタペンスの魅力でじゅうぶん埋め合わされていると私は思う。

とくにタペンスがいい。後年クリスティーが繰り返し書く自立した元気な女性たちの雛形が、すでにここにある。解説で杉江松恋氏も書いているように、「おきゃん」な魅力というやつだ。

昔風のスリラーやサスペンスでの女性の役回りというと、受動的で、それゆえにロマンティックで煽情的、といったふうな女性観に則っていた。一九二〇年代のパルプ雑誌やパルプ小説のカバーイラストをご覧になれば一目瞭然だろう。

光と影の鋭いコントラストが煽る不安感のなかで、たいていはスリップ姿で肩も鎖骨も露わな美女が恐怖に目を見開いている——それが当時のサスペンスにおける女性のイメージだ。つまり彼女たちはヒーローに救われる被害者であり、恐怖でパッケージされたエロティシズムの担い手だった。

しかしタペンスは違う。彼女は謹厳実直な男の尻を叩いて主体的に冒険に打って出るキャラである。その意味で『秘密機関』は斬新なスリラーだったろう。

そんな楽しさがある一方で、筋立て自体は素人くさいと言わざるを得ない本作だが、読み終えたときには結構な満足感が得られる。ミステリとしての驚きと伏線回収の快感があるからだ。つまり『秘密機関』を読むときは、ミステリを期待して臨んだほうが満足度は高いはずである。

例えば筋運びが停滞して中だるみを感じる中盤。そこには終盤の驚愕に通じる伏線やミスディレクションが仕掛けられている。これは、のちのクリスティー作品に通じる欺しの流儀である。以前にも述べたとおり、クリスティーは、「どういう記述を目にすると、ミステリ読者は疑いを抱くか／疑いを捨てるか」ということに非常に自覚的だった。本作にもそういうところがあって、第二十四章最終行が、その典型。

ここを読んだとき、多くの読者は、「やっぱり」と思うだろう。この先の展開の予想がつくからである。それがこれから始まるのだぞと、クリスティーがダメ押ししているのだと。だがしかし、そう思った瞬間、われわれはクリスティーに足をすくわれることになるのである。

「ミステリの筆法」を非常によく心得ているがゆえの、いかにもクリスティーらしい手管。これを洗練させていった結果が、四〇年代以降の傑作群だ。老獪《ろうかい》で、巧妙で、それと気づかせずに読者を罠にかける。しかし本作においては、さりげなさなどどこ吹く風だ。第二十四章ラストの問題の箇所を見よ。「これでも食らえ！」と言わんばかりの激しさである。「ミステリの手管を自家薬籠中のものとして」みたいな澄まし返った感じではなく、「あたしはミステリってやつをよく知ってるのよ！　ほら！　ね、欺されたでしょ！」といった楽しげなアマチュア感がここにはある。だからこっちも、「やられたよアガサ！」と、自分が欺されていたと気づいた瞬間、にこやかになってしまう。若く、キュートなのである。

必死で筆致を抑えて正統探偵小説を書くという『スタイルズ荘の怪事件』のアプローチも若かった。一方で、好きなことだけを好き放題に書くという『秘密機関』のアプローチもまた若い。クリスティー、若いなあ！　と思うわけである。

若書きゆえのツッコミどころは否定できないし、正直ムダが多すぎて長いのもたしかだ。けれども、そうした欠点も、若々しいキュートさと、それを体現するトミーとタペンスの魅力で、プラスマイナス・ゼロというところだろう。楽しめます。

47 『NかMか』

★★★★

欺しの天才、ここにあり

N or M?, 1941

【おはなし】

一男一女の双子も巣立ち、悠々自適の生活を送るトミーとタペンスのベレズフォード夫妻。ところが二人のなかの冒険心はちっとも丸くなっていない。歳をとったからといって閑居を強いられるなんてまっぴら！とぼやく二人のもとを、旧知の情報部員グラントが訪れた。高級ゲストハウス《無憂荘《サン・スーシ》》にナチス・ドイツの大物スパイ《N》ないし《M》が潜んでいるというのだ。グラントはタペンスを遠ざけ、《無憂荘》に潜入してスパイを発見してくれとトミーに依頼する……。

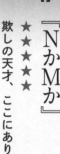

右のあらすじには、本作のほんの序盤しか書かなかった。なぜか。第一章の最終ページで訪れる快い驚きをスポイルしたくなかったからである。いや、別になんてことない箇所ではあるんです。でも、そこを読んだ瞬間に私は、「ああいいなあ、この作品」としみじみ思ったのだ。だから、できれば裏表紙のあらすじも巻末の解説も読まず、予備知識なしで読むことをおすすめする。

散漫で筋運びもぎくしゃくしていた『秘密機関』から劇的に進歩、楽しくカラフルで、きゅっとタイトに締まった出来ばえとなっている。冒頭から物語は明晰で展開も速いから、事前にあらすじを知らずとも心地よく読めるはずだ。

とはいえ開巻早々驚くのは、『秘密機関』では年齢を合計しても四十五歳に満たなかったトミーとタペンスが、すでに子どもを育てあげていたこと。このシリーズは作中の時代と執筆の時代が一致しているようなので、一九四一年発表の本作の舞台は一九四一年前後。一九二二年の『秘密機関』のおよそ二十年後というわけで、二人の年齢は四十代前半。

中年となって、いろいろな意味で第一線からしりぞいているトミーとタペンスだが、その言動は『秘密機関』とちっとも変わっていない。平穏な日常に退屈し、危険と背中合わせの冒険に嬉々として飛び込んでゆく。本作のなかでも、『秘密機関』での「共同の冒険」を思い返して気分を昂揚させているくらいで、ちっとも枯れていないのだ。だからキャラだけとってみれば、本作と『秘密機関』は大して違わない。だが先述のように出来栄えは別物で、本作のほうがずっとずっと緊密、見事な完成度を誇る。これは明らかにクリスティーの技量の向上のせいだろう。

一九四一年といえば、クリスティーは『ナイルに死す』（三七）で拓いた「旅先ミステリ」という形式を、『死との約束』（三八）で洗練させたあとだ。同年にはその路線の究極形『白昼の悪魔』を発表している。「旅先」という設定は、容疑者群を無理なく限定し、展開されるドラマをきれいに凝縮し、またクリスティーが愛好する「アイデンティティの擬装」をもっとも無理なく使いこなせる、クリスティーにとって最良のフォーマットだった。

この「旅先」設定の活用法をクリスティーが確立した時期に、本作は書かれたことになる。

一見すると、「ナチのスパイを捕らえる」というミッションの達成がメインになっている本作は、いわゆるスパイ・スリラーのように見える。けれどもトミーが《無憂荘》に到着して以降の物語は、『死との約束』とか『白昼の悪魔』と同じだ。「宿泊客のなかにひそむ殺人者を見破る」のも、「スパイを見破る」のも、要するに同じだからである。

怪しかったり怪しくなかったりする人物が入り乱れて展開するドラマの面白さは、すでに『ナイルに死す』や『死との約束』で保証つきであるし（ついでに言えば、この種のドラマの面白さはクリスティーの会話の巧みさで醸成されていて、本作でも、頭ごちごちのオッサンが並べ立てる床屋政談が読ませ、まるでクエンティン・タランティーノのようである）、得意技の「アイデンティティの擬装」に至っては、むしろ殺人ミステリよりもスパイ小説にこそふさわしい趣向であろう。

舞台を派手にあちこちに移し、山あり谷ありの劇的展開を見せた『秘密機関』が、そのおかげで散漫になっていたのと対照的に、本作は舞台と登場人物とミッションを巧みに絞ることで、無駄なくスレンダーでクリスプ感に富む作品に仕上がった。

といっても潤いに欠けるということではない。トミーとタペンスは、ただただはしゃいで駆け回っていた『秘密機関』での彼らよりも、ずっと彫り深く、魅力的だ。スパイ狩りと悪戯《いたずら》がほとんど等価であるかに見える彼らの活躍ぶりには、読んでいて微笑を浮かべずにおれない。なお『秘密機関』とは異なり、本作では、彼らのようなアマチュアにこのような任務を与える理由がちゃんとあるので、前作にあった最大のツッコミどころも解決されている。とにかくベレズフォード夫妻をはじめとするキャラたちを眺め、その会話に耳を傾けているだけで素晴らしく楽しい。もうこれだけで十分だよ、別に凝った物語とか真相とかがなくても構わないよ！と思うくらいに。

ところが本作、スパイの正体が暴かれて「旅先ミステリ」パートが終わったと思うや否や、一挙に「スリラー」に転じる。そして、よろしいか、お楽しみはここからなのだ！　この最後のスリラー・パートにこそ、欺しの天才クリスティーの妙技がたっぷりと仕込まれているのである。

緊迫の追跡劇を読み終えたあと、私は「あるページ」以降のあちこちの描写を読み返さずにおれなくなった。真相を知った途端に、スリラーらしい緊迫感をともなって走っていた物語の随所に、伏線が仕掛けられていたことを知らされるからである。読み返してみれば、驚くべき周到さで伏線が仕込まれていたことがわかる。

これまで私は、スリラー仕立てのクリスティー作品に冷淡な態度をとってきた。『秘密機関』も、トミーとタペンスに救われていただけで、手放しで高い評価は与えられない作品だと思っている。だが『NかMか』は違う。クリスティーの伏線の技術は、スリラーにも活かされうることが、見事に証明されているのだ。主人公が前へ前へと走り、様相が随時変化するダイナミックな物語の疾走のなかに、伏線を埋め込んでゆく。それが最終的に、「意外な真意」「意外な逆転劇」を起爆する——まるでジェフリー・ディーヴァーのようだ、と私は思った。

そして、この終盤でのタペンスがべらぼうにカッコいいのだ！　何度も出てくる「があがあ鵞鳥のお出ましだ！」という間抜けなひとことが、こんなに痛快に響くとは予想もしなかった。

楽しいキャラと物語に微笑させられる序盤。事態が不穏な空気を発しはじめて緊迫してゆき、ついに物語が全力疾走を開始する中盤。そして驚愕が連続する終盤。最後には静かな微笑を再び呼び戻すコーダが添えられる。

見事。第一級のエンタテインメントだ。こいつは傑作です。


最後にひとつ。

本作は一九四一年、ヨーロッパでのナチス・ドイツとの戦争が深刻なものとなっていた時期に発表された。それを踏まえたうえで、『NかMか』の一七一ページでタペンスが口にする台詞をご覧いただきたい。戦時のまっただなかにあって、主人公にこんな台詞を吐かせるのには勇気が要ったはずだ。

これぞクリスティーの健康なる倫理観の真骨頂という気がする。『秘密機関』ではずいぶんと浅薄な外国人批判を展開していたクリスティーは、本作でのトミーとタペンスに、こんな会話を交わさせてもいる。

「この戦争だって、ぼくらにとっては二度めなんだし――なのに今度は、前のときとはこっちの気分がぜんぜんちがう」

「わかるわ——いまのわたしたちには、戦争の悲惨さとか、むなしさ——そしておぞましさ——そういったものが見てとれるのよ。むかしは若くて思いいたらなかった、そういういろんなことが」

うん、きっとそういうことなのだ。

48 『親指のうずき』

★★★★☆

Something wicked this way comes.

By the Pricking of My Thumbs, 1968

【おはなし】

トミーにつきそって、彼の叔母が住む老人ホームを訪問したタペンスは、広間でランカスター夫人から「あれはあなたのお子さんだったのかしら?」という奇妙な問いかけを受ける。不穏なものを感じつつも辞去した二人だったが、叔母が亡くなり、遺品整理に訪れたホームで、ランカスター夫人が叔母に贈ったという絵画を見つける。タペンスが絵の来歴を知ろうとするも、当のランカスター夫人は失踪していた。ランカスター夫人はどこにいるのか。彼女はタペンスに何を告げようとしていたのか。問題の絵を手がかりにタペンスが走り出す。

この独特の題名は、シェイクスピアの一節からとられている。

By the pricking of my thumbs
Something wicked this way comes.

「親指のうずき pricking of my thumbs」は、悪しきものの接近の予兆ということだ。ちなみにこの詩句の後半はレイ・ブラッドベリの『何かが道をやってくる』の原題となっている。

そんなふうに題名はうっそりと暗い本作はトミーとタペンスの第三長編。読み心地はすこぶる明朗快活・健全闊達である。前作『NかMか』発表から二十七年が経過しているので、二人はもう老齢と言っていい歳回り。でもタペンスは、相変わらず怪しげなものを見つければ「テリアのように」突進し、トミーはそんな彼女に閉口しつつも全力でサポートする（娘デボラに「ちゃんとおかあさんを見張ってなきゃだめじゃない」なんて叱られている）。いつもの二人に出会うことができるというわけだ。

『NかMか』同様、本作でもトミーとタペンスは別行動をとる。まずタペンスが問題の絵を追って突っ走り、後半はトミーにバトンタッチして、彼がロンドンで背景となる謀議を探るという構成なのだが、前半のタペンス・パートがいささかタルい。退屈なクリスティー作品の特徴、①探偵役が関係者に尋問を繰り返す構成をとり、②話を聞かれた関係者が長広舌を振るう、の二点に、本作もあてはまる。

とはいえ、そんな若干のダレもタペンスの魅力でカバーされているので、声を荒らげて非難するつもりはありません。そもそも本作、タペンスの入手する種々の情報がパズルのピースとしてどう機能するのかが明らかにされないまま進行する構成なので、物語の輪郭が不明確なのは致し方ないとも言えて、その「がらくた市」（タペンス談）みたいな混沌が、後半のトミーのパートで整理されてゆくのである。

だからトミー・パートに入ると物語は一気に焦点を絞りはじめる。このパートの楽しさはトミーだけの手柄ではなく、前作でも活躍し、本作では夫妻の従僕となっている名脇役アルバートの絶妙なコメディ・リリーフも大いに寄与している。タペンスの（勝手な）行動にやきもきするトミーとアルバートのやりとりが素晴らしい。ことにアルバートが持つある技能によって状況が打破される場面など、楽しさの点でいけば本作の白眉かもしれない。

そんなふうに軽快な本作なのだが。そのラスト。強烈なのだ。驚愕した。背筋も凍った。この衝撃は前半のタルさを埋め合わせて余りある。この物語の果てに、こんな真相がひそまされていようとは。

親指のうずきに予告されて、邪悪なるもの《サムシング・ウイキッド》が、最後にやってくる。

『五匹の子豚』『白昼の悪魔』『ホロー荘の殺人』『鏡は横にひび割れて』などで、クリスティーは深く印象に残る殺人者を描いてきた。本作の殺人者も、彼ら彼女たちと並ぶ名犯人だろう。晩年のクリスティーの関心のひとつを十全に反映し、しかし一抹の哀しみさえそなえた本作の殺人者に、私は現在的なノワール小説の犯罪者の相貌すら感じた。

これを六〇年代に書いたというのは、スゴい。

49 『運命の裏木戸』

★★ 老人たちの快活な冒険

Postern of Fate, 1973

【おはなし】

老後をのんびりすごそうと田舎の一軒家に引っ越したトミーとタペンス。前の住人が残していった書籍を整理していた二人は、そのなかから暗号で記された奇妙なメッセージを発見する。いわく——「メアリ・ジョーダンの死は自然死ではない。犯人はわたしたちのなかにいる」。これを遺したと見られる少年は幼くして死亡していた。

かくして探偵心を刺激されたタペンスは、トミーを巻き込んで事件の真相を探るべく過去の出来事を探りはじめる。やがて問題のメアリ・ジョーダンが敵国のスパイであったらしいことがわかり……。

アガサ・クリスティーが最後に執筆した長編小説である。『象は忘れない』『復讐の女神』『親指のうずき』などと同じく、クリスティーが晩年に繰り返し描いた「過去の殺人」テーマの作品。タペンスはメアリ・ジョーダン怪死事件を知る老人たちとの会話を積み重ね、真相に迫ってゆく。本作の前年に刊行された『象は忘れない』と近いつくりの作品だ。

そして残念ながら、クリスティーの老いを思わずにおれない出来となっている。

『象は忘れない』も、退屈といえば退屈な作品だった。けれども、「謎」の核心は最初の段階で提示されていて、物語の軸はそこからブレなかった。「謎は解かれるべきか？」という重い主題も、それと骨がらみとなって在りつづけ、最後に大きな感慨をもたらした。

ところが本作には、そうした『象は忘れない』の美点はない。とりとめのない老人たちの発言がただ繰り返されるのみであり、たしかにそこに手がかりが含まれてはいるけれども、それが導く解決／真相は、『象は忘れない』のような感慨をもたらすこともなく、「ミステリとして着地させました」というだけにとどまる。

そう、いわゆる「ミステリっぽさ」は豊富なのだ。暗号、怪しい屋敷、宝探し、スパイの暗躍。だがいずれもその場かぎりの装飾にとどまる。ミステリとしての体裁は整っているが充実度は低いのである。

もちろん、トミーとタペンスの魅力は健在だ。彼らももう老人で、前作で「にんじん頭さん」と妻と娘に揶揄《やゆ》されていたトミーの赤毛も、すっかり白くなっている。でも『カーテン』がそうだったように探偵の老いが物語の色彩に影響を与えているかといえば、そういう興趣はない。彼らは『NかMか』の頃のように朗らかに動き回る。物語はいつものように明朗快活で躍動的。そこは変わらない。だがクリスピーな会話の妙はなく、『NかMか』に仕掛けられていたような精緻なサプライズもなく、物語の運びも『秘密機関』以上にぎくしゃくとして焦点を欠いている。

きっとクリスティーはトミーとタペンスの物語を愛していたのだろう。だから彼らが暴く真相を、『象は忘れない』のような暗く重いものにしたくなかったのではないか。「あくまで明朗快活」という方向性と、晩年のクリスティーの関心とが、合致しなかったのではないか。『親指のうずき』の最後で爆発的に現れたwickedなもののありようが本作にも受け継がれていたら、話は違っていたかもしれない。

なお本作の題名は、作中で幾度も引用されるジェイムズ・エルロイ・フレッカーの詩、『ダマスカスの門』から引かれている。この詩が何度も執拗に引用されるわりに、深い感慨をもたらさないあたりも残念である。五年前に書かれた『親指のうずき』では、「By the pricking of my thumbs / Something wicked this way comes.」が印象深く使われていたというのに。

原題*Postern of Fate*は、この『ダマスカスの門』の語句をそのまま使ったものだ。本作中に引用された『ダマスカスの門』で、「運命の門」と訳されているのが、Postern of Fate。つまり邦題は『運命の門』でもよかった。しかし『運命の門』と『運命の裏木戸』では、目に映る印象がまるで違う。後者のほうが断然すぐれていることは明らかだろう。本作中での殺人現場に着目して『運命の裏木戸』としたのは、翻訳者（あるいは当時の編集者）の才能である。

第四部　短編集

50 『ポアロ登場』

★★★
ポアロは××××である！

Poirot Investigates, 1924

【おはなし】

名探偵エルキュール・ポアロの事務所を訪れたのは有名な女優だった。彼女が所有する宝石〈西洋の星〉を盗むという予告状が届けられたという。これと対となる宝石〈東洋の星〉を所有する富豪の屋敷に赴く女優につきそったポアロとヘイスティングズだったが、果たして宝石が盗まれてしまった！（「〈西洋の星〉盗難事件」）

ヘイスティングズを語り手に、名探偵ポアロが挑む十四の事件。

クリスティー、（またも）若いなあ！

本短編集の刊行は一九二四年。『ゴルフ場殺人事件』の翌年にあたる。本書はクリスティーの初短編集で、収録作はいずれも、『ゴルフ場殺人事件』発表年の一九二三年に雑誌掲載されたものだ。

「若いなあ」というのは、『ポアロ登場』の最初の短編「〈西洋の星〉盗難事件」の二行目を読んだときに思ったことだった。ポアロの事務所の窓から街路を眺めるヘイスティングズが、とある通行人を観察してポアロと意見を交わす場面——この通行人が依頼人であったことが判明する流れも含め、これはシャーロック・ホームズもののお約束展開。クリスティーの筆致もあからさまに楽しそうであり、要するにこれは、「ホームズ大好きだから真似してみました！」というファン心理の噴出だ。『秘密機関』と同じです。

このほかにも、妙に家賃の安いアパートをめぐる謎を解く「安アパート事件」は「赤毛連盟」を思わせるし、病気のポアロの代わりにヘイスティングズがひとり田舎に赴く「狩人荘の怪事件」は『バスカヴィル家の犬』などワトソンだけが事件現場に赴くパターンの作品を彷彿させる。「チョコレートの箱」は《名探偵の失敗談》として「黄色い顔」を思い出さずにいられないし、そもそも「チョコレートの箱」のオチと「黄色い顔」のオチは酷似している。ポアロがホームズへのオマージュとして生み出されたことがよくわかる短編集なのだ。

そしてシャーロック・ホームズものの楽しさとは、キャラものの楽しさでもある。クリスティーは、そういう勘所をちゃんとつかんでいる。『ポアロ登場』の楽しさは、まずもってヘイスティングズとポアロのかけあいにある。本作での二人の関係は、そのモデルであるホームズ＝ワトソンのそれよりもチャーミングでキュートだ（二次創作っぽい匂いさえ感じさせるほどに）。クリスティーは明らかに「ホームズ＝ワトソンごっこ」を楽しんでいる。

ヘイスティングズが語り手となった初期長編と本作を比べると（ミステリ部分はおいておいて）、こちらのほうが楽しく微笑ましい。短編ではポアロとヘイスティングズのかけあい成分とユーモア味が増量していて、この楽しさに何か既視感があるな、と思って読んでいたのだが、あれだ！　と思いついた。

本作にはポアロのこんな台詞があります。


「こいつは驚きだ！　きみの頭も驚異的に回転するようになったじゃないか！　そんなこと、ぼくは考えもしなかった！」


誰かに似ていると思わないだろうか。試しにこの台詞をあなたの脳内の大山のぶ代（お若いかたは水田わさび）に読ませてみていただきたい。

そう、ドラえもんである。エジプトが舞台となる作品では「この暑さときたら。おかげで、口髭がヘナヘナだ！」とぼやく場面もあって、ドラえもんだと思って読むと、放射状の六本のヒゲが波線になったあの顔が脳裏に浮かぶ。すると方向違いの推理をブチ上げるヘイスティングズが誰に見えてくるか言うまでもないだろう。

そういう楽しさがあるから読んで楽しいことは保証できるが、ミステリとしてどうかと問われると、「ミステリ好きの小学校高学年向き」というぐらいのものだろう。とくにすごいトリックがあるわけでもない。「クリスティーはトリックメーカーだ」と世間ではよく言われるのに……。

ここで冷静に考えてみよう。私はもう五十作以上のクリスティーの長編を、デビューから遺作まで読んできた。先人の意見を無視し、自分の印象を素直に受け入れれば、答えははっきりしている。

クリスティーはトリックメーカーではない。

そうではないか？　『アクロイド殺し』や『オリエント急行の殺人』を指して「トリックメーカー」だというのはわかるが、それは五十作中のたった二作である。ふつう、そういうのは異色作と呼ぶ。『ABC殺人事件』はトリックではなくアイデアというべきで、『ナイルに死す』もトリック単体ではどうということもなく、周囲の人間模様と真犯人の隠蔽という要素があって、はじめて意味を持つ。『雲をつかむ死』『メソポタミヤの殺人』『魔術の殺人』といった「トリック一発！」の作品もあるが、これらはクリスティー作品のなかでも二線級以下のものだし、トリックも歴史に残るようなレベルのものではない（どれもチェスタートンの焼き直し）。数あるクリスティーの名作群に目を転じれば、大したトリックなどないものがほとんどではないか。つまりクリスティーは、『アクロイド殺し』『オリエント急行の殺人』の二つしか、真にすぐれたトリックを生んでいない。

　短編謎解きミステリでは、ストーリーテリングで魅せる余地もなければ繊細なミスディレクションを仕掛けられるような文字数もないから、ミステリの骨格たる「謎→解決」の構造が剝《む》き出しになる。言わば作者は読者の至近距離に立ち、フットワークに頼らず、重いパンチで倒すことを強いられる。だがクリスティーはそういうファイトを得意とする作家ではなかった。

　ステップで敵を惑わせ、軽いけれども鋭い一撃を意外な角度から刺し込んで倒すのが、彼女のスタイルである。そんなクリスティーには、短編謎解きミステリは不向きだったのではなかろうか……。

収録作品中のフェイバリットは「マースドン荘の悲劇」。トリックはどうということもないが、ポアロが絵解きする「犯行の瞬間」の絵柄が印象に残る。そしてポアロの最後の台詞が、たったひとことで殺人者の冷血さを浮かび上がらせてみせる。すぐれた短編小説だけが持つ、最小限の文字数で最大限の衝撃を与える瞬発力の美が、ここにはある。

51 『おしどり探偵』

★☆

名探偵小説ごっこ

Partners in Crime, 1929

【おはなし】

『秘密機関』での冒険を経て恋仲となり、ついに結婚したトミーとタペンス。新婚生活は平穏でもタペンスの退屈は増すばかり。情報部に籍をおくトミーも仕事は事務なので刺激に欠ける。

そんなとき情報部から依頼が届いた。とあるスパイが隠れ蓑に使っていた「国際探偵事務所」が摘発された。いずれ「16号」なるスパイがここを訪れるはずだから、探偵業を行いつつ監視してくれと。かくしてトミーとタペンスは嬉々として探偵に！

トミーとタペンスのご帰還である。第一長編『秘密機関』と第二長編『NかMか』のあいだにはさまる「シリーズ第二作」。二人が探偵となる経緯を描く序章を経て、彼らのもとに持ち込まれる事件を描く短い作品が十四編並ぶ、全十五編の短編集。

各作品で二人は、「ちょっとホームズ流にやってみようか」などと、同時代の名探偵の真似をして探偵活動にいそしむ。例えば――

ロジャー・シェリンガム（アントニイ・バークリー作）、ソーンダイク博士（オースチン

・フリーマン作)、フレンチ警部(F・W・クロフツ作)、隅の老人(バロネス・オルツィ作)といったあたりが日本でも有名な名探偵か。ほかに、通俗犯罪小説を多作した作家エドガー・ウォーレスなんかもモデルに使われている。
……というふうに言うと、各探偵の探偵法をパロディ化した贅沢な作品集なのか、と期待が膨らむところだが、本作を読むときに一番よろしくない態度が、その種のミステリ・マニア的な期待だ。その期待はすごい勢いで裏切られるからである。これはそこまで手のこんだ作品集ではまったくない。

そもそもが「名探偵ごっこ」の物語なのだが、作品の出来も「名探偵小説ごっこ」の域を出ない。収録作品中、参照元となる作風をきちんと貫徹していると言えるのは、エドガー・ウォーレスの犯罪活劇を模倣してみた「パリパリ屋」、フレンチ警部を演じる「鉄壁のアリバイ」、舞台から何から隅の老人にぴったり合わせた安楽椅子探偵もの「サニングデールの謎」ぐらいか。あとは、冒頭だけはそれっぽくても、本題に入ると、単なるトミーとタペンス物語になってしまう。

しかもミステリとしてユルいのだ。「推理クイズ」の類で見かける程度のトリックがあるだけで、あとはトミーとタペンスが楽しそうにする場面だけが繰り返される。確かにトミーとタペンスは魅力的だ。クリスティーが楽しそうに書いているのも確かである。『秘密機関』同様、楽しく微笑ましい。だが本作に収録された短編の尺はあまりに短く、構造も大体同じである。それが十三回(序章と「サニングデールの謎」を除く)も反復されると飽きてくるのだ。よくできたキャッチーなポップ・ソングも、スーパーのBGMなんかで延々と聴かされるとげっそりするのと同じ感じである。せめて作品数がこの半分ならば、笑って許せたかもしれない。

なお、本作収録作品は、一九二三年に第一作が雑誌掲載され、一九二八年の「鉄壁のアリバイ」を除く残りすべてが、一九二四年に発表された（加筆訂正を経て短編集として刊行されたのは一九二九年）。つまりクリスティーは、一九二四年に、ほぼ月イチのペースで本書収録作品を書いたわけである。軽いけれども実質に欠けたところがあるのは、そういう量産体制（しかもまだ作家としては未熟でもあっただろう）のせいなのかもしれない。

クリスティーの未熟さが悪い方向に出た短編集。過大な期待を持たずにトミーとタペンスのかわいらしさを味わう気持ちで読むべきか。一気に読むのでなく、お風呂なんかで一日一編、ぽつりぽつりと。そうすれば、それなりに楽しめるのでは。

たぶん。

52 『謎のクィン氏』

★★★★

神と役者と観客と

The Mysterious Mr. Quin, 1930

【おはなし】

裕福で美食家のサタースウェイト氏は社交界にも顔の利く穏やかな紳士。人間と人間の演じるドラマを眺めることをこよなく愛していた。そんなサタースウェイト氏が訪れた屋敷では、かつて自殺事件が起こったという曰くがあった。その謎をめぐり屋敷が不穏な空気に包まれるなか、黒髪で長身の男ハーリ・クィンが雷鳴とともに屋敷にやってきた……。

サタースウェイト氏があちこちで出くわす事件。そこになぜか姿を現すクィンは、触媒のようにしてサタースウェイト氏を隠された真相へと導く。

一九三〇年刊行のアガサ・クリスティーの第三短編集。これまでの二短編集と比べると別人のようである。

『ポアロ登場』と『おしどり探偵』には、どうも子どもじみた印象を否めなかった。いい大人が読む小説には思えなかったのである。だが本作は違う。

トラディショナルな謎解きミステリを評するとき、「稚気」という語がしばしば使われる。

謎解きミステリ特有のガジェットや設定などを、リアリズム小説の軛《くびき》にとらわれることなく堂々と使用する姿勢に対して、その潔さや覚悟を称揚して使われる言葉だ。「稚気」という言葉の背後には、「謎解きミステリ」というジャンル小説についての「メタ／ネタ／ベタ」に関する感性／批評性が幾重にも屈折して畳み込まれているわけだけれど、「稚気」が批評性を失うと、単にトリックや名探偵があれば良しとする幼稚さに陥ってしまう。

これまでの二作の短編集では、はしゃぎすぎのせいで、稚気が幼稚さに堕しているように思えてならなかった。楽しげではあっても抑制を欠いた筆致に、それがよく表れている。名探偵ミステリが好きな著者と読者のあいだの狎《な》れあいと言ってもいい。そういう微温的な甘えは、『謎のクィン氏』にはない。だから、「昔ながらの名探偵ミステリ」に思い入れを持たない読者にも楽しめる作品に仕上がっているのである。

全体に流れているのは仄かにダークな幻想小説の質感である。ハーリ・クィン（Harley Quinn）という名は、道化師（ハーリクィン：Harlequin）と音がほぼ同じだから、名前からしてすでに非現実的な響きを持つ。黒髪で長身で浅黒い肌、という外見も明らかに非アングロ・サクソン的。そこにオリエント的なエキゾティシズムを見ることもできるし、あるいは――「黒」が繰り返されることからも――悪魔的なニュアンス、異教徒的なニュアンスを見ることもできる。

いずれにしても、クィン氏は「外部から来た者」「この世ならざる者」の佇まいを濃厚に発しているわけである。作中でも、あるときは断崖絶壁に突然姿を現し、またあるときは誰もいなかったはずの席にいつのまにか座っている。初登場の際も、夜、雷鳴とともにやってくる。そして事件を解明に導く。

面白いのは、クィン氏自身は名探偵らしい謎解きなどひとつも行わないことだ。謎解きは、「人間観察」を愛するサタースウェイト氏が担う。クィン氏がサタースウェイト氏の記憶を刺激すると、氏が自力で真相にたどりつく——というのが毎回の趣向になっている。でも、読んだ者の十人が十人、サタースウェイト氏は謎を解いているわけではなく、クィン氏によって巧みに真相に誘導されているだけだと思うだろう。クィン氏はあらかじめ、すべての真相を知っているのだろうと。

クィン氏は人間ではないのではないか。読み進むにつれて、われわれはそう思いはじめる。もちろん、謎は地上の論理で解かれ、ミステリとして論理的な整合性は保たれている。だが本作収録作品には、どこか因果の根本のところで「この世ならざる論理」が介在しているような感じがある。つまり『謎のクィン氏』は、「謎解きミステリ」でありつつも、リアリズムの彼岸へ突き抜けた野心的な作品なのだ。

だからこそ、本作に出てくる大がかりなトリックが活かされるのである。「窓ガラスに映る影」や「空のしるし」をお読みになるといい。これは、作品全体に幻想小説の意匠が貫かれているがゆえに説得力とインパクトを持つ。

これはいい短編集です。そして、長編では幻想味やゴシックな演出を徹底して回避してきたクリスティーのもうひとつの顔も見ることができる。

クリスティーはこんな小説も書けたのだ。

さて、本書の一編目、「クィン氏登場」を読んだ瞬間に思ったことがある。『スリーピング・マーダー』の項で、私は「クリスティーは『絵』だ」と書いた。多義的で謎めいた「絵」を謎解きの対象とするのがクリスティーの流儀なのだと。

その例をいくつか挙げながら、私は『杉の柩』に関して『杉の柩』では、心理描写を抑えて描かれる第一部全体を、ひとつの動画とみるべきだろう」と、歯切れの悪い書き方をした。なぜ私は「動画」という言葉を選んだのか。「映画」のほうが自然ではないか。だが私には、理由は自分でもわかっていなかったが、「映画」という語はふさわしくないという確信があった。あれは「動画」でなければならないと。

なぜ「映画」はふさわしくないのか？　その理由が、いまわかったのだ――「映画」は編集されているからである。

ご存じのように映画は、無数のカットを文法にそってつなぎ合わせて構成されている。エイゼンシュテインが発明したとされる「モンタージュ」の技法は、ひとつひとつでは多義性をはらむカット(絵)を連ねることで、ひとつながりの意味を生み出す技術だった。ただ淡々と現実を写しとるのみだったリュミエール兄弟のフィルムと比較すれば、エイゼンシュテインのフィルムの意味の明快さは一目瞭然である。

つまりモンタージュは、「絵」にはらまれうる無数の意味をひとつに収束させ、その連なりで「物語」を組み上げるものだった。そうやってできあがるのが映画だ。つまり編集されているがゆえに、「映画」は一枚の静止画に比べて多義的でない。誤解の余地が少ない。『杉の柩』第一部では、意味の曖昧な出来事が心理描写を欠いて描かれてゆく。それを形容するにあたって、私が「映画」でなく「動画」と言ったのは、そういう理由からだったのだ。『杉の柩』第一部は、エイゼンシュテイン的ではなく、リュミエール的だった、と言ってもいい。一定の時間内に起こる現象／言動を無編集で提示し、それを観察する方法が観察者の自由である「多義的な絵」。

それこそが、『杉の柩』にとどまらず――「一定の時間枠」はいくらでも縮減可能だから静止画もここに含まれる――アガサ・クリスティーのミステリの核心なのだ。

ここまでくれば、答えまであと一歩だ。必要な最後の手がかりは、クリスティーのことを多少知る者ならば誰だって知っている事実。それを投入すれば答えは出る。

つまり、

クリスティーは演劇である。

ということなのだ。

『杉の柩』第一部は、舞台の上で演じられる演劇と見なすのが正解だ。読者＝観客＝探偵は、舞台全体を自由に観察する。だが一方で、そこで起きる事象にどんな意思が秘められているのかは確定できない。演者の内面は不可視だからである。

『スリーピング・マーダー』で私が羅列したクリスティー・ミステリの「多義的な絵」たち

は、すべて、ある「芝居」のなかの、ある瞬間の「絵」だった。『雲をつかむ死』の核心だってそうではないか。

「自分がたしかに見たと思っている事象が、別の意味をもっていたと悟る」というクリスティーの得意の技法は、きわめて視覚的である。だから、クリスティーが多くの戯曲を書いたのは当然だ。

クリスティーのすぐれた作品は、「そこで演じられた芝居」を「観客＝読者＝探偵」が読み解こうとするという構造を持っている。

そして、『謎のクィン氏』を貫いているのも、そうした「演劇性」である。クリスティー・ミステリの演劇性がもっとも露わになったのが、この連作といってもいいかもしれない。

一編目、「クィン氏登場」をみてみよう。

舞台となる屋敷で過去に起こった自殺の謎についての話がはじまったとき、サタースウェイト氏は、屋敷のなかの状態を指してこう言うのである、まるで演劇の舞台装置がととのったようだ、と。

さらに、作中で繰り返し言及されるサタースウェイト氏の癖は、こんなふうに表現されている。自分の周囲の出来事を「ドラマとして観察する」と。

そしてサタースウェイト氏の謎解き——それは、彼がずっと見聞きしてきた事柄を思い返すことで行われる。つまり謎解きに必要なことがらを（無意識的にであるにせよ）氏はあらかじめすべて観ている。その記憶をたどることで、氏はそのなかから手がかりを探し出し、真相に到達する。

つまりこうだ——現場は舞台であり、事件は演劇であり、サタースウェイト氏は観客である。クリスティーはそれを隠そうともしていないではないか。

サタースウェイト氏は、ミステリ劇の観客として舞台の外におり、そこから舞台上の出来事を観察している。氏は舞台上で展開されたドラマを観て、その視覚的な多義性の霧のなかから、真意を読み出す。これはまさに中期以降のクリスティー作品の流儀であり、同時に、ミステリ劇の観客の立場でもあるのだ。

さて、「サタースウェイト氏＝観客」ならば、クィン氏は何者なのか。当然ながら、クィン氏も舞台上の人物ではない。観客でも無論ない。舞台の上のドラマに実質的には介入しないが、事前にすべてを知っており、「舞台」を鳥瞰《ちょうかん》し、「ドラマ」のすべてを知る者。それは誰か——

演出家である。これを小説に敷衍《ふえん》すれば作家だ。

そして、この世界のすべての出来事を演出する者を、われわれは神と呼んでいる。

それがクィン氏の正体かもしれない。

ところでサタースウェイト氏は、『謎のクィン氏』刊行の四年後に発表された野心作『三幕の殺人』の副登場人物として再登場する。

『三幕の殺人』の仕掛けを知って見れば当然のことだ。『三幕の殺人』は[redacted]

[redacted]（スミ塗り部分はネタバレ記述なので巻末ノート1を参照）という、読者＝観客という大仕掛けの実験作だった。

読者の代理人たる作中の「観客」として、クィン氏の演出する人間ドラマの観客であったサタースウェイト氏以上にふさわしい人間はいないのである。

53 『火曜クラブ』

★★★

クリスティーらしさ、とは？

The Thirteen Problems, 1932

【おはなし】

作家レイモンド・ウェストの伯母の家はセント・メアリ・ミードという村にあった。ある火曜の晩、そこにレイモンドと元警視総監サー・ヘンリーのほか、当地の牧師、女流画家、弁護士の計五人が集まった。一同は夜のつれづれに、各自が「自分は真相を知っている現実の事件」の話を披露して、推理合戦をしようということになった。

名づけて《火曜クラブ》。会合は毎週火曜の夜に開かれる。いつも静かに編み物を続けているレイモンドの伯母もついでのようにクラブに加えられた。この白髪の老女の名は、ミス・マープルといった。

ミス・マープルのデビュー作の登場である。

すでにご紹介した第一長編『牧師館の殺人』は一九三〇年刊行で、『火曜クラブ』は一九三二年刊行だが、『火曜クラブ』収録作品全十三編のうち、前半の六編は一九二七年から一九二八年にかけて雑誌に発表されているので、ミス・マープルのデビュー作は、じつはこちらのほうである。

読みはじめは楽しい。ところが読み進めるにつれ、毎度毎度、「前置き→事件の披露→ミス・マープルの推理」と、寸分たがわず同じ展開の作品がつづくので飽きてきてしまうのが本作の弱点である。短編としても短めなので、大半を、その回の語り手の語りに費やさざるを得ず、おかげでミス・マープルのキャラを描く余裕もほとんどないから、キャラクター小説としての味わいも生まれにくい。

そんな乏しい紙数で描かれるミス・マープルのやることといえば、「今のお話を聞いて、誰々さんのことを考えていましたのよ」的なおざなりな挿話の披露（これも毎度変わりばえしない）と、そこからの急転直下の解決の開陳だけなのだ。短編小説を読む手ごたえはほとんどなく、寸劇を見ているような気分である。

つまり、『ポアロ登場』の収録作から、キャラと語り口の面白みを取り去ったような短編が並んでいる。トリックにしても、「いかにも本格ミステリっぽいでしょ？」的な底の浅いトリックばかりであって、そういうものを二十一世紀に読まされても挨拶に困るのである。唯一毛色の異なる「アスタルテの祠」が怪奇小説的なムードで読ませるが、これも推理クイズみたいなトリックで興ざめしてしまう。

と、前半の六編を読みながら索漠たる思いにとらわれていた。ところが後半に入ると印象は激変する。この七編は、最初の六編の評判がよかったことを受けて、別の雑誌に発表されたものだ。

こちらの舞台は『書斎の死体』でエラい目にあうバントリー夫妻の屋敷。夫妻とミス・マープル、サー・ヘンリー、医師、そして美人女優の六名が、晩餐の席でそれぞれが出会った謎の事件について語るという形式をとる（最後の一編のみ、バントリー邸から舞台を移し、現在進行形の事件を扱う番外編）。

この《バントリー邸の晩餐編》の六作は、「客が謎の事件を語る」という点こそ前半と同じだが、ひとつひとつ趣向が異なっている。前半ではろくろく書き分けられていなかった話者たちは、それぞれきちんと性格づけされて描かれ、それに応じて語り方も色合いを変える。前半よりも後半のほうが、一編一編の長さが長くなってもいる。

尺が長いぶん、ミス・マープルの出番も増える。話の披露の途中でミス・マープルが、「そのかた、太ったんじゃありません？」といったような謎めいた確認作業を入れたりして、演出にメリハリが利いているのである。

後半は、一九二九年の暮れから翌年の初夏にかけて、The Story-Teller誌に掲載された。前半を掲載したのは The Royal Magazine という別の雑誌だから、媒体の違いも影響しているのかもしれないが、いずれにしても、「三十ページの推理クイズ」でしかなかった前半に比べて、後半の七編はずっと質が高く、後年のクリスティーの気配がある。

トリックだけをとりだして比べてみれば、前半のほうが「斬新なトリック」と言えるかもしれない。後半のトリックは先例がいくらでもありそうなものばかりだ。しかし明らかに後半のほうがミステリとして鮮やかなのである。まさにクリスティーらしい鮮やかさがそこにはある。

古典本格ミステリの名匠としてクリスティーと並び称されるエラリイ・クイーンやジョン・ディクスン・カーらと違って、クリスティーを継ぐ作家があまり見当たらないのは、この「クリスティー流のミステリ術」というのが曰く言いがたいものであるせいだろう。『白昼の悪魔』や『五匹の子豚』などに見られるような、「トリック」として抜き出してみれば何ということもない仕掛けを、精妙なミスディレクションの網と人間関係のなかに配置することで読者を欺しおおせるという、クリスティー独自の流儀のことである。

後半の七編は、そういうクリスティーの流儀が短編でも発揮されうることを示している。『火曜クラブ』は、そうしたクリスティーの流儀の萌芽の見られる『邪悪の家』と、その最初の作例『エッジウェア卿の死』にはさまれて刊行された。つまり一九二九年頃に、クリスティーはクリスティーの流儀を発見した――ということかもしれない。

後半では、いかにもクリスティーらしい「二人の老嬢」もいいが、個人的には「バンガロー事件」がフェイバリット。《バントリー邸の晩餐編》の最後の作品なのだが、これに先立つ五編を前提とした欺しを見事に決めている。ちょっとした皮肉な描写をもミスディレクションに奉仕させ、作品集全体を貫く「謎の話の披露」という趣向も逆手にとった精妙な一編なのだ。

なお、興味深いのが、前半のベスト作「舗道の血痕」。なかなかの作品なのだが、犯人の設定に無理がある。これをのちにクリスティーは長編として仕立て直し、犯人設定の問題を修正している。しかも修正の結果、犯人の邪悪さを鋭く際立たせているのだ。

54 『死の猟犬』

★★★★
恐怖とロジックの問題

The Hound of Death and Other Stories, 1933

【おはなし】

友人から聞かされた戦時中の奇談――。それはドイツ軍の侵攻を受けた修道院での出来事だった。まさに兵士による蛮行がなされようとしていた瞬間、奇怪な大爆発が起こり、敵軍は全滅したという。現場に残された犬のかたちをした火薬の焦げ痕は「死の猟犬」と呼ばれ、これを引き起こしたのは一人の修道女だったという話だった。主人公はこの事件の謎を追い、当の修道女を発見する。「死の猟犬」と奇妙な異世界について語る修道女は、科学者の研究対象となっていて……。

表題作ほか、怪奇な謎をはらむ作品十編に加え、戯曲化／映画化された名編「検察側の証人」を収録。

クリスティーはこんな小説も書けたのか！　そう思ったのである。怪奇小説に分類される作品がほとんどだが、どれも堂に入った感じの書きぶりなのだ。

この短編集は一九三三年に刊行された。すでに紹介した作品でいえば『エッジウェア卿の死』と『オリエント急行の殺人』のあいだにはさまる。各作品は一九二〇年代半ばに執筆されたものとされている。

怪奇小説が「ほとんど」、というのは、何編かミステリ作品が含まれているためである。しかし、どれがそうなのかはここでは書かない。

かつて謎解きミステリの名手にして論客たる都筑道夫《つづきみちお》は、《なめくじ長屋捕物さわぎ》シリーズを着想した理由として、「ミステリの作中で起きる怪事がスーパーナチュラルなものによって引き起こされたと読者に信じさせることは困難だが、江戸時代を舞台にすれば、登場人物だけには、それが怪力乱神によるものかもしれないと信じさせることができる」と大意、述べていた。これと同じことが『死の猟犬』にも言える。この作品集でクリスティーは、タネのある怪奇現象と純然たる怪奇現象をまぜることによって、「これは怪奇現象なのだろうか、トリックなのだろうか」という不安な宙吊り状態に読者を陥れているからである。

これはミステリと怪奇小説が非常によく似た小説であることを意味する。両者の違いは、物語の最後に合理的な解決がつくかつかないかという点だけだ。オチの直前まで、双方の物語は同じものでありうる。

例えばウィリアム・ホープ・ホジスンの『幽霊狩人カーナッキの事件簿』では、ゴーストハンターの調査の結果、「怪奇現象」が人為的に起こされたものだと判明する作品が何編か収録されている。「オチを読むまで怪奇小説かミステリかわからない」というミステリ／怪奇小説の特徴をホジスンは逆手にとったわけだが、これをさらにもう一回、逆手にとった作例が、『火刑法廷』（ジョン・ディクスン・カー）や『暗い鏡の中に』（ヘレン・マクロイ）、『霧越邸殺人事件』（綾辻行人《あやつじゆきと》）などである。

怪奇短編、ミステリ短編、どちらの系統の収録作品も見事な出来ばえだが、個人的には表題作「死の猟犬」と、「最後の降霊会」の二編がとくに気に入っている。他の作品についての詳述は避けよう。「ミステリなの？　怪奇なの？」という宙吊り感を損なうからである。

この二編は怪奇系だが、両者を比べて思うのは、怪奇小説における「ロジック」の役割である。暗いインパクトの点で傑出しているこの二編は、それぞれロジックの演じる役割が正反対だからだ。「死の猟犬」はロジックが欠落していることで恐怖が生まれ、「最後の降霊会」はロジックが貫徹されてしまうことで恐怖が生まれている。

あらすじを紹介した「死の猟犬」は、一見すると、尼僧の存在のせいで災厄が起きるという「犯人→犯行」のロジックがあるように見えるが、じつのところ両者の関係の核心は曖昧模糊としたままだ。起こる怪現象は毎度異なるし、そこに尼僧がどう関与しているのかも説明しきっていない。彼女が見ているとおぼしき幻視の正体も、ただ単にこの世のものでなさそうなヴィジョンを提出するのみにとどまる。あちこちでロジックは断線し、そのまま放置されているのである。そして、それがゆえに本編は空恐ろしい。

恐怖というのは「わけがわからない」ものに対して湧き起こる感情である。「それらしいこと」はあっても、最終的には因果関係が解明されずじまいとなると、恐怖は絶望の色彩を帯びて膨張する。合理的な生物であるわれわれの根本が突き崩されてしまうからだ。こうしたアプローチによるホラーの金字塔として、小池真理子の名作『墓地を見おろす家』を挙げておく。

一方、「最後の降霊会」は、ちょっとロバート・ブロック作品を思わせる凄惨なラストを迎える短編である。ラストの凄惨な現象は、「あるロジックの徹底した貫徹」によって引き起こされる。そこが恐ろしい。

人間はロジックの動物だが、同時に、「理屈で言えばそうだけど」というブレーキをかける能力も持っている。だから、どんな結果が引き起こされようと、かまわず「あるロジック」を貫徹するのも人間の理解を絶する非人間的な行為だということだ。ちなみに、こうした「ロジックの間違った貫徹」は愚かしさの記号でもあって、コメディの基本のひとつでもある。本編が、ロバート・ブロックのある種の作品のような「真っ黒いユーモア」を感じさせるのはそのせいである。

なお、本書には「検察側の証人」という純然たるミステリが一編、加えられている。戯曲化され、ビリー・ワイルダー監督《情婦》として映画化された名編。映画は視覚的トリックで名高いが、小説版を読むと、そこよりも最後の一行の衝撃に力点が置かれていることがわかる。これが怖い。ここでもロジックが飛躍し断線しているからである。「恐怖小説のふりをしたミステリ」のなかに、「ミステリなのに最後に恐怖が襲う」本作を入れる、というのは趣向として見事だ。

ところで、収録作「翼の呼ぶ声」は、ウィリアム・ホープ・ホジスン『異次元を覗く家』やH・P・ラヴクラフトの諸作のようなコズミック・ホラー的な作品だが、モダン・ホラーの巨匠スティーヴン・キングに、この作品に影響を受けたのではないかと思わせる短編がある。題名は「クラウチ・エンド」(『メイプル・ストリートの家』収録)。この世ならざるものが迷宮じみたロンドンの裏道に出現すること、謎めいた笛とその音色、など、奇妙に「翼の呼ぶ声」に符合するのである。

55 『リスタデール卿の謎』

★★ 甘すぎるチョコレート・ボックス

The Listerdale Mystery, 1934

【おはなし】

息子と娘をひとりずつ持つヴィンセント夫人は、このままでは小さなフラットに移らなければならない困窮状態にあった。そんな折に目についた新聞広告——家具調度つきの屋敷がただ同然で借りられるというのだ。怪しいものを感じつつも屋敷を見にいった夫人は、よく気のつく執事まで借りることができるという話に飛びついた。何でも、屋敷の持ち主リスタデール卿は、ある日、忽然と姿を消したのだという。夫人の息子は、きっと卿が殺害され、屋敷のどこかに埋められていると踏むが……。

表題作ほか十二編収録の短編集。

本作のクリスティー文庫版カバー裏には、「多彩なミステリ十二篇」とあるが、これは正しくない。ここに収録された短編は、七編目以降、ほとんど同工異曲だからである。正直、六編目「事故」まではとても多彩で楽しく、七編目「ジェインの求職」まで、一気に読んでしまった。ところが八編目「日曜日にはくだものを」を読んで、おや？と思ったことが、次の「イーストウッド君の冒険」で確認された——つまり「ジェインの求職」以降は、似たような短編ばかりが並んでいたのだ。

収録作品すべてが「ロマンス」「男女の仲」を描いている。そして多くの作品に、「非日常としての犯罪」という要素が加えられている。つまり「停滞ないし安定している男女の愛情関係が、そこに飛び込んできた『犯罪』によって停滞から動き出す」という物語が連続しているのである。

巻末の福井健太氏による解説がいうように、収録作品は、少量のバッドエンドの物語と、それ以外のハートウォーミングな物語に大別できる。これらをもっとうまく配置していれば、微量に盛られた前者の苦みが、いくぶん甘みの強すぎる後者の味わいを引き締めてくれたかもしれない。じっさい、前半はそうなっている。だが後半は甘みの強い作品ばかりが並ぶ。各作品の構造もほとんど一緒だ。トリュフばかりのチョコレート詰め合わせだって悪くはないのだが、せめて中身のフィリングくらいは変えてほしいのが人情である。ところが『リスタデール卿の謎』はフィリングがすべて一緒、かたちだけちょっと異なるものばかりの詰め合わせなのだ。ひとりで全部食べるのはしんどい。甘みも強すぎる。

序盤にも、表題作や「エドワード・ロビンソンは男なのだ」といった甘めの作品があるが、これらは読んでいて楽しい。後者などかなり気に入って読んでいた。つまり問題は、似たような作品を無造作に連ねた配列にあるのかもしれない。

いや、『リスタデール卿の謎』の後半に収録された作品に、どれほどのオリジナリティがあるだろう。これらは今から百年近く前の一九二〇年代に書かれた短編で、その頃なら一定の新奇さがあったのかもしれない。だが、それを読むわれわれは二十一世紀に住んでいるのだ。私たちは、フレドリック・ブラウンやジョン・コリアやロバート・ブロック、あるいはローレンス・ブロックやピーター・ラヴゼイやジャック・リッチーといった短編の名手たちを知ってしまっている。その前にあって『リスタデール卿の謎』に存在価値はあるだろうか？

残念ながら、ほかに読むべき短編集があるのなら、『リスタデール卿の謎』を読む必要はない。本作をおすすめするとしたら、アガサ・クリスティーを心底愛する大ファンか、短編ミステリをまったく読んだことのない者に限られるだろう。収録作全体に漂うクリシェ感は否定できない。

例外は「事故」か。これが本作中のフェイバリット作品である。シンプルなミスディレクションの効果が最高に見事に活かされている。

……でも、これも今じゃ、よくある話って感じかもしれないですね。

56 『パーカー・パイン登場』

★★★★ 前半は大傑作、後半は秀作

Parker Pyne Investigates, 1934

【おはなし】

パキントン夫人は憤っていた。夫が職場の若いタイピストに熱を上げて、自分を顧みなくなったからだ。そんな夫人が目にした新聞広告――あなたは幸せ？　でないならパーカー・パイン氏に相談を。半信半疑で事務所に赴いた夫人の前に現れたのは、恰幅のよい身体にはげ頭、眼鏡の奥によく光る目をもったパーカー・パイン氏だった。とある役所で調査統計の仕事を三十五年にわたって務めてきた氏は、その統計の知識を武器に、「幸せでないひと」を救い出すのだという……（「中年夫人の事件」）。

不幸せなひとのための事務所をいとなむ好漢パーカー・パイン氏の活躍を描く十二編を収録。

こうしてクリスティーの短編集を読んできて、ひとつ言えそうなのは、陽性のミステリ作品の打率が低いことである。そもそもクリスティーは長編ほど短編は巧くなかったのではないか、という気もする。この『パーカー・パイン登場』も陽性のミステリ短編集であるらしい。だから私は気乗りのせぬまま読みはじめた。

冒頭の作品「中年夫人の事件」は思いのほか楽しく、「おっ、これはイイんじゃないの？」と思って、二編目の「退屈している軍人の事件」にとりかかり、六六ページに至ったとき、心が折れた。

なんで四十歳すぎて、こんな少年探偵団まがいの幼稚な展開の小説を読まされなくちゃいけねえんだよ。と憤然としてしまったのである。

このページで起きた事態――死ぬほどクリシェで、死ぬほど古臭くて、死ぬほどバカバカしくて、とてもまともに相手をする気になどなれない事態だったのだ。しかし、数ページ後に私は愕然とすることになる。そこで判明するのは、パーカー・パイン＝クリスティーが、この古臭くてベタな展開をわざとやっていたことだったのだ！　これは「安いスリラー」のパロディだったのである。以降、本書は、「物語」というものについての皮肉な批評性という隠し味で、私に大いなる満足感を与えつづけてくれた。

パーカー・パインものは謎解きミステリではない。主人公パインは、依頼人それぞれの「不幸」の原因を探り出したあと、それを克服できるような状況や事件をお膳立てする。それを依頼人が乗り越えることで己の不幸を自力で解決する、というのが主な筋立て。パイン氏が計画立案し、それぞれに得意技を持つスタッフが「事件」を演じるという、解説で小熊文彦氏がいうとおり、《スパイ大作戦》みたいな話なのだ。

陽性な短編小説というところは同じでも、本作でのクリスティーは、『おしどり探偵』の著者と同一人物とは思えないほど、多彩な趣向を繰り出し、バラエティに富む短編を連ねている。さきほどの「退屈している軍人の事件」では、わざとクリシェを使って読者にウィンクを閃かせたあと、微笑ましい意外性をはらんだ着地をみせる。一編目を読んだわれわれが抱く「パイン氏の仕事ぶり」についての印象を逆手にとるひねりだ。

パイン氏の仕事は、「物語」をつくりだすことである。依頼人にふさわしい「物語」を紡ぎ、依頼人を登場人物として「物語」のなかに放り込む。「退屈している軍人の事件」の物語がチープなのは、依頼人にとって「陳腐なスリラーみたいな物語」がふさわしいと判断した結果である（そこまで「陳腐なスリラー」というものをわかっているクリスティーが、どうして『おしどり探偵』や『リスタデール卿の謎』みたいなものを書いてしまうのか）。

つづく「困りはてた婦人の事件」はミッションの目的が非常に明快であるがゆえに「果たしてそれが達成できるか？」というサスペンス。「不満な夫の事件」はロマンス小説独特のやきもきする楽しさ。「サラリーマンの事件」は『リスタデール卿の謎』収録の「エドワード・ロビンソンは男なのだ」のアップグレード版のような話。と、さまざまな楽しさが詰まっている。また、「サラリーマンの事件」では「たった十ポンドで大冒険を用意する」という難題をどう解決するのかという興味があるし、前半最後を飾る「大金持ちの婦人の事件」では、逆に潤沢な予算を活かした大仕掛けをみせてくれる。この「大金持ちの婦人の事件」が迎える結末は力強く感動的だ。

書きぶりは『おしどり探偵』のように楽しげだが、楽しさに甘えるようすは微塵もない。快い意外性をきっちり仕込んでくれていて、文句のつけようがない。素晴らしい。パーカー・パインものの長編をクリスティーが書かなかったのは非常に残念だ。京極夏彦の『続巷説百物語』みたいに、とびきりの大仕掛けを長い尺で読んでみたかった！　と歓喜したのだが。

ここまでは本書の前半に収録された作品の話なのである。後半、七編目「あなたは欲しいものをすべて手に入れましたか？」以降、この《スパイ大作戦》趣向がなくなってしまうのである。

中東への旅に出かけたパイン氏が、各地で出くわす事件を名探偵として解く話が後半には並ぶ。いずれも出来は悪くない。『火曜クラブ』後半のようなクリスティーらしいミステリになっている。

『パーカー・パイン登場』の発表は一九三四年。『エッジウェア卿の死』の翌年、『オリエント急行の殺人』『なぜ、エヴァンズに頼まなかったのか？』『三幕の殺人』と同年である。執筆時期は一九三二年頃のようで、つまり「クリスティーらしいミステリ」の嚆矢たる『邪悪の家』『エッジウェア卿の死』と同時期の作というわけだ。

『火曜クラブ』後半がそうだったように、本書後半の作品に「それだけ取り出すことができる」類のトリックはない。後年開花する「アイデンティティの擬装」や「会話の断片のミスディレクション」といったものが鍵になっていて、（例によって曰く言いがたい按配で）鮮やかで面白い。

クリスティー・ファンを自任するサスペンス作家ジェフリー・ディーヴァーは、かつて自身のミステリの基本として、「なにごとも見かけどおりではない」と言ったことがある。拙象的な文言だから、あらゆるミステリに通用しそうな一文ではあるが、これこそがクリスティーのミステリの核心だ。クリスティーは、これを「物語」「人間関係」「会話」「情景」といった「ふつうのこと」に適用したのだ。

そこらへんの謎解きミステリでは、「見かけどおりではない」という仕掛けを、「密室」だの「神出鬼没の怪人」だの、見かけどおりでないのは当たり前な現象に適用している。しかしクリスティーが得意としたのは、見かけどおりであって何の不都合もない事柄に、見かけどおりではない真の意味を仕掛けることだったのだ。「なにごとも見かけどおりではない」ことが最大の驚きを生むのは、その「見かけ」が完璧に自然につくられているときである。その部分でクリスティーは傑出していた。

『ナイルに死す』を見よ。『葬儀を終えて』を見よ。クリスティーは単に読者の先入観を逆手にとるだけではなかったのだ。説得力のある自然な「見かけ」をつくりあげ、「見かけどおりでない」真実には「見かけ」以上の説得力を持たせた。旅先という舞台とアイデンティティ擬装という仕掛けのコンビネーションは本書後半に収録の作品にもみられるクリスティーお得意の手だが、これは「見かけと実像の問題」をもっとも端的にミステリに活かすものである。

そんなクリスティーらしい技巧がじゅうぶんに活かされた短編ミステリが『パーカー・パイン登場』の後半には収録されている。だが、どうしてもひっかかるのは、これらは別に、主人公がパーカー・パインでなくても全然問題ないことなのだ。むしろポアロとかのほうが自然なのではないか。そこが非常に残念。

そんなふうに思ってしまうくらい、前半の面白さは傑出している。前半収録作品はすべてが楽しく驚きに満ちた傑作だが、ラストのどっしりした感動をとって「大金持ちの婦人の事件」をフェイバリットに推そう。

後半からは「デルファイの神託」を。これは短編集のラストにあるからこそ活きる仕掛けが素敵なのです。

57 『死人の鏡』

★★★★

クリスティーの核の核

【おはなし】

シェヴニックス＝ゴア卿なる貴族からポアロに依頼状が届いた。夕食どきに屋敷に赴いたポアロだったが、いつも食事に遅れない卿が姿を現さない。一同が卿の私室に向かい、鍵のかかった扉を破ると、拳銃で頭を撃ち抜かれて卿が死亡していた。屋外に通じるフレンチ・ウィンドウにも施錠され、机上には遺書らしき走り書き。ポアロは銃弾によって砕かれた鏡などを眺め、これは他殺なのではないかと考えはじめる……。

表題作を含む中編三編と、短編「砂にかかれた三角形」を収録。

Murder in the Mews, 1937

やはりクリスティーは長めの作品のほうがいい。満足できる出来ばえである。「謎の盗難事件」のみ、謎の輪郭が茫洋としたまま関係者への尋問が連続するせいでいささか退屈するものの、どの作品も巧みに盲点を突く快作となっている。

読んでいると、「この三つの中編は同一コンセプトの連作なのでは？」というような印象を受ける。いわゆるふつうのミステリ批評の分類法でいけば、三つの中編に共通点は見られない。「厩舎街《ミューズ》の殺人」と「死人の鏡」がとりあえず密室ものであるのが共通しているくらいか。しかし、読んでいると明らかに共通性を感じる。それは何なのか。

おそらく、解決の意外性を生み出す「流儀」が同じだからだろう。いずれの中編も、「犯罪」が見かけどおりではないという点にポイントがおかれている。『パーカー・パイン登場』の項でも書いた「なにごとも見かけどおりではない」という流儀である。三つの中編はいずれも、「犯罪の場」の「見かけ」をミスディレクトすることで、ミステリとしての欺し／驚きを生んでいる。この「見かけ」を、『謎のクィン氏』の項で言ったように、「演劇」と言い換えてもいいだろう。つまりこの三編にみられるのは、『エッジウェア卿の死』から『三幕の殺人』を経て、『ナイルに死す』以降で洗練＝完成をみることになる「クリスティーの流儀」を、中編用にシンプルにカスタマイズした欺しの手口なのである。

本作品集は一九三七年の刊行。『もの言えぬ証人』『ナイルに死す』と同年である。前年には、ミステリっぽさで塗り固めた（割りに空虚な）『ひらいたトランプ』と、ガチな物理トリックを擁する（けれども薄味な）『メソポタミヤの殺人』が発表されている。クリスティーが、独自のスタイルによる謎解きミステリに邁進するようになる、まさに端境《はざかい》のタイミングで刊行されたことになる。ミステリ作家クリスティーの転回点を象徴する作品集と言ってもいいだろう。ここを境に、クリスティーは「目新しい物理トリック」に頼る本格ミステリの因襲と手を切ったのだ。

「死人の鏡」が好例だ。同作は密室殺人ものだが、「密室がいかにしてつくり出されたか」

が開陳される場面に注意されたい。これはあくまで密室のつくり方の説明であって、密室トリックの暴露ではない。

「密室のつくり方」はわずか一ページ足らずで事務的に説明される。つまりこれは本題ではないのだ。読者に快感と衝撃をもたらす「ミステリとしての解決」は、そのあとに到来するのである。クリスティーにとっての「ミステリとしての驚き」は密室それ自体にはなかったということである。では何だったのか、というのは「死人の鏡」を読むとわかる。「なにごとも見かけどおりではない」ということなのだ。

さて、これまで三つの中編についてだけ書いてきたが、本作には短編が一編、収録されている。「砂にかかれた三角形」である。

発表は一九三六年。出来がよいか、と問われると疑問符をつけざるをえない。しかし、この作品はクリスティーという作家を考えるうえで非常に重要な作品ではないかと思う。これを読み終えて思うのは、じつはクリスティーは「意外な犯人」にもそれほど興味がなかったのではないか、ということだからだ。

「砂にかかれた三角形」は、『ナイルに死す』で切り開かれ、以降何度も書かれることになる「殺人の前に長いドラマをおくミステリ」というのを、短編の長さで試みた作品である。舞台はシーズンはずれのリゾート地、登場するのは少数の滞在客で、彼らの演じるドラマが、短い尺のなかで巧みに描かれてゆく。そこで毒殺事件が起きるわけだが、事件発生の瞬間に、誰が犯人なのか多くの読者に見当がつくと思う。容疑者が少なすぎるし、犯人は見え見えだ。

短編のサイズなのに事件前のドラマに紙数を費やしているから、事件発生後に残るページは大してない。なので物語は忽《たちま》ち解決に突入。そこでポアロが告げる犯人は、案の定、予想どおりである。

しかし。

そのあとに告げられたある真相に、私は驚倒させられることになったのだ——意外な人間関係に。

「砂にかかれた三角形」は、「クリスティーの流儀」の核の核を凝縮した短編である。それは間違いない。でも「犯人が意外じゃないじゃん」と言うかたもおられるかもしれない。だから私は言うのだ、**クリスティーの欺しの流儀において「意外な犯人」は本質的なものではなかったのではないか**、と。

ならば何が本質だったのか。

「見かけどおりではない芝居」と、そこに隠された「真実の含意」。それが告げられることが、クリスティーの欺しの核心ではなかったか。これが今までもっぱら「意外な犯人」として結実していたのは、演じられる「芝居」が「人間関係」だったせいで、そうなりやすかっただけなのではないか。つまり、「人間関係の芝居」をポイントにしつつも、「犯人の意外性」を驚きの核にしないミステリも理論上ありうるということだ。それが「砂にかかれた三角形」である。「真犯人は意外ではなくても、真の人間関係が意外で驚かされうる」と、クリスティーはこの作品で示している。

「砂にかかれた三角形」がクリスティーの短編を代表する傑作だとは思わない。だがクリスティーのミステリ術を考えるときに、この作品が重要な鍵となるのは間違いないだろう。クリスティーの核というべき必要最低限のものだけを詰めこんだ短編なのである。

フェイバリットは「厩舎街の殺人」。シンプルな欺しが素晴らしい。一見おざなりに見える題名も、じつは周到に名づけられたものだ。とはいえ、「死人の鏡」と「砂にかかれた三角形」もほとんど差がない。

58 『黄色いアイリス』

★★★ どうということもない

The Regatta Mystery and Other Stories, 1939
※日本オリジナル短編集

【おはなし】

ポアロのもとにかかってきた電話。やけに緊迫した口調と声音で、名も知れぬ女性が「生死のかかわる問題」が迫っていると告げた。なんら具体的な事柄が伝えられないながらも、好奇心をそそられたポアロは、指示にしたがってレストランに赴き、黄色いアイリスの活けられたテーブルを訪れる。

そのテーブルはアメリカ人の富豪が予約したものだった。ポアロをまじえて晩餐が開始されるや、富豪は言う、この席は四年前に不審な死を遂げた妻を悼むためのものであり、ここに集っている者のなかに妻を殺した人物がいるのだと……。

表題作ほか八編を収録する短編集。

これまでの短編集は、いずれもイギリスで刊行されたものを日本語に訳したものだが、本書は一九三九年にアメリカで刊行された *The Regatta Mystery and Other Stories* から一編を除き、短編「二度目のゴング」を日本で加えたもの。本書に収録された作品がイギリスで刊行されるのは一九六〇年代以降まで待たねばならなかった。

このあたりの刊行にまつわる事情は不明だが、収録作品は一九三二年から三七年の期間に書かれているから、アメリカの出版社が、「ミステリの女王クリスティーの最新作品集」として、直近の短編を一冊にまとめた、というようなことだろう。一九三二―三七年といえば、『邪悪の家』～『ナイルに死す』の執筆／刊行の時期。『死人の鏡』同様、クリスティーが「ありがちなトリック系ミステリ作家」からの転換を開始し、やがて『ナイルに死す』に至る過渡期にあたる。

収録作品中もっとも古いのは一九三二年発表の「バグダッドの大櫃《おおびつ》の謎」。いかにもなトリックを仕掛けた、本格ミステリのお手本のような小品。「あなたの庭はどんな庭？」「船上の怪事件」も同様で、トリックが明かされた瞬間に物語が閉じるという作法どおりの本格ミステリ短編である。そういうのがお好きな向きには堪《こた》えられないことだろう。ただしいずれも、トリックは大したものではなく、語り口も平凡で、工業生産品みたいな印象をぬぐえない。

「ミス・マープルの思い出話」「レガッタ・デーの事件」は、トリックを重視したクリスティー作品の悪さが目立つ。前者は（もともとクリスティー自身が朗読するラジオ劇という企画もの）トリック含めて見るべきところは何もなく、後者はクリスティーの芝居指向がマイナスに働いた例。ここまで「芝居」が大掛かりになると、何でもありになってしまう。

よい出来なのは表題作となった「黄色いアイリス」。冒頭の緊迫した電話にはじまり、舞台はレストランのテーブルに限定され、不吉な空気の醸成、事件の発生、そして、短時間に二転三転する解決、と間然するところがない。クリスティーの演劇志向の粋《すい》だ。じっさい本作はラジオ劇にもなったそうで、脚色をとくに加えなくとも、そのまま演じられそうな緊密度である。

さて最後に日本の編集部で加えられた短編「二度目のゴング」は、中編「死人の鏡」の原形。「トリックはまあまあで、よくできていることは確かな本格ミステリ短編」という程度のどうということもない作品だが、「死人の鏡」の原形として読むと非常に興味深い。まったく同じアイデアを核としながら、どんなふうに小説としての綾を加えるか、というクリスティーの作法をよく見ることができる。

ということで、作品集としての統一性もあまりなく（幻想小説みたいなものも交じっている）、出来ばえも凡庸。ほかに読むべき本があるなら無理に読む必要はないが、クリスティーを読みつくしたあとで手にとるとうれしくなるかもしれない。

フェイバリットは「黄色いアイリス」と、パーカー・パインもの「ポリェンサ海岸の事件」。

59 『ヘラクレスの冒険』

★★★★ 十二の異なる物語たち

【おはなし】

名探偵エルキュール・ポアロは引退を考えている。引退してカボチャを育てて暮らしたいと。それを聞いたバートン博士は、ポアロの探偵業はヘラクレスが強いられた難業ではなく、好きでやってることなのだから引退など無理だ、と言う。その夜、「ヘラクレスの十二の難業」について読んだポアロは、これにちなんだ十二の事件を解決してみせよう、そして、それが完了したら引退する、と決意した。

かくしてポアロは十二の難事件に挑む。

The Labours of Hercules, 1947

プロローグに続いて十二の短編を収録したポアロものの連作集である。刊行は一九四七年、『ホロー荘の殺人』と『満潮に乗って』にはさまるというクリスティー円熟期。個々の短編が執筆／発表されたのは一九三九―四〇年と少し時代をさかのぼるものの（「ケルベロスの捕獲」のみ四七年）、それだって『死との約束』（三八）、『そして誰もいなくなった』（三九）、『杉の柩』（四〇）という傑作量産の時期である。

そして、そういう期待を裏切らない出来。一気読みしても飽きることがなかった。素晴らしい。

収録短編は、「ありがちな本格ミステリの定型」を脱して、『ナイルに死す』以降の「クリスティーらしいあのスタイル」を会得しはじめた時期に執筆されているが、この時期の『杉の柩』『五匹の子豚』『満潮に乗って』などの仄かにダークな重たいテクスチャーは持っていない。むしろ『ポアロ登場』や『おしどり探偵』にあるような軽快な質感を持つ。

クリスティーの短編の軽薄さは『おしどり探偵』を最後に消えてはいた。しかし「どれもこれもおんなじ話じゃんよ」という問題は『火曜クラブ』『リスタデール卿の謎』などに見られたし、『黄色いアイリス』収録の短編はじめ、「体裁だけは本格ミステリになっているけど出来は微妙」みたいな作品も多かった。『パーカー・パイン登場』も後半の失速は否めない。

つまり、一冊の短編集として諸手《もろて》を挙げて褒められるのは、『謎のクィン氏』と『死の猟犬』くらいだった（『死人の鏡』は中編集と見なす）。これらは怪奇幻想小説の風合いを強く漂わせる短編集だったから、純然たる謎解きミステリ短編集のなかで、いまのところ唯一Aクラスの作品が、本作『ヘラクレスの冒険』なのである。

「ポアロ」のキャラものの楽しさがたっぷりあるのも美点だが、それ以上に、収録作品がバラエティに富んでいる点が手柄である。各編でポアロの手がける事件を挙げてゆくと、こんな具合になる――犬の誘拐、ひと目ぼれした女性の行方探し、盗品の探索、暴露されんとするスキャンダルの処理、悪意のウワサの鎮静、《吹雪の山荘》での殺人などなど。事件自体が多彩なだけでなく、事件のバラエティがミステリとしての構造のバラエティにつながっているのである。

名探偵をフィーチャーした本格ミステリの構造は、うっかりするとどれも同じになってしまいかねない。「依頼人来たる」→「事件の説明」→「名探偵現場へ」→「尋問と手がかり集め」→「みんなを集めて解決」。という按配である。長編であれば、ここにいろいろ綾をつけ加える紙数があるが、短編ではそうはいかない。『ポアロ登場』の問題はそれであり、『リスタデール卿の謎』の問題も、「夢物語としての犯罪物語」のパターンが二つくらいしかなかったことにあった。

物理的なトリックを一個かまして良しとするような怠慢も本書にはみられない。『火曜クラブ』後半で拓かれたクリスティー流の短編作法が、本作でもきちんと貫かれているのである。

さて本書収録作にも、「本来の自分ではない人物の芝居をする」ことが核心となる作品が多数ある。クリスティーの「欺し」の流儀が「芝居」にあることの証左といえる。この時期のクリスティーは、「芝居」をミステリに活かすうえで、アイデンティティ擬装を繰り返しモチーフにしていた。

『死との約束』などでの「旅先」のみならず、『満潮に乗って』では戦争の混乱によるアイデンティティ擬装を扱っていたように、「アイデンティティ擬装」、「芝居」という手口を、クリスティーはじつにさまざまなシチュエーションで活かすことができた。そのバラエティの多彩さを本書でみることができる。ひとは、どんな状況下で「自分ではない人物」を演じることができるか。誰かが「自分ではない人物」を演じることで、どんな謎が生じうるか。それをクリスティーは考え抜いた。その思考の果実を、『ヘラクレスの冒険』では多数味わうことができるのだ。

ところで、私はクリスティー作品を、現在の定本である早川書房のクリスティー文庫版で読んでいる。だが、『ヘラクレスの冒険』については、新装前のハヤカワ文庫版でお読みになることをお勧めしたい。クリスティー文庫版には、ハヤカワ・ミステリ文庫版と比べて、ひとつ本づくりの上で大きな不満があるのだ。

各作品は、それぞれの題名で示されているとおり、「ヘラクレスの十二の難業」を下敷きにしているが、おおざっぱでもいいから元の物語を知っていれば、より楽しめる仕掛けになっている。例えば、ある作品に「アトラス」という人物がなぜ登場し、なぜああいうことをするのか、とか、あるいは「アウゲイアス王の大牛舎」の解決法であるとか、そうした部分でニヤリとできるわけである（ちなみにポアロのファーストネーム「エルキュール」を英語読みすると「ハーキュリーズ」となり、これが「ヘラクレスHercules」を意味するのは、皆さま先刻ご存じかと思う）。旧版のハヤカワ・ミステリ文庫『ヘラクレスの冒険』には、「訳者あとがき」として、「ヘラクレスの十二の難業」の各話について簡単な紹介が載っていた。しかしクリスティー文庫版にはこれがない。残念である。

なので未読のかたは、なるべく事前にググるとかして「ヘラクレスの十二の難業」について知識を得ておくのがベターだ。ハヤカワ・ミステリ文庫版のあとがきは、『ヘラクレスの冒険』の内容を踏まえて要約してあるのでベストだと思うのだが……。

収録作品中のフェイバリットは、エキゾティシズムとロマンティシズムが絶妙に配合された「アルカディアの鹿」。あるいは痛快至極な「アウゲイアス王の大牛舎」。ちょっとロス・マクドナルドの『さむけ』を思わせる幕開けのダークな作品「クレタ島の雄牛」か。いずれも甲乙つけがたい作品ばかりを収録し、しかし味わい軽やかな好作品集。おすすめです。

60 『愛の探偵たち』

★★ 何があったアガサ?

【おはなし】

新婚夫婦が開いたゲストハウスに、さまざまな客が集まりつつあった。慣れないながらもサービスにいそしむ若夫婦だったが、そこに警察から刑事を派遣するという報が入る。ロンドンでは連続殺人をほのめかす手紙とともに他殺死体が発見され、問題のゲストハウスが次の殺人の舞台になりそうなのだという。折しも悪天候のためにゲストハウスは連絡交通手段を失い、孤立した……

という筋立ての中編「三匹の盲目のねずみ」ほか、短編七編を収録する作品集。

Three Blind Mice and Other Stories, 1950
※米版のみ

表題作「愛の探偵たち」は、クィン氏ものの短編。ほかにミス・マープルもの四編、ポアロもの二編を収録しているが、メインとなるのは全体の半分ほどを占める中編作品、「三匹の盲目のねずみ」であろう。

本書は、アメリカでのみ刊行された短編集、*Three Blind Mice and Other Stories* から、恐らく日本版の編集により短編「Four-and-Twenty Blackbirds」を除いたもの。『黄色いアイリス』同様、何かのコンセプトがあるわけではなく、話題の中編「三匹の盲目のねずみ」に単行本未収録作品を加えて一冊にまとめた、ということだろう。「三匹の盲目のねずみ」は、ロングラン記録を持つ芝居『The Mousetrap（ねずみとり）』の原形となった有名作。マザーグースをモチーフとした童謡ミステリのひとつとして名高くもある。

だが期待は禁物だ。トリックはすでに読んだクリスティーの某短編の使い回しであるうえ、これ以外にミステリ的な趣向はなきに等しく、ミステリとしてあまりに空疎なので愕然としてしまったのである。

なぜこんなにつまらないのだろう。

序盤の不安感は相当のものである。ゲストハウスに集まってくるキャラの立った面々。連続殺人を企図しているとおぼしき犯人の手紙。「これはきっと《吹雪の山荘》になるぞ！」と読者に期待させるイベントの連続。そしてゲストハウスの孤立――ここからの疑心暗鬼こそが本作の眼目だろう。人物同士の関係は揺らぎ、ロマンスもいろいろと迷走し、その末に「誰が犯人であってもおかしくはない」という状況が成立する。

これがよくないのだ。「誰が犯人であってもおかしくはない」ということは、誰が犯人であっても驚かないということだからだ。

犯人の意外性があらかじめ捨てられてしまっているわけで、通常こういうとき、ミステリ作家は、真犯人が明らかに容疑者群から除外されるような仕掛けを施したり、倒叙もののようにミステリの別な側面に興味を持っていったりするわけである。そして、こういう工夫は、アガサ・クリスティーの得意技だったはずだ。『エッジウェア卿の死』を見よ、『ナイルに死す』を見よ、『ホロー荘の殺人』を見よ！

なのに本作のポイントは使い回しのトリックひとつしかないのである。序盤こそサスペンスはみなぎっているが、途中からは痴話喧嘩ばかりが繰り返されてゲンナリする。たしかに本作でも「物事は見かけどおりではない」のだが、犯人が人物のなかに隠れていることは最初からわかりきっているから、**見かけどおりでないことが見え見え**である。犯行の動機も最初からわかっている。結局本作での衝撃は、「オレ様は実はかつて××だったのダ！　オドロイタカ！」と耳元で絶叫されてビックリした、というだけのものである。こんなのミステリ的驚きでも何でもない。「オレは実は――」という告白は、伏線やら手がかりやらがあって、はじめて意味を持つのである。

クリスティーにしてはずいぶんと仕事の密度が粗い。焼き直しの一発ネタに支えられたヒステリックな喧嘩の応酬。これしか内実はないのだ。この恐るべき空虚さはどうしたことか。何があったアガサ。

その鍵はたぶん、もともと本作がラジオドラマ用に書かれたものだった、というところにある。

一九四七年にBBCのために書かれた脚本を、翌年小説化したのが本作。ラジオドラマ版はメアリー皇太后の八十歳の誕生日を祝して企画されたもので、大好きなクリスティーの新作を、というのは皇太后みずからのリクエストだった。

音声によってのみ演じられ、届けられるラジオドラマというものは、単位時間における情報量が映像よりも圧倒的に少ない。何かの物音を示す効果音も、言葉によって補ってあげないと、たいていの場合、音単体では何が起こったのか判別しづらい（鈍器で頭を殴る音と、死体が床に倒れる音と、ドアを蹴飛ばす音の違いを想像してみるとよろしい）。ゆえにラジオドラマは原則的に、「声＝言葉」によって意味内容が伝達される。しかも小説と違って後になってページを逆戻りして確認することができないから、背景や構成はなるべくシンプルでなければならない。ダブル・ミーニングによる繊細な欺しなど不可能なのである。

だからクリスティーは、一発ネタにより状況が一挙に転換する作品を構想したのだろう。痴話喧嘩の応酬も、激しい声としてスピーカーから発せられれば、リスナーの心を否応なしに捕まえる瞬発力を持つはずだ。物理的な実在としての「声」は理屈を超えて強いのだ。

たしかにクリスティーにしては詰めが甘い。しかしそれは、BGMなり役者の声なりによって補完されるべき「余白」が残されているとみるべきかもしれない。音声だけで、これ以上に複雑なトリックやシチュエーションを伝えるのは難しい。だからシンプルなままにとどめてあるのではないか。つまり「三匹の盲目のねずみ」は、小説仕立てではあるが、結局ラジオ脚本なのである。読み物としての弱さはすべてそこに起因する。

さて駆け足で残りを。ミス・マープルもの四編はどうということもないミステリ短編。現代のミステリに慣れた者の目には、ありふれた推理クイズ以上のものではない。そもそも、これらが書かれた一九四〇年代、ミス・マープルはクリスティーにとって思い出話ネタでケムに巻く推理ばあさんでしかなかった。

ミステリとしての質はポアロもののほうが断然いい。「四階のフラット」の開幕場面のひねりとか非常に面白い。が、そうはいってても特筆すべきことはあまりない。クィン氏ものも良いのだけれど、『謎のクィン氏』収録作品には及ばない。

と、まあ、そんな感じの短編集。

フェイバリット作品はナシ。強いて言えば叙述トリック寸前の大胆不敵な試みのある「昔ながらの殺人事件」に少し感心した。

61『教会で死んだ男』

★★ つまらないのは当然なのだ

Sanctuary and Other Stories, 1951, 1961
※日本オリジナル短編集

【おはなし】

小さな村の牧師夫人バンチは、教会の敷地内で銃で撃たれて瀕死の状態となった男を発見する。彼女の介抱に数語、意味ありげなことをつぶやいたのちに男は死亡する。やがて彼女のもとを男の親戚と名乗る男女が訪れるも、バンチはこの二人の素性に疑いを抱き、ミス・マープルのもとに相談に赴く。男が手にしていた荷物の預り証が鍵だとにらみ、ミス・マープルとバンチはちょっとした作戦に出る……。表題作のミス・マープルもののほかポアロもの全十一編と、怪奇小説一編を収録する短編集。

これは厳しい。

けっして悪くはない。ように思う。だが、厳しい。なぜなら、私はすでにクリスティーが長編作家としておそるべき巧手となっていったことを知ってしまっているのだ。それに比べると、これは厳しい。なぜ短編を書くと、こうなってしまうのか。

『リスタデール卿の謎』の他愛なさはしんどかったが、『パーカー・パイン登場』ではクリスティーの新たな試みを目にすることができたし、『死人の鏡』収録作品の「クリスティーらしい欺し」の可能性には感服した。そして『ヘラクレスの冒険』では多彩な趣向と小粋な遊びに唸った。『死人の鏡』と『ヘラクレスの冒険』に収録の短編が書かれたのは、クリスティーが独自の流儀を身につけて、野心的な長編作品を生み出しはじめた時期である。傑作長編を連発した時期に突入したから、それと軌を一にしてミステリ短編のクオリティも上がってゆくんじゃないかと期待していたのだ。

なのに、『黄色いアイリス』『愛の探偵たち』、そして本作『教会で死んだ男』である。悪くはない。たしかに「本格ミステリ」ではあるだろう。しかし「様式としての本格ミステリに仕上げました」という以上のものは何もない。そういう作品が過半だ。私はミステリを読みつづけて三十年以上になる。すでに現代ミステリも十分に読んでしまっている。そんな読者には、本作は厳しい。思うのはただ「退嬰《たいえい》的」の一語である。

だがこれはクリスティーの罪ではないかもしれない。クリスティー自身、本書に収録された作品がBクラスだと自覚していたのかもしれない。なぜなら、『黄色いアイリス』『愛の探偵たち』『教会で死んだ男』の三冊には、ひとつ共通点があるからだ。

この三つの短編集は、イギリスでは刊行されていないのである。

クリスティーは、つまらない短編集を自分の国イギリスでは出したくなかったのではないのか。

『教会で死んだ男』は日本独自編集。もととなったのは、ともにアメリカ独自編集の *The Under Dog and Other Stories* (1951) と *Double Sin and Other Stories* (1961)。前者から一編を除き、後者から三編を除いて一冊にしたものが本書である。*The Under Dog and Other Stories* 収録作は、一九二三―二五年という最初期に執筆／発表されたポアロもの。*Double Sin and Other Stories* 収録作は、「二重の手がかり」「二重の罪」「スズメ蜂の巣」が一九二〇年代発表、「洋裁店の人形」と「教会で死んだ男」が時代が飛んで一九五〇年代のものとなる。

収録作品のほとんどが一九二〇年代の作品ということだ。言い換えれば雑誌発表から三十年もお蔵入りにされていた作品なのだ。つまり、クリスティーにとって、積極的に刊行したい作品ではなかったのではないか。そう思えば筋が通るのである。

『教会で死んだ男』には、『青列車の秘密』の原形となる短編「プリマス行き急行列車」、中編「謎の盗難事件」（『死人の鏡』収録）の原形「潜水艦の設計図」、さらに中編「厩舎街の殺人」（『死人の鏡』収録）の原形「マーケット・ベイジングの怪事件」の三編が収録されている。いずれも長編／中編版のほうが遥かにすぐれていて、短編版はせいぜい「こういうトリックを思いついた」というメモ書き程度の出来だ。

そもそも、『青列車の秘密』と『死人の鏡』という、ずっとすぐれたヴァージョンがすでに世に出ているのだから、クリスティー研究者以外のミステリ・ファンにとっては、これらを読む意味などほとんどないのである。クリスティー自身も、『教会で死んだ男』収録版が習作にすぎないと自覚していたはずである。

一九二〇年に『スタイルズ荘の怪事件』でデビューしてから、一九三七年の『死人の鏡』

までの十七年間で、クリスティーはイギリスで八冊の中短編集を刊行している。ところが『死人の鏡』発表の一九三七年から最後の長編小説刊行の一九七三年までの三十六年間で、イギリスで刊行された短編集は『ヘラクレスの冒険』と『クリスマス・プディングの冒険』のわずか二冊だけなのである。これはクリスティーにとって『死人の鏡』という作品が画期的作品だったことを暗示する。この頃クリスティーは、「自分のミステリの流儀」を発見したのではないか。

『死人の鏡』の三つの中編には、原形となる短編小説が存在するが、『死人の鏡』版では長さが四～五倍になっている。こうすることで質が劇的に向上するとクリスティーは知っていたのだろう（短編「砂にかかれた三角形」は、そんな「クリスティーの流儀」を短編に収める実験だったのでは）。

『死人の鏡』はクリスティーにとって節目だった。クリスティーは『死人の鏡』以降、自身の流儀が短編向きでないと自覚して、長編執筆にシフトしたわけである。

だから『教会で死んだ男』が面白くないのは仕方がないことなのだ。そういう作品が世に出てしまうのは、クリスティーが巨匠であることの証左である。いわば本書はCDのBOXセットのなかのボツ音源を収めたボーナスディスクである。改稿ヴァージョンを参照しながら読むことで、クリスティーの創作の流儀を研究する重要な手がかりにはなるだろう。

ということでフェイバリット作を強いて挙げれば、ミス・マープルもの「教会で死んだ男」と、構成のひねりが利いた「スズメ蜂の巣」か。とくに前者は、これまでのマープルもの短編でのキャラの薄いマープル像ではなく、『書斎の死体』以降の活き活きした彼女を見ることができる。ここでのミス・マープルは、バンチ女史とともに元気に飛び回って策略を凝らしている。この楽しさに、私は『書斎の死体』や『動く指』の楽しさを見る。

62 『クリスマス・プディングの冒険』

★★★★ アイデアを贅沢に詰めこんで

The Adventure of the Christmas Pudding, 1960

【おはなし】

さる国の王子が先祖伝来のルビーを女に欺し取られてしまった——ということで宝石の奪回を依頼された名探偵エルキュール・ポアロ。依頼人との面談ののちにポアロが赴いたのは、伝統的なクリスマス・パーティを控えたとある屋敷。何食わぬ顔で客として滞在をはじめたポアロだったが、部屋に戻ると警告の紙片が……。表題作ほかポアロもの四編、ミス・マープルもの一編を収録する。

クリスティーの短編集については、「イギリス本国で刊行されたものは出来がよい」という法則が成り立つようである、と前項で書いた。本書『クリスマス・プディングの冒険』は、ちゃんとイギリスで刊行されていて、そう、案の定、傑作であったのだ。

原著の発行は一九六〇年。前年には『鳩のなかの猫』、翌六一年には『蒼ざめた馬』（名作『鏡は横にひび割れて』は六二年）が刊行されている。つまり六〇年の「クリスマスにクリスティーの新作」は、長編ではなくて本書だったということだ。ちなみに、「クリスマスにクリスティーを」という有名なキャッチコピーにあるように、この時期、クリスティーの新刊は毎年十一月上旬に刊行されていた。

どんなふうに出来がいいのか。

それは収録作「スペイン櫃《ひつ》の秘密」をみるとよくわかる。これは『黄色いアイリス』（アメリカのみ刊行）に収録された「バグダッドの大櫃の謎」（初出は一九三二年）の中編化である。「バグダッド」は、まあまあよくできた「本格ミステリ短編」といった感じだった。なのに本書収録の「スペイン」も、話の骨子やトリックは「バグダッド」と同じままである。なのに「バグダッド」など比較にならないくらい面白い。どこがどう違うのだろう。

どちらも三角関係を核とした殺人事件／犯人探しミステリだが、原形の「バグダッド」では、この三角関係を冒頭で口早に提示するのみで、要するに、三角関係は殺人の動機を担保しているだけである。あくまで犯罪発生のエクスキューズでしかないわけなので、読者もそれを重視せずにスルーして、興味は殺人の謎だけに集中する。だから創意も派手さも「まあまあ」程度の殺人トリックだけが、読み終えた読者に対する報酬となる。

しかし本書収録の改良版、「スペイン櫃の秘密」では、三角関係のポイントとなる女性の描写にぐっと踏み込んでいる。この女性は今でいうところの「天然」な女性で、自分の魅力に無自覚であるがゆえに男性を振り回し、ときに人生を破壊してしまう「魔性の女」だ。彼女の魔性ぶりは「バグダッド」でもほのめかされているのだが、「スペイン」はまるで別物である。その女性の肖像と、それに付随する人間関係の描写が拡充されて、読者も、「ドラマを読む楽しみ」をそこに感じるようになっている。さらには、そのことがミスディレクションとしても機能していて、人間関係の綾がミステリとしての意外性としても活かされている。長くなったぶんだけ味わいも驚愕も増しているのである。

「何事も見かけどおりではない演劇」というクリスティーお得意の要素は、表題作で楽しく存分に展開されているし、「二十四羽の黒つぐみ」には「日常の謎」のはしりのような魅力がある。「夢」はクリスティー流の人工性の極致といっていい。唯一のミス・マープルもの「グリーンショウ氏の阿房宮」では「活動的なミス・マープル」の姿を見ることができて、これを読むと、これまでのミス・マープルもの短編が退屈だったのは「謎と解決を並べるだけ」で物語として平板だったせいだとわかる。

とてもよくできた程のよい短編集。フェイバリットは表題作か。楽しいクリスマスの風景のなか、いくつものアイデアを惜しげもなく詰めこんだ贅沢な中編です。

63 『マン島の黄金』

★★★★

バラエティと配列の妙

While the Light Lasts and Other Stories, 1997

【おはなし】

若い男女でいとこ同士のジュアンとフェネラ。二人の変わり者の伯父が亡くなった。遺産を受け取るべき近親者は彼らを含めて四人。生前に伯父は、四つの宝をマン島のあちこちに隠し、その手がかりとなる暗号文を遺していた。ほかの二人に先んじて宝を発見すべく、ジュアンとフェネラは地図と暗号文を手にマン島を駆けめぐる！

一九二九年にマン島の観光テコ入れのために企画された宝探し。その問題編として書かれた表題作ほか、クリスティー没後に刊行された未発表作品集。

これまで見てきたところでは、イギリスで刊行されていない短編集に手放しでほめられるものは皆無だった。イギリスで出た中短編集をみると、クリスティーは刊行に際して原形となる短編に手を加えているようである。ただ短編を寄せ集めただけのアメリカ産の短編集と、クオリティコントロールをほどこしたイギリス産。前者の質の低さは一目瞭然であった。

『マン島の黄金』はクリスティーの死後に発掘された短編を集めたものであり、おまけに表題作は観光用のノベルティ作品。質に期待はできないと思っていた。だが、読んでみたら大驚愕である。

面白いのだ！

各作品の解題によれば収録作品のほとんどは一九二〇年代に書かれたようだ。没後の短編集だから収録にあたって加筆はされておらず、つまりは『黄色いアイリス』や『愛の探偵たち』などと由来は変わらないはずだ。なのに質は圧倒的に高い。

冒頭に置かれるのは「夢の家」。『死の猟犬』に収録されていてもおかしくない怪奇小説である。そして『死の猟犬』同様に素晴らしい。明確な「答え」が与えられないことによる茫漠とした恐怖があると同時に、「異世界」の条理には確固としたものがあるから、一種コズミック・ホラーめいた「世界の根源の危うさ」を醸し出している。衝撃的な幕切れに明確な理由・解明が与えられないことで底知れない恐怖をもたらすのは「崖っぷち」も同じだ。ほかにも「壁の中」「光が消えぬかぎり」と、後味のよくないイヤミス系の短編が二本。これらも見事な出来で、とくに「壁の中」の幕切れで主人公が至る「曖昧な絶望」は、現代にも通用する主題である。

もっとこの種の短編を書けばよかったのに！と思うのだ。クリスティーのミステリ短編のほとんどはBクラスだったが、怪奇短編は二枚も三枚も上だ。『リスタデール卿の謎』収録作を思わせるハッピーな作品も三編あるが、これらは前記のイヤミスのあいだにはさみこまれることで、作品集を明朗に彩ってくれている。こういう構成のなかならば、観光用の「マン島の黄金」の楽しさを堪能できるというものである。短編集の味わいはバラエティと配列に左右されることがよくわかる。

さて、本書の底本は *While the Light Lasts and Other Stories* 一九九七年八月にイギリスで刊行された本で、本書でいえば「光が消えぬかぎり」までの短編九本と各編の解題を収めている。その四ヵ月前にアメリカで刊行されたのが、*The Harlequin Tea Set and Other Stories* で、こちらは *While the Light Lasts...* に「クィン氏のティー・セット」を加え、「バグダッドの大櫃〜」の代わりに「スペイン櫃の秘密」を加えたもの。そして『マン島の黄金』は、*While the Light Lasts...* に、「クィン氏の〜」「白木蓮の花」「愛犬の死」の三編を加えたもの。

幽玄なスーパーナチュラルの気配を漂わせて感動的な「クィン氏の〜」、不穏な恋愛ドラマを通じて女性の矜持《きょうじ》を描く「白木蓮」は好編。ラストに置かれた「愛犬の死」は凡作だが、犬好きにはよろしいかもしれない。

さて本作中のフェイバリットは「崖っぷち」か、あるいは「壁の中」。「クィン氏の〜」も捨てがたい。

珠玉の作品集と言っていい。

幕間3　クリスティー短編作品総括

クリスティーの短編集の攻略を完了した。ここで簡単に総括しておきたい。

総じて、クリスティーの短編ミステリは長編と比べて大いに見劣りがする。もともとクリスティーはケレン味のある謎を生むことを得意としなかったし、トリックメーカーでもなかった。これは短編ミステリ向きの資質ではまったくない。クリスティーの欺しの技術を活かすには、ミスディレクションを十分に構築できるだけの人間関係や作品世界の充実を必要とした。だから圧倒的に長編に向いていたのだ。

クリスティー自身もそれを自覚していたようで、中編三つに短編ひとつを収録した『死人の鏡』以降、イギリスで刊行された短編集はわずかに二冊となった。一九四〇年代に入ると短編の執筆数は激減するし、そもそも短編の多くは、そのキャリアの最初期である一九二〇年代に書かれていた。アメリカで刊行された短編集は、そうした最初期の作品を、手直しすることのないまま収録したものばかりだったのである。

そんな節目となったのが中編集『死人の鏡』だった、というのは重要だろう。初期の短編をクリスティーの流儀で仕立て直すことで中編となった作品が『死人の鏡』には収録されているわけだが、この作業を通じて、自身の才能が短編向きではないことをクリスティーが自覚したのではないかと私は推測する。

なので、これからクリスティーの短編集を読もうというかたには、イギリスで刊行されなかったものは後回しにすることをおすすめする。イギリス版のあるものでも、初期作品は出来不出来の差が大きいので、基本的には大らかな気持ちで臨むのが吉であろう。

では短編集のベスト5を挙げよう。

1『謎のクィン氏』
2『死の猟犬』
3『ヘラクレスの冒険』
4『死人の鏡』
5『クリスマス・プディングの冒険』

『謎のクィン氏』と『死の猟犬』は甲乙つけがたい。短編作家としてのクリスティーは、ミステリではなく、むしろ「奇妙な味」とか「異色作家短編」と呼ばれる分野で評価されるべきだったと思わせるクオリティの高さが、この二作からうかがえる。

純然たるミステリ作品では、『死人の鏡』以降にイギリスで刊行された『ヘラクレスの冒険』『クリスマス・プディングの冒険』がすぐれているだろう。これらはミステリのさまざまな可能性や構造を試している気配があって楽しい。とくに『ヘラクレスの冒険』は、あるコンセプトのもとでの連作集で、短編から手を引いたあとでクリスティーが敢えて短編作品に挑んだ必然性がみえて興味深い。

では短編単体ではどうだろう。以下が短編作品ベスト10である。

1「死の猟犬」
2「クリスマス・プディングの冒険」
3「崖っぷち」
4「検察側の証人」
5「砂にかかれた三角形」
6「厩舎街の殺人」
7「大金持ちの婦人の事件」
8「マースドン荘の悲劇」
9「バンガロー事件」
10「エドワード・ロビンソンは男なのだ」

クィン氏ものは『謎のクィン氏』全体で評価したいので外した。パーカー・パインものからは『パーカー・パイン登場』前半の作品ならどれでもいいのだが、ラストの感動を採って

7とした。

1、3が怪奇幻想の肌合いのある作品。その対極である2、10には、クリスティーの楽しさがよく表れている。8は「いわゆる普通の短編本格」の体裁だが、幕切れで顔をのぞかせる邪悪の気配が忘れがたく、このあたりの呼吸は名作4にも通じる。

そして5、6、9にあるのが〝クリスティーの流儀〟である。とくに「砂にかかれた三角形」は、読んだ当初は瑕が気になったものの、時間が経つにつれて、その重要性が私のなかで増していった作品だった。ここにクリスティーのすべてが凝縮されている、という意味で、きわめて重要な作品だと思っている。

そして、短編集を読み終えたことを受けて、クリスティー作品十傑を組み直そう。

1『カーテン』
2『五匹の子豚』
3『ポケットにライ麦を』
4『白昼の悪魔』
5『鏡は横にひび割れて』
6『謎のクィン氏』
7『カリブ海の秘密』

8『死との約束』
9『NかMか』
10『書斎の死体』

野心作であり、また怪奇幻想作家としてのクリスティーの筆の冴えを見ることができる傑作たる『謎のクィン氏』をランクインさせたい。『杉の柩』を圏外に追いやるのには大変な抵抗を感じたが、『杉の柩』がクリスティー・ファンたちの人気作であることを考えると、『書斎の死体』をほめるような人間は自分くらいしかいなそうな気がするので、こちらを残した。トミーとタペンスものからは、二人の魅力と精密なプロットが最高の完成度をみせた『NかMか』を入れておこう。代わりに、『ABC殺人事件』を断腸の思いで外させていただく。

これが、現在のクリスティー・ベスト10である。

第五部　戯曲

64 『ブラック・コーヒー』

★★★★

ミステリを演じるとはどういうことか

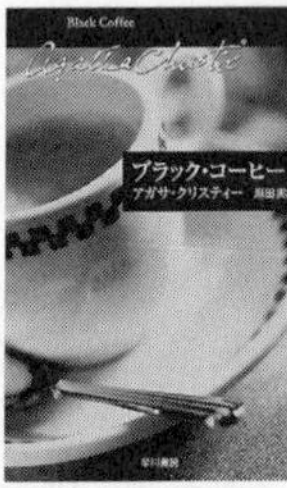

Black Coffee, 1930

【おはなし】

科学者エイモリー卿の編み出した画期的な原子爆発の方程式。それを記した紙片が封筒ごと何者かに盗まれた。エイモリー卿は屋敷にいた者を集め、部屋の照明を落としているあいだに紙片を卓上に戻せば不問に付すと宣言する。かくて部屋は暗闇に閉ざされ、ふたたび明かりが灯ったとき、そこには毒死した卿の死体が。卿に招かれた名探偵エルキュール・ポアロが到着したのはそのときだった。

クリスティーの戯曲第一作「ブラック・コーヒー」と、一九五八年の「評決」を収録。

これまでの経験から、スリラー調の道具立てと、「宝探し／失せ物探し」を擁するクリスティー作品に当たりナシ、と、私は思っている。スリラー系の長編が稚拙であることはすでに何度も述べてきたが、短編に時折みられる「失せ物探し」――例えば「〈西洋の星〉盗難事件」（『ポアロ登場』収録）や「レガッタ・デーの事件」（『黄色いアイリス』収録）――は、いずれも冴えがなかった。

クリスティーの戯曲の快作とされる「ブラック・コーヒー」は、この双方の要素を含んでいるのである。読む前にはひどく心配であった。

だが、素晴らしくよくできているのだ。まず目につく美点は、登場人物の誰もが怪しく見えるようにする細かな仕草の指示、幕切れのたびに示されるドラマティックでケレン味たっぷりの台詞、各人が演じるドラマといったことで、これらは小説におけるクリスティーの巧《うま》さに通じるものだ。

だが、それ以上に私が感心したのは、「読まれるのではなく、舞台上で演じられるミステリ」というものの特質を、クリスティーが完全に把握し、活用している点だった。

「舞台劇である」とは、物語の登場人物たちが物理的実体として鑑賞者の前に存在し、物理的に動くということである。台詞は音の波として観客の鼓膜を直接震わせ、役者の身体に反射した光が観客の網膜に直接届く。すべてがそこにあるのだ。

ミステリとしての「ブラック・コーヒー」のキモは、盗まれた紙片のありかにある。この芝居はエイモリー卿の居間でのみ演じられるが、序盤でポアロは、「問題の紙片はこの部屋にある」と断定する。さまざまな大道具小道具が配置された目の前の舞台のどこかに紙片が隠されているというわけで、この断定を聞いた瞬間、観客は「いったいどこに隠されているんだろう?」と舞台上のモノたちを注視して、自分なりの探索をはじめるだろう。

ここで感じる興奮は、小説では実現不可能だ。目の前のどこかに、実際に、物理的に、お宝が隠されているからこその興奮だからである。つまり観客は物語に参加している。ソファの下が怪しい、とか、暖炉のなかはどうか、とか考え、目を凝らすことで。

ミステリとしての「ブラック・コーヒー」のキモをさらに細かく見ると、問われているのは「明かりが消えているあいだに何が起こったのか」ということになる。舞台上で明かりが消え、観客が登場人物と同じ暗闇に包まれたとき、そこで何が起きたのか。その手がかりは、「音」で与えられる。物理的な音声で。

あの「音」は何の音だったか？ というのが最終的な鍵。演劇でなければ実現不可能な手がかりである。小説で「音の手がかり」を読者に与えるのは不可能だからだ。劇中では、この「音」の正体に通じる追加の「音の手がかり」が何度か提示される。クリスティーはダブル・ミーニングによって伏線や手がかりを文字列内に埋め込む天才だったが、その技量が視覚/聴覚にも応用されているわけである。これは例えばダリオ・アルジェントの《サスペリアPART2》における、有名な「視覚的手がかり」に通じる。われわれミステリ・マニアが「《サスペリア2》はスゴい！」と叫ぶ数十年前に、クリスティーは同じ発想の戯曲を書いていたのだ。

ほかにも、ポアロが物陰に隠れて容疑者たちの言動を覗《のぞ》き見る場面では、客席はポアロのひそむ物陰となり、観客は彼と一体となって「覗き見」を共有する。殺人の直前に何人もの役者たちが見せる「怪しい動き」も、観客Aは人物Aに注目していたから気づき、観客Bは人物Bの動きに気づき、と、観客それぞれに観たものは異なり、結果として推理の道筋は大きく異なってくるだろう。観客の視線の動きは自由だから、「そもそも自分は全員の動きを見たのか？」という疑いも生じるはずだ。

つまり「ブラック・コーヒー」においてクリスティーは、観客を、観客自身の五感を通じてミステリの物語に見事に引きずり込むのだ。

小説においてはピンとこなかった「失せ物探し」が、ここでは身に迫る昂奮を呼び起こすのはそれゆえである。クライマックスで紙片が発見された瞬間、観客は「ずっと自分の視界のなかにあったあそこに、ずーっと隠されていたのか！」という驚愕に打たれるだろう。

「失せ物探し」というのは、畢竟《ひっきょう》、「モノの移動」に関する謎であり、そういったモノの運動をあざやかに描き出すのは文字よりも実演のほうが向いている。刑事コロンボの《殺しの序曲》における物理トリックは映像であるからこそ映えるのだし、ジョニー・トーの《エグザイル／絆》の銃撃戦の壮烈さを小説に描くのはむずかしい。

失せ物探しミステリたる「〈西洋の星〉盗難事件」や「レガッタ・デーの事件」の解決が冴えないのは、「モノの移動プロセス＝トリック」を言葉で説明することの不毛を反映していた。これらが舞台上で演じられれば、そのポテンシャルを十全に発揮していたかもしれない。『雲をつかむ死』のトリックなんかも同じ類のものだった。ここにクリスティー・ミステリの演劇性を見てとることもできる。

「ブラック・コーヒー」に紙数を割いてしまったが、「評決」もじゅうぶん面白い。ただしこちらは観客の参加性が薄く、いくつものドラマの錯綜《さくそう》と収束を見守る覗き屋という立場にとどまる。ゆえに「ブラック・コーヒー」のほうが優れているだろう。

とはいえ、いずれも緊密な傑作。

65 『ねずみとり』

★★★ そこに殺人者が隠れている！

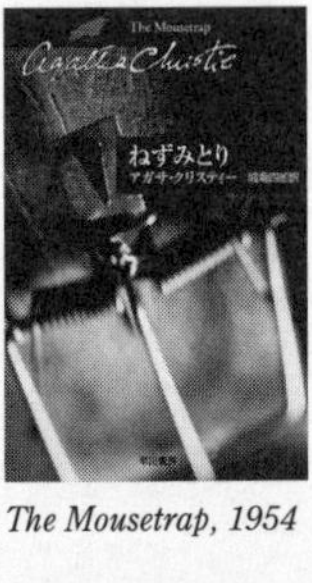

The Mousetrap, 1954

【おはなし】

若い夫婦モリーとジャイルズが開いたばかりの山荘に、客たちが次々に集まってくる。だが一本の電話が夫婦に衝撃的な情報を伝える——ロンドンで起こった殺人の現場に、この山荘を示す手がかりがあったのだという。殺人者は童謡「三匹の盲目のねずみ」をメッセージとして残しており、殺人はあと二件、発生する可能性があった。折しも山荘は荒天で周囲から隔絶される。そして「三匹の盲目のねずみ」のメロディが奏でられるなか、殺人が！

一九五二年の初演以来ロングランをつづけるクリスティーの代表的戯曲。

本作は『愛の探偵たち』に収録されている「三匹の盲目のねずみ」の戯曲化で、もともとは一九四七年に、クリスティー脚本による同名ラジオドラマとして放送された。ラジオ→小説→舞台というふうにアレンジされていったということになる。おそらくクリスティーの戯曲でもっとも有名なものであり、一九五二年の初演から、ずっとロンドンで演じつづけられていて、ロングランの記録を保持している。

さて、『ねずみとり』でまず気づくのは、聴覚に訴える要素が強いことだ。ドラマはもっぱら登場人物たちのやりとりによって進行するし、クライマックスを盛り上げるのは「三匹の盲目のねずみ」という童謡＝音楽だからである。このあたりは、もとがラジオドラマだった痕跡だろう。しかしこれは弱点ではなくて、小説版よりも、本作のほうが楽しめた。

『ねずみとり』は（「三匹の盲目のねずみ」も）、殺人者を含む一定のひとびとが外部と接触不可能な密閉空間に隔離され、そのなかで殺人が発生する、というパターンの物語で、いわゆる《吹雪の山荘》ものである。《吹雪の山荘》における「謎」とは、つまるところ「限定空間での人間の物理的な移動」の問題だろう。

つまり、犯行時刻に犯行現場にいることができたのは誰か？という問いである。空間が狭いため容疑者群の相互監視の要素もからまってくるから、「物理的な移動」は、より厳密に、よりつなわたり的になってゆく。《吹雪の山荘》の謎は、容疑者の運動のダイヤグラムを描き出すことで「穴」を見出《みいだ》すと解かれる。

よって解決のプロセスが地道にならざるを得ない。それを回避して急転直下の解決を繰り出すには、例えば『十角館《じゅっかくかん》の殺人』（綾辻行人）のようなドラスティックな形式の破壊が必要になる。あるいは『クビキリサイクル』（西尾維新）のようなトリックで、ダイヤグラムを根本から無効にするか。クリスティー自身の『そして誰もいなくなった』も、ドラスティックな形式破壊の作例だ。

ところが『ねずみとり』では、容疑者群の犯行の可能性がろくろく検討されない。ただひたすら、「誰もが犯人でありうる」ということが念押しされるのみ。犯人の登場も本人の唐突な告白に頼っているから、この作品に謎解きのスリルを期待すると手ひどく裏切られてしまうだろう。

つまりクリスティーは謎解き部分を重視しておらず、《吹雪の山荘》の持つ「殺人者といっしょに閉じ込められてしまった！」というサスペンス醸成機能のみを使っているわけである。だから正しい鑑賞法は、すなおにハラハラドキドキするに尽きる。

と、ここまでは、凡作「三匹の盲目のねずみ」評と変わらない。しかし『ねずみとり』は、「役者という物理的実体があること」、「観客が物語世界と物理的に地続きの場所にいること」の二点によって、「三匹の盲目のねずみ」よりも断然エキサイティングな作品に仕上がっている。

「ブラック・コーヒー」で「お宝が舞台上に隠されていること」が観客をミステリ世界に引きずり込んだように、『ねずみとり』では、殺人者が舞台上の役者のなかに隠されていることが、観客を舞台上の物語に引きずり込むのだ。「ブラック・コーヒー」で秘密書類を探したように、観客は、役者＝容疑者の言動を注視して、隠れた犯人を見つけようとするだろう。

小説で、読者は作者の描くものしか観ることができない。映画ではキャメラが撮るものしか観ることができない。ラジオドラマでは、その瞬間に響いている音声しか認知できない。

しかし演劇は違う。『ねずみとり』の観客の得る大幅な自由度は、演劇でしか実現できない類のものであり、それが「ブラック・コーヒー」でも『ねずみとり』でも、鑑賞者を物語に没入させる仕掛けになっているのである。

その果てのクライマックス。「役者のなかに隠されていた犯人」が一気に飛び出す『ねずみとり』の仕掛けは、クリスティーお得意のアイデンティティの擬装そのものである。小説作品にこの趣向を組み込むのに、クリスティーは「旅先」という場を多用した。旅先であれば、「その場所ではじめて顔を合わせるがゆえに、互いの過去や正体がわからない人間の集団」が、自然に成立するからだろう。

芝居も同じである。観客は、物語の開幕以前の過去や素性の不明な人間たち（そもそも彼ら登場人物たちは、演劇の開幕以前には存在すらしないのである！）を、開幕の瞬間に舞台上に見る。彼らの素性を知る手立ては、舞台上の台詞や動作しかない。『ねずみとり』には、アイデンティティを擬装している人物が多数登場する。彼らが自身の真のアイデンティティを明らかにするとき、観客は目の前にいる人物が物理的に変容する瞬間を目にすることになる。それは小説のなかで、例えば、

「じつはわたしが××なのだ」

と彼は別人のように低い声で言った。その瞬間、表情までもが、さきほどとはがらりと異なった邪悪なものとなったのである。

などと描写されるよりも、よほど衝撃的だったはずだ。

クリスティー・ミステリは演劇であると、私は以前に書いた。アイデンティティの擬装とは、別人格を演じることに他ならない。

66 『検察側の証人』

★★★★★ あなたは陪審員となる

Witness for the Prosecution, 1954

【おはなし】

弁護士ロバーツ卿のもとを訪れた青年レナードは、かねてから親交を結んでいた裕福な婦人の殺害容疑が自身にかかっていると告げ、弁護を依頼した。状況証拠はレナードに不利だったが、彼はアリバイがあると言う。それを証明するのは彼の妻の証言のみ。だがロバーツ卿の事務所にやってきたレナード夫人は、不審な挙動をみせる。

そして法廷が開かれたとき、弁護に立つ卿は、検察側の証人を見て驚愕した——。

『検察側の証人』は、ビリー・ワイルダーの名作映画《情婦》の原作となった戯曲である。演劇の初演は一九五三年。映画版の公開は一九五八年。「ロンドンを熱狂させた舞台をハリウッドで完全映画化！」みたいな感じだったのか。

さて『ねずみとり』は、「帰宅しても結末について話さないでください」という劇場のアナウンスで有名だが、本作も衝撃度で負けてはいないし、ドンデン返しの質はこっちが上だろう。言ってしまえば『ねずみとり』は、登場人物が「じつはわたしは××なのだ！」と突如叫んで驚かすだけだが、『検察側の証人』でのドンデン返しは、それ以前の物語の性格を完全に一変させてしまうのである。

本戯曲の原形となった短編「検察側の証人」（『死の猟犬』収録）にも、素晴らしく切れ味のよいドンデン返しがあった。だが、戯曲版にはドンデン返しと驚愕がひとつずつ追加されており、第二のドンデン返しで物語はさらに変貌、最後の驚愕で性格劇としての深度が深められる仕掛けになっている。

この二つのおまけは、第一のドンデン返しとは違って伏線が張られていないので、これのおかげでミステリとして凄みを増した、とは言えない。しかし『ねずみとり』のドンデン返し同様、演劇（＝映画）特有の「現象を目で見ることによるスピード感」が、観る者の脊髄《せきずい》を激しく速く撃つはずだ。

さてワイルダーによる《情婦》は『検察側の証人』を忠実に映画化している。だから、演劇版を観る機会がなかなか得られない私たちも、《情婦》を観れば『検察側の証人』をほぼ完全に楽しむことができる。だが、あくまでほぼであり、百パーセントではない。戯曲『検察側の証人』は、「ブラック・コーヒー」や『ねずみとり』以上に、舞台で観ることが大きな効果をもたらす作品だからである。

ともに視覚と聴覚を通じて物語を伝える演劇と映画の違いは、物語の展開する場が、観客のいる空間と物理的に同一であるかどうかだ。映画では物語の展開するスクリーンと観客は厳然と隔てられているが、演劇において観客は、物語の展開する場に物理的に立ち会っている。見えない登場人物として、自分が物語のなかに入り込んでいると錯覚できる（これは、いわゆる「FPS（First Person Shooter）」のTVゲームで、画面手前に両手だけを映して見切れるかたちでゲーム世界に侵入／参加しているプレーヤーに似る）。

さて、法廷映画の名品に《十二人の怒れる男》がある。これ以上ないほどに完成度の高い作品だ。しかし、こちらは『検察側の証人』ほどの参加性を持ってはいない。《十二人の怒れる男》はのちに舞台化されているが、これを舞台で観ても、『検察側の証人』の参加性には及ばない。観客は、陪審員が議論する舞台上の一室にいるかのような錯覚は得られるだろうが、「十三人目の怒れる男」にはなり得ないからだ。《十二人の怒れる男》の物語に参加するには、有罪か無罪か投票できなくてはならないが、それは不可能だ。だから観客の立場は陪審員室に漂う「眼」だけの亡霊にすぎない。

『検察側の証人』では違う。観客は陪審員のひとりとして法廷に立ち会うことになる。この演劇はそういうふうにできている。

そうなるようにクリスティーはこの戯曲を書いたのである。

クリスティー文庫版に掲載されている「法廷」の舞台装置をご覧いただきたい。法廷は、上手《かみて》側が奥にめりこむような格好で、観客に対して斜めに配置されていることがわかる。陪審員席は下手《しもて》側手前に、観客に背中を向ける格好で配置されている。おそらく陪審員が二列になって並ぶような造りの席なのだろうが、全体が斜めなので舞台のエッジで手前が断ち落とされてしまい、じっさいに舞台上にあるのは最前列の左端の数名分のみ。本来ならば十二人並ぶはずの陪審員席の大半は見切れている。

見切れた陪審員席は、舞台のエッジを越えて、手前、観客席に向かって延びている格好になる。観客席は陪審員席であり、ゆえにわれわれは陪審員なのである。そう、第二幕がはじまった瞬間、観客席にいるあなたは、陪審員の役割を振られてしまっている。

陪審制裁判においては、弁護側も検察側も、陪審員が観客であるかのように弁論を展開する。弁護／訴追にわかれた演者が、その弁論と演技によって陪審を納得させる演劇が、裁判というものなのだ。

つまり『検察側の証人』は、裁判という演劇を演劇として演じ、裁判という演劇の観客である陪審員を観客が演じる芝居なのである。

開幕早々の弁護士事務所での一幕で、観客は被告と妻の言動を観る。すると観客は、裁判が開始される頃には、被告が有罪か無罪かわからなくなってしまう仕組みにもなっている。だから観客は、陪審員のように、法廷＝舞台で演じられる訴追／弁護双方の弁論を聞き、証人たちの証言を聞き、彼らが本当のことを言っているのか、単に芝居をしているだけなのかを見極めることになるのだ！　「演劇であること」を、これほどまでにミステリの効果として利用した作品がほかにあるだろうか。

陪審員の評決が出たあとに、かの有名なドンデン返しが炸裂する。これについては、じつにクリスティーらしいとだけ言っておく。その衝撃は映画でも見事だが、演劇であれば何倍にもなるだろう。

そしてそれは、「自分が陪審員である」という点を梃子として、観客への作用をずっと深いものにするはずだ。見事な傑作である。

67『蜘蛛の巣』

★★★★ これは劇場で楽しまねばならない

Spider's Web, 1957

【おはなし】

外交官ヘンリー・ヘイルシャム＝ブラウン氏の邸宅。悪妻ミランダと別れたヘンリー氏は、娘ピパの養育権を手にし、「天然」な後妻クラリサと平穏に暮らしている。ところがある日、ミランダと再婚した男オリバーが屋敷を訪れる。ピパを引き取りたいとオリバーは脅迫気味に言うが、ミランダのネグレクトによりピパが心に傷を負ったことを知るクラリサはオリバーを撃退する。

やがてヘンリーから、秘密会談のために海外の賓客がおしのびで屋敷を訪れると聞かされ、その準備にとりかかったクラリサだったが、居間で他殺死体に出くわして……。

キュートでファニーだ！　こういうクリスティーはひさしぶりな気がする。

本作の初演は一九五四年とのこと。小説作品でいえば『マギンティ夫人は死んだ』『ポケットにライ麦を』『葬儀を終えて』などの時期であり、この頃のクリスティーは比較的シリアスな作風を主としていた。ところが『蜘蛛の巣』に漂うのは、『もの言えぬ証人』や『書斎の死体』『NかMか』といったあたりの作品に通じる、コミカルでカラフル、楽しくておきゃんな空気だ。後期の作品では、こういったコミカルな作品は、一九六六年の『第三の女』くらいしかない。おきゃんなクリスティーを愛好する身に、これはとてもうれしい作品だった。

『蜘蛛の巣』にいちばん近い系統の作品は、クリスティー流コメディの傑作『書斎の死体』だろう。あの長編は、「クリシェとしての murder mystery」の骨法をハズし、それに則った読者の期待を逸らしてゆくオフビートさが笑いのポイントになっていた。『蜘蛛の糸』のツボも、そこにある。

第一幕で、これから演じられるドラマの背景、人物たちの性格や立場と「場」をとりまく文脈などを説明し終えて、その幕切れで死体を登場させる。そして本編たる第二幕に突入。

というのが本作の展開。殺人犯と思われる人物を守るべく、クラリサたちは死体を隠そうとする。どうにか隠したところに警察が登場、死体を探す段になると、これはちょうど「ブラック・コーヒー」を裏返したような按配だ。ここで演劇ならではのサスペンスが生じるのである——観客の目の前のあそこに死体が隠されている、というサスペンス。

観客の視線は当然そこに貼りつくだろう。警察がそこに近づけばドキドキする。「志村、うしろ！」的なドキドキだ。これは演劇でしか実現できない。

となると、かくれんぼみたいな具合で、警察と死体と死体を隠そうとするクラリサたちのドタバタが演じられるのだろう、と期待するのが人情である。「モノのトリッキーな移動」は視覚的なメディアに最適なミステリ仕掛けだし、スラップスティック・コメディの常道でもある。ついでに言えば、警察相手に偽装計画を貫く、というのは、「芝居を打つ」ということだから、演劇にぴったりである。

ところが、クリスティーはその期待を裏切る。さらにそれをもう一回、裏切る。ネタバレになるので詳細は書かないが、この小気味よい二転回。これは『書斎の死体』のオフビート感覚に通じる。ことに一度目の裏切りは、舞台上で演じられているがゆえに、手品を見ているようなショックで観客を呆然とさせるはずだ。

そこからの会話の楽しさは格別である。クラリサの並べる楽しい嘘と、嘘を即興で並べながら（しかも舞台上の小道具を手にとって嘘をつくのでライヴ感は増量）、容疑の方向を巧みにズラしてゆくスリル。クラリサの偽装を手伝うローランド卿のかわいらしい動顛《どうてん》、頼りない青年ジェレミーのヘタレ具合、二度目の転回ののちの庭師ミス・ピークの豪胆な言動も素晴らしい。

殺人／死体をめぐる喜劇、という、ミステリの核心といえる感覚が、のびやかに展開するのである。これを観たらすっごい楽しいだろうなあ。と思う。

とはいえ本作はmurder mysteryなのである。クリスティーが、とある名作長編で以前に使ったモチーフを喜劇的にアレンジしたような場を挟んで、一挙に解決に向かう。あちこちの台詞のなかに、重要な手がかりをダブル・ミーニングとして隠していたことがわかる、精妙な解決。まさに五〇年代の名作の流儀である。真相を知って読み返すと感動する。

謎解きらしい謎解きのなかった『ねずみとり』、宝の隠し場所をめぐるシンプルなサプライズを軸とする「ブラック・コーヒー」、大胆な欺しで全体をひっくり返す『検察側の証人』と、これまでの戯曲でクリスティーがやってきたのは、一撃必殺、一点突破、といった瞬発力重視の仕掛けだった。こうしたサプライズは、『雲をつかむ死』『メソポタミヤの殺人』『白昼の悪魔』などでしか見られない、クリスティーとしては亜流のものだが、こと演劇においては、そういうトリックのほうが向いている。

一方、『蜘蛛の巣』はクリスティーらしい仕掛けの作品。さきほど私は、「真相を知って読み返すと感動する」と書いた。読み返すとなのである。だが演劇では読み返せない。時間を巻き戻すことはできない。TVや映画であれば——市川崑による横溝正史原作映画の解決場面を思い出そう——こまかな伏線の回収をフラッシュバックで見せることはできる。しかし演劇でそれをやるのは不可能に近い。

クリスティーは芝居である。しかし、「クリスティー一流の精妙な欺し」は、ページを戻ることによる確認の作業が容易な「書物」のかたちをとっているからこそ、効果を発揮するのではあるまいか。そのあたりの危うさを、『蜘蛛の巣』のミステリ仕掛けははらんでいる。

もっとも、演劇というものは、役者によって演じられることで完成する。演出や演技によって、この難所はクリアできるかもしれない。そのあたりの核心に触れるのが、本書解説で小山正《おやまただし》氏が紹介している松坂健《けん》氏の言葉だろう。本作においては演出家と役者の技量に多くがかかっているのである。

68 『招かれざる客』

★★★

感情移入の問題

The Unexpected Guest, 1958

【おはなし】

リチャード・ウォリックの屋敷のほど近くで車を溝にはめてしまった男スタークウェッダーは、助けを求めて屋敷に入った。彼が見たのは車椅子の男と、そばに佇む美しい女。車椅子の男は射殺されていた。困惑するスタークウェッダーに、佇んでいた女ローラが告げた、「わたしが夫を殺した」と。

ローラはリチャードの妻だった。リチャードは事故で障害を負って以降、冷酷でサディスティックな性格になり、ついに殺害してしまったとローラは告白する。それを聞いたスタークウェッダーは容疑者をでっち上げて隠蔽工作を開始、ローラを救おうとする……。

コミカルな『蜘蛛の巣』から一転、緊迫感に支配された作品である。仕掛けられているのは大胆な大技。シンプルだがミステリ劇として見事で、個人的な好みでは『検察側の証人』に次ぐ傑作だと思う。

しかし本作を詳細に評するのは危険だ。どう書いてもネタバレにつながりそうだからである。なので大回りをして遠くから語ってみることにしよう。

——私がはじめて舞台劇を観たのは小学生のとき、学校でチケットを買わされた《にんじん》であった。それなりに物語を楽しんだ私だったが、ずっと、どことない居心地の悪さを感じていたことを憶《おぼ》えている。いわく言いがたい尻の据わりの悪さ。「演劇」と「自分」の距離感のようなものがうまくつかめなかったのだ。

演劇同様に「物語」を語るメディアとして代表的なのは、映画、マンガ、小説である。この三つには、あの「据わりの悪さ」を感じたことはない。あの違和感は演劇特有のものだ。

ほかの三つと比べて演劇に特有なのは、「ある固定された視点」がないことだろう。「視点《ヴィ》」、あるいは鑑賞者の感情移入の「依り代《よりしろ》」、鑑賞者の意識を物語世界に乗り込ませる「乗り物《ークル》」。演劇では、それがひとつに確定されないのだ。

小説は無論のこと、映画においてもマンガにおいても、鑑賞者の視点はキャメラ／コマに拘束される。鑑賞者は、小説家／映画監督／マンガ家の意図から自由になれない。だが演劇では、眼＝意識の焦点を舞台上のどこにおくかは観客の自由だ。目の前の舞台に立つヒトもモノも、すべて等しく観客の眼にさらされている。だから観客は、「誰に感情移入するか」、あるいは「誰にも感情移入しないか」を自身で決定できるし、決定しなくてはならない。

戯曲には、こうした感情移入の自由があらかじめ織り込まれている。そして、戯曲の著者や演出家は、それを前提として、観客の感情移入の先を操作することが求められる。

物語を読みとるうえで感情移入のとっかかりが見当たらないことに、小学生だった私は困惑したのだろうと思う。この「困惑」は、『杉の柩』第一部のとっつきの悪さと同じものであり、『三幕の殺人』の何ともいえぬ退屈さと同質のものだったはずだ。

私は『マギンティ夫人は死んだ』の項で、結城昌治の名エッセイ、「一視点一人称」をご紹介した。このエッセイで結城昌治は、ハードボイルド・ミステリと視点の問題について論じつつ、「もっともフェアな謎解きミステリ」を描きうる最良のツールはハードボイルドの手法であると結論づけている。ニュートラルな一人称視点で、すべての手がかりが読者に与えられるからである。

同じことがミステリ劇にも言える。観客はすべての容疑者の言動を客観的に観察しているからだ。《十二人の怒れる男》を観る者は、あの陪審員室に漂う「眼だけの亡霊」である、と私は以前に書いたが、この「眼だけの亡霊」は、ロス・マクドナルドのハードボイルド・ミステリにおける探偵リュウ・アーチャーの存在に酷似する。

私たちには舞台上の容疑者たちの内面を観るすべはない。アウトプットされる動作と言葉を観察して、それが真実を反映しているのか芝居にすぎないのかを判定するしかない。これはダシール・ハメットの『ガラスの鍵』のようなハードコアなハードボイルド小説の作法だが、俗情に流されずに真相を見つめる「神のごとき名探偵」の視線でもある。

もっとも、俗人は決して「神のごとき名探偵」の域には到達できないから、われわれは芝居を観るときに何かしら感情移入のとっかかりを探してしまう。そして、見つかった「とっかかり」に自分の目＝意識を添わせてゆく。

このとき「物語」は、私たちそれぞれが、それぞれの網膜に写し取った映像＝カットを、それぞれの脳内で編集した結果のものとなる。つまり観客それぞれの脳内にある「物語」は、別々の物語となりうる。それが演劇における「物語」のありようだ。

さて、ここでようやく『招かれざる客』に戻ってくる。本作は、感情移入の依り代を誰におくかによって、悲劇にも喜劇にもなれば、痛快なものにも恐ろしいものにもなるという物語なのである。そういう多面性をクリスティーは本作に持たせている。そして、そうした感情移入のありようが、見事なミスディレクションとして機能してもいるのだ。

中盤以降、次々に新たな事実や人間関係をつるべ打ちすることで観客に小さなサプライズを与えて飽きさせないのも巧い。緊迫感を随時ひきしめるのと同時に、各登場人物の容疑の濃度もめまぐるしく変動する。

「誰が犯人であってもおかしくないから、気持ちが萎《な》える」というのが「三匹の盲目のねずみ」(＝『ねずみとり』)のミステリとしての欠点ではあったけれど、本作では物語の様相をダイナミックに変化させてゆくことで、その弊をまぬかれてもいる。

小さなミスディレクションで大いなるサプライズを生むクリスティーらしい手口が見事に活きた傑作。後期クリスティーの芯の芯を仕掛けに使ったような按配で、読後、私は『カリブ海の秘密』でのミス・マープルの印象的なひとことを思い出した。

69 『海浜の午後』

★★★★

珠玉の三編を収録

Rule of Three, 1963

【おはなし】

三軒の貸し小屋の並ぶ浜辺で夏をのんびりとすごす人々。初老の夫婦はいちゃつく若い男女や走り回る子どもに眉をひそめ、モデルのような美女の到来に胸をざわつかせたりはするものの、そこには平穏な午後があった。ところがそこへ警察がやってくる。昨晩、高価なエメラルドのネックレスが盗まれ、それが浜辺の小屋に隠された可能性が高いというのだ。だが警察の捜索もむなしくネックレスは発見されない……。

にぎやかなスラップスティック・コメディ「海浜の午後」ほか、「患者」「ねずみたち」を収録。すべて一幕物の小品で構成された戯曲集。

『海浜の午後』には、場面転換のない一幕で完結する物語が三編収められている。これまで読んできた戯曲が小説でいえば中編サイズの結構だったのに対し、本作収録の三編は「短編」。クリスティーは短編小説が上手な作家ではなかったが、この三編の戯曲は、どれも面白い。クリスティーの短編の平均値よりも上の出来だろう。

すべてがもちろんミステリ劇。共通するのはやはり、「演劇であること」の特性をミステリの綾《あや》として見事に活かしている点である。

表題作は盗まれたネックレスの行方をめぐる「宝探し」もの。「ブラック・コーヒー」がそうだったように、「モノの移動」「モノのありか」を謎の焦点とするミステリは小説よりも演劇向きだ。短編「レガッタ・デーの事件」のリベンジのような作品でもある。

この「レガッタ・デーの事件」について私は、「芝居志向が裏目に出た」というようなことを書いた。この作品の仕掛けがあまりに人工的で非現実的だったからである。けれど、それを実際に芝居でやれば話は別。しかも「海浜の午後」はコメディ仕立てだから、リアリズムから半歩ハズれた空気が全体を覆っている。だからこの仕掛けも素直に許容できて、快いサプライズとしてキレよく決まるのだ。

「宝探し」部分も素晴らしい。あまり突っ込んで書くと勘のいい読者は真相に気づきそうなので避けるが、宝探し興味に関しては「ブラック・コーヒー」よりも上かもしれない。『ねずみとり』と「ブラック・コーヒー」の興趣を短く凝縮した感じのサプライズがあり、快作に仕上がっているのである。

つづく「患者」は、『死の猟犬』収録作を思わせるダークな作品。バルコニーから転落したときの後遺症で麻痺《まひ》状態に陥った女性に、医師がある「実験」をするというもの。その実験によって転落の真相を探ろうということで、その場に集められた関係者一同は固唾《かたず》をのんで実験の推移を見守る。謎解きミステリの「解決の場」だけで構成されたような物語である。

短編らしいワンアイデアの作品なので、これも詳述できない。さらっと読み流してしまうと、大して衝撃的でない真相のようにみえるかもしれないが、じつは本作に仕掛けられているのは、[redacted]という離れ業である（スミ塗り部分は巻末ノート1を参照）。

イギリスに生まれ、のちにアメリカに移住した謎解きミステリの巨匠が、同じ離れ業に挑んだ作品を発表したことがあるが、あちらはいまいち成功していなかった。だが「患者」は見事に成功している。この趣向をミステリとして活かすには、文章で手がかりを提示するよりも、眼で見る「視覚的手がかり」を通じて行うほうがずっとベターだからである。

怪しげな電気機器が並べられる冒頭から、サイエンティフィックな不安と降霊会めいた不吉さが一貫する好編。

最後の「ねずみたち」も、「視覚的手がかり」を巧く使っている。事態の全容がつかめないまま、物語が二転三転して衝撃的な結末になだれこむ作品なので、「眼で見る手がかり」の速さが効くのだ。言葉でくだくだしく説明していてはスピード感を阻害する。一瞬にして視覚で感知されるあのときのあの動作の瞬発力が、本作の生命線となっている。

何者かによって家主が不在のフラットに呼び集められた男女。「何者か」は誰なのか、その意図は何か、何が行われようとしているのか、というホワットダニットの作品。「一幕物」である、ということは、物語が展開される場がひとつきりの閉鎖空間だということであり、途中で幕を閉じることによる「時間のスキップ」がないわけだから、事態は舞台上でリアルタイムで進行する。「ねずみたち」は、そんな一幕物の利点をうまく活かしている。

題名の似た『ねずみとり』（ちなみに「ねずみたち」は rat で『ねずみとり』は mouse、英語の語感では rat のほうがネガティヴな意味合いが強い）にもそういう側面があったが、こちらのほうが緊迫感や仕掛けの巧妙さなどを考えれば上。いわゆる「ソリッド・シチュエーション」のホラー映画、《ソウ》などを思わせるような窒息的緊迫感がある。これもよい出来だ。

以上、三作すべて小品ながら、良質のミステリばかり。質感もそれぞれに異なっていて、バラエティにも富む。三作とも「文字で読むミステリ」では実現できない趣向が盛り込まれていて、クリスティーが演劇というメディアを知り尽くしていることがあらためて確認できるのである。

ちなみに今回、観客に振られている役割は純粋な「観察者」。観客の参加性は低く、作者 vs 観客のゲーム性にポイントが絞られていると言えばいいだろうか。

フェイバリットは「ねずみたち」。最後の台詞だけがちょっとアレかな、とは思うけれど、ダイナミックな展開の果てに、まるで罠《わな》が閉じるように空間がせばまってゆくような感覚が素晴らしい。

70 『アクナーテン』

★☆ あまりにも謎めいた

Akhnaton, 1973

【おはなし】

古代エジプト。王アメンヘテプ三世の死を受けて王位を継いだ若きアクナーテン。彼は暴力や虚飾を嫌い、民の安寧を望み、芸術と真理を愛する青年だった。アメン神の神官たちが権勢を恣《ほしいまま》にする世を正そうと、アクナーテンは太陽神アテンを仰ぎ、アメン信仰を解体する。民を圧政から解放すべく、飾らぬ王政を行い、芸術家を重用して美しい都市を築いた。

だが周囲の国との戦乱は収束しない。平和主義にこだわるアクナーテンに、その臣下たる将軍ホルエムヘブは苦悩する。つき従うべきは「国家エジプト」か「国王アクナーテン」か。強き王を望む民の不満。他国に蹂躙《じゅうりん》されるままの軍。そうした火種を煽《あお》り、かつての神官たちがアクナーテンを追いつめてゆく。

ミステリ性は皆無と言っていい。

本作が刊行されたのはクリスティーの最晩年である一九七三年だが、執筆自体は一九三七年にさかのぼる。『ナイルに死す』が刊行された年である。

読んでいて気づくのはト書きの少なさである。ほとんどが会話で占められている。これはこれまで見てきたクリスティーの戯曲と対照的だ。『蜘蛛の巣』や「ねずみたち」で、登場人物のちょっとした行動に真の意図を隠したり、『検察側の証人』で舞台装置の設計に物語のキモと関わる意味を持たせたりといった精妙なたくらみはここにはない。

とりあえずは読ませる。だが、ここにはなんの「驚き」もない。物語は、心優しく慈愛に満ちた理想主義を貫こうとする知的な王アクナーテンが、野蛮で世俗的な現実の前に疲弊し、敗北するまでを追うだけだ。読む者の期待を裏切る展開はどこにもなく、物語はひたすら期待されるプロセスを一つ一つ踏んでゆくのみ。予定調和的なのである。

クリスティーの作品は、小説・戯曲を問わず、ステレオタイプの人物が多いと評されるが、『死との約束』にせよ『蜘蛛の巣』にせよ、ステレオタイプな人物たちはいきいきと動き回って物語をカラフルに躍動させていた。だが『アクナーテン』で、ステレオタイプの人物たちは、それぞれの役割にふさわしい内容の演説をするだけ。それは結局、アクナーテンという人物の理想主義を引き立てる役目しか負っていない。要するに、ここにあるのは彼の思想の宣言だけだ。それを打ち破る事柄は、「暴動が起きた」というふうに伝聞として示されるか、あるいはアクナーテンに輪をかけてステレオタイプな悪役のステレオタイプな陰謀の談義として示されるにすぎない。

要するに、物語の面白さよりも「アクナーテンの思想の紹介」のほうに重点が置かれている。作中でアクナーテンは、「『言葉』ばかりでは意味はない」としばしば批判されるけれども、それはこの物語そのものにも言える。ここにあるのは「言葉」だけなのである。

ここでふと思うのは、本作はクリスティーにとって、どれほど真剣《シリアス》な仕事だったのだろうか、ということだ。

さきに述べたとおり、本作の執筆は一九三七年。以来、四十年近くにわたって公刊されず、記録上では上演されたこともない。「アガサ・クリスティー」というブランドに期待されるのは「ミステリ（劇）」であることや、『アクナーテン』上演には舞台装置や衣装などで多額の製作費がかかる、といった「大人の事情」も上演を阻んだとされている。

しかし、ほんとうにそれだけだろうか。

本作が公刊されたのは、一九七二年に大英博物館でツタンカーメン展が行われている最中、クリスティーが版元に原稿を送ってみたことがキッカケだったという。となるとクリスティー自身も、作品の出来に百パーセント自信があったわけではなかったのではないか。大々的なイベントが行われているし、自分はいまや非常な高名な作家だし、ならば商品性はあるんじゃないか、と思っただけではなかったか。

クリスティーは演劇というものにきわめて自覚的な作家だった。『検察側の証人』も『蜘蛛の巣』も「ブラック・コーヒー」も、「演劇でしかできない」試みを含んでいるし、物語の組み立ては緻密であり、ト書きは綿密で、つまり演出の自由度が高くない。それはつまり、クリスティーは人物の台詞や動作に大いなる含意をこめていたということだろう。

しかし『アクナーテン』にそれはない。ここにあるのは台詞だけだ。物語自体も三幕におよび、場が変わるたびに多いときは数年間も時間が飛ぶ。ある人物の生涯を描くためにはしかたがないとはいえ、凝縮されているとはとても言いがたい。ミステリ劇でないという点を差し引いても、ほかの戯曲とまるで違うのである。なぜ書いたのだろう？　この物語はいったい何なのだろう？

エジプトへのクリスティーの思い入れ。美と芸術と知を重んじる理想主義と、それには到底およばない現実の人間世界の醜悪。そんなロマンティックな想念を思うままに綴ったのが本作だったのではないか。

クリスティーには、「職人」のようにしてミステリを緻密に編み上げる顔のほかに、ロマンティシズムとエキゾティシズムを愛する夢想家の顔があった。トミーとタペンスの物語を見るといい。晩年の『ハロウィーン・パーティ』にもそういう相貌が覗いている。『アクナーテン』は、クリスティーが小説作品にも時折こめていたエキゾティックなオリエントへの思いの丈を、あらゆる制約から解放されて綴った、きわめてパーソナルな作品であるような気がする。

本作を執筆した頃、クリスティーは、二度目の夫である考古学者マックス・マローワンにつき従って、中東へと旅をしていた。それが『ナイルに死す』や『死との約束』でのカラフルな描写につながった。これはクリスティーにとって、よき思い出の日々でもあったはずだ。

本作はきわめて不可解な作品である。クリスティーの個人史など、作品外部の事柄を踏まえないと、深層には至れないような気がする。『アクナーテン』は大いなる宿題としておきたい。

ちなみに。現代音楽家フィリップ・グラス作曲の歌劇に《アクナーテン》という題のものが存在するが、それは本作のオペラ化ではないのでご注意を。

71 『殺人をもう一度』

★★★

エルキュール・ポアロはあなただ

Go Back for Murder, 1960

【おはなし】

弁護士ジャスティン・フォッグを若い娘カーラが訪ねてきた。結婚を間近に控えたカーラは、最近になって、母キャロリンが父エイミアスを毒殺した廉《かど》で有罪判決を受け、獄死したことを知らされた。しかしキャロリンは死の直前、カーラに宛てて、自分は無実だという手紙をしたためていたという。

カーラは、毒殺事件の再調査をジャスティンに依頼する。あの公判でキャロリンの弁護人を務めたのが、ジャスティンの父だったからである。かくしてジャスティンとカーラは、事件当日、現場となった屋敷にいたひとびとのもとを訪れ、あの日に何があったのか調べはじめる……。

この『アガサ・クリスティー完全攻略』では、クリスティー作品の現在の定本である早川書房「クリスティー文庫」の巻数順にクリスティー作品を読み、紹介してきた。しかし、以降の戯曲二編は、この全集に収録されていない作品である。

まずはクリスティー流ミステリの最高傑作『五匹の子豚』の戯曲版『殺人をもう一度』(光文社文庫)。あの名作の戯曲化をクリスティー自ら試みたのは、以前に他人の手によって行われた戯曲化に不満をおぼえたからだという。クリスティーのミステリは（とくに『エッジウェア卿の死』以降）細密な伏線や手がかりやミスディレクションを毛細血管のように張りめぐらしている。他人が戯曲化すると、こうした伏線や手がかりの取捨選択に難がある、というのがクリスティーの不満の核心であったようだ。

小説版『五匹の子豚』の詳細については本書九〇ページを参照いただきたいが、過去の殺人の真相を探ってほしいと依頼されたエルキュール・ポアロが、五人の関係者に「あの殺人をめぐる事情」についての手記を書いてもらい、そのなかに潜む手がかりから意外な真相に到達する、という作品だった。クリスティーお得意のダブル・ミーニングと誤解、人間関係の反転、五感を通じた手がかりといったものが、おそろしく緻密に仕掛けられている。

その基本にあるのは、「探偵（＝読者）が手記を読んで推理する」という仕掛けだった。

これを戯曲にするにあたり、クリスティーは、膨大な数の手がかりと仕掛けを「キャロリンのある行動のミスディレクション」「ある会話のダブル・ミーニングと誤解」「別の会話のダブル・ミーニングと、ある人間関係の反転」の三つに絞り込んだ。結果として切り捨てられてしまったものもある。その筆頭はエルキュール・ポアロで、探偵役はカーラと、青年弁護士ジャスティンの二人が負っている。総じてクリスティーによる改変は、演劇というものの特性をみれば当然のものばかりで、取捨選択は見事というほかない。

演劇においては「謎＝解決」のメカニズムはシンプルでなければならないからである。書物であれば、解決の場で言及された手がかりを忘れてしまっても、前のページに戻って伏線を確認できるが、演劇ではそうはいかない。だから手がかりや伏線は少数かつ明快でなければならない。解決のために複雑な手続きが要ると、探偵役は長々と演説をせねばならず、舞台上の動きは単調なものになってしまう。ゆえに「骨格」のみを残したのは正解なのだ。

また、ポアロの排除によって、『五匹の子豚』という物語に、「若き男女の奮闘」という力強いストーリーがもたらされたことも見逃すべきではない。『五匹の子豚』は、いくつもの証言／手記を数珠つなぎにしたオムニバスのような小説だったから、一貫したストーリーがないという弱点があった。ポアロによる調査／推理という縦糸があるにはあるが、あの作品でのポアロは、「読者の代理人として手記を読む者」という役割が強い。だが戯曲版でポアロの代わりに探偵役を務めることになったカーラは、母の無実を証明したいという強い感情的なモチベーションを持っているから、「カーラの物語」という太い物語の骨が、あたまからおしりまで貫くことになった。

『検察側の証人』の回で、同作とFPSゲームの相似について書いたが、その伝でいけば、この『殺人をもう一度』の第一幕は、いわばFPSでなくTPS（Third Person Shooter）。TPSでは、画面中心でこちらに背中を向けて立つ主人公の肩越しに、プレーヤーはゲームのなかの世界を観る。TPSのゲームの主人公は、プレーヤーとは別の代理人だ。もともとミステリはTPS的なものである。読者は謎解きの対象となる場面や人物を観察する名探偵の肩越しに物語をみているからである。だからTPS的な『殺人をもう一度』第一幕は、ふつうのミステリ（劇）と変わらない。観客と舞台のあいだにカーラがいて、彼女が観客の代理人として、舞台上の出来事に関わってゆくわけで、カーラは単にポアロの代役を務めているにすぎない。

しかし『五匹の子豚』戯曲化のキモは「第二幕」にある。「第二幕」では、カーラと風貌も性格もよく似た母キャロリンをカーラと同じ女優が演じて（これはクリスティーの指示）、過去の殺人に至る経緯が再現される。これは『五匹の子豚』において、五人の関係者がそれぞれに描く手記に相当する。

「ポアロ＝読者が、事件の経緯を記したテキストを読んで、推理する」というのが『五匹の子豚』だった。これを戯曲化するときに、クリスティーは「手記」を「芝居」に替え、「読む」を「観る」に替えて第二幕を書いたのだ。第二幕は「FPS」なのである。観客は見えない探偵役となって、事件の再現ドラマを観察し推理する——このときポアロは不要だ。観客が探偵そのものだからである。観客は探偵として、過去の事件を見つめることになる。

クリスティーのミステリ小説において、登場人物たちは真意のみえない芝居をしている。そんなクリスティー流ミステリの最高純度の結晶たる『五匹の子豚』を演劇に落とし込む際、ポアロが排除されたことは興味深い。クリスティー・ミステリが、読者を観客とした演劇であることの証しと言えるからだ。

72 『そして誰もいなくなった』

★★★★

いまそこで殺人が！

And Then There Were None, 1943

【おはなし】

孤島ニガー・アイランドのモダンな屋敷に呼び集められた八人の男女と、屋敷で彼らをもてなす夫婦。しかし招待主たるU・N・オーエンなる人物は姿をみせず、「十人の黒人の子どもたち」という童謡の歌詞が掲げられ、十体の黒人の子どもの人形の飾られる居間で、一同はとまどいつつも集った。そこに、録音された声が響きわたった。

ここに集まった者たちはみな殺人の罪を犯している、声はそう告発した。直後、酒をあおった若い男が毒死。黒人の子どもの人形のうちひとつが、いつのまにか壊されているのが発見される。かくして島に幽閉された男女は、ひとりひとり、童謡の歌詞に見立てた様相で殺害されてゆく……

クリスティーの代表作『そして誰もいなくなった』のクリスティー自身による戯曲版（新水社）である。

『そして誰もいなくなった』は単に名高いだけでなく、人気も高い。例えば、二〇一二年に行われた『東西ミステリーベスト100』のオールタイム・ベスト・アンケートでも、海外編第一位に輝いている。

これほどに人気が高い理由は、『東西ミステリーベスト100』の座談会で千街晶之氏が指摘しているように、この作品がおそろしく周到にたくらまれた本格ミステリであることに、(詳しくは若島正氏による評論「明るい館の秘密」を参照)が識者をうならせたことのほかに、「孤島での連続殺人」「童謡の見立て殺人」というフォーマットを確立したことがあるだろう。

『そして誰もいなくなった』という小説には、

①犯人探しミステリとしての精緻さ
②逃げ場のない閉鎖空間のサスペンス
③「自分たちのなかに殺人者がいる」という不安
④童謡の無邪気さと残虐性の落差による恐怖

といった魅力がある。「演劇」という形式に非常に自覚的な作家クリスティーは、戯曲化の際に、このうちの①を改変した。

【以下は小説版『そして誰もいなくなった』もお読みになってから読まれることをおすすめします】

何度も書いてきたことだが、精緻な謎解きミステリの要素を演劇に持ち込むのには困難がともなう。いかに巧みにさりげなく伏線を張ったとしても、観客はすでに舞台上で行われたことを再び観ることはできないし、伏線が巧みであればあるほど、観客に忘却されるリスクは高まる。ましてクリスティーが『そして誰もいなくなった』に仕込んだ巧妙さは、三人称で描かれた人物の視点にある。これはダブル・ミーニングや表現の綾を駆使して実現されたもので、文字列で構成された小説でのみ可能な技だった。

だからクリスティーはそれを切り捨てた。代わりに②③④、つまり身体的な作用、恐怖と驚愕と不安を押し出した。もともと『そして誰もいなくなった』は、サスペンスをプラットフォームにした謎解きミステリであって、その「プラットフォーム」のほうを前面に出したのである。その意味で戯曲版『そして誰もいなくなった』は、『ねずみとり』と同じ種類の作品となっている。しかし大きく違うのは、小説版も演劇版も同様にミステリ性が薄い『ねずみとり』と異なり、本戯曲でクリスティーは、原作とは違った種類のミステリ仕掛けを施していることだ。

小説版で屋敷内のあちこちで展開する物語は、戯曲版では館の居間に限定されている。物語のほとんどすべてを一ヵ所に凝縮しているわけで、原作では別の場所で起きた殺人のいくつかは、居間で発生するように改変された。

ここがミステリとしての――同時にサスペンスとしての――戯曲版『そして誰もいなくなった』のキモである。

改変された殺人は、マッケンジー将軍殺し（小説版では「マッカーサー将軍」）、エミリー・ブレント殺し、ウィリアム・ブロア殺し。これらの殺人は観客の目の前で行われる。瞬発力抜群のブロア殺しは、まさにショッカーとしての効果で観客を飛び上がらせたことだろうが、ミステリ劇として重要なのは、地味な殺しである「将軍殺し」と「エミリー殺し」のほうだ。

なぜなら、この二人は観客の目の前でいつのまにか殺されているからである。

ある時点で、将軍は舞台奥の窓の向こうにあるバルコニーに移動し、客席に後頭部を向け、茫然《ぼうぜん》自失の体《てい》で座り込む。クリスティーはト書きで、「彼の姿勢はこの場の終わりまで変わらない」（傍点筆者）と指示している。つまり観客の視界（の端）には、ずっと将軍の後ろ姿があり、そのそばを通過してゆく俳優たちの姿が映っていることになる。果たして「この場の終わり」に何が起きるのか――

将軍が刺し殺されていることが発見されるのだ！

その瞬間、観客は、いつ、誰が殺したのかと、記憶を探りはじめるだろう。誰と誰が将軍の近くに寄り、将軍のわきを通過しただろうかと。つまり観客は、目の前の舞台上にいる俳優のなかに犯人がいることを、死体発見の恐怖と衝撃とともに確信するのだ。そしてダメ押しのように、エミリーが居間での会話の途中でいつのまにか殺されてしまう。

ここで私は、『ブラック・コーヒー』や『蜘蛛の巣』を思い出す――これらの作品では、舞台上のどこかに重要なものが隠されているとか、舞台上のあそこに重要なものが隠してあるとか観客は意識させられている。つまり「目に見える舞台のどこかに謎の核心がモノとして在る」ことを意識させることで、観客をミステリの当事者にしていた。それが『そして誰もいなくなった』にも応用されている。犯人は役者のなかに隠されている。舞台上の誰かが、いままさに自分が見ているうちに殺人を実行し、それを自分は見逃してしまった——その認識が観客に驚愕と恐怖を植えつける。

この「驚愕と恐怖」は、舞台上の登場人物たちの「驚愕と恐怖」と同質のものである。観客は殺されてゆく役者たちと同じ立場に引きずり込まれ、死の不安のなかで、「犯人は誰だ？」と必死で考えはじめるのである。

小説版では視点の切り替えと、それを綴る文章によって、クリスティーは精緻な犯人探しミステリを実現した。この静的で知的なたくらみが、戯曲版では感覚的なショックに置き換わった。もちろんクリスティーは舞台上の人物に等しく殺人の機会を巧みに与えていて、彼女らしい周到さは、ここにもみることができる。

戯曲版の興趣は手品のそれに似ているとも言えそうだ。観客による衆人環視のもと、周到な人物の出し入れのなかに殺人の実行行為を隠す。ひとつずつ壊されてゆく問題の人形もずっと舞台上に飾られているから、（これについてのト書きはほとんどないものの）これが殺人に先立っていつのまにか減っている、というのはまさに手品でもある。

舞台上で見るトリック。クリスティーは周到な言葉のマジックを、舞台上の運動のマジックに変換してみせた。戯曲版を読んでいて唯一不満なのは、「犯人役への指示」が書いていないことだろう。「ここで＊＊のかげに隠れて人形を壊す」といったような「種明かし」があれば、魔術師クリスティーのほくそ笑みを垣間見ることができたと思うのだ。

なお、観劇とは娯楽であるから、そこにクリスティーは配慮もしている。演劇『そして誰もいなくなった』をチャリング・クロスなりどこなりの劇場まで観に行った客たちが、観劇後に気持ちよく晩餐に行けるよう、結末が改変されているのだ。

どんなふうに改変されているのかは読んでのお楽しみ。これによって小説版にあったいくつかの仕掛けや主題が切り捨てられてしまってはいるが、そこはそれ。不安と恐怖のエンタテインメントとして、戯曲『そして誰もいなくなった』はきれいに輪を閉じている。

第六部　ノンシリーズ長編作品

73 『茶色の服の男』

★★★ 超キュートな語り口

The Man in the Brown Suit, 1924

【おはなし】

考古学者であった父を亡くし、天涯孤独の身となった若い女性、アン・ベディングフェルド。しかしこの「不幸」は、彼女にとって大いなる自由の獲得をも意味した。華麗な冒険物語を愛する彼女にとって、父の骨の研究を手伝う日々は退屈だったからだ。

ロンドンに渡った彼女は、地下鉄の駅で珍事に出くわす。彼女のほうを振り返った男が何かに驚愕してよろけ、線路に転落して死亡したのだ！　直後に発生した殺人事件と、事件の周囲に出没する謎の「茶色の服の男」。冒険心に火をつけられたアンは、現場で拾った謎の暗号文を解読し、全財産を投じて南アフリカ行きの客船に乗り込む！

クリスティー・ファンの女性に人気が高いらしい本作は、クリスティーの四番目の長編小説。カテゴリーとしては「冒険スリラー」に分類される、と聞かされると、不安を禁じえない。なぜなら、これまで読んできた「スリラー」でまともだったのは『NかMか』だけだからである。

ところが読んでみると――すごいキュートじゃないか！ と驚かされたのである。そして主人公アンの陽性で軽快な一人称語りに乗って、楽しく一気読みしてしまった。

本作は一九二四年刊行、『ゴルフ場殺人事件』のつぎの長編である。最大の魅力は主人公アンと、その語り口。男の都合に抑圧されて「品よく」暮らしている当時の女たちに疑問を呈して、好奇心のままに突撃する彼女。痛快なのである。無邪気なユーモアにもあふれ、とってもカラフルでにぎやかだ。

国家を揺るがす大陰謀に、突進力だけが武器の若い娘が対等に立ち向かってしまうのだから、荒唐無稽といえば荒唐無稽なのだけれど、アンの乙女な一人称で語られることで物語は適度にファンタジーっぽいムードにすべりこむから、野暮なツッコミの入る余地を与えない。味わいとしては『秘密機関』に近い。アンはタペンスの精神的な姉妹のようなものだ。だが、出来としては『茶色の服の男』のほうが上だろう。『秘密機関』では、「謎解き／欺し」のための準備に中盤の展開が費やされてしまっていて、中だるみを否めなかった。しかし本作はアンがひたすら走りつづけるパートで成り立っているので、そういう停滞をまぬかれている。文体がアンの一人称なのも、スピード感醸成の一因だろう。

ということで、私は本作を、これまでのクリスティーのスリラー作品に比べて高く評価しているわけだが、といっても『茶色の服の男』の謀略などが、『ビッグ４』や『鳩のなかの猫』などと比べて緻密なわけでもリアルなわけでもない。『茶色の服の男』の勝利は、いましがた述べたように、アンの一人称語りに負っている。一人称で綴られるということは、語り手の視界／脳内に入ってこないものは語られないということであり、また世界のすべてが語り手の感性によって色づけられているということである。語り手の脳内に投映された世界を、読者はそのまま受け取ることになる。

アンの脳の中心にあるのは「冒険という夢」、「女流冒険家アンという夢」である。「陰謀っぽいもの」と出会いさえすれば、彼女の脳はそこから勝手に「立ち向かうべき大陰謀」という妄想を紡ぎだし、行動に出るだろう。そして、ひとたび行動に出てしまえば、目的や効果がどうであれ、それはアン本人にとって（そしてその脳を通してそれを見る読者にとって）まぎれもない冒険である。そこに疑問やツッコミの入る余地はないから、本作はこれまでのクリスティー・スリラーほどサムくないのだ。

「これは陰謀だとわたしが思ってるんだからそうなのだ、そしてわたしが現にこうして走り回っているから冒険ははじまっているのだ！」

と、こんなふうに有無を言わせぬアンの語りこそが、本作を支える最大のキモなのである。

本作はおおよそ二つのパートから成り立っていて、前半は南アフリカに向かう船の上、後半は南アフリカでの冒険行。後半に入るとややテンションが落ちるものの、前半は最高。アンのみならず、老政治家サー・ユースタス・ペドラー、その秘書たち、アンに手を貸す美貌のブレア夫人、秘密情報部員と噂される美男レース大佐といった楽しいキャラたちの右往左往がすこぶる読ませるのである。

　このあたりの人物造形やエピソードづくりなど、大した事件が起きていないのに読者を楽しませる巧みさは、後年の『ナイルに死す』にダイレクトに通じる。後半でも、列車に乗って旅をする場面でのエピソードは非常に楽しく、すでにクリスティーは、「旅先の物語としてカラフルな登場人物たちを描くこと」がべらぼうに巧かったことがわかる。

　なんともかわいらしいブレア夫人、食えないサー・ユースタス、陰惨な顔の秘書パジェットといった、「女子の恋愛対象にならない」系の人物の造形が冴えている一方で、アンのロマンスを彩る男たちがいずれも大甘なステレオタイプなのはご愛嬌《あいきょう》。本作は基本的にロマンス小説なわけです。「冒険スリラー」に分類されつつも、後半で勃発する二人vs大軍勢の銃撃戦がわずか二ページで適当に片づけられているあたりを見ても、これがいわゆる「男の子向け」の小説でなく、乙女向けなのは明らかだ。

　理屈抜きの楽しさに満ちた快作。アンの語りは魅力的だし、のちにクリスティーが連発する旅先ミステリの萌芽がすでにここにある。むしろなぜクリスティーは、一九三七年の『ナイルに死す』まで、この流儀をミステリに活《い》かさなかったのか不思議なくらいである。『茶色の服の男』に仕掛けられているのも、「旅先だから可能なアイデンティティ擬装」という、中期以降のクリスティー流トリックの原形であるからだ。

　ちなみに『ナイルに死す』には、本書のレース大佐が登場している。

74『チムニーズ館の秘密』

★★★ あらすじが書きにくい(泣)

The Secret of Chimneys, 1925

【おはなし】

イギリス郊外に建つ屋敷、チムニーズ館。貴族ケイタラム卿の所有になるこの邸宅は、政府高官や社交界の有名人が集い、しばしば政治や外交にまつわる密談の舞台となってきた。そしていま、イギリスの高級外交官ジョージ・ロマックスは、この屋敷でバルカン半島の小国ヘルツォスロヴァキアの王位と石油採掘権の絡む密約を交わすべく画策していた。

一方、アフリカで旅行社を営む自由人アンソニー・ケイドは偶然に出会った旧友の頼みでイギリスへ向かう。仕事は二つあった——ひとつは先日逝去したヘルツォスロヴァキアの元首相が遺した回想録の原稿を届けること、もうひとつはヴァージニア・レヴェルなる婦人が愛人に書き送った恋文を本人に戻すこと。

だがロンドンに到着したアンソニーのもとには次々に怪しげな人物が現れる。どうやら回想録も恋文も、何かの重大事につながっているらしい。無事ヴァージニアと接触したアンソニーは、彼女とともにチムニーズ館に赴くことになる。どうやらそこに、いま彼が巻き込まれているトラブルの源泉があるらしく……

いつになく「おはなし」が長くなってしまった。

でもこれだって随分はしょっているのだ。第一の殺人の発生、ヘルツォスロヴァキアの複雑な政治状況、卑劣なゆすりの企てなど、物語構成上だいじなイベントを泣く泣く削ってある。要するに物語の背景（じつは当時の政治状況を反映している）が相当に複雑かつ事細かに描かれており、物語も序盤からイベント満載で動きが激しいのである。

クリスティーの冒険スリラーが全部ダメなわけではないらしい。『茶色の服の男』同様、本作もダイナミックでテンポよく、明朗快活で楽しい一作となっている。物語全体をミスディレクションにしたような大胆な驚きも最後には待ち受けていて、これは楽しい快作といっていい。

難を挙げれば、あれもこれもと要素を詰め込みすぎていること、そのせいもあって長すぎることだろう。傑作『NかMか』もイベント満載で物語がさまざまに色彩を変える作品だったが、あちらは物語の道筋がすっきり明快だった。そこへ行くと、本作はあまりにも雑然としている。

本作に含まれている物語要素を列挙すると、以下のようになる。

「回想録の争奪戦」、「恋文の差出人の謎」、「殺人その1」、「殺人その2」（二つの殺人は別扱いなので「連続殺人」として一括することができない）、「怪盗キング・ヴィクターは誰か」、「キング・ヴィクターによる至宝《コイヌール》ダイヤモンド盗難の謎」、「チムニーズ館での宝探し」、「ヘルツォスロヴァキアの政権をめぐる陰謀」、「同国の王室史の謎」。

これら九つの物語すべてが主役格。すべてが同時に進行し、解かれるのも同時。雑然とするのも当然である。おかげで読んでいると、「いま読んでる場面で、このキャラは何が目的でこういうことをしてるんだっけ?」と、しょっちゅう迷子になってしまう。

同じことは登場人物にもいえる。一応の主役は快男児アンソニー・ケイドだが、彼は半ばあたりで「探偵の助手」的な位置に追いやられ、前面にはクールな捜査官バトル警視が立ってしまう。さらにアンソニーには、『茶色の服の男』におけるブレア夫人を思わせる魅力的な美女ヴァージニア・レヴェルが寄り添っていて、加えてボーイッシュな娘アイリーンも魅力的な按配で動き回る。アメリカからきた謎の男ハイラム・フィッシュがファイロ・ヴァンス風の派手な登場シーンを見せたかと思えば、アルセーヌ・ルパン風味の怪盗キング・ヴィクターも暗躍、彼を追うフランスの刑事に陰謀家ロマックス氏に……

多すぎるよ!

作中でも登場人物のひとりが「この屋敷には怪しい人物が多すぎる」などとつぶやいている始末だ。誰が誰だかわからなくなるようなことはないが、なまじ誰もが印象的なうえ、みんな出ずっぱりだから、読んでいてくたびれる。

本作は一九二五年発表の第五長編。『茶色の服の男』と『アクロイド殺し』のあいだにはさまる。『茶色の服の男』にもガチャガチャした雑然感があったし、その前の作品にあたる『ゴルフ場殺人事件』も設計をミスったようなところがあった。

この頃のクリスティーは、まだアマチュア感が大いにある作家だったということだろう。要素の取捨選択や演出のメリハリ、構成要素とその効果、といった計算よりも、「書きたいことを書く」という初期衝動のほうが強かったということではないか。

さて本作の解説にもあるとおり、クリスティーは本作をもとに『Chimneys』という題の三幕ものの戯曲を書いている。一見すると、これだけ複雑な話を演劇にするのは不可能である気もするが、しかし、前記のように迷子になりかけながらも私が本作を楽しく読めたのは、中盤の主な舞台となっているチムニーズ館でのドラマが非常に巧みに紡がれているせいだ。怪しげだが魅力的な人物をにぎやかに出し入れし、クリスプな会話で楽しく転がしてゆく手腕は見事。多少迷子になっても、物語表層の楽しい流れに乗っていれば、やがて視界が開けてくる。

このあたりの按配。これは、『茶色の服の男』の旅のシーンで花開き、やがて『ナイルに死す』などで素晴らしい実をつけることになる「旅の物語」の巧さに通じるものだ。一定の閉鎖された場で、カラフルな登場人物が出入りしてドラマを織りなしてゆく。そもそもチムニーズ館の客たちの少なからぬ者が、どこかから旅をして館にやってきているのである。この作品にも、クリスティーらしい美質が刻印されている。

そして言うまでもなく、「閉鎖された場に登場人物が出入りするドラマ」は、「演劇」そのものである。チムニーズ館でのドラマに焦点を絞れば、本作を戯曲化するのはそれほどの難事ではないだろうし、むしろそうすることで、やや水ぶくれ気味の本作は、引き締まって上質になったのではないか。

そもそも、本作においてチムニーズ館の外側で起こるドラマは大して重要ではない。館の外でのできごとは、①舞台背景の説明、②謎解きの手がかりづくり、の二つの役割のためにある。そこを刈り込んだあとに残る実質は、チムニーズ館という屋敷で起きる謎解きミステリ。本作のクライマックスを見るといい。これは関係者一同を集めた堂々たる「解決場面」ではないか。だからそもそも本作は「冒険スリラー」と呼ぶべきではないだろう。ここには活劇もなく、陰謀は背景にすぎないからである。これは謎解きミステリなのだ。

最後に。本作のバトル警視が（地味ながら）とっても魅力的であると指摘しておきたい。無表情で感情も表さず、しかしあらゆる情報に通じ、静かにひそかに捜査を進める男。クリスチアナ・ブランドのコックリル警部や、あるいはいっそ冷戦リアリズム系スパイ小説の主人公のような渋カッコよさ。

バトル警視は、『茶色の服の男』のレース大佐とともに、『ひらいたトランプ』に登場していた。あの作品は名探偵満載で騒々しい小説だったため、バトル警視は周囲の派手なキャラに隠れて、単なるありがちな英国風刑事にしか見えなかった。でも本作を読むと、なかなかどうして素敵なキャラだとわかる。読む順番をまちがえちまった、と私は大いに悔やんだ。『チムニーズ館の秘密』でバトル警視の魅力を十分に脳にしみこませておけば、『ひらいたトランプ』での彼とポアロとの共演を、もっと楽しめたに違いないと思ったからだ。

ということで『ひらいたトランプ』未読のみなさんには、お先に『チムニーズ館の秘密』をお読みなさいと申し上げておきたい。

75『七つの時計』

★★★☆

おきゃんな娘が駆け回る

The Seven Dials Mystery, 1929

【おはなし】

イギリス郊外に建つ屋敷、チムニーズ館。そこに若い外交官たちが招かれていた夜、寝起きの悪い青年ジェリーをからかうべく、青年外交官たちは八つの目覚まし時計を買いこみ、早朝に鳴るようセットして、ジェリーの部屋に置いてきた。

ところが翌朝、ジェリーは睡眠薬の過剰摂取で死亡、目覚まし時計は七つに減っていた。家主のケイタラム卿の娘アイリーンは、「ジェリーは事故死なのか？」という疑問を抱き、行動を開始したが、その矢先にジェリーの友人が撃たれ、「セブン・ダイヤルズ」とつぶやいて事切れてしまう。

暗躍する謎の組織「セブン・ダイヤルズ・クラブ」が陰謀を企んでいるのではないか？　アイリーンは男友達のビル・エヴァズレーや故人の友人ジミー・セシジャーを動員し、この謎に挑む！

『チムニーズ館の秘密』では美貌のヴァージニアの陰に隠れて活躍の場があまりなかったボーイッシュで元気な〝バンドル〟ことアイリーンが大活躍。彼女はタペンスや『茶色の服の男』のアン・ベディングフェルドの系譜に連なる「おきゃん」な娘である。こういう女子を書かせると、クリスティーの筆はすごい勢いで活き活きする。

彼女の父、ケイタラム卿も超キュート。のほほんとしたかわいらしさといったら！　序盤でこの父娘が交わす、「なにもうちの屋敷で死ななくてもよかろうに。最近の人間は気遣いというものが足りん」などという会話が可笑《おか》しいし、前作の中心人物だった高級外交官ロマックス氏もずいぶん間抜けなキャラに変じている。庭師マクドナルドほかチムニーズ館の使用人たちもいい味を出しています。

と書くと、P・G・ウッドハウスの作品群、とりわけ「エムズワース卿」ものを想起するかたもおられよう。左様、ケイタラム卿は「頭が綿菓子のようだ」と評される老貴族エムズワース卿に生き写しであるし、元気な娘と能天気なお坊ちゃんたち、食えない使用人といったキャラはウッドハウスそのものである。ついでにいえば豪傑おばさまに腰が引けるケイタラム卿のありようも、ウッドハウスお得意の豪傑おばさんと情けないおじさんというネタそのまんまです。

クリスティーがこの時点でウッドハウスを読んでいたかどうかは不明である。しかしウッドハウスは、本作が発表された一九二九年にはすでに作家としての地位を築いていたし、後年の『ハロウィーン・パーティ』がウッドハウスに捧げられていることを見ても、クリスティーがウッドハウスを読んでいたのはまちがいない。本作はウッドハウスへのオマージュだったのではあるまいか。

そんなウッドハウス的な空気が非常に楽しい『七つの時計』、クリスティーも「これはコメディであってリアリズム小説ではありませんからね」と念押しするように、随所で読者に向かって直接語りかけたりする。そんな空気のおかげで、「覆面をかぶってお互いに番号で呼び合う」という、『ビッグ4』並みに幼稚な秘密結社が登場しても、「こまかいことはまあいいか」という気分になるのである。

とはいえ、こうした陰謀は、じつのところ背景にすぎない。本作も『チムニーズ館の秘密』同様、屋敷で展開する謎解きミステリだ。『青列車の秘密』と『牧師館の殺人』のあいだに発表された作品、ということになるが、『青列車〜』と『牧師館〜』はいずれも、アマチュアっぽさの感じられない堂々たる作品だった。ところが本作は、『チムニーズ館の秘密』と同じく、よくも悪くもアマチュアっぽい。主人公たちの遊戯気分の右往左往は楽しいとはいえ、反面、空気はゆるゆるで、いくぶん冗長になってもいるのである。

きっと、クリスティーにとっての「スリラー」とは、そういうものだったのだろう。ミステリ作品における志の高い緊密さと、スリラーの能天気なゆるさを比較すると、この作風の違いは意図的なものであるようにしか思えないのである。これが、クリスティーという作家の限界だったのではないだろうか。楽しいのはたしかだし、本作に限れば読んで損はない。けれど、スリラー作家としてのクリスティーはA級と言いがたいのも確かなのである。

ところで、「クリスティーは芝居である」と私は幾度も書いてきたが、本作には、ちょっと独特な感じで「演劇っぽい」手法をつかった場面がある。ここを読むと、クリスティーは自身の脳内で演じられる演劇を観て、それを文章で描写していったのではないか、と思わせるのである。

一九ページ前半での視点の切り替えがそれ。屋敷の賃借人の妻レイディー・クートの視点で語られてきた場面が、ベイトマンの登場とともに視点をニュートラルなものに変え、レイディー・クートが退場したのちにベイトマンがジミー・セシジャーと会話を交わして去ると、今度は視点はジミーに憑依《ひょうい》して、以降の物語がジミー視点で語られてゆく。

ある場面への人物の出入りや移動、絡みをキッカケにして、視点がつぎつぎにリレーされてゆくのである。この視点人物のリレーは、演劇をみる観客の視線／感情移入の移動と同じものだろう。

観客は、舞台上で最重要の役割を果たす役者に注目する。すると舞台上の物語は、注目されている人物を軸（＝視点）としたものとして編集されて、観客の脳内に紡がれてゆく。やがて舞台上に別の役者が登場し、さきほどまで注目されていた人物が、新たな人物と入れ替わるかたちで舞台から去ると、観客の眼は新たに登場した舞台上の役者に注目する。

日本の小説と異なり、欧米の小説では比較的安易に視点が切り替わる。これを「視点の乱れ」と見なさずに、「神の視点でみている」とする識者もいるが、クリスティーにおいて、それは神ではなく「観客」の視点だったと言えそうだ。

76 『愛の旋律』

★★★☆

絶望が育むものとは

Giant's Bread, 1930

【おはなし】

謎めいた作曲家ボリス・グローエンの作品《巨人》が初演された。既存の音楽理論を脱した異様な「音」は、観客に激しい賛否の論争を巻き起こす。公演後、この天才は何者なのかと問う批評家に、プロデューサーのレヴィンは答えない――時は十九世紀末にさかのぼる。富裕な家に生まれたヴァーノン・デイアは音楽を恐れる子どもだった。ボーイッシュな従妹ジョー、近所に越してきた富豪の息子セバスチャン、美少女ネルとともに成長してゆくヴァーノンは、青年となって音楽に開眼、オペラ歌手ジェーンに魅了されるが、勃発した第一次世界大戦が人生を一変させる。

アガサ・クリスティーが別名義「メアリ・ウェストマコット」で発表した最初の長編である。通常、ウェストマコット作品は、「女性向けロマンス」というふうに呼ばれることが多いが、本作は読者の性差を選ばぬ見事なページターナー。ヴァーノンを中心とした二十数年のスパンに及ぶ恋愛関係を描いていて、ユーモラスなスリラーよりも断然楽しめた。

昭和の昼メロを思わせる邦題が暗示するように、本作は恋愛小説である。主人公ヴァーノンと、タイプのまったく異なる二人の女性、ネルとジェーンの三角関係が物語の基本。そのわきに、セバスチャンとジョーの恋愛事件が添えられる。

恋愛小説では、焦点となる男女がくっつくかくっつかないかが物語の興味の中心となり、どんなふうにくっつくかくっつかないか、というところが読みどころになる。本作でいえば、ヴァーノンがネルとジェーンのどっちを選ぶか。だからネルとジェーンは対照的な人物として造形されている。ネルは昔ながらの「女らしさ」を良しとする裕福な育ちの女性であり、彼女にとって「幸福」は、「結婚相手の男の物質的な富」によって決まる。一方でジェーンは独立心に富む芸術家であり、彼女の幸福はモノの充実には置かれておらず、男への物質的な依存心もない（従妹のジョーもこちらのタイプ）。

ここで面白いのは、ネルの内面は仔細《しさい》に描かれるのにジェーンの心理はほぼまったく描かれないことである。二十一世紀の読者たるわれわれは因習的なネルよりもジェーンに肩入れしたくなるが、しかしネルの内心の煩悶《はんもん》――相手の男性が裕福かどうかが気になってしまう自分は不純なのでは？とか――がていねいに描かれているせいで、つい彼女に感情移入させられてしまうのである。ネルを「自立していない古い女」として切って捨てられなくなる。

ジェーンは、クリスティーが繰り返し登場させる「男に依存しない女」（『杉の柩』のエリノアや『ホロー荘の殺人』のヘンリエッタ）である。ジョーも男への依存心を持たないが、陽性だからタペンス系に分類できる。クリスティーがこの二つのタイプの女性にあこがれていたことは、多くの作品から推測できる。だからといって、対照的な女性たるネルが単なるジェーンの当て馬かといえば、そうではない。ネルの心理の描写は精細で血が通っていて、二十一世紀のわれわれをも共感させるほどなのだ。

本作の刊行は一九三〇年。執筆されたのはその前年あたりか。クリスティーが夫の不倫を知って失踪事件を起こしたのが一九二六年。離婚したのが一九二八年。不幸な結婚／恋愛は、当時のクリスティーにとってリアルなものだったに違いない。

この時期に彼女が書いていたのは、『ビッグ4』『青列車の秘密』『七つの時計』『牧師館の殺人』といったあたりの作品。いずれも現実から距離をとった作品ばかりである。この頃の「アガサ・クリスティー」は、リアルな人間に対する興味を描かない種類の小説の書き手だった。だから、「アガサ・メアリ・クラリッサ・クリスティー」の内面に堆積した結婚の不幸についてのリアルな感情を吐き出すことは、「アガサ・クリスティー」には不可能だった。そうして発散する手段のないままクリスティーの内部にたまっていった堆積物が、「メアリ・ウェストマコット」として受肉したのではないかと私は思う。男の身勝手に振り回されるクリスティー自身がネルであり、クリスティーがなりたかった理想の人物がジェーンだったに違いなかろう。

本作の原題は *Giant's Bread* という。「巨人の糧」。「巨人を育むもの」。つまり本作は、冒頭で初演される楽曲《巨人》を成立させた養分が何であったかを描く小説だということだ。

二人の女性のあいだで主体性なく揺れ動き、お坊ちゃん育ちの柔弱さを抱え続けたヴァーノンが、いかにして鬼気迫るほどの異形の音楽作品を生むような男になったのか。本作はそれを描いた成長小説なのである。だが、物語の本編は彼が成長に転じる瞬間で幕を閉じ、あとは冒頭におかれた音楽から成長の過程を推測するしかない。「成長」を描く部分は文字として記されておらず、プロローグがそれを暗示しているだけである。

本作は「プロローグ」がなくても、悲劇的なロマンス物語として成立したはずだ。暗い絶望に至る物語として成立しただろう。だがクリスティーは、あのプロローグを添えた。そここそが大事だったからだろう。プロローグがあるだけで、物語の意味合いは一変するのだ。プロローグは暗示する——絶望とは大いなる芸術作品を育む養分であると。クリスティーはそれを描きたかったのではなかったか。絶望は芸術の培地なのだと。クリスティーは、絶望に陥った男が芸術の造り手となる成長小説を書きたかった。だから *Gian's Bread* と名づけた。だからあのプロローグが必要だった。

心を壊すほどの絶望をくぐった一九二〇年代末のクリスティー。そんな暗い暗い淵《ふち》の底で彼女は決意したのではないか——この絶望を糧にして創造者としてふたたび立ち上がろうと。ネルであったクリスティーは、ヴァーノンとなってジェーンを目指す。『愛の旋律』は、そういう決意の物語なのではないかと思うのだ。

そして本作が刊行された一九三〇年、アガサ・クリスティーはマックス・マローワンと再婚する。

77 『シタフォードの秘密』

★★★

初期クリスティーの美点と限界

The Sittaford Mystery, 1931

【おはなし】

シタフォード村が大雪に閉ざされた宵、シタフォード荘を冬のあいだだけ借りているウィリット夫人が隣人たちを邸宅に招いた。やがてお遊びで降霊会を行うことになった一同は、不穏なお告げを聞かされた。トレヴェリアンが殺された――それがお告げだった。トレヴェリアン大佐は村から十キロほど離れた場所に家を借りて住んでいる。一同が胸騒ぎを感じるなか、大佐の親友が耐えきれず、大雪のなか大佐の家に向かう。二時間後に見つかったのはトレヴェリアン大佐の他殺体だった。死亡推定時刻は、例の「お告げ」があった時刻と一致していた！

本格ミステリ好きなら躍りあがってしまうようなケレン味たっぷりの冒頭である。霊による怪奇な不可能犯罪！『読者よ欺かるるなかれ』や『震えない男』といったジョン・ディクスン・カー作品を思わせるではないか。

ところが。

クリスティーにはオカルティックな怪奇を演出しようという気がまったくないのである。

できないはずがない。『死の猟犬』や『マン島の黄金』でみせた怪奇小説作家としての技量がクリスティーにはあった。なのに本作は最終的に、『茶色の服の男』とか『七つの時計』のような「おきゃんな娘が大活躍するユーモラスなミステリ」になってしまう。

本作の発表は一九三一年。『謎のクィン氏』と『邪悪の家』のあいだに挟まる。『死の猟犬』刊行に二年先立つが、同書に収録された短編の多くはすでに発表されていた。つまりこの時期には、もうクリスティーは怪奇小説を発表しはじめていた。しかし彼女は、本作で「降霊会」という道具を登場させつつも、怪奇性を前面に出さず、なんと不可能性にすら重きをおいていない。

登場人物の誰ひとりとして、降霊会を真剣に捉えない。怪奇性を打ち出すなら、せめて登場人物だけは、霊の実在を信じていなければならないのに、クリスティーはそうしなかった。クリスティーの健康な合理主義のゆえだろう。こうした健康で合理的な態度は、中期／後期と年月を経て作風の変化を見せても、変わらず一貫するものだった。『もの言えぬ証人』でも、降霊術や霊媒はコメディの道具として扱われていた。

ミステリは怪奇小説と同じ血脈にある小説である。その嚆矢《こうし》である「モルグ街の殺人」からして、論理ゲームは過剰な大量の血糊と残虐で彩られていた。そんなふうに、「ミステリ」という小説特有の快楽には、「知」のクールネスと同じ比重で、「血」の暗い愉悦が仕掛けられている。

いわゆる黄金時代に、謎解きミステリは、「モルグ街の殺人」がはらむ「知」と「血」のアマルガムから、「血」を分離して排除する方向に発展した。いまミステリ史を振り返ったとき、こうした「ミステリからの血の脱臭」という意味で、クリスティー・ミステリは到達点であったろう。その「ほどのよさ」、「品のよさ」。それが、いかがわしくエクストリームな地位から「ミステリ」を解放したのである。結果として読者層も広がっただろう。謎解きミステリの洗練の極致がクリスティー作品であるというのはそういうことでもある。

だがそれでも本作でクリスティーがみせる怪奇性への冷淡さはもったいない。これは「謎の不可能性の念押し」の淡白さを意味するからだ。謎の弱さは、クリスティー・ミステリに一貫して言える問題である。例えば本作の二年後に刊行される『エッジウェア卿の死』がそう。あの作品も、冒頭に不可能状況が提示されているのに、書きぶりのせいで印象に残りにくくなってしまっていた。謎を強く印象づけ、不可解事を強調することは、物語にドライヴをかける効果も持つ。そうした可能性をつぶしてしまっている気がするのだ。

怪奇小説とミステリを融合させるというコンセプトも、本作発表の頃にはすでに意識されていた。ウィリアム・ホープ・ホジスンの幽霊狩人カーナッキ作品はすでに公刊されていた。ミステリ性はもっと薄いとはいえ、アルジャナン・ブラックウッドのジョン・サイレンス博士ものも世に出ていた。こうしたオカルト探偵たちはシャーロック・ホームズの子どもたちであり、その意味でエルキュール・ポアロの異母兄弟のようなものだった。いったん分離された原初ミステリのなかの理性と怪奇とが、ふたたび合流したわけである。しかしクリスティーは、ホラーとミステリの融合に興味を持っていなかったのだろう。クリスティーのなかで「怪奇小説」と「ミステリ」は画然とわけられたものだった。

そもそもこの時期のクリスティーは、「スリラー」「ミステリ」「ウェストマコット名義」それぞれで作風を意識的に変えていた。彼女のなかで「ジャンルの垣根」は確固としたものだったのではないか。それは彼女の「ファン・ライター」性のあらわれでもあるだろうし、その「職人的巧さ」の源泉でもあるだろう。

ちなみにジョン・ディクスン・カーは本作刊行の前年に『夜歩く』でデビューしたばかり。怪奇性と不可能犯罪を緊密に縒《よ》り合わせたカー作品が、もう少し早く刊行されていれば、『ポアロのクリスマス』を書くような作家だったクリスティーのこと、『シタフォードの秘密』にも怪奇性を導入していたかもしれない。

と、そんなふうに怪奇な不可能犯罪ミステリを期待してしまうと肩透かしを食う本作だが、素人探偵エミリーの奮闘記として読めば非常に楽しい。つまり本作も、これまで読んできたクリスティー名義のノンシリーズ作と同じ「おきゃんな娘が楽しく暴れる」テイストの作品。謎解きミステリというかっちりした軸線があるから、『七つの時計』や『茶色の服の男』のようにとっちらかることもなく、完成度も上がっている。

クリスティーは、突撃精神と論理を頭にインストールした元気な娘を書く名手だから、当然、本作の読み心地はすこぶる快調である。あまり頭の出来のよくない婚約者ジェイムズに容疑がかかるや、エミリーは「わたし以外に誰が彼を助けてあげられるのよ！」とばかりに突撃する。事件を取材する青年新聞記者チャールズ・エンダビーを、「頼れるひとがいるって本当にすてきだわ♡」などと手玉にとるあたりもじつによろしい。

シンプルな物理トリックを梃子にしたフーダニットだから、『雲をつかむ死』『メソポタミヤの殺人』の系列で、これら二作と同じく、まずまずよくできてはいるが小ぢんまりした印象しか残らない。というか、トリック自体があまり面白くない。「推理クイズ」みたいな程度の出来で、おかげで妙に古臭いというか、さんざっぱら聴かされた古いポップ・ソングみたいな読後感が残る。やはりクリスティーはトリックメーカーではなかったのだ。

とはいえ、トリックの作用が「意外な犯人」に絞られている点には注目すべきだろう。真相を知って読み返すと、これを成立させるための叙述がおそろしく見事であることに感動するはずだ。こうした見事な叙述のつなわたりこそがクリスティーの真骨頂だった。この時期のクリスティーは、『雲をつかむ死』『メソポタミヤの殺人』、そして本作と、同傾向の作品をたてつづけに書いた。つまり、まだクリスティーは、叙述の巧さと物理トリックのどちらが自分にとって有効な武器なのか見極められていなかったのだろう。

本作の発表後、クリスティーは『邪悪の家』と『エッジウェア卿の死』を書く。これがクリスティー流のミステリの萌芽であると繰り返し書いてきたが、現在の眼で『シタフォードの秘密』と『エッジウェア卿の死』を比較すると、半端な物理トリックがあるせいで『シタフォードの秘密』のほうが圧倒的に古びてしまっているのがわかる。クリスティーの巧さは叙述にこそあり、それは時を経ても不朽であることがよくわかるのだ。

初期クリスティーの美点と限界をともに示す佳作。

78 『未完の肖像』

★★★

クリスティーによるクリスティーの肖像

Unfinished Portrait, 1934

【おはなし】

作家「メアリー」のもとに、肖像画家J・ララビーから原稿が届いた。ふとしたことで出会った女シーリアからその半生を聞かされたララビーは、文字によってシーリアの肖像画を描くという試みとして、この文章をしたためたのだという。

ララビーがシーリアと出会ったのは海に面した見晴らし台だった。シーリアのまとう雰囲気に不穏を感じ、ララビーは彼女に声をかけたのだ。あなたは自殺しようとしているのではないかと。その夜、シーリアが語ったのが、ここに記された物語――幸福な家庭に生まれ育った娘が、幾度か苦難に遭遇しながらも順調に人生を歩んでゆく。大恋愛を経て結婚したシーリアは、なぜ自殺を決意するまでの絶望に至ったのか……？

ウェストマコット名義の第二長編。明確なストーリーやプロットがあるわけではなく、主人公シーリアの人生を幼少期からずっと追ってゆく大河小説の趣である。タイムスパンは二十年以上に及ぶので、シーリアの内面を精細に書いている紙数はなく、彼女のライフコースの節目がありがちなプロセスを踏むようにして淡々と描かれているのみという印象になる。

つまり単調なのだ。

前作『愛の旋律』には、主人公を真ん中において、対照的な女性二人の恋愛対決という軸があった。加えて、音楽を媒介とした主人公の男友達との交流や、女友達の恋愛遍歴といった脇筋もあり、それらが「芸術で身を立てる」という物語のゴールに向けて絞られてゆくダイナミズムがあった。それに比べると本作は、「シーリアという女の絶望に至る道のり」をただ書いた、という緩さが感じられる。一応は彼女のロマンスに焦点は当たってはいるが、全体としては平板で、読んでいて飽きる。

そもそもシーリアは主体性のある女性ではなく、恋人を選ぶときも夫を選ぶときも、大した内面的葛藤をみせない。だから感情のドラマも稀薄である。最終的な絶望への序曲が聞こえてきてはじめて、シーリアは激しい苦悩と狂気への接近をみせるが、その一瞬の盛り上がりのあとですぐに物語は断ち切られて「現在」に移り、結末を迎えてしまうのだ。

解説で池上冬樹氏が、訳者あとがきで中村妙子氏が、本作とクリスティー自身の辛い経験との呼応を指摘している。『未完の肖像』の刊行は一九三四年。マックス・マローワンとの再婚から四年後。この年、他に『オリエント急行の殺人』『三幕の殺人』『リスタデール卿の謎』『なぜ、エヴァンズに頼まなかったのか？』『パーカー・パイン登場』が刊行されている。

クリスティーは、自身をシーリアに重ねて、これまでの自分の半生をすべて書こうと試みたのではないか。つまりここでいう「肖像」とは、クリスティーの自画像だ。それを客観的に見つめるために、三人称叙述をとらずに「シーリアの肖像を書こうと試みるJ・ララビー」という観察者を置き、自分＝シーリアを客観的に批判しようとした。

読者がシーリアに感情移入しにくいのも、クリスティー自身がシーリアを批判的に見ているせいだと思えば説明がつく。焦点が散漫なのは、文章によって一人の人間の肖像を「まるごと」描こうという試みであるとすれば理解できるし、それこそが本作の存在理由であることは、J・ララビーがメアリー宛ての手紙のなかで宣言している。

つまり『未完の肖像』は、クリスティーによるクリスティー自身の批判的な肖像の試みという、私的な作品だったのではないかと推測するのだ。それは『愛の旋律』がそうだったように、「アガサ・クリスティー」には許されない類の作品だっただろう。

本作が私的な意義を持つ習作であることは、クリスティー自身も自覚していた。『未完の肖像』が、マトリョーシカ人形のように、二つのパッケージに包まれた原稿という体裁をとっている理由はそれだ。「シーリアという女性の物語の原稿」を「肖像画家J・ララビーが シーリアという女性と出会って彼女の物語を書いたという能書き」が包み、それをさらに「メアリー・ウェストマコット宛てのパッケージ」で包んでいるのが本作の仕立て。この三重構造は、『未完の肖像』という小説の弱点をエクスキューズする仕掛けなのではないかと私は思うのだ。

シーリアの物語を包む「J・Lの能書き」は、「この物語の書き手は作家ではなくて小説の素人なのです」という予防線を張る。それを包む「メアリー宛て」のパッケージは、「この本の表紙にはウェストマコットの名前が刷られているけれども、書いた人は違います」という予防線を張る。さらにいえば、本作の出来ばえについての予防線は、最初から題名で張られている——

Unfinished Portrait。未完成の肖像作品、と。

つまり本作は出来がいいとはいえない。しかし、それでもクリスティーは、予防線を幾重にも張りながら、本作を公刊した。それくらい大事な作品、書かねばならない作品だったのだろう。

中村妙子氏が指摘するように、シーリアは『ホロー荘の殺人』のあの「愚かな殉教者」ガーダの原形であり、また『愛の旋律』のネルと同じタイプの女性である。「夫に従属する妻」へのクリスティーの批判的視線は、後年、ガーダの物語を代表とする苦い喜劇として結実することになる。「離婚したいのにできない」という悲劇も、後年のクリスティー・ミステリの動機として何度も描かれた。ガーダやシーリアたちと対照的な『杉の柩』のエリノアや『ホロー荘の殺人』のヘンリエッタたちは、主体的なヒーローとしてクリスティー作品における勝利者となってゆく。

ネル、シーリア、ガーダ。その反対側にいるエリノア、ヘンリエッタ。この二つの女性像を通じた対位法は、のちのクリスティー作品に深く豊かな響きを加えることになる。本作は、そこに至る大いなる習作なのだ。『杉の柩』『五匹の子豚』『ホロー荘の殺人』につながってゆく主題は、メアリ・ウェストマコットによって創始されたのである。

79 『なぜ、エヴァンズに頼まなかったのか？』

★★★☆
神経のゆきとどいた秀作

Why Didn't They Ask Evans ?, 1934

【おはなし】

なぜ、エヴァンズに頼まなかったのか？——そう呟いて男は死んだ。崖下で重傷を負っているところを牧師の四男坊ボビイが発見したのだった。

男の死は不慮の転落死だったという審判が下ったが、ボビイの幼馴染みである快活な伯爵令嬢フランシスは、「殺人なんじゃ？」と言いはじめる。やがてボビイが何者かに毒を盛られて死にかけ、死んだ男のポケットで見つけた美女の写真が別人のものにすり替えられていたことが判明。ボビイはフランシスに引きずられるようにして、この事件の調査をはじめることになった。

書かれざるトミーとタペンスの物語——とでも言おうか。退役して仕事にあぶれてはいるが快活でお人よしな好男子と、育ちはいいけれど好奇心と突撃精神にあふれた元気な美女のコンビが大犯罪を追っかける。この二人は夫婦でも恋人同士でもないが、テイストはトミー＆タペンスとまったく同じ。主人公が偶然に瀕死の男に出くわし、謎めいた手がかりを入手するという冒頭も『秘密機関』そっくりだ。

ちなみにトミーとタペンスの冒険譚《たん》は、一九二九年に短編集『おしどり探偵』が刊行されたのち、一九四一年の『NかMか』まで発表が途絶える。本作の刊行は一九三四年だから、計ったように両者の中間点である。無邪気に遊びすぎて散漫な『秘密機関』や『おしどり探偵』に比べれば本作のほうが緊密ではあるが、傑作『NかMか』には及ばない、という出来具合もまた、空白時代を埋める「書かれざるトミタペ作品」という印象を強める。

しかし、国際的陰謀を背景とした初期トミー&タペンスと大きく違うのが、本作はあくまで殺人の犯人捜しであること、つまり「スリラー」でなく「ミステリ」である点だ。

もっとも主人公コンビがやっていることは『秘密機関』と変わらないわけで、つまるところクリスティー流の「スリラー」は、スリラー的装飾――国際陰謀や情報機関やスパイ――を取っ払えば、「意外な犯人」を主眼とするミステリだったということだろう。これをスリラー作家としての底の浅さとみるか、どんな作品でもミステリに仕立てるミステリ作家としての巧みさとみるかは微妙なところだ。

いずれにしても、本作は「ミステリであること」から外れないことで、クリスティーのスリラーに常につきまとう安っぽさをまぬかれている。

ではミステリとしての出来はどうだろうか。

なかなか結構なのである。派手なトリックはないものの、伏線の見事さが冴えわたっている。このあたりは『杉の柩』のダブル・ミーニングと響き合う作法だ。真相を知って読み返すと、クリスティーらしい叙述のつなわたりが、犯人自身のつなわたりの心理ときれいに重なり合っているのがわかる。

中盤には密室殺人も一件発生するが、いつものように密室トリック自体は別段どうということもなく、ポイントは密室殺人という事象が容疑者群に及ぼす効果にある。その鍵となる伏線のさりげなさ、その伏線と密室での死体発見シーンとの距離感など、舌を巻くほど巧い。

謎の言葉「なぜ、エヴァンズに頼まなかったのか?」の謎は論理的に解明できるものではないが、それが解かれて以降の展開が素晴らしい。ドミノ倒しのように色々な事象が様相を変えて、作品の構造が「ある皮肉な設計」になっていることが判明する。この構築の周到さは、知的興奮をもたらすだけでなく、コミカルな効果もあげている。隅々まで神経がゆきとどいているのだ。

『NかMか』と比べてしまうと、『秘密機関』などに見られた雑然とした感じが気になる作品ではある。しかし、クリスティーの精妙な欺しの技が随所にみられる楽しい秀作であることは間違いない。

80 『殺人は容易だ』

★★★ ポアロものでは不可能な仕掛け

Murder is Easy, 1938

【おはなし】

植民地から帰国したルークは、列車でひとりの老女と出会った。老女は、自分の村で連続殺人が起きている、それを警察に直訴しにいくのだという。やがてルークは、老女が警察に着く前に自動車事故で死亡したことを知り、問題の村に赴いた。

劇薬の誤飲、川への転落、高所からの転落……村では変死が相次いでいた。あの老女は言っていた——殺人は容易だ、その殺人者が誰にも疑われないような人間であれば、と。いったいそれは誰なのだろうか？

ウェルメイドな謎解きミステリである。小さな錯誤が謎を生み出してラストの衝撃に結びつく、というクリスティーらしい手口の作品だ。

ネタバレにならぬよう細心の注意を払って書くと、「ある錯誤によって謎が生み出されていること」自体がギリギリまで読者には不可視であって、それが見えた瞬間、急転直下で真相に到達する。このあたりは『邪悪の家』などに通じていて、地味でちょっと退屈だけど欺しが小気味よいから満足感は残る——という出来ばえも同様。

これまでのノンシリーズ作品と比べると異色でもある。物語のトーンが違うのだ。これまでのノンシリーズ作品は、やたら元気でコミカルで、目がチカチカしそうな感じがあった。ところが本作ではそういう感じが影をひそめ、筆致は非常に抑制されている。事件の舞台となる村に伝わる魔女伝説やら黒魔術の儀式やらの話が登場し、めずらしくダークな気配まで漂う。とはいえそこはクリスティー、オカルティズムには踏み込まないのだが。

『茶色の服の男』から『なぜ、エヴァンズに頼まなかったのか？』まで、「元気さ余ってストーリーがとっちらかる」のがノンシリーズの持ち味だったのに、本作でそんなムードが一変しているのは、主人公が落ち着いた成人男性だからかもしれない。いつもだったら主役を張るだろう若く知的な娘ブリジェットは脇役であって、終盤までほとんど活躍しない。しかも彼女は、これまでのヒロインたちと同じような性格を与えられつつも屈託を抱えていて、自分を殺して退屈な結婚に甘んじる。このあたり、これまでは気の向くままにおきゃんな娘を描いてきたクリスティーの成熟の気配を感じて面白い。

さてミステリとして本作をみると、死因も年齢も性別も職業もまちまちな村人たちが次々に殺されてゆくから、「つまりミッシング・リンクものだろ？」と（私のような）焼きの回ったミステリおたくは考えるはずだ。「同一犯によって多数の人間が殺されているのだから、そこには何か共通点があるはずだが、一見そう見えないので頑張ってつながりを探そう！」というのがミッシング・リンクで、本格ミステリのパターンのひとつである。

ところがクリスティーは「ミッシング・リンクの謎」を強調しない。例によって謎を魅力的に見せようという気がないようで、「たくさんの村人が死んでいるなあ、たぶんつながりが何かあるんだろうけどさ。ときに犯人は誰なんだろうね？」という感じの緩い謎の意識のみを駆動装置として、本作はしずしずと進んでゆく。いちおう「全員をつなぐ、あるひとつのポイント」は存在する。けれどもそれは推理して導かれるのでなく、情報として主人公に与えられてしまうので、「被害者同士の共通点」はミステリとしてのキモではなく、ひとつの手がかりにすぎないということになる。

本作のキモも、やはり「意外な犯人」なのである。

すでに何度か書いたように、クリスティーは、ミステリを読む者がどんなときにある人物を疑い、どんなときに容疑者から外すか、を完璧に心得ている。それを踏まえた小さな描写の積み重ねで読者をひっかけるのをクリスティーは得意とした。

だが本作は、「あるひとつの箇所」での大胆な引っかけ一発でめくらましをやってのけている。あとになって問題箇所を読み返すと、ギリギリのつなわたりをやっていることがわかってドキドキします。本作もまた、きわめてクリスティーらしい大胆な作品なのだ。

だけど、地味。抑えたムードのせいである。本作をもっとにぎやかなものにすることもできたはずである。例えばブリジェットをいつものおきゃんな娘にして活躍させればいい。でもクリスティーはそうしなかった。エンタメとしての軽快さを敢《あ》えて犠牲にした。それはなぜか。

犯人の内面のダークさを重視したせいだろう。なぜなら『殺人は容易だ』の犯人の動機は過剰なのである。異常なのだ。

謎解きミステリにおいて動機は重要ではない。以前にも書いたとおり、解かれるべき謎を生む殺人が起こらなければ話がはじまらず、殺人が起きるからには動機がないとまずい、というので用意されるのが謎解きミステリにおける「動機」である。だから極端な話、「動機」なんて何でもよい。所詮、犯罪発生のエクスキューズにすぎないのだ。

なのに『殺人は容易だ』の動機は過剰だ。「エクスキューズ」の域を明らかに超えて、読者に居心地の悪い思いをもたらす。そんな暗い「心」が、最後に鎌首をもたげる。これこそが本作最大のポイント。『殺人は容易だ *Murder is Easy*』というタイトルからしてサイコパス的であって、これこそが主題だと私はみる。この「恐ろしい歪《ゆが》みを持つ心」をきちんと描くために、クリスティーはリアリズムの度合いをあげたのだろうと。『茶色の服の男』みたいなハッピーな世界には、こんなダークなものはふさわしくないからだ。

ちなみに、ひとつ前のノンシリーズ作『なぜ、エヴァンズに頼まなかったのか？』と、この『殺人は容易だ』のあいだには五年のブランクが空いている。こんなことはデビュー以来はじめて。クリスティーが小説を書いていなかったわけではない。ノンシリーズ空白の五年間に、クリスティーはなんと九作もの作品を発表している。ただしそのすべてが、エルキュール・ポアロものだったのだ。

その九作とは、『雲をつかむ死』『ABC殺人事件』『メソポタミヤの殺人』『ひらいたトランプ』『もの言えぬ証人』『ナイルに死す』『死との約束』『ポアロのクリスマス』

『死人の鏡』。

おそるべきバラエティである。『雲をつかむ死』と『メソポタミヤの殺人』、『ナイルに死す』と『死との約束』が対になるくらいで、シリアスなもの、コミカルなもの、ニュートラルなもの、スタンダードなもの、心理的なもの、物理的なもの、と、じつに多彩である。「ポアロ」という道具を使って、これだけのものが書ける、というのをクリスティーはこの時期に知ったのではないか。あるいは、「ポアロ」という道具で、どれだけのものが書けるか実験したのか。あるいは単に出版社がポアロものを書けと要請したのか。いずれにしても、その結果、これほど多彩なミステリが生み出されたのは事実である。

この時期以前のクリスティーは、「ポアロ」「ノンシリーズ」「ウェストマコット」それぞれについて、自身で枠をはめるようにして律儀に作風を変えていた。しかしここでクリスティーは解放されたのではないかと私はみる。枠からの解放と、その結果としての実験の軌跡を、このポアロ作品の連続は示している。

そんな「ポアロによる実験」のあと、『殺人は容易だ』は書かれた。この作品、じつはポアロが探偵役となったら成立しない仕掛けを擁している。同時に、さきに述べたとおり、過去のノンシリーズの作風では活かしきれないテーマを含んでいる。

ポアロでは活かせないミステリ仕掛けと、ユーモラスな空気では活かせないテーマ。だから、クリスティーは仄かにダークなノンシリーズ・ミステリとして、これを書いた。

「いかに書くか」「どう見せるか」。そこにクリスティーという作家の最大のポイントがある。それを開花させる飛躍が行われたのは、この時期だったのではないか。そんなふうに思うのだ。

81 『そして誰もいなくなった』

★★★★☆
30ページに一人が殺される

And Then There Were None, 1939

【おはなし】

U・N・オーエンなる人物に招かれ、あるいは雇われて、孤島に集った男女十人。彼らが滞在することになるモダンな屋敷には、十人のインディアンが一人ずつ消えてゆくという歌詞の童謡と、十体のインディアン人形が飾られていた。

晩餐の席で突如、奇妙な声が食堂に響いた。それは彼ら十人の過去の罪を暴き、断罪するものだった。そして直後、あの童謡とそっくりの状況で一人が絶命。十体あったはずの人形が一つ減っていた。荒天により本土から隔絶された孤島の屋敷で、一人、また一人と、集められた者たちは歌詞に沿って殺されてゆく——。

なんだか妙にこわい。というのが小学生の頃にこれをはじめて読んだときの感想だった。今回読んだときも、押し殺したような暗い空気が強く印象に残った。きりきりと締めあげられてゆくような感覚。一種ニューロティックな不吉さ。

そう、本作は異色作だ。そう断言したい。これはクリスティーのビブリオグラフィのなかで異彩を放つ。その異様さのせいでミステリというジャンルから外れるのではないかという気さえする。

ここらで大急ぎで記しておけば、『そして誰もいなくなった』はミステリ史に名を残す不滅の傑作である。そんなことは誰もがご存じであろうと思うが、なにかの拍子で未読だというかたがおられるなら、何をおいてもまずはお読みなさい、と言っておきたい。これがなければ『十角館の殺人』も『クビキリサイクル』も存在しなかったはずだ。

とはいうものの、キイとなるトリックは他愛ないといえば他愛ない。これだけ取り出したところで、とくに感銘を受けるようなものではない。そういう意味でいえば『十角館の殺人』や『クビキリサイクル』のほうが創意にあふれているだろう。クリスティーの「演劇趣味」がよくわかるキレ味のいいトリックではある。だが、このトリックは「孤島で全員が殺される」という設定を支えるために要請されているのであって、本作を歴史的名作にしているのは何よりも設定に尽きる。この閉所恐怖症じみた窒息感を生み出した、この設定こそが。

本作は邦訳にして四百ページ足らずの短い作品である。「そして誰もいなく」なることはすでにわかっているから、全体で十人の死が描かれるわけで、つまり（発端とエピローグを除いて）平均すれば約三十ページごとに一人死ぬという猛烈な殺害ペース。作中に名探偵は登場しないから、クールな推理が描かれるわけでもない。登場人物たちはひたすら死の恐怖におびえ、自分たちのうちの誰かが殺人犯なのだという不安に苛《さいな》まれつづける。描かれているのは死の様相と恐怖と、自分を断罪する何者かに触発された主人公たちの罪悪感だけといっていい。

死と死のあいだのインターバルは三十ページがせいぜい。だから基本的には生き残っている人物同士の会話と行動とで紙幅は埋められる。それはまさしく舞台劇のようであり（私は『ねずみとり』を連想した）、その中心にはつねに死がある。

クリスティーがはじめて書いた長編恐怖小説が本書だった、と言っていいのではないか。もし本作が二〇一〇年代に刊行された小説であれば、ミステリには分類されずに、『バトル・ロワイアル』などと同じデスゲーム小説のラベルが貼られていたはずだ。

さっき記したように、私が本作を読んだのは小学生の頃だったのだが、同時期に『オリエント急行の殺人』を読んだのを憶えている。読後の印象は非常に似通っていた。キリキリと神経がきしむようなダークな空気感である。以前にも述べたとおり、『オリエント急行の殺人』は、「殺人」から視線のそれる瞬間を完全に排除した作品だった。つまり、これも異色作である。

そしていま、私は思うのだ――この二作は対《つい》をなすのではないのかと。ちなみに『そして誰もいなくなった』は『オリエント急行』の五年後、一九三九年の発表である。

【以下は『オリエント急行の殺人』の読後に読まれることを推奨します】

外界から隔絶された空間での殺人であること。その外部にいる者には真相はおろか何が起きているのかも見えず、最終的に内部から「解決」が一方的に発信されること。殺人以外の要素を排除して突進する構造。犯人の数もあちらとこちらでは正反対。

この二作は双子のようだ。

そして何より似通うのは「殺しの動機」である。『オリエント急行の殺人』の動機と、『そして誰もいなくなった』の動機は事実上まったく同じだ。しかし前者は読者の共感を呼び、後者は読者を恐怖させる。この「対」の関係は偶然とは思えない。

この動機は、クリスティーにとって重要な問題だったのではないか。『そして誰もいなくなった』は、ミステリとしては解決が犯人の告白に頼っていて、エレガントとは言いがたい。しかしクリスティーは犯人に動機を語らせた。「犯人による内心の吐露」こそが重要だったからに違いない。この、あまりにおそろしい心性の開陳こそが。

例えば私には、ここから『鏡は横にひび割れて』のあの動機につながる線がみえる。『そして誰もいなくなった』の犯人像に、直前の『殺人は容易だ』の犯人に端を発して、やがては『親指のうずき』の犯人へつながる系譜をみる。

謎解きミステリにおいて、殺人の動機は、「謎＝犯罪」を発生させる必然性をエクスキューズする以上のものではなかった。あるいは、それ以上の役割を負わなくても許されるものだった。それなのに動機に重点をおくのは、そこに「ミステリを書く」という以上の意志が介在していた証拠だろう。

クリスティーが生み出したもっとも前衛的なミステリ二作は、ある問題意識を映したネガとポジのような関係を成しているように思えてならない。

82 『春にして君を離れ』

★★★★

未読はおれが許さぬ

Absent in the Spring, 1944

【おはなし】

体調を崩した娘を見舞うため、バグダッドを訪れたジョーンは、帰国の途上で女学校時代の友人ブランチと邂逅《かいこう》する。それぞれに行く先の違う二人は翌日には別れるが、ブランチのもらしたひとことが、ジョーンのなかにひっかかりつづける。

そして荒天のために砂漠のなかの宿に足止めされたジョーンは、自分の人生と己自身の姿を見つめなおす――裕福で穏やかな夫と、よき子どもたちに恵まれた自分の人生の真実を。

これはヤバい。――そう思った。

これは読む者に呪《のろ》いをかける類の小説である。

ある種の悪意、あるいは、何かへのある種の告発――そういったものの存在を思わせる容赦ない筆致、容赦ない物語。殺人は起こらず、名探偵も登場せず、なんらの違法行為さえ起こらない。つまり、本作はどうみてもミステリではない。だが、だからといって**本作を軽んじるような人間には恐るべき苦痛に満ちた死が降りかかるであろう**と、私は言う。

いや、本作もまた一種のクライム・フィクションであるのだろう。他者の魂や尊厳を殺害する罪を断罪するクライム・フィクション——ここにあるのは、『殺人は容易だ』や『そして誰もいなくなった』や『親指のうずき』の犯人たちが抱えていたのと同じ、肥大し歪んだ自意識と、それによって他者を一方的に否定して恥じぬ閉ざされた魂のありようなのである。と、もうこれだけで筆を擱《お》いてもよいような気がしている。

未読のひとは即座に読むべし

と叫べば、もうそれでよいのではないか。この無駄なくサスペンスフルで主題を誤解の余地のなく描ききった傑作を前に、贅言は不要だ。そう思うのである。

読み終えたのちに私のなかに残った、世界の底が抜けてしまったような絶望じみた感覚。茫漠とした虚無に放り出されてしまったような不安の感覚。この「穴」のようなもの。これを無理に言葉で満たす必要はないように思えてならない。読んだ者の心のなかに『春にして君を離れ』という小説が残す、何か大きなものの痕跡のような虚無——それをただ抱擁し、その感覚を噛《か》み締めれば、もうそれでいい。そのときに私たちの脳と身体が感じるものこそが、この作品というものを十全に語るだろう。そう思うからだ。

そうはいっても本作について何かしらもっともらしいことを語るのが私の使命であるから、野暮を承知で少しだけ雑文を付け加えておこうと思う。だが、もしあなたが、ここまで延々とクリスティーについて書いてきた私の見解に多少の信頼を感じておられるのなら、以下の文章など読まずに本屋へ駆けてゆき、『春にして君を離れ』を買って速攻で読むべきだという私の言葉を信じてほしい。

ゆえに以下の文章は『春にして君を離れ』を読んだ人間に向けて書く。要するに**未読は許されないということだ**。一応はネタバレに配慮して書くが、これだけは言っておきたい。**未読はおれが許さん。**

本作はメアリ・ウェストマコット名義の第三作で、一九四四年に発表された。直前にはコミカルな『動く指』と、ノンシリーズ作品『ゼロ時間へ』が発表されている。直後には『死が最後にやってくる』『忘られぬ死』と、ノンシリーズ作品をたてつづけに発表。ちなみに、すでに紹介した作品では『ホロー荘の殺人』が本作のつぎにくる。

『愛の旋律』『未完の肖像』、そして『春にして君を離れ』。メアリ・ウェストマコット名義の三作を通じてクリスティーが描いてきたのは、「妻であること」「女性であること」だった。そして『未完の肖像』がそうだったように、そうしたテーマの根幹には、最初の結婚に破れて心を病んだクリスティー自身への批判／批評があった。古風な「良妻賢母」志向、それを導く「保守的な道徳」、そういったものへの批判的なまなざしと言ってもいいかもしれない。

本作の主人公ジョーンは、女学校の倫理から外に一歩も出ず、学校という繭の外にある現実に直面することを避ける。彼女の脳内世界はわかりやすく整形されていて、そこにそぐわない現実の複雑性から彼女は目をそむける。そんな彼女はつまり、『ホロー荘の殺人』におけるガーダと同じ種類の女性である。

『未完の肖像』や『ホロー荘の殺人』で、ガーダのような女性たちは、夫に抑圧され、従属する、不幸な者として描かれていた。だが本作のジョーンは違う。彼女は自分を含むすべてを抑圧し、結果として「幸福な者」となりおおせた女性だ。自分の外部の「夫」や「子」が存在しなければ自身を規定できない「良妻賢母」という所与のモデルを彼女は疑わず、自身のありようを内省することもなく、しかし「理想的な自分」を成立させるために「夫・子＝外部の世界」を歪めてゆく。その結果としての幸福なのだ。

そんな彼女の内面の空疎さを、その絶望的な孤独を、クリスティーはほとんど悪意に近い容赦のなさで暴きたててゆく。その過程において「何事も見かけどおりでない」というクリスティー・ミステリの流儀が見事に援用されていることも見逃すべきではない。

と、ここまで書いて、私は立ち止まる。『春にして君を離れ』という小説は――ジョーンにとっての砂漠のように――一種の触媒として作用して、それを読む者の価値観を暴いてしまうものなのではないかという予感に打たれて。

例えば、さきほど私は「良妻賢母」というものへの違和感を表明した。これはおそらく、私の母親が仕事を持つ女性であったことと無縁ではない。私にとって「良妻賢母」というモデルはリアルでないからだ。あるいは解説で栗本薫氏が指摘するように、ジョーンのような母親を持ったかどうかでも変わってくるだろう。ジョーンの夫にずるさをみる者もいれば、私のように底知れぬ絶望と諦念を感じる者もいる。

そんなふうに本作は、たぶん読む者によって色彩を変える。ひとつだけ確実に言えるのは、発表から七十年以上を経てもなお、本書の内容がまったくもって古びていないことだ。もうこれ以上、贅言は重ねまい。「ミステリの職人」という器からあふれ出してしまう「クリスティー」が、最高度に凝縮されたかたちで結晶した傑作。それだけで十分だ。おそるべき小説である。必読。

83 『ゼロ時間へ』

★★★★☆
中期クリスティーの総決算

【おはなし】

九月。休暇をすごすべく海辺のリゾート地に集まってくる男女。だがそこには不穏な気配が漂う――その発生源は名スポーツ選手ネヴィルをめぐる多重三角関係である。そもそもこの時期はネヴィルの前妻オードリーが同地を訪れるのが恒例となっていた。そこにネヴィルが現在の妻ケイを連れてやってくるのだ。さらにはケイの元恋人テッド、オードリーを恋慕するトマス、オードリーを不憫《ふびん》に思う富豪未亡人とその世話をするメアリーなどが集まり、不協和音が響きはじめる。

そしてその背後では、何者かが「殺人計画」を周到にたてているのである。

Towards Zero, 1944

かつて私は中期のクリスティー・ミステリの完成形として『白昼の悪魔』を推した。だがこれは訂正すべきかもしれない。この『ゼロ時間へ』も、その名にふさわしいからである。

本作は『白昼の悪魔』と対を成すような状況設定のもと、『白昼の悪魔』同様の緊迫感でドライヴし（キビキビした展開ののちにクライマックス前に驀進《ばくしん》を開始する『白昼の悪魔』に対し、本作は後半にゆくにしたがって加速の度合いが高まる多段式ロケットのような造り)、同様の犯人像(これは『殺人は容易だ』に通じるものだが、本作や『白昼の悪魔』では純粋性を増している)を配し、しかしミステリとしての仕掛けはこちらのほうが前衛的。似ていながらも大きく違い、クオリティは同等――。

つまり傑作なのである。

物語の進行自体は『ナイルに死す』～『死との約束』～『白昼の悪魔』で極められたフォーマットに則っている。危うい人間関係/恋愛関係をはらんだ六、七人の人間たちが一ヵ所に集まり、ときおり険悪な気配を放ちつつも日常的な交流をするさまが前半で描かれてゆく。そして、険悪な気配が静かに少しずつ蓄積していった挙げ句に、殺人が発生する。

この「殺人の前のドラマ」が見事にサスペンスフルで読ませるということは、もうさんざん繰り返してきた。本作で、こうした緊迫劇を演じるのは以下のような人物たちである――

・**若くビッチめいた奔放さを持つ現在の妻**(『白昼の悪魔』『杉の柩』『五匹の子豚』の被害者の系統)
・**もの静かで感情をあまり出さず、〝幽霊っぽい〟と言われている前妻**(『杉の柩』のエリノア系)
・**家柄のいい前妻と別れて美女と結婚したイケメンのスポーツマン**(クリスティー お得意のキャラその1)
・**富豪の未亡人のそばに付き添う聡明な女性**(『ホロー荘の殺人』のヘンリエッタ系)

・あまり身分の高くない色事師っぽい怪しい美男（『満潮に乗って』などでおなじみ）
・気が強くてコワいが公正で食えないおばあさん（クリスティーお得意のキャラその2）

などなど。「中期クリスティー全部入り」である。これを「人物が類型的」と批判するなかれ。まあ、「類型的」といえば確かにそうなのだが、これは確信的犯行なのではないかと私はみる。つまり『ゼロ時間へ』は意識的な実験作なのではないかと疑っているのだ。

「世間が考える殺人ミステリ」というものを意識的に展開したのが『ポアロのクリスマス』だとすれば、『ゼロ時間へ』は、それと対を成す。つまり、「わたしが考える殺人ミステリ」が、『ゼロ時間へ』なのだ。執筆意図を饒舌《じょうぜつ》気味に記した献辞が巻頭に置かれているという点でも、本作と『ポアロのクリスマス』は相似形を成している。

「世間の考える殺人ミステリ」として、クリスティーが『ポアロのクリスマス』で書いたのは、「血みどろの密室殺人」だった。では「わたしが考える殺人ミステリ」たる『ゼロ時間へ』とはどんなミステリなのか。つまり「『中期クリスティー・ミステリ』とは何か」という問いに対してクリスティーが提示した答えは何だったのか。

簡単だ。「ゼロ時間へ towards zero」という文言がそれである。

クリスティーは、本編と無関係な法律家たちの歓談をわざわざプロローグに置いて、「ゼロ時間へ」という言葉をわざわざ語らせている。それも「推理小説批評」の台詞のなかで。そう、「ゼロ時間へ」は単なる題名ではなく、「マニフェスト」なのだ。

「わたしの考える"ミステリ"は、殺人という"ゼロ時間"へ向かって動き続ける人間関係のプロセスを描くものなのだ。そして、これからはじまる物語がそれである」――本作のプロローグにクリスティーが負わせた役割は、このマニフェストを告げることだった。『ポアロのクリスマス』の献辞がそうだったように。

「ゼロ時間へ」というフレーズは、『ナイルに死す』以降のクリスティーの傑作群の構造をクリスティーが自ら解説したものだ。つまり――

一九三七年、『ナイルに死す』。一九三八年、『死との約束』と『ポアロのクリスマス』。

一九四〇年、『杉の柩』。一九四一年、『白昼の悪魔』。一九四二年、『五匹の子豚』。

そして一九四四年、『ゼロ時間へ』。

本作は、クリスティーによる中期クリスティー・ミステリの総括である。本作以降、「殺人にいたるドラマ」を描くクリスティー・ミステリが趣を変えてゆくのも、傍証である。

一九四六年、『ホロー荘の殺人』。すでに物語は変化しはじめている。

一九四八年、『満潮に乗って』。ここまでくれば変化は顕著だ。物語はファットになり、ミステリのための道具立てという以上の重みを持ちはじめている。

つまり本作以降、「ゼロ時間へ」というコンセプトを物語の骨子とする作品は減ってゆく。

そして、このテーマと入れ代わるように、一九三九年の『殺人は容易だ』『そして誰もいなくなった』で芽吹いた「他者の生命を奪う人間の心」の問題が重要性を増してゆく。『白昼の悪魔』も同じ系列にあり、「生命＝life を奪う」を「life＝人生を奪う」と読み替えれば、一九四四年の『春にして君を離れ』もこの流れに置ける。

さて、「中期クリスティーの流儀」を意味するのが「ゼロ時間へ」という言葉であるなら、本作の仕掛けはとりたてて斬新じゃないのでは？　と、未読のかたはお思いになるかもしれない。正直な話、私もそう思って読み進めていた。

だがそうではない。「towards zero」、「ゼロ点に進んでゆく」というのは単なる修辞的な物言いではないのだ。このあたりについて触れると驚きを減ずることになるので自制するが、本作は言葉の真の意味でゼロ点に向かおうとする造りになっている。そしてこの「ゼロ点」は、本作が謎解きミステリとして成立しうるギリギリの時点に置かれている。

左様、これまでの中期クリスティー・ミステリでも、「ゼロ点」と呼びうる瞬間に向かうドラマが描かれてきた。だが『ゼロ時間へ』で、その構造はほぼ究極的なところまで押し進められた。本作を「前衛的」と呼ぶゆえんである。

ほかにも、①警察介入までの物語にダブル・ミーニングや言い落としを駆使した手がかりとミスディレクションが詰まっていること、②メアリ・ウェストマコット的な「結婚／妻／夫」の問題が描かれていること、③これまでも印象的だったが活躍の場がなかったバトル警視がついに大活躍すること、④警視の推理にエルキュール・ポアロの流儀や記憶が大いに貢献すること、⑤最後の最後に素人探偵と公的な捜査員の倫理観の違いを鮮やかに示すヒロイックなカタルシスが用意されていること、などなど、本作には、これまでのクリスティー作品の要素が「全部入り」になっている。どうみても確信的犯行だ。

クリスティー的なキャラのオールスター・キャストであり、クリスティー的なテーマがいくつも組み込まれ、クリスティー的な流儀の粋で編み上げられた、この時点でのクリスティーの総決算。

もう一度繰り返そう、本作は傑作だ。

84 『死が最後にやってくる』

☆驚愕のないないづくし

Death Comes as the End, 1944

【おはなし】

紀元前二〇〇〇年、エジプト。インホテプの一家は、墓所守として裕福に暮らす大家族である。しかし家には不和がくすぶっている。専制的な家長インホテプのもと、長男ヤーモスは父の事業を一向に任せてもらえず、その妻はヤーモスに始終発破をかける。末の息子は長男になりかわろうと野心を燃やし、父の側近の老侍女は不和の種をまく。

頭脳明晰《めいせき》な父の助手ホリと、夫を亡くして家に戻った娘レニセンブが事態を憂慮していた矢先、父が家に戻ってきた——若く傲慢な愛人ノフレトをともなって。一家はたちまちギクシャクしはじめ、やがてノフレトが変死を遂げる。

世の中には二種類の人間がいる。博物館を好む者と美術館を好む者である。ちなみに私は後者。そして本作はきっと、前者のようなひと向けの作品なのだろう。私は本作に何の感慨も感じなかったが、それは後者の人間だからに違いない。そうとでも思わないかぎり納得できないほどに、本作には**見るべきところがまるでない**からである。

読んでいてまず戸惑うのは、情景描写というものがほぼ完全に欠落していることである。どんな家なのか、どんな衣裳なのか、どんな気候なのか、といったことは少しも描かれない。つまりエジプトっぽいのは人名くらいだ。そもそも話は一家の屋敷だけで展開するので、大エジプトの壮大なロマンティシズムがあるわけでもない。

さっき書いたように、私は博物館派ではないので、エジプトへの特段の興味もなければ知識もない。そんな私が本作を読むと、まるで「昔のエジプトのつもり」とでかでかと書かれた真っ白い背景の前で、「昔のエジプト人のつもり」と書いた白いTシャツ姿の役者たちが現代劇を演じているようにしか見えないのである。背景や服装を脳内で補完できる博物館派の諸氏にとっては、もう少し味わいがあるのかもしれないが。

退屈なわけではないのだ。そこそこ読ませる。いちおうミステリにもなっている。しかし、いかなる意味でも「トリック」と呼びうるものは見当たらない。面白いロジックがあるわけでもない。犯人は勝手に登場して主人公を襲ってくるので探偵役が犯人を指摘するわけでもない。ロマンスはあるが意外性はない。主人公はいつものクリスティー的な女子であるから新味もない。彼女の造形も深みがない。いつものような才気も知性もない。主人公としての存在感もない。

驚愕のないないづくし。思わせぶりな題名は内容とほとんど関係ない。本作のいちばんの根幹である「古代エジプトという舞台」に必然性もない。まえがきでクリスティー自身が述べているとおり、本作の「物語」はいつものクリスティーと変わらないから、「こういう舞台設定ならではのこと」は何もない。「この小説」を読む必然性がまるでないのだ。

ほかの数多《あまた》の小説と比べて『死が最後にやってくる』がすぐれている部分は何もない。かといって、失敗作にある「うわーやっちゃったなー」という大惨事感すらない。**読んだあとで残るものが「読んだ」という事実しかない。**クリスティーがなんでこれを書いたのかまるでわからないのだ。**怪作**である。

「エジプトが好きだからエジプトを舞台にミステリを書いてみた」というだけなのだろうが、本当にそれだけ。ある意味すごい。

本作発表は一九四四年。初夏に『ゼロ時間へ』が、夏に『春にして君を離れ』が出た年で、本作は秋に刊行されている。同じ年にクリスティー名義の作品がもうひとつ出た、ということになるので、あくまでオマケ、個人的な手なぐさみで書いた員数外の作品とみるべきなのかもしれない。

85 『忘られぬ死』

★★★★

クリスティーの技術の粋

Sparkling Cyanide, 1945

【おはなし】

一年前に自殺を遂げた美女ローズマリー。いま六人の男女が彼女のことを考えている。彼らはローズマリーが死んだ瞬間、同じレストランの席を囲んでいたのだった。美しいが聡明ではなく、夫はいても愛人を持っていたローズマリー。彼女の死には謎が残り、この六人のいずれにも、彼女の死を願う動機があった。

そしてローズマリーの夫のジョージは、「ローズマリーは自殺でなく殺された」と記した匿名の手紙を読み、ある計画を実行に移す——ローズマリーの死から一年後の同じ日、同じレストランに、同じ客たちを集めて、あの死の真相を暴こうと。かくして事件の夜の再現が行われ……。

超完成度高い！

と唸った。クリスティー作品中で上位に位置するのではないか。『五匹の子豚』や『白昼の悪魔』系統の「クリスティーらしい手口」の凝縮／洗練を感じさせる。

さて右のあらすじはどうにも曖昧《あいまい》にみえるかもしれないが、これは本作を読む興趣をできるだけ殺《そ》がないようにした結果である。できるかぎり予備知識なく、カバーのあらすじも見ずに読みはじめることをお勧めする。私はクリスティー作品をあらすじも何も見ずに読むようにしているが、本作の第二部のラストで起きた出来事に不意打ちの衝撃を食らったのだ。この心地よい驚愕をスポイルしたくない。

そしてまた、本作の核心であるローズマリーの死の経緯についても、クリスティーは意図的になかなか明かそうとしない。全容がわかるのは半分くらい読んでようやくである。読みながら徐々にわかってくる昂奮《こうふん》が本作の前半のサスペンスを支えるものになっているわけで、それをあらすじとして無造作に要約してしまうのは誠実でないだろう。

ということで、前情報抜きで読みはじめていただきたい。出来は保証する。

本作は一九四五年の発表。『死が最後にやってくる』と『ホロー荘の殺人』にはさまれる。あらすじにあるように、本作は「過去の殺人」を扱った作品で、これは「記憶のなかの殺人」として後年のクリスティーがくりかえし追求するモチーフである。本作の三年前に発表された大傑作『五匹の子豚』がこの趣向の第一作であり、本作が二作目となる。『五匹の子豚』で容疑者たちがそれぞれに殺人の日の証言を語るように、本作でも第一部で、容疑者六名の視点による六つの短い章として、殺人の夜に至る被害者と自分の関わり（と、それ以降の日々）の回想が語られてゆく。全員に相応の殺しの動機があったことがここですでに示される。つまり本作は、『五匹の子豚』の変奏曲だ。

少数の容疑者全員に動機がある。表面上の怪しさの濃淡はあれど、相手はクリスティーであるから、そんな表面上の濃淡を鵜《う》呑《の》みにするべきではない――となると、「犯人が誰であってもおかしくないから誰であっても驚かない」という好ましからざる展開になってしまいそうだ。「三匹の盲目のねずみ」(『愛の探偵たち』収録)がそうだったように、「いちばん怪しくない人物こそ怪しい」という「裏の裏の裏の裏……」という無限に不毛な循環を成してしまいかねない。

そんななかでクリスティーは意外な犯人を演出してみせるのである。驚くのだ。本当に。驚いたのだ。

ミスディレクションの見事さ、犯人の隠し方の大胆さと巧みさで、本作はクリスティー作品でも確実に上位に入る。「砂にかかれた三角形」という短編(『死人の鏡』収録)をご記憶だろうか。あの短編は、人間関係のミスディレクションを最小限の枚数でやってのけた実験作だというのが私の見立てだが、あれと同等の鮮やかさが炸裂《さくれつ》している。「なにごとも見かけどおりではない」というクリスティーの核。それが見事にここに活きている。それを実現するための叙述の妙技が、冒頭の断章には仕掛けられている。それは『アクロイド殺し』や『茶色の服の男』でクリスティーが仕掛けたのと同じ妙技の新たな展開である。冒頭で内心を吐露する六人がいずれも容疑者なのだから叙述に嘘があるのは当たり前だろうと未読のかたは思うかもしれないが、そんなふうに舐《な》めてかかった瞬間、あなたはもうアガサの掌中にいるのである。

クリスティーにおける「過去の殺人」というモチーフは、「すでに起きてしまった不変の過去」が、じつは「見かけどおりでなかった」という転回を、ミステリの芯にしたものだと言えるだろう。

本作の原形となったのは一九三〇年代に発表された短編「黄色いアイリス」である。この短編を評して、私はクリスティーの演劇指向の粋だと書いたが、それは本作においても同様である。『忘られぬ死』は、犯人探し《フーダニット》だけでなく、殺人の手口《ハウダニット》も重要な謎となったミステリとなっているが、トリック自体は例によってどうということもなく、『メソポタミヤの殺人』や『雲をつかむ死』あたりと比べても大差ない。しかしこれが「意外な犯人」と組み合わさると、素晴らしい効果を発揮するのだ。

フーダニットとハウダニットの融合という点で、クリスティーは『オリエント急行の殺人』以外に、それほどの作品を残していない。あとはせいぜい『白昼の悪魔』くらいか。トリックはたいてい、意外な犯人のための前菜にすぎなかった。だがこの『忘られぬ死』で、両者の融合はきわめて鮮やかだ。その点でいうなら、本作は『オリエント急行』を凌駕《りょうが》しているのではとさえ思った。

クリスティーの叙述の周到と、物語作家としての力量、そして演劇指向。そのすべてが最高の融合をみせた快作。完成度はきわめて高い。

ところで、本作のキモをきっちり押さえた映像版があるとしたら、是非ともそれを観てみたいと私は思っている。観終えたあとにもう一度観直して、ニヤリとさせられる——そんな最高度のヴィジュアル・トリックが実現できると思うからだ。

86 『さあ、あなたの暮らしぶりを話して』

★★★

アガサの中東珍道中

Come, Tell Me How You Live, 1946

【おはなし】

夫マックスがシリアへ発掘旅行に向かう。わたしは夫とともにオリエント急行に乗りこみ、エキゾティックな地、中東をめざす。感情をめったに表さない非社交的な助手マックや、西欧人とはまったく異なる価値観で動く中東の人々に振り回される日々。三度にわたるシリア遠征を活き活きと描き出す。

これは小説ではない。最初の結婚に手ひどく失敗したあと、一九三〇年にクリスティーが十四歳年下の考古学者マックス・マローワンと再婚したことはすでに幾度か書いたが、本作は、その夫マックスの発掘旅行に同行した記録である。

発表は一九四六年。同年に本作に先んじて刊行されたのが『ホロー荘の殺人』であり、翌年に『ヘラクレスの冒険』が出ている。『ホロー荘の殺人』の前には『忘られぬ死』、『ヘラクレスの冒険』の次には『満潮に乗って』が刊行されて、つまりはクリスティーがシリアスで心理的な作風に転じた時期の作品ということになる。

ところが本作は元気にユーモラス。シリア遠征の前準備としての買い物の苦労から語り起こされ、埃《ほこり》っぽい中東の地をゆくさまが「珍道中」という言葉がふさわしい感じで語られてゆく。

要するに『どくとるマンボウ航海記』のような「旅ものユーモア・エッセイ」ということである。中東に行って、発掘して、帰って、というのが三シーズン繰り返されるだけであって、特段の一貫したドラマのようなものはない。ただクリスティーのユーモラスな日々のスケッチを楽しめばよろしい。

本作に横溢する陽性のユーモアは、『秘密機関』や『茶色の服の男』といった初期作品と同質である。タペンスに代表される「おきゃんな女子」は、クリスティーの「素」のものだということがわかる。好き放題に書いたせいで、ちょっとだらしなくなっちゃった感じも『秘密機関』などに通じる。

中東への発掘旅行を描いているといっても、学術的な事柄にはほとんど触れられていない。クリスティーはもっぱら、発掘にかかわるひとたちの姿を可笑しみをもって書いている（あと食べ物）。このあたりは『メソポタミヤの殺人』で巧みに描かれた発掘隊の人間模様を思わせて、クリスティーが基本的に人間観察好きであること、多人数の集団を構成する人間たちを「キャラ」として器用に単純化して描き分ける才能に秀でていることがよくわかる。

ちなみにクリスティーは、『メソポタミヤの殺人』の被害者と同じ立場で、この一連の発掘旅行に加わっている。本作の執筆は一九三六年の『メソポタミヤの殺人』よりずっとあとだが、クリスティーが本作で描いている発掘旅行のうち、最初のシーズンのそれは一九三四年に行われたとされているから、この中東体験をベースとして、『メソポタミヤの殺人』は書かれたのだろう。そのなかで、自分と同じ境遇にある発掘調査隊内の女性の異分子を殺害してみせたのは、ちょっとした皮肉だったのかもしれない。

発掘調査から十年ほどが経ってからクリスティーが本作を書いたのは、この旅の思い出がスペシャルなものであったせいだ。『死が最後にやってくる』の解説で深堀骨《ふかぼりほね》氏は、同作を「年少の考古学者と結婚したクリスティーのノロケ」ではなかったかと記しているが、それは本作にも当てはまるだろう。じっさい本作は「アガサ・クリスティー」ではなく、「アガサ・クリスティー・マローワン」と、夫の姓を加えた本名で刊行された。

中東のひとびとを「純朴な文化的後進の地の原住民」といった按配の、あまりにナイーヴな見方で描いているのはツッコミどころだが、クリスティーはべつに学術的関心を抱いて中東を旅していたわけではない。かの土地に萌《も》え出るロマンティシズムを愛していたのだ。本作を読むと、それがよくわかる。

87 『暗い抱擁』

★★★★

魂の地獄か、善のめざめか

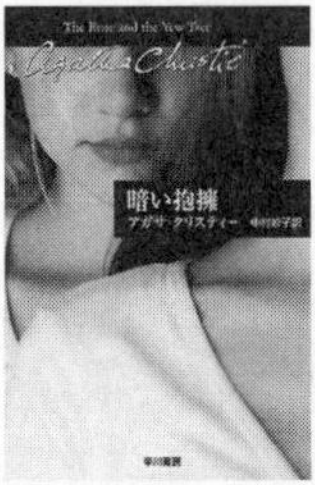

The Rose and the Yew Tree, 1948

【おはなし】

ふいに家を訪ねてきた女が口に出した名前は、私のなかに激しい憎悪をよみがえらせた。ジョン・ゲイブリエル——その男が美しきイザベラに対して為したことを私は今も赦《ゆる》してはいない。だが女によれば、いま世間で高名な慈善家ファーザー・クレメントが、ゲイブリエルだというのだ。そして今、彼は死の床におり、私と会いたがっているのだという。

すっかり老いさらばえたゲイブリエルを見舞った私は、彼から驚くべき話を聞かされる。それは私もよく知っていたはずのイザベラの死に深くかかわることだった。その衝撃のなかで、私はこれから、ゲイブリエルと私とイザベラをめぐる過去の物語を綴ろうと思う。事故で下半身が麻痺した私が住まう村から、保守党の議員候補としてゲイブリエルが登場した日々のことを……。

まず最初に忠告しておきたい。クリスティー文庫にせよハヤカワ文庫にせよ、本書の裏表紙に書いてあるあらすじは絶対に読んではいけない。

私はいつものように題名しか読まずに本文にあたったのだが、読後にあらすじを読んで愕然とした。そこには、全体のあたりでようやく語られるできごとが書いてあったからだ。言わば『暗い抱擁』という小説は「あらすじに書いてあるこの出来事」に至るまでの物語だとも言えるわけで、もはやネタバレとか何とかいう話ではなく、**何もかも台無し**である。

メアリ・ウェストマコット名義による本作、なかなかの傑作である。田舎の選挙戦をめぐる騒動が書かれているだけなのに、きわめてサスペンスフル。途方もなく恐ろしい小説でもある。ある意味で『春にして君を離れ』よりも恐ろしい。罪悪感のもたらす心の地獄のようなものが、読後、私のなかには残った。

さて、右の「おはなし」で紹介しているのは序章部分だけである。物語の本編では、ジョン・ゲイブリエルという他所者《よそもの》が小さな保守的な村に引き起こす波紋が「私」の眼を通して描かれてゆく。物語を支えるのは、ゲイブリエルという男の破格の魅力である。

下層階級に生まれた醜い相貌の男。それがゲイブリエルだ。この男は非常にエネルギッシュであり、議員候補として演説をはじめればカリスマ的な魅力を放ち、自分の評判を上げるためには手段を選ばない。川で溺《おぼ》れる子どもを見つければ、泳げないのに即座に飛び込んで救助して大いに評判を稼ぐが、しかし観客がいなければ飛び込んだりせずにボートを出して救出しただろうとうそぶく。外見的には美男でもなんでもないが、女性には非常にもてる。そんなゲイブリエルのなかには、上層階級の者たちへのルサンチマンが熱く暗く巣食っていて、それが彼のモチベーションになっているようだ。

それを語り手の「私」は、軽侮の眼で見つづける。「私」は、よい育ちで生まれながらも、大恋愛の末の駆け落ちの途上で事故にあって寝たきりの境遇となった。つまりゲイブリエルは、「私」と正反対の人間であり、そんなゲイブリエルへの羨望が、これまた熱く暗い鬱屈として「私」のまなざしには宿っている。

そこに、DVに苦しむ「不幸」な人妻や、落魄《らくはく》しかけた貴族の娘イザベラがからんでゆく。危うい恋愛事件の気配が徐々に濃厚になるさまが、ゲイブリエルの選挙戦と並行して語られてゆくのだ。

さて本作は、「死の床のゲイブリエルから聞かされた意外な真実を『私』が書き綴っている」という枠を持っている。つまり「私＝ゲイブリエル＝イザベラ＝選挙戦」の物語は大過去に起きた前奏曲でしかない。そのずっとあとの近過去で聞かされる「意外な真実」こそが本題であるはずなのだ。じっさい語り手も、「選挙戦の終了と、その直後の破滅的できごと」までが「前編」だと記している。

ところが、大過去の物語たる「前編」の終了は三二二ページ。結末までたった五十ページ足らずしか残っていないのである。

序章＝近過去で語られたゲイブリエルの姿と、本編＝大過去で語られたゲイブリエルの姿には大きなギャップがある。なぜゲイブリエルという男は劇的に変貌し、ファーザー・クレメントとなったのか、というのは、本作の大きな謎だ。そして、圧政の地にも死をおそれずに赴いたというファーザー・クレメントについても大いに知りたい、と誰もが思うだろう。大過去と近過去のあいだを描くのが「後編」であるはずだ。そしてある意味、「本編」でもあるはずなのだ。それが、たった五十ページで描けるのだろうか？

むろん、描けない。つまりクリスティーは「後編」を書かなかった。そこは空白のままに残した。代わりにそこに書かれたのは、イザベラの死をめぐる数行の真実と、それに関してゲイブリエルが口にする最後のひとこと。

それだけで、あの大いなる空白は埋められているか。埋められていない。埋めるのは読者の仕事として残されているのだ。そして何より、すべての焦点となる美女イザベラの内面は、ほとんどまったく描かれずに空白のままとなっているのである。

いくつもの「空白」が、『暗い抱擁』という小説には残されている。その空白に何をみるか。それは読者に委ねられている。『暗い抱擁』は、決定的な結論を読者に与えずに、ぶちっと断ち切るように幕を下ろす。物語の最後を謎のままにとどめる「リドル・ストーリー」だから、結末のうけとめかたは、読者によって大きく異なりうる。

だから、本作を善なるものの目覚めの物語として読む者がいても不思議ではない。だが私にとって『暗い抱擁』という物語は、人間の魂を拘束する罪悪感という亡霊／呪い／憑依の物語だ。ゲイブリエルのなかに、私は魂の地獄を見たからである。この解釈が唯一絶対だと言うつもりはない。私が本作の行間に読み取った主観的な印象が、あの断ち切られた物語のさきに幻視させたのが、そんな地獄めいたものだったというだけだ。

本作の最後の一行が仄めかすものが、私は恐ろしくて仕方がない。そこで示された真実がゲイブリエルにもたらしただろう魂の地獄が恐ろしい。彼をファーザー・クレメントに変えた魂のなかの化学反応を想像するのが恐ろしいのだ。

その意味で、本作は『春にして君を離れ』以上に、読む者の倫理観や人間観を露わにしてしまう小説なのかもしれない。同じように主要人物の変貌を描かずに残した点では『愛の旋律』に似ている。しかし『愛の旋律』での叙述の空白は、『暗い抱擁』ほど多彩な解釈を許さない。『暗い抱擁』は、物語の中での大きな転回点を空白として残し、そこを読者ひとりひとりの想像と解釈にゆだねることで、「恋愛／結婚」というウェストマコットの一貫した主題を、もっとずっと大きく、恐ろしく、底知れないものとして描き出すことに成功した。それは硬質なロジックで結婚を解析した究極の作品『春にして君を離れ』を通過したあとの、しかるべき進化と言っていいように思う。傑作だ。

なお、本作がきわめて演劇的なつくりであることを最後に付記しておきたい。語り手「私」は下半身が麻痺しているがゆえに、ずっと自室に横たわっている。つまり本作で記されるのは、すべて「私」の部屋のなかでの出来事であり、ほかの人物たちは入れ替わり立ち替わり、「私」のところにやってきて、自分の内心や外界での出来事を語るという具合になっている。つまり「私の部屋」だけを舞台装置とした演劇だとみることができる。そして同時に語り手の「私」は、「観客＝読者」でもある。

「人間の真実の像は謎である」という問答が、本作では繰り返し行われている。もちろん、それこそはクリスティーの演劇的ミステリ作法の芯の芯だ。「観客＝私」には、目の前でさまざまなふるまいをみせる演者たちの内面は見えない。その極致が、本作の最大のキイポイントであるイザベラの内面ということになる。「私」たちに見えるのは彼女の言動だけであり、それが本作の力を増幅している。もっとも不可解といえそうな、彼女の言動の背後に何があったのか、それはわからないままに残される。

思い出そう、クリスティーはすでに傑作『杉の柩』で、登場人物の内面を演劇的な多義性の霧で覆い隠してみせていた。だから『暗い抱擁』は、解決編を欠いた『杉の柩』なのだ。ミステリ的な解決、ロジックによる世界の整形を捨てることで、クリスティーは、世界と人間の底なしの深みを描いたのだ。

88 『ねじれた家』

★★★★ あの名作へのトリビュートか？

Crooked House, 1949

【おはなし】

一代で財をなしたギリシャ人、アリスタイド・レオニデス。老アリスタイドは、奇矯な造りの屋敷に一族を住まわせていた。アリスタイドの孫娘ソフィアと恋に落ちた私は、ソフィアとの結婚話を進めるつもりだったが、老アリスタイドが毒殺されたという報に驚愕する。

そしてソフィアも、「わたしの一族は〝ねじれた家〟に住んでいるのよ」と、レオニデス一族のなかの不穏な空気について懸念を示す。危機感を抱いた私は、アリスタイド殺害の謎を追う。

静かな緊張感が持続する快作。ユーモア味は、「あたしは探偵なのよ」とうそぶいて屋敷をうろちょろするソフィアの年少の妹ジョセフィン（こういう子どもを描くのがクリスティーは巧い）の言動にみられる程度で、抑えたトーンの男性一人称で綴られてゆく。この手の語り口が選択されたのは、『アクロイド殺し』、『殺人は容易だ』、メアリ・ウェストマコット名義の『暗い抱擁』くらいか。全体を覆う緊張感は、この語り口に負うところが大きい。

そんなダークな空気から真っ先に連想したのは、『犬神家の一族』『悪魔が来りて笛を吹く』といった「大家族の当主が死亡して、一族の集う屋敷で捜査が行われる」タイプの横溝正史作品。あるいはヴァン・ダインの『グリーン家殺人事件』『僧正殺人事件』。あるいは山村正夫『湯殿山麓呪い村』——。

つまり日本人の大好きなタイプの「本格探偵小説」だ。もちろんクリスティーだから、レオニダス一族は犬神家や椿子爵家ほど奇矯ではなく、全体に常識の範囲内に収まっているが、むしろ横溝のほうが本作にインスパイアされたのかもしれない。当主が五十歳ほども若い妻をめとり、その妻が一族の者たちから侮蔑の眼を向けられているあたり（おじさんの寵愛《ちょうあい》を買う若い娘はクリスティー作品でいつも冷淡に扱われる役回りだ）、犬神家や椿家のギスギスした雰囲気と響き合うのである。『犬神家の一族』の連載開始は一九五〇年。『ねじれた家』の刊行の翌年だから、横溝が本作を読んでいた可能性はある。

さて。本作はネタがひとことで言えるタイプの作品なので、ここからは慎重に書かねばならない。クリスティーも、『オリエント急行の殺人』や『アクロイド殺し』がそうだったように、危険なつなわたりを駆使して、本作を書いている。真相を知って読み返すと、「危ないことするなぁアガサ」とあちこちで冷や冷やするのだ。

派手で装飾的な死もなく、物語の大半で描かれるのは一族の人間模様だけといっていい。けれども、一族の面々の秘密を小出しにして（それによって容疑の濃度をさまざまに変動させて）読者を飽きさせない手腕は見事の一語。中盤の軸となる「立会人の前で署名したはずの遺言状に署名がない」という不可解な謎もいい。

クリスティーのすぐれたミステリがつねにそうであるように、本作にも大した物理トリックは存在しない。だから上記の遺言状の謎の種明かしも何ということもないものだ。だが、それが読者に及ぼす作用をクリスティーは周到に計算していただろう。つまり遺言状の秘密は、「犯人捜しの綾《あや》」になるのと同時に、読者の意識のもう一層下の部分に作用して、ミスディレクションとして機能するのだ。そして「危ういつなわたり」の果てに出現するのは、強烈に意外な犯人である。そう、本作もまた犯人の意外性に焦点を引き絞った作品ということだ。

『ねじれた家』は、周到かつ綿密に企《たくら》まれた上等の謎解きミステリである。ワン・アイデアを軸に無駄なく組み上げられたという意味で、『アクロイド殺し』『オリエント急行の殺人』『白昼の悪魔』『三幕の殺人』の系統に連なる。クリスティーの騙《かた》りの天才と、ストーリーテリングの手綱さばきの見事さを証明する作品として、広く読まれるべき長編だ。

だが、ひとつ問題がある。本作が、ある超有名古典ミステリといろいろな意味で同じである点だ。件《くだん》の名作は本作よりだいぶ前の発表だから、クリスティーも知らないはずがない。それを、ほとんど同じモチーフで書いている。まるで競作のように。

とはいえ読み比べてみると、「犯人特定の流儀」が、それぞれの作者の性質をきれいに反映しているし、読み心地も違う。「名作」のほうは「必要性はあるんだけど書きすぎで展開がもっさりしている」という、あの著者らしいものであり、『ねじれた家』は、クリスティー一流のストーリーテリングで、すこぶる軽快でサスペンスフルに仕立ててある。古典海外本格ミステリのファンで、「あの名作」を読んだことがないひとはあるまいから、是非本作を読んで、いいいあちらの作家とクリスティーの流儀の違いを楽しんでいただきたい。……とはいえ、かの「名作」のほうがアイデアは先行しているので、どうしたって『ねじれた家』の分が悪いことは否定できない。

ただ、本作には一点、「あの名作」よりも深い要素がある。犯人の内面の問題である。「あの名作」では、作品全体を覆うゴシックな雰囲気を利用して、犯人の内面をおどろおどろしい「邪悪」のテンプレに押し込んで片づけたようなところがあった。だが『ねじれた家』でクリスティーは、同じ種類の犯人を通じて、『殺人は容易だ』以来の関心である「殺人者の病理」に踏み込んでいる。

ここに、「ミステリ」という小説についての自己言及的な批評が含まれているのに注意。初期の『おしどり探偵』などにみられた無邪気なミステリ観が、ここでは皮肉に客観視されている。これは「ミステリ」というものの根本にある反倫理性／罪深さという問題に通じてゆくものでもある。

その意味で、読者のミステリ愛が強いほど足をすくわれやすい作品かもしれない。先行例と比べて読んだほうが面白い、ということからも、『ねじれた家』は、ある程度ミステリを読んだひとのほうが楽しめる作品だろう。

あるいは、ミステリを読みはじめたばかりの読者には、すこぶる衝撃的な傑作として読めるだろう。

89 『バグダッドの秘密』

★スリラーの皮をかぶったノロケ

They Came to Baghdad, 1951

【おはなし】

タイピストとしてのスキルに難ありとして職を失ったヴィクトリアは偶然、エドワードという美男子と出くわし、ひと目惚れしてしまった。バグダッドに旅立った彼を追って、ヴィクトリアも同地へ。一方バグダッドでは、国際政治上きわめて重要な秘密会談の準備が進められていた。この会談に対する妨害の策謀が進んでいることを情報機関は察知、この陰謀の証拠を手にした秘密諜報員カーマイケルが到着するのを待っていた。ヴィクトリアは、それと知らず、その渦中へ飛び込んでいってしまったのだ。そしてバグダッド到着早々、殺人が!

不思議で仕方がない。

本作は一九五一年の作品である。すでにクリスティーは『五匹の子豚』や『白昼の悪魔』や『春にして君を離れ』といった緊密きわまりない作品を山ほど書いている。これらの作品でクリスティーは、無駄など一片もない見事な構成と、「何をどんなふうに書けば読者はどんなふうに思うか」を計算しつくした叙述とストーリーテリングを見せつけていた。

おそろしく切れる小説を、この時期のクリスティーは書けた。

なのにどうしてこうなってしまうのか。

まるで別人である。たしかに『秘密機関』とか『おしどり探偵』とかと同系統の小説だから、別人だとは思わないですが、でも何でこれ？　『春にして君を離れ』なんて凄いものが書けたひとなのに。やはり、こう断言するべきなのだろう――クリスティーのスリラーは賞味期限が切れてしまったと。

何がまずいといって無駄が多すぎる割にディテールが曖昧で、プロットは単純、それに載せられたストーリーも痩せ細っていることである。上記の「おはなし」が何だか散漫だとお思いのかたもいるのではないかと思うが、それはこの小説自体が散漫で、ストーリーの焦点もぼやけていて、肝心の陰謀の主体や背景を（解決に至っても！）ぼやかしていることによる。

陰謀に巻き込まれたヴィクトリアが、異国バグダッドで素人スパイとして奮闘するというのが物語の主筋なのだが、大したことは何も起こらず、半ばすぎでヴィクトリアが誘拐されても、緊迫感は少しも醸成されない。物語は、ゆるい傾斜の地面を流れる生ぬるい日向水《ひなたみず》のように、だらりだらりと進行するのみ。明確な水路も切られていないから日向水の進行方向も曖昧で、あちこちでのんべんだらりと水たまりになったりする。そして停滞したストーリーを要所要所で駆動するのは、ご都合主義という魔法だ。

さらに致命的なのは、ヴィクトリアにはタペンスのようなクリスティー流のおきゃんな娘たちの持っていた利発さも自立心もないことである。なにせ恋するエドワードに「三音節以上の言葉の綴りになると間違えてばかりいる、かわいらしいロンドンっ子のタイピスト」などと言われても平気なのだ。これは女性に対する侮辱ではないのか。こんな主人公がユーモラスな言動をくりひろげても、笑うに笑えない。

どうしてこんなことになってしまったのか。

もちろんひとつには、ミステリ作家としては超一流のクリスティーが、スリラー作家としては二流でしかなかった、ということがある。たぶんそれは、クリスティーが、「スリラーというのはこんなもんだろう」と思っていたせいだ。本作には、まるでメロドラマだ、とか、絵空事みたいだ、といった言葉が何度も書かれてある。クリスティーも自覚していたということである。自覚していて、これで良しとしたのだ。謀略の背景をなす面倒なあたりも全部ぼやかして済ませている。薄っぺらな物語を駆動するのに必要最低限の「陰謀」さえあればいいと言わんばかりに。

これは逃げであり甘えである。そこに頭を使うことをクリスティーは怠ったのだ。

もちろん、今日の国際謀略スリラーにもそういう甘えた作品はある。だが、そういう作品は読み継がれずに消えてゆく。だが本作は残ってしまった。それが問題の本質である。すぐれたミステリ作家アガサ・クリスティーが書いた、という一点ゆえに、この小説は、今後も読まれつづけてしまうのだろう。

クレイグ・トーマスのひりつくようなサスペンスや、ジョン・ル・カレの謀略の緻密さや、レン・デイトンが見事に描く異郷のありさま——そういうものを知った者にとって『バグダッドの秘密』は読むに値しない。
ル・カレもデイトンもいない一九五〇年代に書かれた、ということも言い訳にはならない。九〇年代以降の新本格ミステリを知る読者には、必然性のない見立て殺人や密室殺人、針と糸をつかった密室や氷の凶器、伏線のない双子や秘密の抜け穴、探偵が推理を開陳せずに犯人がすべてを告白する、みたいなミステリは許せないはずだ。それと同じである。作品の新旧は問題ではない。古くても素晴らしいものはあるのだから——そう、クリスティーのミステリのように。

本作が「こうなっちゃった」理由はもうひとつ。中東を舞台にしたことにもあるだろう。本作は『死が最後にやってくる』や『さあ、あなたの暮らしぶりを話して』と同じ系統にある作品なのではないか。この二つの作品は、「中東へのアガサの思い入れ」が前面に出たものであり、エッセイである後者はともかく、前者のミステリとしての空疎さは驚くべきものであった。

『さあ、あなたの暮らしぶりを話して』で、私は深堀骨氏の『死が最後にやってくる』の解説を引きながら、この作品は二番目の夫マックス・マローワンとの関係をのろけるためのものだったのではないかと書いた。その言葉は、『バグダッドの秘密』にこそふさわしい。ここにあるのはのろけでしかない。本作を読んだあとで、北原尚彦氏による解説（とくに四四三ページ）に目を通していただくと納得がゆくだろう。

これはスリラーという衣裳を身にまとったのろけなのだ。それ以上のものではない。

90 『娘は娘』

★★★★ スポーツを観戦するような

A Daughter's a Daughter, 1952

【おはなし】

四十一歳のアンの娘セアラが三週間の旅行に出た。若くして夫を亡くし、ただセアラのために暮らしてきたアンだったが、娘の不在中、リチャード・コールドフィールドという男やもめと出会い、たちまち結婚の約束をするに至る。帰宅したセアラに再婚の旨を伝えるも、セアラはリチャードと反りが合わない。娘と婚約者の仲がどんどん険悪になってゆくのに苦悩するアン。そしてふたりの衝突は決定的な段階にまで至る……。

メアリ・ウェストマコット作品第五作。

全編これ痴話喧嘩《げんか》である。と書くと、つまらない話だと思われそうだが、さにあらず。むちゃくちゃ読ませるのだ。大変なページターナーである。

本作は『愛の旋律』『未完の肖像』『春にして君を離れ』と同じく、「結婚（の不幸）」についての物語である。アンの再婚とセアラの結婚、この二つがいったいどんなふうに進んでゆくのか、という興味で読者を引っぱってゆく。物語の根底には、『暗い抱擁』にあった罪悪感の問題も横たわっている。

基本的に、書かれているのは恋愛沙汰のみだが、甘くロマンティックな場面は皆無と言ってよく、「痴話喧嘩」、つまりアンとセアラそれぞれの恋愛＝結婚がもたらす登場人物間のギスギスした軋みだけが描かれている。

これが果たしてどう落着するのか、という興味。すなわち他人の不幸を覗き見る後ろ暗い快感が下支えとなり、『『こいつが不幸の元凶だ』と思われる人物』の不幸を願うサディスティックな期待が、本作を駆動させるエンジンとなっている。

これは『死との約束』での〝《渡る世間は鬼ばかり》エンジン〟に似ている。『死との約束』では――あちらは殺人ミステリなので――「このムカつくババアを早く殺せ」という嗜虐的《しぎやく》な期待感が、殺人発生までのドラマをドライヴさせていた。本作は殺人ミステリではないから、途中の「殺人発生」でケリがつけられてしまうこともなく、「状況へのイラだち」と「天罰への期待」が最後まで持続する。最後の最後までイライラしてハラハラしてドキドキする、という寸法だ。

面白いのは、読み手によって「肩入れする人物／侮蔑する人物」が異なってくるだろうという点である。立場や感性によって、読者はアン陣営とセアラ陣営にわかれるんじゃないかと思う。このへんはクリスティーの計算ではなかろうか。

子どもを持っているかどうか。「恋愛」と「肉親への愛」のどちらを重視するか。あるいは自身が「親」であるか「子」であるか。それによって応援する陣営は変わりうる。クリスティーの筆致はニュートラルだから、最終的な「勝利」がどちらの側にもたらされるのかも読んでいるうちは判然としない。それがサスペンスを強めているのだ。いわば『娘は娘』を読むときのサスペンスは、贔屓《ひいき》のチームがプレイするスポーツの試合を観ているときのサスペンスに近い。

アン陣営かセアラ陣営かをわけるのは読む者の価値観なわけだが、この「選別」の基準は、突きつめればアンが結婚を決意する男リチャード・コールドフィールドをどう思うか、という点にある。この男を許容できるかどうかで、読者はアン側とセアラ側にわけられる。

例えば私は「セアラ側」で読んだ。そもそもアンとの出会いの場面からしてリチャードは古臭い不快な男だった（と私には思えた）し、のちに彼がセアラに向けて発する理屈の数々は恐ろしく不愉快に（私の耳には）響いた。だから私は、アンとリチャードの不幸を期待して読み進めたのだ。そんな私の眼には、クリスティーはセアラ側に肩入れして書いているというふうに見える。後半でのアンの有様を描く辛辣《しんらつ》さに、それが顕《あら》われているように読める。

だがしかし、たぶんそうではないのだ。それは、私の眼に映る『娘は娘』なのに違いない。

ポイントとなるのは、ミス・マープルのキャラを分割して割り振ったような二人の老女、世界を飛び回る元気なおばあちゃんローラと、アンに長年仕える女中イーディスだろう。この二人の視点によって、アンとセアラの感情はどちらも相対化される。どちらにも理があり、どちらにも非がある、ということを、老女たちの言葉が読者に告げるのだ。

物語とは現実の複雑性を単純化したものである。『娘は娘』は、複雑な現実と私的な感情物語にのすりあわせの最たるものである「結婚」を、その複雑さと多義性を犠牲にせずに、昇華してみせた小説だと私は思う。もちろん現実の複雑性はあちこちで大胆に単純化されており、それゆえにすこぶる読みやすい。つまりクリスティーは、核心となる多義性、人生の複雑性を、「リチャード・コールドフィールド」の一点に凝縮したのである。

現実世界には完璧な人間など存在しない。それでもひとは恋愛に陥るし結婚する。そこには必ず、何かしらの妥協がある。

リチャード・コールドフィールドという男について妥協できるか否か。そこをグレーゾーンに残したことが、『娘は娘』という小説の凄い企みだと思うのである。ちなみに本作は戯曲化されているが、舞台で演じられればリチャードの内面は観客にとって完全に不可視になるのだから、この「多義性」はより鮮やかになるだろう。

容赦ない物語なのにラストがちょっとおセンチに流れてしまった感があって、そこが難かもしれないが、結婚というものに向けるクリスティー＝ウェストマコットの解剖刀のような視線が冴える秀作だと思う。読んで決して損はありません。たぶん人生における自分の位置が変わるたびに、読み心地が変わる小説なのではないか、とも思う。

私としては、「えー、リチャード全然ありだよ」というかたのご意見も聞いてみたいところだ。そちら側——アン側——の読後感を並置しないと、『娘は娘』の像は完成しない気がするからである。

91『死への旅』

★有閑マダムの観光旅行

【おはなし】

世界有数の科学者が次々に失踪する事件が起きていた。核分裂の分野で画期的な発見をしたトーマス・ベタートンもそのひとりだった。残されたベタートン夫人オリーヴが旅に出ると知った情報部員ジェソップは、夫人がベタートンと接触するのではないかと監視するも、夫人を乗せたカサブランカ行きの旅客機が墜落、夫人は重体となってしまう。

同じくカサブランカを訪れたヒラリー・クレイヴンは絶望を抱え、自殺を決意した。そのときだった——彼女のもとをジェソップが訪れた。彼は言う、どうせ自殺をする気なら決死の仕事を引き受けてほしい。オリーヴ・ベタートンに扮して、謎の科学者失踪事件の調査に協力してほしいと……。

ジェソップが睡眠薬による自殺を図ったヒラリーに告げる台詞をご紹介しよう。どうせ自殺をするのなら、と、ジェソップは言う、

「ぼくはほかの方法をすすめてるんです。もっとスマートで、しかも、スリルに満ちた方法を」

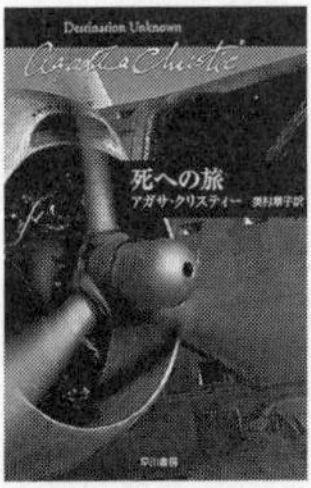

Destination Unknown, 1954

素晴らしいではないか。これこそ冒険小説の核心というべき台詞である。昂揚するのだ。だが、その昂奮もここまで。

本作は冒険小説＝thrillerなのにスリルがないのである。序盤は悪くないのだが、上記の台詞がもたらす昂揚が極点で、以降、『死への旅』という物語は失速してゆく。

娘を病で亡くし、夫を愛人に奪われて絶望するヒラリーの旅路を描く序盤は、静かな緊張感をたたえていていい。ヒラリーの自殺願望がリアルで深刻なものとして描かれているということである。失敗した結婚が失敗した人生を意味するというメアリ・ウェストマコット作品のモチーフが、ウェストマコットの気配を匂わせるタッチで描かれているわけだ。

そうであるならば、物語は、表面上のストーリーの進行と同時に、主人公の自殺願望の克服を描かなくてはならないし、ヒラリーの自殺願望は興味の中心になければならない。そう、自殺願望を持つ情報部員の冒険行を描くディック・フランシスの傑作『血統』のように（ちなみに『血統』では、主人公の自殺願望が最後まで持ち越され、素晴らしく感動的なラストシーンが訪れる）。

しかしヒラリーは、前記のようにしてジェソップから任務を与えられるや、ほんの十ページかそこらで自殺願望を忘れている。内面の葛藤など何もない。そして任務のための単独行が開始されれば、彼女の歩む北アフリカの町の風景がエキゾティックに美しく描かれ、彼女が宿泊する高級ホテルの食堂が楽しげに描かれる。のんびりと。ヒラリーはただ単にバカンスを楽しんでいるのだ。自殺願望はどこにいったのか。

それでもやがて彼女に危機が迫ればサスペンスは生まれるはずだ。とふつうは思う。中盤以降、ヒラリーはとある秘密施設に潜入、そこの住人たちとともに事実上幽閉される。ところが彼女は**そこにただ住むだけ**。しかもこの施設、アフリカのただ中だというのに快適で、**食べ物もおいしく、気の利いた洋服さえ支給される**。ヒラリーも口では「ここから逃げ出すことはできない」と言うが、言うだけで何の行動も起こさない。

そもそも監禁生活はろくろく描かれず、すぐに視点が切り替わってヒラリーを探すジェソップらの場面となる。読者はヒラリーが快適に暮らしていることを知っているから、サスペンスは生まれない。ジェソップらがやることも会議だけであり、心理描写を欠いた会話だけが連ねられる。

つまり中盤を占めるのは安全な場で展開する会話だけなのだ。

ヒラリーはすべてにおいて受け身であって、なんらの行動も起こさない。ただ救いの手を待つだけ。あれこれ不平は述べるが、それは長期のバカンスに出ている有閑マダムがホテルのサービスに文句を垂れている程度の真剣さしかない。

サスペンスというものは、主人公の生が近い将来において決定的に破壊されるという予感によって生み出される。本作は中盤以降、そんな予感を失ってしまう。これは〝死への旅〟でも何でもなく、ただの観光旅行だ。あれほど見事に主体的な女性を描いてきたクリスティーが、女性の苦悩を描いてきたウェストマコットが、なぜスリラーとなるとこんなに意識の低いところに安住してしまうのか。

クリスティーは演劇である、と何度も書いた。それは、さりげない動作を三人称的に描くことで多義性を見事に活用したことと、会話の巧みさとに集約できるだろう。それが例えば『杉の柩』のような傑作を生んだ。これは意識的に「心理」を書かずにおく、ということでもある。エルキュール・ポアロは「心理的探偵法」を主張するが、それは言い換えれば、「見えない心理を行動から読み取る」ということを意味する。

クリスティーの巧さは心理に関する意識的な言い落とし、つまり心理を書かないことにあった。

クリスティーの決定的な誤りは、同じ流儀を冒険小説にも適用したことにあっただろう。クリスティーの小説を構成するのは動きと会話である。このどちらも心理を欠いている。いずれも人間の内部から外界に放たれる物理的アウトプットだからだ。

他方、冒険小説／活劇小説は、つきつめれば心理小説である。

アクションの興趣によって読ませる小説は、そのアクションを起こす主人公の内面を描くものなのだ。人間の身体の動作を言葉で描写しても意味はない。オリンピックの床運動の演技をいちいち即物的に描写した文章を想像してみるといい。まして現在では、アクションをアクションそれ自体として描くのに優れたメディア（映画、マンガ、アニメ）があるから、尚更、重要なのは心理描写ということになる。

冒険小説におけるアクションは、そこに臨むに際して主人公が感じる恐怖や、そのためにめぐらす思考や、その最中の痛みや怯懦《きょうだ》を通じて描かれるものなのである。夢枕獏《ゆめまくらばく》の『餓狼伝』で殴り合いがどんなふうに描かれているのかを見ればよくわかるだろう。冒険小説thrillerを駆動するのは、極限状況における感情と心理の力学なのであり、冒険は主人公の脳内にあるのだ。冒険小説において重要な「敵」もまた、主人公の感じる脅威や恐怖を通じて描かれるからこそ説得力を持つ。ディック・フランシスの『度胸』『大穴』『査問』『利腕』『証拠』を見よ。

　冒険小説最大の論客・北上次郎は、冒険小説における「肉体性」を重視したが、私が言っているのもそれと同じことである。小説というのは言葉で紡がれるものであるから、「肉体性」は、視点人物の「感覚／心理＝言葉」を通じてしか描けない。

　クリスティーのスリラーが本質を欠いた空疎なものであるのはそれゆえだ。道具立てだけがあり、心理がない。会話はあるが、感情はない。背景の説明は台詞でのみ説明され、恐怖も脅威も描かれない。アクション描写は状況と動作の説明以上のものではない（『茶色の服の男』の銃撃戦を見よ）。そもそも、クリスティーのスリラーにおいてリアルな死の予感が描かれたのは、それこそ『死への旅』の序盤くらいだろう。

　こうしたクリスティーの欠点は、じつはスリラー以外にもみることができる。主人公の恐怖や不安を主眼にしつつも、もっぱら登場人物の物理的なアクションを通じて描かれるサスペンス作品――小説版「三匹の盲目のねずみ」――も、がちゃがちゃするばかりで小説としての味わいを欠いていた。

　それでも『茶色の服の男』のような初期スリラー作品が読めるのは、そこに非日常の冒険への昂揚という心理があるせいだろうし、それは「スリラーを書いている私」というクリスティー自身の昂揚を映したものだったからだろう。『なぜ、エヴァンズに頼まなかったのか?』や『NかMか』の美点は、ミステリとしての美点だった。

ここで私は思うのだ。メアリ・ウェストマコットがスリラーを書いたなら、もっとずっと素晴らしい作品が生み出されたのではないかと。

92 『愛の重さ』

★★★★ ラスト二行の謎

The Burden, 1956

【おはなし】

妹が生まれると聞いて幼いローラは悲しんだ。愛らしいと誰もが称賛した兄が病で死に、今度こそ両親の愛情は自分に注がれるだろうと思っていたからだ。だが妹シャーリーが生まれるや、両親も使用人たちも妹をかわいがり、ローラはシャーリーの死さえも望みはじめる。だが、あることをキッカケに、自分は妹をあらゆる害悪から守らなくてはいけないのだと悟った……。やがてシャーリーは十九歳の美しい娘に成長した。両親を飛行機事故で失ったローラは、二十代後半にしてシャーリーの母代わりとなり、恋愛にも縁のない日々を送っていた。そんなとき、シャーリーはヘンリーという若い男に出会い、結婚するが……

最後のウェストマコット作品。安定の面白さである。静かな焦燥感が全編に張りつめている。

歳の離れた妹の母親代わりとして、化粧もお洒落も恋愛もせずに生きるローラと、天真爛《らん》漫《まん》にチャーミングなシャーリー。不倫をくりかえす性格破綻者だが奇妙に魅力的なヘンリー、そして不幸な結婚に苦しむシャーリーに恋するのは、世界を旅する紳士リチャード。脇にはローラとシャーリーの姉妹を見守る皮肉屋の老人。クリスティーお得意の人物たちである。こうしたひとびとが、殺し、殺され、誤解し、憎み、あるいは謎を解くのをわれわれは見てきた。

読みながら、クリスティー自身の人生を重ねたくもなる。——不実な夫に苦しめられるシャーリーはクリスティー自身ではないのか。世界を旅する学者肌のリチャードはクリスティーの二度目の夫で考古学者だったマックス・マローワンではないのか。クリスティーの最初の夫は（多くのクリスティー・ミステリで犯罪の起爆剤になってきたタイプの男である）ヘンリーのような男だったのか。クールに事態を見つめながらも共感とユーモアを失わない老人ボールドックはミス・マープルを連想させるが、そんな人物がクリスティーの周囲にもいたのだろうか。などなど。

そんなふうに読んでしまうのは、私がクリスティー作品とずっとつきあってきたせいだろうが、メアリ・ウェストマコットが「結婚の不幸」を執拗に描き続けたこと、そこに「アガサ・クリスティー」という女性の姿が否応なしに透視できてしまうことも大きな理由だろうと思う。とくに初期のウェストマコット作品では、「よき妻であること」に自縛されて不幸な結婚に忍従する登場人物が、ウェストマコット＝クリスティーと重なって見えてしまう。『未完の肖像』でそれを克服したクリスティーは、次いで「成功した結婚」を妻の側から意地悪に描く『春にして君を離れ』を書く。ここで極められた「愛による無自覚な拘束」と、それのもたらす罪の意識というテーマが『暗い抱擁』と『娘は娘』であらためて繰り返し描かれた。これらメアリ・ウェストマコット作品は、いずれも、真綿でゆっくり首を絞めてゆくような静かな緊迫感のあふれる優れたサスペンスぞろいだった。

そして今回の『愛の重さ』である。『娘は娘』の変奏曲といっていい。じつのところ主題が深化したという印象はなく、「語り方」に趣向を凝らした『娘は娘』の文字通りの変奏である。

プロローグを含めて五部構成をとっている本作では、パートが変わるごとに時間が飛び、語り手＝視点人物が変わる。少女シャーリーの恋路をローラ視点で綴る第一部、主にシャーリーの視点から結婚生活を描く第二部、舞台を南の島に移してキリスト教の説教師ルウェリンの視点で同地に住む美しい人妻の姿を描いてゆく第三部、そしてルウェリンとローラの邂逅を軸とした第四部、という構成。

第二部から第三部の転調にはっとさせられる。直前まで、危機に向かって驀進しているようにみえるシャーリーとヘンリーの結婚生活が不穏に描かれているのに、それは尻切れトンボのまま、まったく新たな人物の視点で語る、イギリスとまったく異なる土地を舞台とした物語に切り替わるからである。ここで登場する謎めいた美しい人妻。それが誰であるかが徐々に明かされてゆく。しかしそれでも、核心部分は仄暗い影に隠されるようにして明快には語られず、心の傷の気配を不穏に漂わせて第四部に移ってしまう。

そして第四部。これがミステリでいう「解決編」の役割を負っている。そして最後に明かされる事実が、『娘は娘』の変奏だということである。だから新味はないものの、クリスティーの技巧が冴えわたり、十分にサスペンスフルな秀作に仕上がっている。

第二部の物語がどこに帰結したのか。第三部の物語がどこに帰結したのか。その二つを謎として残しつつ、続くパートでは舞台と視点を変えることで読者の予想を裏切る。そうすることで、人物や事態を別の角度から描き直す。こういう構成が『愛の重さ』のミソとなっているわけだ。ここには、「見かけ上の人間関係」を騙し絵のように反転することでミステリ的驚愕を演出するクリスティーの技巧が活かされているし、クリスティー・ミステリのキモである「何事も見かけどおりではない」というのを、形式にまで高めたということもできるだろう。

技巧的であるぶんだけ、読み手の心に切り込む刃先が鈍ってしまっている感はあるが、ラストがやや甘かった『娘は娘』をクールに料理しなおしたものとも言えそうだ。読んで損はありません。

ただ、本作には私の手にはやや余る部分があることも記しておきたい。

クリスティーがキリスト教の倫理や信仰について意識的な作家だったということは知られているが、それがキリスト教自体に還元しないと解釈に困るようなかたちで作品の前面に立つことはこれまでなかった。しかし本作は、キリスト教のモチーフがかなり色濃い。後半で重要な役割を演じるルウェリンがキリスト教の説教師であり、それが最終的にローラの抱く罪悪感と化学反応を起こすからである。

二人の関係は、キリスト教的な博愛を梃子にしたロマンティックな関係であるようにも見える。だが、そう解釈すると、ハッピーエンドであるはずのラスト二行が不思議に重苦しい後味を残すのが不可解だ。この二行は、ルウェリンという人間をどうみるかによって色合いを変えるのかもしれない。この二行はハッピーエンディングなのか、そうではないのか。

私はこの二行に、どこか茫漠とした恐ろしいものを感じた。それは私が信仰を持たず、宗教というものに疑念を抱いているせいかもしれない。あなたはいかがだろうか。

93 『無実はさいなむ』

★★★☆

探偵役の不在がもたらすもの

Ordeal by Innocence, 1958

【おはなし】

裕福なアージル家をキャルガリという男が訪れた。二年前、アージル家の当主夫人レイチェルが殺害され、息子ジャックが犯人として逮捕されていた。ジャックはアリバイを主張したが、証人が見つからず、彼は有罪となり、獄死した。

このキャルガリこそが、アリバイの証人だったのだ。事故により記憶を失っていたキャルガリは先日記憶を取り戻し、ジャックの無実を知らせにやってきたのだ。しかし、一族はジャックの罪が晴れたことを喜ばない。なぜならこの事実は、新たな不安を呼び起こすからだ。ジャックが無実なのであれば、家族のなかに母親レイチェルを殺した者がいる！

冒頭の場面がまず素晴らしい。見知らぬ男が屋敷を訪れ、獄死した息子の無実を告げる――ここの「場」と会話の感覚。ここにはクリスティーの演劇的な才能が見事にあらわれていて、静かだがドラマティックである。本作の発表と同じ一九五八年に初演された戯曲『招かれざる客』を連想させる。

そして間髪を入れずに、一族の意外な反応が描かれる——家族の無実を知った喜びでもなく、家族の一員が冤罪《えんざい》で獄死した怒りでもなく、表明されるのは不快感と不安感なのだ。この瞬間から、この作品は、「屋敷のなかに殺人者がいる」タイプの不安なミステリと化す。わずかな枚数で一挙にダイナミックに物語をあやつる手腕は見事の一語。かくしてきわめて劇的に『無実はさいなむ』は開幕する。

怪しい人物たちを一ヵ所に閉じ込め、その人間模様を描いてゆくクリスティーの巧さについては、すでに何度も書いた。本作でもその巧さは健在だ。

濱中利信《はまなかとしのぶ》氏による解説が指摘するように、本作には明確な探偵役が存在しない。序盤ではキャルガリが探偵役であることがほのめかされるものの、物語が動き出すや彼は舞台からひっこんでしまい、ひたすら屋敷で一族および関係者が互いに対話し、回想し、独白する場面のみがつづく。これを散漫ということもできるし、たしかに物語の推進力が幾らか弱まってもいるのだが、私はそれほどの不満を抱かなかった。内心を押し隠しながら、お互いへの疑心暗鬼をつのらせてゆく人々の様相それ自体が、十分にサスペンスフルだと感じられたからだ。

このあたりは『白昼の悪魔』や『ホロー荘の殺人』などの緊迫感に似る。「殺人の場」に閉じ込められて右往左往する人々が池のなかで惑う魚たちだとすれば、名探偵は池のほとりから水中を覗きこむ観察者にあたる。つまり探偵は事件をめぐる「系」の外側にいて、われわれ読者は、観察する探偵を通じて、その肩越しに事件をめぐる「系」をみる。

だが本作のように探偵役がいない場合、われわれは、探偵役のように池のほとりに立って観察することもできるし、魚に感情移入して池のなかの水のざわめきを体感することもできる。ちなみに私は後者の立場を選択した。魚たちが生む疑心暗鬼の渦や乱流のなかを泳ぎながら。このほうが本作を読むときにはダレを感じないかもしれない。

クリスティー自身は、前者（読者が観察者となって池のなかの魚どもをみる）を想定して書いていたんじゃないかな、と思っている。言うまでもなく、こちらのほうが「演劇的」であるからだ。「池」は「舞台」であり、「魚」は「役者」であり、「ほとり」は「観客席」である。しかしこの読みかただと解説の濱中氏の感じたような退屈をおぼえてしまうのかもしれない。その退屈はたぶん、私が『杉の柩』第一部に感じ、『三幕の殺人』全体に感じた退屈と同じ種類のものだろう。演劇的なミステリ構築ゆえの感情移入のむずかしさによる退屈である。

総じて『無実はさいなむ』は、クリスティーの演劇嗜好がかなり前面に出た作品と言える。これを戯曲にするのはそれほど苦ではないだろう。

この「演劇性／視覚性」は、解決につながる「第二の殺人」の場において顕著だ。流儀としては『雲をつかむ死』と通じるもので、だから小粒で広がりに欠けるともいえるが、描き方は『雲をつかむ死』よりもケレンが利いていると思う。具体的にはクリスティー文庫版の三八七ページから三八九ページのあいだで起きる二つの出来事。とくに一つ目のそれ。この書きぶりが見事だ。非常に「視覚的」な手口である。演劇や映像という視覚的メディアを通してみるとき、この二つの出来事は本領を最大限に発揮するだろう。

この二つの出来事を手がかりに、本作は急転直下、解決になだれこむ。ここでようやくキャルガリが探偵役となり、一同を集めて解決を行う。「第一の殺人」のほうはクリスティーらしい「人間関係の騙し絵」に立脚したものだが、こちらはクリスティーのルーティン・ワークという程度。しかし、前記の「第二の殺人」にまつわる二つの出来事を手がかりに変換してみせる手つきは鮮やかで、一同を集めた解決の演説も、キビキビとキレがよい。

つまり本作の美点は「演劇的であること」に収斂《しゅうれん》してゆくのである——冒頭も、中盤の会話の応酬も、最後の手がかりの提示法も、解決の演説も。養子ばかりで構成された一族も、全員が「子どもであること」を演じているとみることができる。

一方で、読者を舞台の上に載せる媒介《ヴィークル》となる登場人物がおらず、舞台と観客席の境界にいる探偵役もいないので、読者は物語への感情移入の手がかりを見失いやすく、それゆえに、とっつきの悪さを感じるひとが出てきかねないのが難点だろう。つまり本作は、精細に書かれた戯曲なのだ。

なお、本作にはメアリ・ウェストマコット作品に通じるモチーフが散見されることを付記しておきたい。過去の殺人の被害者である夫人の行状には、『春にして君を離れ』『娘は娘』『愛の重さ』で描かれた「愛情による無自覚な束縛」のモチーフが濃い。病のために障《しょう》碍《がい》を得た夫と妻の関係も『愛の重さ』で描かれたテーマのひとつだった。

94 『蒼ざめた馬』

★★★ 見事な犯罪実行システム

The Pale Horse, 1961

【おはなし】

瀕死の女がいる、秘跡をさずけてやってほしい、という急な願いで神父が向かった部屋では、高熱にあえぐ女が息も絶え絶えとなっていた。彼女が訴えていた名前をリストにしたためた神父は、その帰路、何者かに殺害された。

そのリストを見る機会を得た学者イースターブルックは、そこに、つい最近病死した若い娘の名前を見つけた。ほかにも急な病で死亡した者の名が、リストには並ぶ。「誰かに死んでほしければ《蒼ざめた馬》を訪ねるべし」という情報を得たイースターブルックは、古びた邸宅《蒼ざめた馬》を訪れる。そこには魔術や降霊術に傾倒する三人の女がおり、魔術でひとを殺せるのだと彼に語った……。

という具合にあらすじをまとめると、『死の猟犬』収録作のような仄暗い怪奇味を想像するが、じつのところは軽快な物語。物語のほとんどの部分が、イースターブルックの若々しく健康な「ぼく」一人称で語られているからである。

この語り口が非常に魅力的。A・A・フェアとかロバート・クレイス（『約束』他）のような洒脱な都会ミステリの気配さえ感じさせる。とくに都会の一断面をスケッチしてゆく冒頭部分の読み心地は、ハードボイルド・ミステリの魅力そのものだ。

本作の中心は「魔術でひとを殺す」と自称する犯罪計画にある。けれども、これまで長編では一貫して健康な合理主義を貫いてきたクリスティーだから、本作でも、そういった超自然現象を主人公に頭から信じさせるようなことはせず、イースターブルック君は《蒼ざめた馬》に住まう心霊主義者たちをつねに疑っている。

つまりはコメディ・ミステリの傑作『もの言えぬ証人』と似た風合なのだが、徹底して心霊主義者を笑いの種にしていた同作と異なり、本作の後半でクリスティーは、「信じられないけど本当かも」というサスペンスを発生させてみせる。陽性のクリスティー作品にはめずらしく、「さしせまった死」の醸成に成功していて、それはイースターブルックの一人称で、彼の焦燥を巧みに描いているからだろう。

謎めいた断片をいくつも並べて引きつける冒頭から、その断片がひとつの絵柄を成して強烈なメインの謎を提示する序盤は力強い。以降も軽快な語り口が楽しく読者を先へ先へと誘導してゆき、終盤では、「何が行われているのか（ホワットダニット）」から「どうやって実行しているのか（ハウダニット）」へ、さらに「誰が犯人か（フーダニット）」へとミステリ興味がキビキビと転回する。巧い。

つまりホワットダニット／ハウダニット／フーダニットの小さなユニットが直列されている仕組みなのだが、ユニットひとつひとつは七十点というところ。それを盛り沢山に組み合わせているところが本作のミソで、出来ばえは「最上級のルーティン・ワーク」といった按配である。新味はないし小粒だけれど、丁寧な仕事が施されていて面白い。

とくに半ばすぎに明かされる「嘱託殺人のシステム」は非常によくできている。クリスティーの着想の核にあったのはこれだったのだろう。これだけ面白い犯罪計画を思いついたら、それだけでもう勝ったようなものだ。しかし問題がひとつある。この着想を「スタンダードな謎解き」のストーリーのなかで活かすのは容易でないということである。

最終的な解決の場で、それまで溜めておいた「推理＝真相」を一挙に開陳するというのが、本格ミステリの様式である。これをスマートに、かつ鋭く衝撃的に行うためには、謎の焦点を絞り込んだうえで、真相も、できるだけ短く端的な言葉で説明できなければならない。だから保守的な本格ミステリの興味は、必然的に、「物理トリック」や「意外な犯人」に傾いてゆく。本作の場合は、複雑なプロセスをはらんだ「殺人のシステム」がキモであるが、それを最後の最後に一挙に暴露するとなると、長たらしい説明を行わねばならない。だからクリスティーは、システムの暴露を中盤に置いて、最終的な真相の暴露を「意外な犯人」にずらしたのだろう。

こうした「複雑に編まれた見事な殺人のシステム」を、物語全体の興味にするには、その複雑な「策謀／プロットの解明／説明」を解明する筋道自体が、作品全体のストーリーと不可分となるように組みあげる必要がある。そうなると、その「ストーリー」は、「本格ミステリ」とは呼ばれにくいものになったはずだ。それは「捜査小説」と呼ぶのがふさわしい。

そして、捜査小説であることと謎解きミステリであることは矛盾しない。F・W・クロフツの作品がその証拠である。

例えば『フレンチ警部と紫色の鎌』『スターヴェルの悲劇』『ホッグズ・バックの怪事件』といったクロフツ作品。何てこともない事件に微量に含まれた謎を追う捜査行が、中盤で大きく転回し、きわめて意想外の犯罪計画が浮かび上がるという独特の作劇法。犯人が誰かとかトリックがどうかとかいった保守的な謎が解かれる保守的な快感ではなく、計画それ自体の見事さが屹立し、それがあらわになる過程それ自体が知的スリルをもたらすようなクロフツ・ミステリの作法は、『蒼ざめた馬』の着想にはふさわしかったのかもしれない。

こうしたクロフツのプロット術は、現在のミステリ界で最高のプロットメーカー、マイクル・コナリーの傑作群に通じる。言うまでもなくコナリーは、ジェフリー・ディーヴァーやジャック・カーリイと並んで、本格ミステリの様式に頼らずにすぐれた謎解きの快感を達成する現代作家のひとりである。謎解きミステリの快楽は、様式から生まれるものではないということは、もっと意識されていい。

ちなみに本作とよく似たノンシリーズ作品がひとつある。一九三九年の『殺人は容易だ』である。男性の一人称、魔術の介在、素人探偵の調査と捜査のプロの活動の二重構造になっていること、複雑な謎を持ちつつも意外な犯人でしめくくられること、といったところが共通する。たぶん意識してやったのだろう。それくらいよく似ているのである。

95 『ベツレヘムの星』

★★★

クリスマスの夜に読みましょう

Star Over Bethlehem, 1965

【おはなし】

マリアは男の子を産んだ。十二月も末のある夜、馬小屋で。まだ生まれたての息子を愛情をこめて眺めるマリアのところに、光り輝く天使がひとり、降り立った。天使はマリアに言う、いまからこの子の将来をおまえに見せてあげよう、と。よろこびとともに同意したマリアが見たのは、孤独な青年となった我が子の姿であり、また十字架を背負って丘へと歩いてゆく姿だった……

表題作ほか、聖書に材をとった掌編と詩を収録。

今回のテキスト『ベツレヘムの星』はわずか百四十ページ足らずの一冊。「ごあいさつ」と題された短い詩にはじまり、四編の詩と六の掌編が収められている。

題名となっている「ベツレヘムの星」とは、イエス・キリストが誕生した直後に輝き、東方の三博士にそれを知らせたとされる星を指す。キリストの誕生といえばクリスマス――クリスマス・ツリーのてっぺんにある星はベツレヘムの星であり、つまり本書はクリスマス・ブックなのである。

クリスマス・ストーリーは縁起物だ。

大人の読む小説に多かれ少なかれ要請されるのは、成熟したリアリズム――世界の複雑性を映した複雑な作品世界――である。要するに、あまりにも健康で明朗快活、ありとあらゆる混沌がきれいに解決される超ハッピーエンド、みたいな小説は、大人の評価を得にくいということだ。

けれどもクリスマス・ストーリーではそれが許される。何せクリスマスは――少なくともキリスト教徒にとって――誰もが誰かをハッピーにさせるために心を砕く特別な日だからである。作家もまた、「とにかく誰かをハッピーにする」ために注力することが許される。

本を贈るひとは相手をハッピーにする物語を贈り、本を読むひとは自分を理屈抜きにハッピーにすることを自分に許す。それが、クリスマス・ストーリーというものだけが持つ、甘やかな手ざわりを生む。少しひねりが足りなくてもいい。苦味がなくても別にかまわない。この日だけは、世界と人間を理屈抜きで祝福していいのだから。

本書に収められているのは、そういう作品ばかりである。

本書は一九六五年、アガサ・クリスティー・マローワン名義で刊行された。この名義が使われたのは『さあ、あなたの暮らしぶりを話して』以来のこと。通常、書店でも図書館でも、本は著者名の姓のアルファベット順で整理されるから、本書はクリスティーの「C」の項ではなく、マローワンの「M」に分類されることになる。つまり「クリスティーではありませんよ」という意思の顕われということだろう。とはいえ、クリスティー作品とトーンが全然違うかといえばさにあらず。ここにもクリスティーらしさはあちこちに刻印されている。その筆頭が、表題作「ベツレヘムの星」と、「水上バス」だろう。どちらもミステリ要素が組み込まれた作品だ。

ミステリ性の濃淡でいえば「ベツレヘムの星」のほうが色濃くて、楽しいドンデン返しとともに「《ベツレヘムの星》とは何であったのか？」という謎解きまでダメ押しで用意されてある。前記「おはなし」でおわかりのとおり、これは聖書に書かれた物語に新たなエピソードを加えるという作品である。本書には他にも「いたずらロバ」「いと高き昇進」「島」といった、聖書のスピンオフとでもいうべき同系統の作品が収められている。

言ってみれば聖書の二次創作。「いと高き昇進」には（理解するには聖人についての知識が必須だが、ちゃんと詳細な註《ちゅう》がある親切設計）ブラックすれすれのユーモアが横溢していて、クリスティーが悪ノリ気味に楽しそうに書いているさまが手にとるようにわかる。「いたずらロバ」は他愛ないといえば他愛ないけれど、クリスマス・ストーリーだからこれでいいのだ。

一方「水上バス」には、『春にして君を離れ』を書いたメアリ・ウェストマコットの片鱗《へんりん》がみえる。ちょっとしたミステリ的驚き（というよりも「よくできたショートショートふうの驚き」といえばいいか）を通じて、『春にして君を離れ』をクリスマス限定で明るく閉じたような気配がある。クリスティー／ウェストマコット作品に登場する不幸な女たちは、この水上バスでの邂逅を持てなかった女たちだった、とみることもできそうだ。

ちなみに「水上バス」は、ラスト一行のユーモラスなオチが最高で、ひょっとするとクリスティー、むずかしいテーマとかはどうでもよくて、この一行が書きたかったから、この掌編を書いたのではという気もしてくる。

ほかに「夕べの涼しいころ」が、「水上バス」同様に現代劇を通じて聖書の物語を扱っているが、じつは収録作品中、私には歯が立たなかったのが本編だった。

これも、他の作品がそうであるように、ハートウォーミングなクリスマス・ストーリーなのだろうか？　それがわからなかった。自信がないのである。むしろ読後に静かな不安が残った。本編のモチーフとなっている聖書中のエピソードを解釈できていないせいなのだろうか。あるいは……。私にはわからない。

かような宿題は残るものの、しかしクリスティーの職人的な巧さを堪能できる小品集。縁起物だから、クリスマス気分で読むのが正解だ。

もしあなたが本書をお持ちであれば、クリスマスの夜に、シャンパンなりワインなりの酔いのなかでお読みになることをお勧めする。短いしシンプルだから、酔い心地で読んでも問題なく楽しめるはずです。

96 『終りなき夜に生れつく』

★★★★★ ここにはクリスティーのすべてがある

Endless Night, 1967

【おはなし】

呪いの噂のある〈ジプシーが丘〉に立つ廃屋。貧しい青年ロジャーズは、ひと目見たときから、この丘に魅せられた。ここを買い取って、自分のための屋敷を持ちたい。そして理想の女性と暮らすのだ。そんな夢への道は、美しい娘エリーと出会ったことで開かれた。ほどなくしてロジャーズと恋に落ちたエリーは富豪の娘であり、〈ジプシーが丘〉の屋敷を彼のために買えるほどの財力を持っていた。

やがてロジャーズとエリーは、この丘に建てた屋敷で結婚生活をはじめる。だが徐々に暗雲が垂れこめはじめる。エリーの親友でお目つけ役のような立場にいる娘、グレタの登場。そして村のジプシー女は呪いの警告を発し、さらには何者かによるいやがらせも頻々と起こるのだった……。

『殺人は容易だ』『蒼ざめた馬』とともに三部作を成すような作品である。男性による一人称文体、寂しい片田舎。そして、その土地に根強く残る土着信仰めいた呪い……。これらの要素をイマイチ活かしきっていなかった前二作と異なり、本作は全編に不安の影を漂わせている。完成度もずば抜けている。クリスティー屈指のダークな傑作なのである。

繰り返そう、これは傑作だ。ここには、これまでクリスティーが描いてきたほとんどすべてのモチーフが投入されている。**総決算。**しかもそれが比較的みじかい尺のなかで緊密に凝縮されているのだ。暗く美しい結晶のように。

ここにはクリスティーのすべてがある。

だから是非ともすべてのひとに本作を読んでいただきたい。これから私は本作についての評言を書き連ねることになるが、言いたいことは煎《せん》じ詰めればただひとつ、「すごいから読め」に尽きる。文庫本だから千円足らず。まずは本作を読んでいただきたい。話はそれからだ。

と言うのは、本作が非常に紹介／批評のしづらい作品だからでもある。ネタバレにつながりかねないポイントが、隙間恐怖症の将校の手になる地雷原のようにちりばめられている。ネタバレに最大限の注意を払うつもりではいるが、しかし、まったく何も知らずに読んだほうが楽しめるはずだ。

さて、本作を特徴づけるのは、まずもって全編に漂う不安の影である。本作は仕掛けのあるミステリだが、事件は終盤になるまで発生しない。描かれるのはひたすら主人公とエリーとの恋愛と結婚、そして結婚生活である。しかし、そこに一貫して不安の気配がある。

先に述べたとおり、これは『殺人は容易だ』とか『蒼ざめた馬』と共通のフォーマットを使って書かれている。だが、これまでのクリスティーの主人公たちはオカルティズムをカケラも信じず、ゆえに語り口は明朗でありつづけていた。『シタフォードの秘密』や『もの言えぬ証人』などでもそうだった。ところが本作の語り手は呪いの存在を否定しない。肯定をしているわけではなく、意見を保留しているにとどまるが、かつてのクリスティーの主人公たちのようにこの手のものを笑い飛ばすことはしない。

言い換えれば、本作ではじめてクリスティーは、長編ミステリにおいてオカルティックな要素を活用したのである。そうしたモチーフを活用せずに無駄にしてきたことについて、私はこれまで何度も不満を述べてきた。『死の猟犬』収録作のような短編を書く才能があるはずなのにと。

つまり**本作でクリスティーは、『死の猟犬』でみせた才能を長編に導入した。**

一方でこの不安の影は、メアリ・ウェストマコットの作風をも想起させる。そもそも中心的なモチーフは「結婚」である。メアリ・ウェストマコットの相貌をクリスティーは長編のなかでほとんど見せてこなかった（短編では『マン島の黄金』収録作品「壁の中」、あるいは『五匹の子豚』『ホロー荘の殺人』に片鱗があるが）。『死への旅』が残念な出来に終わったのは、クリスティーがウェストマコットを招喚しなかったからだと私は書いた。

しかし**本作でクリスティーは、メアリ・ウェストマコットの流儀を長編ミステリに全面的に適用した。**

以降はネタバレの危険が増大するので、奥歯に物をいっぱい挟んで記す。不可避な箇所はスミ塗り部分として、巻末ノート1のネタバレ箇所一覧に記載する。

クリスティーのミステリといえば「騙し絵としての人間関係」である。本作のキイになるのもそれであって、[redacted]などの傑作群を思わせる「絵柄の変容」が用意されている（スミ塗り部分は巻末ノート1を参照）。この構図変容の流儀と、そこにはらまれるドラマ、それを通じて浮かび上がる人間関係の真実は、[redacted]などで繰り返し描かれてきたクリスティーのお気に入りのものでもある。

要するに**本作には、クリスティーが一貫して描いてきた人間関係の綾と、クリスティーが一貫して持ち続けてきた人間観がミステリの核心として仕込まれている。**

トリックもまたそうである。これはクリスティーのあるトリックの変奏だ。だがしかし、あの先行作品では、このトリックは「謎解きと驚愕」を生む以上の機能が与えられていなかった。しかし本作では、もっと大きな主題を描く道具としてこのトリックが活用されている。同じトリックを使ったあの作品は、すぐれた「謎解きミステリ」にとどまったが、本作はすぐれた「クライム・フィクション」となっている。クリスティーは本作において、「謎解き」よりも大きな小説的企みを実現させるものとして、自身の生み出したもっとも有名なトリックのひとつから、新たな可能性を引き出したのだ。

つまり**クリスティーは本作に、自身のキャリアのなかでは少数派に属する「トリックメーカー」の側面も投入した。**

ではこのトリックで、クリスティーは何を描きえたのか。晩年のクリスティーの関心といえば、「殺人をなす人の心」であると私は書いてきた。『親指のうずき』『象は忘れない』『鏡は横にひび割れて』がそれだ。中期の作品でも、クリスティーは繰り返し「殺人はくせになる」と書いていたし、ある種の人間にとって「殺人は容易だ」と彼女は言った。それが本作最大のテーマだろう。名作「検察側の証人」のエコーを響かせつつ、クリスティーは、このテーマを扱う最高の作品を描きえた。それは前記のあのトリックあってのことである。

このトリックによって、クリスティーは、余計な説明や心理分析といったゴタク抜きで、「殺人をなす人の心」をもっとも恐ろしいかたちで描いてみせたのだ。

これは、このトリックが必然的にはらむ非人間性を見事に活用したものだ。その結果、本書『終りなき夜に生れつく』は、[redacted]。

本作でクリスティーは、これまで「ミステリ」のなかで追いつづけてきた根源的テーマを徹底的に追究したのだ。それは見事な成功を収めた。

そう、**だから本作にはアガサ・クリスティーのすべてが詰まっている。クリスティーの最良の部分が最良のかたちで顕現している。**

素晴らしい。この長い道のりが報われたような感慨を、いま私は感じている。

97 『フランクフルトへの乗客』

BOMB! もはやアウトサイダー・アート

Passenger to Frankfurt, 1970

【おはなし】

外交官スタンフォード・ナイの乗った旅客機が、濃霧ゆえにフランクフルトに着陸した。やむなくロンドンへの便を待つナイに、ひとりの女が声をかけてきた。今回のアクシデントで予定が狂った、このままロンドンに戻れば自分の命は危険にさらされるかもしれない、だからあなたのパスポートを貸してもらいたいと女は言う。果たして女の顔はナイとよく似ていて、フードつきのマントを着れば入国審査をパスできそうだった。

それを承諾し、翌日無事にロンドンに戻ったナイは、謎の女が無事にイギリスに帰国できたと知ったが、あちこちから不穏な情報が届きはじめる。世界各地で起きている若者たちの叛乱。その背後で糸を引く者がいるらしいというのだ……。

これはスゴい。よくも悪くもクリスティーらしいいつものスリラーかと思って読みはじめたが、**そんなお上品なものではなかった。**こんな小説は未だかつて読んだことがない。老境のアガサ・クリスティーだからこそ世に問うことのできた作品。唯一無二の。

これはもはや**アウトサイダー・アート**である。

本作はクリスティーらしい謀略スリラーとして幕を開ける。いつものように、ゆるいといえばゆるいけれど、ケーリー・グラントとかジェイムズ・スチュワートなんかが出ていそうな古き良き巻き込まれ型スリラー映画くらいのミステリアスな魅力がある。謀略の核心となるのは、『死への旅』と同じく「若者を操って世界に仇《あだ》をなす陰謀」。『死への旅』での陰謀はあくまで計画の準備段階にとどまっていたが、ここでは一歩進んで、すでに**邪悪なる大陰謀**は実行されている。

本作の発表は一九七〇年。クリスティーが本書を執筆したのは、この直前の時期だろう。この頃、先進国では、それぞれに理由を違えつつも学生運動が盛んであり、例えばアメリカではヴェトナム反戦運動、ウッドストックとヒッピー文化、ブラックパワーの隆盛、といった動きがあった。南半球では一九六〇年代後半、とくにイギリスの統治下にあったアフリカや東南アジアの植民地が雪崩を打って独立を果たした。

ひとことでいえば、植民地主義に象徴される「ヨーロッパ的＝白人的」な秩序が、急速に崩壊していった時期である。ミステリの文脈でいえば、ジェイムズ・エルロイが《アンダーワールドUSA三部作》で扱った時間枠とぴったり重なる。エルロイのこの三部作のテーマは、まさにそれである。

『フランクフルトへの乗客』は、こうしたさまざまな反＝白人エスタブリッシュメントの動きの核となるのが**「悪の組織」による煽動**である、という陰謀小説なのである。主人公はその正体を探り出し、目論見《もくろみ》を阻止するという任務を与えられて動きだす。「陰謀論」というのは「悪い組織が世界を操っていると考えることで、自分に不都合で理解困難な世界を理解可能なものに変換する」という**思考停止の営み**である。だから『フランクフルトへの乗客』は、陰謀小説というより、小説それ自体が**陰謀論そのもの**なのだ。何せ**ブラックパワーもアフリカの独立運動も学生運動もヒッピーもネオナチも全部ひとくくり**。これはスゴい。

そんな陰謀があるのだぞ、とのレクチャーを受けて、「第二部」で主人公たちは任務のために旅立つ。そして物語は、さらなる異様な横滑りをみせる。魁偉《かいい》な容貌の大富豪の屋敷で催される祝宴。筋骨隆々たる**美青年たちが列をなして、ジャバ・ザ・ハットのような巨体の女富豪の前で刀をアーチ状に掲げてみせたりする**のだ。それまでのスリラー的なリアリティは、ここで跡形もなく溶解する。

主人公たちがいうように、「第二部」はまるで『不思議の国のアリス』である。となると本作は、「世界的陰謀のネットワーク」を導きにして、さまざまな異様な世界を旅する物語なのだろうか。——と思うと、「第三部」で、物語は**さらに斜め上に飛翔《ひしょう》**するのである。

さすがにネタバレに抵触しそうなので「第三部」以降については詳細は述べない。ここで主人公は**何の説明もなく**ほとんど姿を消し、全世界が若者の蜂起によって無政府状態に陥っていることが短いシーンを切り替えて描かれてゆく。

この第三部以降が『フランクフルトへの乗客』の真骨頂である。

主人公が姿を消したあとで物語前面に立つのは、世界のエスタブリッシュメントのひとびと、つまりは上流階級の老人たちである。彼らが安全な会議室やサロンで交わす会議や対話が事態を説明し、物語を動かしてゆく。地の文の描写は必要最小限しかなく、クリスティーの演劇趣味がよく出ているといえばいえる。このへんは『死への旅』と同じ手法。

そこで交わされている会話は、おそるべき内容のオンパレードである。何せ**現代芸術や現代思想すらも悪の組織による陰謀のツールである**と語られるのである。極左思想やナチズムを指してそう言うのならわかる。この時代だから共産主義をそう言うのもわかる。けれどもマルクスやマルクーゼとともに**レヴィ＝ストロースまで「悪の陰謀の産物」**扱い。陰謀論は世界の複雑性や価値観の多様性を無造作に切り捨てる**知的怠慢**なくして生まれないものなわけだけれども、ここまでくると感動的である。

しまいに老人たちは、事態の解決に**大量破壊兵器の使用**すら検討する。それを思いとどまるのは、それが非人道的だからではなく、「若者以外の者も殺してしまう」からなのだ！

ここで私は悟った、本作は社会諷刺《ふうし》小説といった可愛らしいものではないということが。これは**ヘイト・スピーチ**である。若者たちの事情など何ひとつ書かれていない。顧慮してもいない。**ただひたすらに、「若者」の危険性と愚かさを述べ立てて安全な会議室にこもる上流階級の老人たちの姿が描かれる**のみ。内戦状態のはずの世界の具体的描写すらない。つめたく冷えた差別感情《ヘイト》だけが手を替え品を替えて連ねられ、果ては、この憎悪を正当化するために、世界最大の絶対悪**アドルフ・ヒトラー**まで引っぱりだしてくるのである。

こうした老人たちの憎悪が最後に導き出す「B計画」の**おぞましさは出色**である。

じつは『フランクフルトへの乗客』は、時間枠だけでなく、その主題もエルロイの《アンダーワールドUSA三部作》と共有している。すなわち、「己の安寧の崩壊にパラノイア的恐怖を抱く白人保守層の逆ギレ」。エルロイは「悪い白人ども」を主役にしつつ、彼らの憎悪と恐怖を批判的に描いた。だがクリスティーは違う。そうした「逆ギレ」を**憂国の義憤として朗々と謳い上げ、差別主義を老白人たちのヒロイズムとして描いた**のだ。そんな己の**恐怖を正当化するために生み出された強引な物語**と、その強引さゆえに完全に**壊れてしまった小説**がここにある。

老人が若者に向ける憎悪。持つ者が持たざる者に向ける軽侮。戦前世代が戦後世代に向ける恐怖。帝国が植民地に向ける侮蔑。これらの総体たる**ピュア・ファッキング・ヘイト**。それが著者クリスティーの身体に充満し、その理性を侵食し、物語を壊した。そこからひり出されたのが、『**フランクフルトへの乗客』というアウトサイダー・アート**なのである。

第三部以降の物語の壊れぶりはすさまじい。そして最後の数章を経て到達するエピローグ。その異様なすがすがしさに私は、敵を虐殺したあとの廃墟にレース編みのクロスをあしらって心底から幸せそうに微笑む老女を見たような恐怖を感じた。

これは狂気の書である。

98 『アガサ・クリスティー自伝』

★★★

すべては一九二八年にはじまった

An Autobiography, 1977

【おはなし】

一九五〇年、イラク。発掘調査に同行した六十歳のアガサ・クリスティーは自伝の執筆をはじめた。一八九〇年、イングランド南西部の恵まれた一家に生まれたアガサ・メアリ・クラリッサ・ミラー。父の事業の失敗で財政状態が傾いたり、十一歳のときに父を病で失ったりといった不幸はあったものの、芸術家肌の母の影響を受け、音楽や読書を愛好する芸術好きの少女として育ってゆく。

二十四歳でアーチボルド・クリスティーと結婚。少女時代から姉の影響もあって探偵小説も愛好していたアガサは、二十六歳のとき『スタイルズ荘の怪事件』を書き上げる。着実に「ミステリ作家アガサ・クリスティー」としての地歩を固めていったクリスティーだったが、当時のミステリ界に大きな衝撃をもたらした『アクロイド殺し』が刊行された一九二六年、母の死去を皮切りに人生は変転する――そのクライマックスが夫アーチボルドが若い女に走ったことだった。

一九二八年、離婚成立。傷心のアガサ・ミラー・クリスティーは中東への旅に出る。

英米、とくにイギリスには「自叙伝」の伝統がある。これはおしなべて大部の書物であり、本作もその例にもれない。文庫版にして上下各六百ページ、原稿用紙換算で二千枚を超える威容を誇る。かくも膨大な紙数となるのは、出生から現在までのすべてを綿密なクロニクルとして書くのが、あちらの「自伝／伝記」の基本だからである。

日本では自伝にせよ伝記にせよ、その人物の「業績」が主題になるため、そこと直接の関わりのない事柄は削ぎ落とされて凝縮する傾向がある。このあたりはbiographyについての東西の意識の違いなのだろう。ロンドンの書店に行くと、「biography」の棚の大きさと充実ぶりに圧倒される。そもそも「歴史」あるいは「誰かの人生」の捉え方が違っているのかもしれない。

さてそんなわけで、この大作も、上巻のほとんどは「クリスティー」以前の「アガサ・メアリ・クラリッサ・ミラー」の人生を大量のディテールとエピソードで描くことに割かれている。上巻末尾近くでアガサは結婚して「アガサ・クリスティー」となる。作家となるのもほぼ同時期だから、「ミステリの女王アガサ・クリスティー」に関心のある向きは、まず下巻から読んでみるのも手だろう。上巻は、この時代のイギリスの裕福な一家の生活（クリスティーはしきりに「そんなに裕福ではなかった、友だちの家はもっと裕福だ」と書くが、恵まれてます）のディテールに関心のあるかたや、人間アガサに強い興味のあるかた向けか。細部にわたるクリスティーの記憶は綿密で、それが穏やかなユーモアのある筆致で描かれてゆく。

つねにクールにふるまう母に、『杉の柩』のエリノアや『ホロー荘の殺人』のヘンリエッタの面影をみてとることもできるし、奔放な生活を送った末にアフリカで客死した兄に、クリスティーが好んで描いた「いろいろと破綻しているが魅力的な男」の片鱗をみることもできるだろう。しかし、筆致が精彩を放つのは、最初の夫アーチボルドとのあいだに不協和音が響きはじめる一九二六年以降。とくに離婚が成立した一九二八年からである。

母の死と、夫の不貞。たてつづけに起きた出来事が、アガサを精神的危機にさらす――一九二六年のことである。この年、クリスティーは有名な失踪事件を起こすが、そこについては本作では触れられていない。その前兆らしき意識や記憶の奇妙な変調について、ほんの一ページほど書いてあるのみである。そんな精神的疲弊と金銭的困窮のなかで、執筆意欲のわかぬクリスティーが苦労して発表したのが、あの『ビッグ4』だった。

そして一九二八年、アーチボルドと離婚。ここでクリスティーは「何か」から解放されたようだ。離婚成立してすぐ、クリスティーは旅に出る。オリエント急行に乗って中東へ。この旅がさまざまなものをクリスティーにもたらした。

その最たるものが、考古学者マックス・マローワンとの出会いだ。クリスティーはマックスと再婚し、安定した結婚生活を得ることとなった。

クリスティーによれば、この時期、つまり離婚から再婚までの時期に書いた作品の記憶があいまいだという。私生活が充実していたということだろうか。はっきりと記憶しているのは、新生活が安定した時期の『エッジウェア卿の死』（一九三三）あたりかららしい。ここで私は、クリスティーが「クリスティーらしい」流儀を成立させたのが『エッジウェア卿の死』だったことを思い出したりする。

以降、ミステリ・ファンには興味深い裏話が随所にちりばめられてゆく。『そして誰もいなくなった』が困難な着想を苦労して練り上げたものであったこと。かねてからの構想を具現化したのが傑作『春にして君を離れ』であり、自伝の記述を信じるならば、これをなんと三日間で書き上げたこと。お気に入りの作品が『ねじれた家』『無実はさいなむ』『動く指』であること。『謎のクィン氏』もお気に入りで、これの原点が少女時代に書いた詩にあること。などなど。

クリスティーは小説を——本人の言葉でいえば「物語／ストーリー」を——書くことが何より大好きだったようだ。第二次世界大戦中に十作以上の長編を書いた（それも『杉の柩』『白昼の悪魔』『NかMか』『ゼロ時間へ』『五匹の子豚』『春にして君を離れ』という歴史的名作ばかりを！）のは、戦時下なので社交に時間を割かずにすんだからだと述懐している。

とはいえ、ミステリ作品についての記述はあまり多くない。クリスティーにとってミステリは「被害者を描くもの」であったこと、倫理的な物語であること、そして緻密に描くべきものだったことが明言されているほかは、数作について一ページに満たぬ裏事情を語る程度（ちなみに『青列車の秘密』が気に入らない、と随所に書かれていて、これもまた結婚の破綻直前に執筆された作品）。それ以上の紙数が、戯曲と中東への旅の記述に割かれている。

例外的に執筆事情について複数ページにわたって書かれているのが『死が最後にやってく

る』。そして戯曲『アクナーテン』が（生前に上演されず、公刊も最晩年なのに）あちこちで引き合いに出される――

つまり、個人としてのアガサ・クリスティー・マローワンが愛したのは、戯曲＝演劇と、中東だったということなのだろう。戯曲＝演劇が、その小説のバックボーンになっていたことはこれまでも何度も書いてきたが、自伝を読むと、クリスティーにとっては中東への旅が演劇よりずっと大きな意味を持っていたことがわかる。

一九二八年、クリスティー離婚。そして中東へ。そこでの出会いによって、一九三〇年に再婚。これがクリスティーの転機だったのである。

一九三四年の『オリエント急行の殺人』は、この旅がなければ生まれなかっただろう（ちなみにマックスとの新婚旅行でもクリスティーはオリエント急行に乗っている）。発掘調査への同行がなければ一九三六年の『メソポタミヤの殺人』はなかったろうし、この作品の被害者も、中東で世話になった考古学者夫人のエキセントリックな言動がモデルになっているとおぼしい。当然、『ナイルに死す』や『死との約束』も生まれなかった。『エッジウェア卿の死』もこの時期に書かれた。

すべては一九二八年にはじまったのだ。

だが、重要なのはマックス・マローワンと中東だけではない。クリスティーが無責任な色男といけすかない若い娘を繰り返し描いたのは、アーチボルドとの辛い日々のためだっただろうからだ。なにせアーチボルドは、「ぼくって不幸とか見るの好きじゃないんだ、だからそういうの見せないでほしいんだよね」みたいなことを平気で言い放つ男なのだ。アーチボルドという男もまた、クリスティーの殺人劇の重要なキャラクターだった。

「アガサ・クリスティー」は、一九二八年、アーチボルド・クリスティーとの別れと、マックス・マローワンとの出会いによって生まれたのである。

99 『アガサ・クリスティーの秘密ノート』（ジョン・カラン編）

クリスティーを全部読み終えたら

Agatha Christie's Secret Notebooks, 2009

【おはなし】

ジョン・カランは長年にわたるクリスティー・ファンである。アガサ・クリスティー公式ニューズレターの編集も務めたカランが、クリスティーの孫で知人であるマシュー・プリチャードの許しを得て、クリスティーの創作ノートを精査、分析することになった。

現存するノートは七十三冊。そこには、クリスティーが一九三〇年代以降に書いた作品ほぼすべてについて、その着想や前段階の構成案などが書き込まれていた……。

当然ながらネタバレ全開である。

各章には「これとこれとこれのネタバレが含まれています」との注意書きがちゃんと記してあって配慮は十全ではあるから、既読のものを扱う章だけを読めばいい仕組みになってはいる。とはいっても基本的に本書は、クリスティー作品をすべて制覇した読者向けのものではあるだろう。

クリスティーの遺したノートに記されていた作品は、一九三〇年代以降、つまり『謎のクィン氏』や『牧師館の殺人』以降のものが主で、それ以前の作品については『スタイルズ荘の怪事件』『茶色の服の男』『チムニーズ館の秘密』『青列車の秘密』のみだったという。これらノートの記述からみえてくるのは、クリスティー作品には二種類の着想経路があったということである。「トリック」が先にあったものと、「人間関係」が先にあったものの二ルートで、分量的には後者が多数を占める。

トリックから着想する経路については説明不要だろう。だがもう一方、「人間関係」から出発する着想というのはどういうことか。

クリスティーの残したメモのなかには、ある作品の登場人物と属性を書き連ねたものが多数あった。十人前後の人間の集団と、その関係がまずあって、そのなかで誰かが死ぬ。そこから作品が練られてゆく。という流儀である。例えば『白昼の悪魔』や『死との約束』がそれ。クリスティーの演劇趣味を反映するかのように、「場」から発想され、そこに集う人間集団を考えてゆくものもあった（『死者のあやまち』）。

「秘密ノート」がカバーするのは、一九三〇年代以降の作品である、と書いたが、一九三〇年代はクリスティー・ミステリについてひとつの転機のときだった。すなわち、『邪悪の家』（三二）、『エッジウェア卿の死』（三三）の発表である。

これ以前のクリスティー・ミステリは、『ゴルフ場殺人事件』にしろ『青列車の秘密』にしろ『アクロイド殺し』にしろ、ひとことで言える明確でオリジナルなトリックがあった。ひとつの「ユニット」として作品から抜き出せて、かつ、全体のストーリーなどから独立して存在しうるトリック、「トリック集成」の類にとりあげやすいタイプのトリックである。しかし『邪悪の家』と『エッジウェア卿の死』にはそれがない。もちろん、欺しの手口としての偽計はあるが、その偽計だけをとりだしてもどうということはないタイプのそれ。作品全体の人間関係や、ひとびとの動きと嘘、叙述の綾といったものが組み合わさって、はじめて衝撃力を発するタイプの仕掛け。『ナイルに死す』や『五匹の子豚』や『ホロー荘の殺人』といった黄金期の傑作群を特徴づけるクリスティーの流儀とは、そうしたものだった。その源流が『邪悪の家』『エッジウェア卿の死』であることはすでに何度も書いた。これこそがクリスティーなのだと。

そんなクリスティー流の傑作——例えば『死との約束』『ホロー荘の殺人』『五匹の子豚』——は、いずれも登場人物表を書き記すことからはじめられていたことを、「秘密ノート」は明らかにしている。クリスティーは、リストアップされた人物の人間関係を詰めてゆくことで、それをミステリに昇華していった。

このプロセスで驚かされるのは、そもそもの出発点において、誰が犯人なのかクリスティー自身も知らなかった作品が多いことである。緻密きわまりない『五匹の子豚』でさえそうだったという。

クリスティーは「人間集団」を規定し、「被害者」を決めてから、人間関係を詰めつつ犯人を捜してゆく。しかるのちに伏線や手がかりを敷設する場面のアウトラインを描いて、構成を決めてゆくのがクリスティーのスタイルだった。『白昼の悪魔』の、あの冒頭のダブル

・ミーニングが、初期の構想段階から存在していたこともわかる。

驚くのは、『ねじれた家』も「犯人を決めずに着想された」ということである。この作品は、どうみても某名作への回答として書かれたとしか思えない。単に犯人像のみならず、細部に至るまで両作品には対応する要素がみられたからである。

ほかにも小粒ながらクリスティー・ファンの興味を大いに惹《ひ》く「秘密」が随所にある。例えば『パディントン発～』の《家政婦版ゴルゴ13》たるルーシー・アイルズバロウの結婚相手が誰であったか、とか。孤島に集められた十人の視点だけで描かれる『そして誰もいなくなった』に、初期段階での構想では「事態を見守る観察者」が存在していたこと、とか。のちにP・D・ジェイムズのデビュー作の題名となる「女の顔を覆え Cover Her Face」という言葉は一時、『スリーピング・マーダー』の題名候補であり、昔からクリスティーお気に入りのフレーズだった、とか。

結局使用されなかったトリックの数々も紹介されている。ことに「似ていない双子」「脚がないため背丈が変わりうる人物」の二つは、クリスティーが長らく捨てきれずに執着していたものである。

「人間関係の変容」のカギになりそうな双子トリックはいかにもクリスティーらしいものだが、インパクト抜群の後者にこだわっていたというのは面白い。ただしこれは「一発芸」的な類のトリックだから、大トリックを得意とする某名匠が一九三八年に同じトリックを使用してしまっているので、クリスティーとしても使えなかったことだろう。

編著者ジョン・カランの読解と整理は細部まで行き届いていて、本書を読むと、クリスティー作品の再読欲が大いに刺激されることはまちがいない。さまざまな場面をクリスティーがどう配置しようとしたか、それが最終的にどう変わったか、といったあたりを対照しながら、数多の名作を再読する手引きになるはずだ。

幕間4　ノンシリーズ長編作品総括

クリスティーのノンシリーズ長編には、三つの系統がある。ひとつはユーモラスなスリラー、ひとつは名探偵の登場しないミステリ、そしてメアリ・ウェストマコット名義の作品である。

名探偵の登場しないミステリ作品は、クリスティーの成長と連動して作風を変えていった。初期は軽く明朗でワントリックを用いたシンプルな作品。それが徐々にシリアス味を増してゆき、一九四〇年代以降のポアロもの傑作連発の時期に最高潮に達する。『そして誰もいなくなった』や『ゼロ時間へ』は、この時期。そして最後の傑作『終りなき夜に生れつく』は、晩年の最大の関心事であった「殺人をなす人間の心」にフォーカスした作品だった。

メアリ・ウェストマコット名義の作品は、一貫して仄暗《ほのぐら》いトーンで書かれ、「恋愛」と「結婚」をテーマにしつづけた。作品数はわずか六作品だが、完成度は非常に高く、傑作ぞろいである。

問題は「スリラー」と呼ばれる作品群――『茶色の服の男』『チムニーズ館の秘密』『七つの時計』『なぜ、エヴァンズに頼まなかったのか?』『バグダッドの秘密』『死への旅』『フランクフルトへの乗客』、以上七作品、いずれも陽性の空気をたたえて楽しげであるのはいいのだが、全体に散漫で、スリラーとしての水準に達していない。それでも『なぜ、エヴァンズに頼まなかったのか？』までの四作は、基本的にミステリの骨格があること、クリスティーの描くおきゃんな娘たちの活躍の楽しさで、読んで満足できるものには仕上がっていた。だが後半の三作品では、主人公が主体性を失い、ストーリーと呼べるものもほとんどない。こうなるとクリスティーのスリラーが本来はらんでいた幼稚さがごまかせなくなってしまい、大人の鑑賞に堪えるものではまったくない。スリラー作家としてのクリスティーは一流とはとても言えなかった。

『なぜ、エヴァンズに〜』（一九三四年）までの佳作群と、『バグダッドの秘密』（五一年）以降の駄作群のあいだには二十年近いブランクがある。この二十年こそは、クリスティーが傑作ミステリを連発した黄金時代だった。つまりクリスティーのスリラーは、素人っぽさを残した初期と、筆の衰えはじめた晩年にしか書かれなかったのだ。

さて、ここでノンシリーズ長編ベスト10を。

1『終りなき夜に生れつく』
2『春にして君を離れ』
3『ゼロ時間へ』
4『忘られぬ死』
5『そして誰もいなくなった』

6『暗い抱擁』
7『娘は娘』
8『なぜ、エヴァンズに頼まなかったのか？』
9『ねじれた家』
10『七つの時計』

上位二作品はオールタイム・ベスト級である。未読は許されない。3位は個人的には『オリエント急行の殺人』『そして誰もいなくなった』と並び称されてよいのではと思うし、4位はマイナーな作品だが、完成度が傑出している。

一方で5位に置いた名作は、その構想と周到さに感銘を受けるものの、異様なスピード感と引き換えに小説としての味わいを失っている気がして、いまの眼でみると評価が少し辛《から》くなる。

傑作揃いのウェストマコットからは全部で三作。

8位以下はやや消極的なチョイスである。8位と10位はユーモラスな初期作品の代表として。9位はミステリとしての完成度は見事なのだが、あの先行作品の存在が気にかかるため、推しきれずにこの位置に。

特別収録

100

『ポアロとグリーンショアの阿房宮』

★★★

最小の〝ゼロ時間へ〟式ミステリ

Hercule Poirot and the Greenshore Folly, 2014

【おはなし】

エルキュール・ポアロのもとにかかってきた一本の電話。それはミステリ作家アドリアニ・オリヴァ夫人からのものだった。夫人は郊外の屋敷に招かれ、そこで行われるお祭りのために書き下ろした殺人ミステリ劇の準備をしていた。だがどうにも不審なのだと夫人はいう、何かよくないことがここで起きるのではないかと。

かくしてポアロは同地へ赴く。屋敷の主人夫婦にはじまる関係者の人間模様をそれとなく探るなか、祭りが開幕。するとミステリ劇で被害者を演じるはずだった少女が殺害されているのが発見された。相前後して屋敷の主人の妻も失踪していて……

なんと二〇一五年にクリスティーの新作長編が刊行された——というと語弊があるか。長さでいえば中編であるし、右のあらすじをみればわかるとおり、内容は長編『死者のあやまち』（一一七ページ参照）とほぼ同じ。じつは本作、『死者のあやまち』の原形となる中編作品なのである。ちなみに原書は二〇一四年に刊行されている。

この作品はもともとチャリティーのような企画のために雑誌向けに書き下ろされたものだったが、長くなりすぎたために掲載不可となってしまった。代わりにクリスティーが書いたのがミス・マープルものの短編「グリーンショウ氏の阿房宮」で、件の雑誌はこちらを載せることになった。このマープル版「グリーンショウ氏の阿房宮」は、『クリスマス・プディングの冒険』で読めるが、中身はまるで別物である。題名も似ているが、マープルのほうは「Greenshaw」で、ポアロのほうは「Greenshore」。ややこしいですね。

クリスティーが「ポアロ版・阿房宮」を無理に短縮するのではなく、「マープル版・阿房宮」を新たに書き下ろしたのは、ポアロ版の着想は長編化できるという目算があったためらしい（このあたりの成立事情については巻末のジョン・カランによる解説にくわしい）。

こんなふうにクリスティーが短編を中編や長編に書き改めた例は過去にも少なくない。代表的な例をあげると、**短編「二度目のゴング」**→**中編「死人の鏡」**。**短編「マーケット・ベイジングの怪事件」**→**中編「厩舎街の殺人」**。**短編「黄色いアイリス」**→**長編『忘られぬ死』**など。短編での基本アイデアを長編に組み込んだものだと、**短編「舗道の血痕」**→**長編『白昼の悪魔』**があった。いずれのケースも、短編版ではアイデア先行で味気なかったものが、ミスディレクションや伏線が拡充されたり、事件のポイントとなる人間関係の描写が増量されたりすることで、ミステリとしての完成度も小説としての読み心地も明らかに向上していた。

ところが本作の場合、長編版の『死者のあやまち』と読み心地に違いがほとんどないのである。

さきほど列挙した短編の改作例には共通点がある。キャリアの浅い時期に書いたオリジナル版を、作家として円熟した時期にヴァージョンアップしたものばかりなのだ。何度も述べたとおり、クリスティーのミステリは、『ナイルに死す』以降に大きな進化をみせた。クリスティー・ミステリの基本構造「ゼロ時間へ」の発明である。

ところが『グリーンショアの阿房宮』が書かれたのは、『ナイルに死す』や『死との約束』よりあとの一九五〇年代。すでにクリスティー・ミステリの基本形はできあがっていた時期である。だから『死者のあやまち』に見られた細心のミステリ仕掛けは、オリジナルの中編版『グリーンショアの阿房宮』の段階ですでに存在している——クリスティー一流の大胆な演劇的伏線、ダブル・ミーニングを使った心理的な手がかり、メインの仕掛けとしてのアイデンティティの擬装と人間関係の反転、動機の核心をなすクリスティーお得意の「ある問題」などなど。『グリーンショアの阿房宮』は完成されたクリスティー式ミステリであり、長編版の『死者のあやまち』と完成度はほぼ変わらない。

となるとミステリ部分を装飾する「遊び」の部分を増量したのか？と思ったが、これも大きな差がない。『死者のあやまち』で私が大いに楽しんだポアロやオリヴァ夫人の楽しいキャラ描写もここにある。細かなくすぐり——オリヴァ夫人の服装についての「旧式の軍艦みたいな」という形容や「オリヴァ夫人がポアロの名前を告げても若いひとは誰も知らなかった」みたいな挿話——さえ、『グリーンショアの阿房宮』にちゃんと書かれてある。

どこが違うのだろう？　本作が『死者のあやまち』より二百ページ以上も短いのはたしか

なのだ。中編版と長編版の差はどこにあるのか。もちろん描写の細部に立ち入れば『死者のあやまち』のほうが書き込みは密なわけだが、それだけで二百ページも増量できない。何か構造上の差が必要だ。本作になくて『死者のあやまち』にある構造上の要素とは何なのか。

事件発生からあとの展開がそれである。『グリーンショアの阿房宮』では、事件発生後の警察やポアロによる捜査の描写が大きく省略されているのだ。『死者のあやまち』は、

ゼロ時間までのドラマ→ゼロ時間・事件発生→捜査→解決

という四つの要素で成り立っている。一方、『グリーンショアの阿房宮』は、

ゼロ時間までのドラマ→ゼロ時間・事件発生→解決

この三要素で成り立っているのである。

『グリーンショアの阿房宮』で捜査パートを代替するのは「ポアロのひらめき」。これによって事件発生の場から解決の場まで一気にすぱっと跳躍してみせる。なのでミステリとしての切れ味はこちらのほうが上だ。このへんの呼吸は『白昼の悪魔』に似ています。明快なトリックがひとつあり、その解明によって全体の構図が一挙に反転、事件発生の余熱が読者のなかで冷めないうちに解決が訪れる、というあの爽快感である。

クリスティーなので「トリック」それ自体はどうというものでもない。主眼がおかれているのは犯行が物語世界に及ぼす効果と、殺人の原因となる人間模様。これも『白昼の悪魔』との類似点だが、しかし、もっと似ている作品がある。短編「砂にかかれた三角形」（『死人の鏡』所収）だ。

「砂にかかれた三角形」はどうにも忙《せわ》しない小説である。被害者が殺されたと思ったら作中の人間関係がバタン！と反転し、驚きを嚙み締める間もなく急転直下の解決に至る。短編の尺にねじこむために贅肉を削りすぎたか、クリスティー流ミステリの骨格《スケルトン》だけが剝き出しになっているみたいな感じで、クリスティーをみるうえで非常に興味深い作品ではあるものの、まあ失敗作というべきだろう。

そんな「砂にかかれた三角形」の改良版のような趣が、『グリーンショアの阿房宮』にはある。「砂にかかれた三角形」の欠点は、どうしてもある程度の描きこみが必要な「ゼロ時間までのドラマ」を、無理やり短編の尺に押し込んだことに起因する。『グリーンショアの阿房宮』は中編サイズだから、この問題は無理なく解消された。一方で急転直下の解決のキレも損なわれていない。『死人の鏡』の項で、私は「砂にかかれた三角形」について、「『ゼロ時間へ』式ミステリの最小のかたち」というようなことを書いたが、その形容はむしろ『グリーンショアの阿房宮』のほうにふさわしい。

とはいえ、『死者のあやまち』は単にそれを水増ししただけの低濃度の作品というわけではない。長編化の際にクリスティーがキレを犠牲にしつつ書き加えた「事件捜査」「情報収集」はじゅうぶん面白いし、もっと重要なのは、事件に深くかかわることになった「ある人物」についての描写が拡充されていることだ。この人物の印象がぐっと深まったことは、『死者のあやまち』という小説の大きなポイントである。同作の解説で横井司氏も書いているように、これは横溝正史のある長編を強く連想させるものでもある（氏は題名を挙げていないが、私は『[redacted]』を思い出した）。

クリスティーの長編ミステリには、『鏡は横にひび割れて』『五匹の子豚』『ホロー荘の殺人』『終りなき夜に生れつく』のように、犯人や事件の焦点となる人物の仄暗い陰影が持ち重りのする読後感を与える傑作が多数あった。『ポアロとグリーンショアの阿房宮』を『死者のあやまち』に書き改めることで加えられたのは、そういうどっしりとした味わいなのだ。

『死者のあやまち』をはじめて読んだときには、その軽快な読み口が何よりも印象に残った。だが今回、原形である『ポアロとグリーンショアの阿房宮』を読んだのちに読み返したことで、『死者のあやまち』の新たな魅力に気づいたわけである。それは『ホロー荘の殺人』などに通じる重たい悲劇性に他ならない。つまり『死者のあやまち』もまた、クリスティーの小説巧者ぶりが発揮された快作だったのだ。

『死者のあやまち』の項の最後に、「クリスティーのミステリってどんな感じ？」と問われたら『死者のあやまち』をさしだすのも一興である、というようなことを半ば冗談めかして書いた。しかし、いま『ポアロとグリーンショアの阿房宮』を経て読み直したことで、『死者のあやまち』を勧めるのは、あの問いへの完璧な回答なのかもしれないと思いはじめた。

閉幕　攻略完了

遅まきながら気がつくの。
いまのいままで事件をあべこべに見ていて、
実際に起きていたのは
ぜんぜんべつのことだったんだ、って。
――コニー・ウィリス『ブラックアウト』

なぜ世間ではクリスティーがあんなに人気なのか。

アガサ・クリスティー全作品攻略をはじめるにあたって、私が解決したかった謎をひとことでいうと、そういうことになる。

そんな疑問を抱くくらい、私の眼に映るアガサ・クリスティー作品は魅力的でなかった。

クリスティーを語る言葉は何十年も前から判で押したように変わらず、すこしも読書欲をそそらなかったのである。

「クリスティー」という文字列につねにくっついているのは、こんな言葉たちだ――田舎。お庭。午後のお茶。村の人間模様。編み物しながら名推理をはたらかせる老女。エジプト。旅情。ロマンス。上流階級の屋敷。毒殺。ミステリの女王。のんびり。穏やか。意外な犯人。遺産相続。ベルギー人の禿げ頭。モナミ。華麗な女優。マザーグース。

これらのほとんどが私のような人間には何ひとつ興味のないトピックであり、もっと問題なのは、これらの言葉のほぼすべてが、ミステリとしての質と無関係なことだった。

つまり、あれらの言葉のほとんどは、私のような門外漢には何の情報価値も持たない文字列であり、クリスティー・ファンが仲間うちで飛ばしあう目くばせ以上の意味を持たないということだ。私はお茶やお庭やエジプト旅行について知りたいと思ったことは一度もないから、クリスティーを読むモチベーションなど発生しようがなかった。というか、知りたければ実用書やガイドブックを買う。

だが、自分と同じ疑問を抱いているひとは他にもいるのかもしれない、とも思っていた。クリスティーは面白いと言う読書の先達が少なからずいることも知っていた。そして、お茶とお庭とエジプトだけでは、これほどの長きにわたってクリスティーが人気作家として読み継がれるはずがないともわかっていた。

世間の人気と、私の感じる「面白くなさそうな印象」の乖離《かいり》。このふたつのあいだに横たわる、暗く見通せない溝。この「暗い溝」に現在の光源を持ちこんだら何が見えるのか。そこに何があるのか。誰もそれを探求しようとはしていないらしい。ならば俺がやってみよう、と思ったのである。

ほんの数冊読んだ段階で、「クリスティーのミステリは面白い」ということを私は知った。だがそれでも、「なぜ誰もミステリとしてのクリスティーについて語らないのか」という問題、言い換えれば、「クリスティーの面白さの核心は何なのか」という問題を解くには、さらに時間が要った。

とっかかりをつかんだのは、一九三三年発表の『エッジウェア卿の死』（と、前年の『邪悪の家』）を読んだときだ。「クリスティー流の謎解きミステリ」というものの曖昧《あいまい》な輪郭のようなものが、ここでつかめたように思った。この流儀は一九三四年の『三幕の殺人』で深められ、一九三七年の『ナイルに死す』で完成されることになる。以降の傑作群、『杉の柩』や『五匹の子豚』はその発展形である。

本書中の『アガサ・クリスティーの秘密ノート』の項で私は、クリスティー・ミステリの傑作には「ユニットとして抜き出せるトリック」が欠けていると記した。しかし、これは次のように言ったほうが正確だろう。つまり、

「クリスティーのミステリは、欺しのポイント／トリックを三十文字で説明することができない」

と。そしてこれが、クリスティー・ミステリの面白さが曰く言いがたいことの理由である。

昭和の時代、日本の謎解きミステリ評論は、江戸川乱歩の「類別トリック集成」に代表され、また象徴されるような見方で、作品を語り、測ってきた。すなわち、トリックと呼びうるものを作品から切り離し、抽出して、それを三十文字に要約することで、類別／集成しやすくすること。言い換えれば、作品中から三十文字以内で抽出できるものにしか注目しなかった。「名作」として名高いクリスティー作品を思い浮かべていただきたい。そのほとんどが、これにあてはまる。例えば——

『アクロイド殺し』→「[redacted]が犯人」（六字）
『オリエント急行の殺人』→「[redacted]が犯人」（五字）
『ABC殺人事件』→「[redacted]による[redacted]殺人と思わせて、[redacted]は[redacted]」（二十四字）
『そして誰もいなくなった』→「[redacted]と思いきや、犯人が[redacted]」（二十一字）

といった具合である（スミ塗り部分は巻末ノート1を参照）。

こうした「ミステリ観」を培地にして、昭和のミステリ評論の概念や用語は生み出されていった。こうした態度は、やがて八〇年代終盤に日本で新本格ミステリがブレイクしたことなどをキッカケに、大きく更新されることになるが、しかし、そんな意識改革は海外古典ミステリには及ばなかったのである。だからクリスティーをはじめとする古典作家には昭和時代のタグがアップデートされずに貼られている。そしてクリスティーの不幸は、昭和のコトバでは捉えることのできない傑作があまりに多いことだった。

例えばクリスティー・ミステリの最初の達成たる『ナイルに死す』。その殺人トリックは「[redacted]が[redacted]と見せかけて、[redacted]を殺害、そののちに[redacted]で[redacted]容疑者[redacted]」と長たらしいうえに、新味もない。だがこの傑作の驚愕のポイントは、この殺人トリックにはなくて、「[redacted]に[redacted]

[redacted]が現れ、[redacted]と見せかけて、じつは[redacted]、[redacted]して[redacted]を殺害する」という人間関係のミスディレクションにある。

また『五匹の子豚』の謎の発生源となる事態を要約すれば、「[redacted]に[redacted]しまったことから[redacted]女が、[redacted]を[redacted]が殺害した[redacted]、殺人現場で[redacted]、[redacted]殺人犯[redacted]した」となり、いかにも長い。そもそも「類別」しようにもできないし、類別表にまとめたり箇条書きにしたりもできないうえ、これはトリックではなく「事情」という言葉のほうがふさわしいだろう。

だがこれらがすぐれていないかといえばまったく誤りだ。殺人トリックをひとことでいえる『メソポタミヤの殺人』（「[redacted]鈍器で[redacted]被害者の頭部を打つ」＝二十八字）や、『雲をつかむ死』（「犯人が[redacted]で被害者を殺害する」＝二十一字）は、クリスティーらしい傑作群の前にあっては凡作でしかない。

「三十文字で説明できない欺しの手口」。それは言い換えれば、たくさんの文字数によって成立する「小説」であるからこそ可能なものでもある。三十文字で抜き出せるトリックは、小説のスタイルを必ずしも要しない。一ページずつの「問題編」「解決編」から成るミステリ・クイズでも用は足りる。だからこそ、昭和の時代には藤原宰太《ふじわらさいた》郎《ろう》によるミステリ豆本が多数刊行されていたのだ。

しかしクリスティー流のミステリは、そんな短い紙数に還元することは不可能である。前記の『ナイルに死す』のキモにしても、これだけでは成立しない。それに先立ってページ上に紡がれ、「キモ」の行間を埋める大量の人間関係の描写があるからこそ、最終的な人間関係の反転が驚愕として結実する。

こう言い換えることもできる、クリスティーの傑作群は、作品全体がトリックであり伏線であり手がかりでありミスディレクションなのだと。クリスティー流の謎解きミステリのなかで、「トリック」や「ミスディレクション」や「伏線」や「手がかり」は、別個に分離可能なユニットになってはいないのである。これらは「欺し」を実現させる有機的な企みとして、小説全体と不可分である。クリスティーのミステリにおける「欺し」は、小説というプラットフォームに組み込まれた一個の塊なのではなく、欺しの企みの細い糸によって織り上げた布のようなもの、プラットフォーム自体が欺しでできているのだ。

だから、クリスティーを三十文字で評することはできない。だから、クリスティー・ミステリを端的に語る言説は生まれにくかった。だから、すでにクリスティーの楽しさを知っているひと同士が、分離可能な要素であるお茶やお庭について語るしかなかったのだろう。クリスティーを語るためには、ひとつひとつの作品について、まとまった分量で評するしかないのだ。

さて、全作品を読み終えたことを踏まえて、アガサ・クリスティー作品の個人的なベスト

10を掲げておく。

1『カーテン』
2『五匹の子豚』
3『終りなき夜に生れつく』
4『ポケットにライ麦を』
5『春にして君を離れ』
6『白昼の悪魔』
7『鏡は横にひび割れて』
8『謎のクィン氏』
9『死との約束』
10『NかMか』

『カーテン』の1位は揺らがなかった。ミステリの形式を逆手にとる野心と、犯罪に至るダークな心のありように切り込む容赦ない思索と叙述がここにはあり、それは現代ミステリを読む読者にも強い感銘をもたらすはずだ。3位の『終りなき夜に生れつく』もこの流れにある作品だが、ミステリ性よりも、後年のクリスティーが追究した「殺人をなす人間の心」の問題を、静かな悲しみの音色を響かせつつ描き切った傑作だと思っている。この二作は、ノワールなどを好む現代ミステリ・ファンに強くおすすめしたい。

2位『五匹の子豚』は、クリスティー・ミステリの完璧な結晶体。これに次ぐのが6位の『白昼の悪魔』であり、この二作を読んで気に入った方には、『死との約束』（9位）『葬儀を終えて』『ホロー荘の殺人』『杉の柩』へと進んでいっていただきたい。

4位『ポケットにライ麦を』はミス・マープルの「正義のヒーローぶり」がもっとも見事に顕れた作品。ラストの悲しみも忘れがたいし、それによってミス・マープルのストイックな正義感——まるでハードボイルド・ヒーローのようだと私は言おう——が浮かびあがる仕掛けも素晴らしい。犯罪悲劇の歴史的名品7位『鏡は横にひび割れて』と甲乙つけがたい。

メアリ・ウェストマコット名義の作品はいずれも傑作だが、5位の『春にして君を離れ』がまちがいなくベスト。8位『謎のクィン氏』はクリスティーの短編集でベストであり、長編ではほとんど発揮されることのなかった仄暗いロマンティシズムを堪能できる。こうした味わいは、『死の猟犬』『マン島の黄金』といった短編集でも楽しむことができる。

10位に置いたのは『NかMか』。クリスティーのスリラー作品は、ミステリや幻想小説を十とすれば、よくて四くらいのクオリティしかないが、この作品は例外。クリスティーの健全なユーモアと倫理観と欺しの仕掛けが最良のバランスでここにはある。

これにてアガサ・クリスティー完全攻略、終了。

巻末ノート1　本文中のネタバレ箇所

＊14『もの言えぬ証人』（64ページ）
この作品では、ミステリという物語を推進する際に必須のヒトやモノがすべて不在になっているのである。すなわち――

「調査の依頼」の段階で依頼人が死亡していて不在。「事件発生」が判明した段階で死体は埋葬されてしまっていて不在。「犯人指摘」の段階で犯人は自殺していて不在なのだ。

＊22『ホロー荘の殺人』（99ページ）
ちなみに、『ホロー荘の殺人』と『五匹の子豚』は、真相も非常に似通っている。

『ホロー荘の殺人』で、ヘンリエッタが行う工作の動機は、『五匹の子豚』でのカロリンのそれと主観的には同じだからだ。

「凜として自立した女性」として、ヘンリエッタとカロリンは対をなす人物で、この二人のどちらも、自分よりも弱い「殺人者」をかばおうとする。それによって真相が隠蔽されてしまうのである。

＊25『葬儀を終えて』
113ページ『』内スミ塗り部分は、『エッジウェア卿の死』。

113ページ6行目のスミ塗り部分は以下のとおり。

太字がスミ塗り部分。

これがカギなのではないかと思うのだ。狡猾な女性殺人者なら、これ以外の作品にも出てきていた。

＊44『復讐の女神』（212ページ）
本文での『復讐の女神』評は、『カリブ海の秘密』と『復讐の女神』が三部作の一部で、完結編は『*Woman's Realm*』のはずだった」という定説に則って記したものである。これについて付記しておきたい。

というのは、日本では定説となっている「三部作構想」を、じっさいにクリスティーが持っていたのかどうか、裏がとれないからである。

私が調べたかぎり、この「三部作」について言及しているのは日本人だけなのだ。ネットを検索しても、まったく英語での文章が引っかかってこないのである。もちろん、これが日本人の独自研究によって発見されたものであって、言語の壁によって英語圏に伝わっていない可能性も否定はできないが……。

この情報の出どころは何であったのかを確認する必要があるだろう。最初に書いたのは誰であったのか。そのソースは何だったのか。それが確定されないかぎり、「三部作完結編は『*Woman's Realm*』のはずだった」というのは、「定説」とは言えなそうである。

あくまでも私見だが、『*Woman's Realm*』という題名は(仮題であったにせよ)、いつものクリスティーのセンスから外れているように思えてならない。しかも気になることがひとつある。『復讐の女神』は抄録のかたちで雑誌に連載されたのだが、その雑誌は「Woman's Realm」というのである。

本三部作について一次情報に近いものをお持ちのかたはどうぞご教示いただきたい。

＊52『謎のクィン氏』

260〜261ページのスミ塗り部分は以下のとおり。太字がスミ塗り部分。

『三幕の殺人』は真犯人が素人探偵役となって、自分が犯した殺人事件の調査という芝居を全編にわたって演じるという、読者＝観客という大仕掛けの実験作だった。

＊69『海浜の午後』

340ページのスミ塗り部分は以下のとおり。

「名前すら与えられていないチョイ役が犯人」

＊96『終りなき夜に生れつく』

462ページのスミ塗り部分は以下のとおり。太字がスミ塗り部分。

クリスティーのミステリといえば「**騙し絵としての人間関係**」である。本作のキイになるのもそれであって、**「砂にかかれた三角形」『ナイルに死す』『無実はさいなむ』**などの傑作群を思わせる「**絵柄の変容**」が用意されている。この構図変容の流儀と、そこにはらまれるドラマ、それを通じて浮かび上がる人間関係の真実は、**『満潮に乗って』「検察側の証人」**などで繰り返し描かれてきたクリスティーのお気に入りのものでもある。

463ページのスミ塗り部分は以下のとおり。太字がスミ塗り部分。

その結果、本書『終りなき夜に生れつく』は、サイコ殺人者の心性を描き切ることに成功した。これは「殺人をなしうる人の心」、すなわち「他者への共感の欠落」の究極形態である。それを一人称で描くうえで、『アクロイド殺し』のトリック以上にふさわしいものがあるだろうか。つまり『終りなき夜に生れつく』と比較すべき作品は、ジム・トンプスンの『おれの中の殺し屋』であり『ポップ1280』であり『失われた男』なのである。謎解きミステリ作家であることを貫徹しながら、クリスティーは最上質のノワール小説を書いてみせたということである。

＊100『ポアロとグリーンショアの阿房宮』

490ページのスミ塗り部分。

『犬神家の一族』

＊攻略完了

495ページのスミ塗り部分は以下。太字がスミ塗り部分。

『アクロイド殺し』→「語り手が犯人」（六字）

『オリエント急行の殺人』→「全員が犯人」（五字）

『ABC殺人事件』→「異常者による無差別殺人と思わせて、真の標的は一人」（二十四字）

『そして誰もいなくなった』→「全員死亡と思いきや、犯人が被害者の中にいる」（二十一字）

495ページ〜496ページのスミ塗り部分は以下のとおり。太字がスミ塗り部分。

例えばクリスティー・ミステリの最初の達成たる『ナイルに死す』。その殺人トリックは「共犯者が犯人に撃たれたと見せかけて、その混乱に乗じて被害者を殺害、そののちに自分で自分を撃って容疑者から自分をはずす」と長たらしいうえに、新味もない。だがこの傑作の驚愕のポイントは、この殺人トリックにはなくて、「新婚旅行中の二人の前に新郎の元カノであり新婦の友人だった女が現れ、新妻が怯えていると見せかけて、じつは新郎と元カノは今も恋仲にあって、共謀して遺産めあてに新婦を殺害する」という人間関係のミスディレクションにある。

また『五匹の子豚』の謎の発生源となる事態を要約すれば、「幼少期に妹の顔に傷をつけてしまったことから罪悪感を抱えていた女が、自分の夫を寝取った若い娘を妹が殺害したのではないかと誤解し、殺人現場で隠蔽工作を行なったうえで、自分が殺人犯であると擬装した」となり、いかにも長い。そもそも「類別」しようにもできないし、類別表にまとめたり箇条書きにしたりもできないうえ、これはトリックではなく「事情」という言葉のほうがふさわしいだろう。

だがこれらがすぐれていないかといえばまったく誤りだ。殺人トリックをひとことでいえる『メソポタミヤの殺人』（「上階から落とした鈍器で窓から顔を出した被害者の頭部を打つ」＝二十八字）や、『雲をつかむ死』（「犯人が飛行機の乗員の扮装で被害者を殺害する」＝二十一字）は、クリスティーらしい傑作群の前にあっては凡作でしかない。

巻末ノート2　さらなる読書のために

＊以下、本文中で紹介した小説作品の著者および版元を記します。いずれもすぐに読んで損のない作品ばかりですので、クリスティー攻略後の読書にお役立てください。

1『スタイルズ荘の怪事件』

『緋色の研究』『四人の署名』『バスカヴィル家の犬』『恐怖の谷』すべてコナン・ドイル著（創元推理文庫、角川文庫、新潮文庫、光文社文庫ほか）

『黄色い部屋の秘密』ガストン・ルルー著（ハヤカワ・ミステリ文庫ほか）

『月長石』ウィルキー・コリンズ著（創元推理文庫）

『樽』F・W・クロフツ著（ハヤカワ・ミステリ文庫、創元推理文庫ほか）

4『ビッグ4』

『英国諜報員アシェンデン』サマセット・モーム著（新潮文庫）

＊別題『アシェンデン』（岩波文庫ほか）『秘密諜報部員』（創元推理文庫）

『血統』ディック・フランシス著（ハヤカワ・ミステリ文庫）

『寒い国から帰ってきたスパイ』ジョン・ル・カレ著（ハヤカワ文庫NV）

『暗殺者』ロバート・ラドラム著（新潮文庫）

『闇の奥へ』クレイグ・トーマス著（扶桑社ミステリー）

5『青列車の秘密』

『騙し絵の檻』ジル・マゴーン著（創元推理文庫）

6『邪悪の家』

『ナイン・テイラーズ』ドロシー・L・セイヤーズ著（創元推理文庫ほか）

『時の娘』ジョセフィン・テイ著（ハヤカワ・ミステリ文庫）

8『オリエント急行の殺人』
『姑獲鳥《うぶめ》の夏』『魍魎《もうりょう》の匣』ともに京極夏彦著（講談社文庫）
『匣の中の失楽』竹本健治著（講談社文庫ほか）

11『ABC殺人事件』
『死への祈り』ローレンス・ブロック著（二見文庫）
『ボーン・コレクター』ジェフリー・ディーヴァー著（文春文庫）
『九尾の猫』エラリイ・クイーン著（ハヤカワ・ミステリ文庫）

13『ひらいたトランプ』
『孤島パズル』有栖川有栖著（創元推理文庫）
『乱鴉《らんあ》の島』有栖川有栖著（新潮文庫）

18『杉の柩』
『高慢と偏見』ジェイン・オースティン著（岩波文庫、ちくま文庫ほか）
＊別題『自負と偏見』（新潮文庫）

19『愛国殺人』
『ディミトリオスの棺』エリック・アンブラー著（ハヤカワ・ミステリ文庫）

23『満潮に乗って』
『犬神家の一族』『悪魔が来りて笛を吹く』『本陣殺人事件』
すべて横溝正史著（角川文庫ほか）

24『マギンティ夫人は死んだ』
『暗い落日』結城昌治（中公文庫ほか）
『死者たちの夜』結城昌治著（角川文庫）
『エリ子、十六歳の夏』結城昌治著（新潮文庫）
『名無しの探偵事件ファイル』ビル・プロンジーニ著（新潮文庫）
「一視点一人称」
各務三郎編『名探偵読本6 ハードボイルドの探偵たち』（パシフィカ）収録
「簡単な殺人法」

レイモンド・チャンドラー著『チャンドラー短編全集2　事件屋稼業』（創元推理文庫）収録

『沈黙のセールスマン』マイクル・Z・リューイン著（ハヤカワ・ミステリ文庫）

『刑事くずれ／蠟のりんご』タッカー・コウ著（ハヤカワ・ミステリ）

『稲妻に乗れ』ジョン・ラッツ著（ハヤカワ・ミステリ）

26『ヒッコリー・ロードの殺人』

「歯痛の思い出」

泡坂妻夫著『亜愛一郎の逃亡』（創元推理文庫）収録

『九マイルは遠すぎる』ハリイ・ケメルマン著（ハヤカワ・ミステリ文庫）

28『鳩のなかの猫』

『ドミノ』恩田陸著（角川文庫）

『骨まで盗んで』ドナルド・E・ウェストレイク著（ハヤカワ・ミステリ文庫）

『オランダ靴の秘密』

エラリイ・クイーン著（角川文庫、ハヤカワ・ミステリ文庫ほか）

＊別題『オランダ靴の謎』（創元推理文庫）

『Zの悲劇』エラリイ・クイーン著（角川文庫、ハヤカワ・ミステリ文庫、創元推理文庫ほか）

『疑惑の霧』クリスチアナ・ブランド著（ハヤカワ・ミステリ文庫）

『エジプト十字架の秘密』

エラリイ・クイーン著（角川文庫、ハヤカワ・ミステリ文庫ほか）

＊別題『エジプト十字架の謎』（創元推理文庫）

30『第三の女』

『死を呼ぶペルシュロン』ジョン・フランクリン・バーディン著（晶文社）

『悪魔に食われろ青尾蠅』ジョン・フランクリン・バーディン著（創元推理文庫）

『暗い鏡の中に』『家蠅とカナリア』

ともにヘレン・マクロイ著（創元推理文庫）

『狙った獣』マーガレット・ミラー著（創元推理文庫ほか）

『サイコ』ロバート・ブロック著（創元推理文庫、ハヤカワ文庫NVほか）
『夜明け前の時』シーリア・フレムリン著（創元推理文庫）
『消された時間』ビル・S・バリンジャー著（ハヤカワ・ミステリ文庫）
『雨の午後の降霊会』マーク・マクシェーン著（創元推理文庫）
『ウィチャリー家の女』『縞模様の霊柩車』『さむけ』すべてロス・マクドナルド著（ハヤカワ・ミステリ文庫）

31『ハロウィーン・パーティ』
「モルグ街の殺人」エドガー・アラン・ポオ著（新潮文庫ほか）
『ジェゼベルの死』クリスチアナ・ブランド著（ハヤカワ・ミステリ文庫）
『三つの棺』ジョン・ディクスン・カー著（ハヤカワ・ミステリ文庫）
『姑獲鳥の夏』⇒前項参照

37『予告殺人』
『青銅の悲劇　瀕死の王』笠井潔著（講談社文庫）

38『魔術の殺人』
『犬神家の一族』⇒前項参照

39『ポケットにライ麦を』
『悪魔の手毬唄』横溝正史著（角川文庫）
『ダブル・ダブル』エラリイ・クイーン著（ハヤカワ・ミステリ文庫）

40『パディントン発4時50分』
『ながい眠り』ヒラリー・ウォー著（創元推理文庫ほか）

41『鏡は横にひび割れて』
『ギャルトン事件』ロス・マクドナルド著（ハヤカワ・ポケット・ミステリ）
『ウィチャリー家の女』⇒前項参照

42『カリブ海の秘密』
『消されかけた男』『再び消されかけた男』
ともにブライアン・フリーマントル著（新潮文庫）
『ダークナイト・リターンズ』
フランク・ミラーほか著『DARK KNIGHT バットマン：ダークナイト』（小学館集英社プロダクション）収録
『天使の帰郷』キャロル・オコンネル著（創元推理文庫）

43『バートラム・ホテルにて』
『冒険小説論』北上次郎著（双葉文庫）
『ファイアフォックス』クレイグ・トーマス著（ハヤカワ文庫NV）
『狼殺し』クレイグ・トーマス著（河出文庫）

幕間2
『幻の殺意』結城昌治著（角川文庫）
『縞模様の霊柩車』⇒前項参照
『狙った獣』⇒前項参照
『暗闇にひと突き』ローレンス・ブロック著（ハヤカワ・ミステリ文庫）
『他人の城』河野典生著（講談社文庫）

48『親指のうずき』
『何かが道をやってくる』レイ・ブラッドベリ著（創元SF文庫）

54『死の猟犬』
《なめくじ長屋捕物さわぎ》
『血みどろ砂絵・くらやみ砂絵』『からくり砂絵・あやかし砂絵』ほか　都筑道夫著（光文社時代小説文庫）
『幽霊狩人カーナッキの事件簿』ウィリアム・ホープ・ホジスン著（創元推理文庫）
『火刑法廷』ジョン・ディクスン・カー著（ハヤカワ・ミステリ文庫）
『暗い鏡の中に』⇒前項参照
『霧越邸殺人事件〈完全改訂版〉』綾辻行人著（角川文庫）
『墓地を見おろす家』小池真理子著（角川ホラー文庫）
『異次元を覗く家』ウィリアム・ホープ・ホジスン著

（ハヤカワ文庫ＳＦほか）
「クラウチ・エンド」
スティーヴン・キング著『メイプル・ストリートの家』（文春文庫）収録

56『パーカー・パイン登場』
『続巷説百物語』京極夏彦著（角川文庫）

59『ヘラクレスの冒険』
『さむけ』⇒前項参照

65『ねずみとり』
『十角館の殺人』綾辻行人著（講談社文庫）
『クビキリサイクル』西尾維新著（講談社文庫）

68『招かれざる客』
『ガラスの鍵』
ダシール・ハメット著（ハヤカワ・ミステリ文庫、光文社古典新訳文庫、創元推理文庫ほか）

72『そして誰もいなくなった』（戯曲版）
『東西ミステリーベスト１００』文藝春秋編（文春文庫）
「明るい館の秘密」
若島正著『乱視読者の生還』（みすず書房）収録

77『シタフォードの秘密』
『読者よ欺かるるなかれ』カーター・ディクスン著（ハヤカワ・ミステリ文庫）
『震えない男』ジョン・ディクスン・カー著（ハヤカワ・ポケット・ミステリ）
＊別題『幽霊屋敷』（創元推理文庫）
「モルグ街の殺人」⇒前項参照
『夜歩く』ジョン・ディクスン・カー著（創元推理文庫ほか）

81『そして誰もいなくなった』
『十角館の殺人』⇒前項参照
『クビキリサイクル』⇒前項参照
『バトル・ロワイアル』高見広春著（幻冬舎文庫）

86『さあ、あなたの暮らしぶりを話して』
『どくとるマンボウ航海記』北杜夫著（新潮文庫）

88『ねじれた家』
『犬神家の一族』『悪魔が来りて笛を吹く』⇒前項参照
『グリーン家殺人事件』『僧正殺人事件』
ともにS・S・ヴァン・ダイン著（創元推理文庫ほか）
『湯殿山麓呪い村』山村正夫著（角川文庫）

91『死への旅』
『血統』⇒前項参照
『餓狼伝』夢枕獏著（双葉文庫）
『度胸』『大穴』『査問』『利腕』『証拠』
すべてディック・フランシス著（ハヤカワ・ミステリ文庫）

94『蒼ざめた馬』
『フレンチ警部と紫色の鎌』『スターヴェルの悲劇』
『ホッグズ・バックの怪事件』
すべてF・W・クロフツ著（創元推理文庫）

96『終りなき夜に生れつく』
ネタバレ部分で言及された作品はすべて扶桑社ミステリー

97『フランクフルトへの乗客』
《アンダーワールドUSA三部作》
『アメリカン・タブロイド』『アメリカン・デス・トリップ』『アンダーワールドUSA』
すべてジェイムズ・エルロイ著（文藝春秋）

100『ポアロとグリーンショアの阿房宮』
スミ塗り部分は巻末ノート1参照

攻略完了
『ブラックアウト』コニー・ウィリス著（ハヤカワ文庫SF）

◉──文庫版あとがき

〝読もう読もうと思っていたのである。アガサ・クリスティーのことだ〟

という文章で私が本書を書き出したのは、少なからぬひとが同じようなことを思っているだろうと踏んだからである。その時点で私は全作品の攻略を終了しており、クリスティー作品のほとんどが素晴らしく面白いことは知っていた。しかしこれからクリスティーに挑もうというひとにとって、作品数の莫大さが最大のハードルであるのもわかっていた。何せ百冊である。かくも巨大な本の山を目の前にしてビビらないほうがおかしい。この最初のハードルがいかに越えがたいか、三十年にわたってクリスティーを敬遠してきた私がいちばんよく知っている。

そのハードルをどう越えさせるか。本書は何よりもまずブックガイドであってほしいと私は思っていた。だから、「どうすれば読者をしてクリスティーを読もうという気にさせられるか」は、本書を書くにあたっての最重要ポイントだったのだ。

今回「文庫版あとがき」を記すに際して何を書くべきか悩んだが、ブックガイドらしく、ここでも本の紹介をすることにしたい。問題のハードルを越えさせる方法を考えていた私が、つねに念頭においていた二冊の本があった。『別冊宝島　刑事コロンボ完全事件ファイル』(町田暁雄ほか著、のちに『増補改訂版／刑事コロンボ完全捜査記録』宝島社文庫)と、『別冊宝島　JAZZ〝名盤〟入門！』(後藤雅洋・中山康樹・村井康司責任編集、宝島社、のちに宝島社新書)である。いずれも、私が手をつけかねていた二つの巨峰へのハードルを越えさせてくれたガイドブックだ。

前者は《刑事コロンボ》を数話しか見ていなかった私をレンタル屋に走らせ、一ヵ月足らずで全話コンプリートさせて、ついにはDVDボックスまで買わせてしまった。後者は何度もジャズを聴きかけては挫折していた私を、読後の一年間で百五十枚のジャズCDを芋づる式に買う羽目に陥らせた。この二冊が私に及ぼしたような効果を『アガサ・クリスティー完全攻略』にも持たせることが理想だった。

《刑事コロンボ》もジャズもクリスティーも、よいものだとかねがね聞きながらも、どこから手をつけていいのかわからない巨大な威容で初心者の前に立ちはだかる。そのとき私たちのなかでせめぎあうのは、楽しみへの期待と、大事業に要する心理的コストである。いかにして前者を増大させ、後者を減少させるか。キモはそこにあり、そのお手本として、私はこの二つの本を参照した。例えば以下のようなことである。

読みどころは具体的に語ること。さまざまな読者に応じた登攀ルートを提示すること。古典になりかけたものを語る言葉につきまとう、「正統」という名の固定観念や決まり文句や思考停止を避けつづけること。

そして何より大事なのは、楽しいものを楽しそうに語ること――

私が参照した二冊は、手を変え品を変え、トリビアやレトリックを総動員し、それぞれの作品やジャンルに宿る多様な楽しさを語っている。語る言葉が具体的でリアルだから、観たい／聴きたいという欲望が発火する。また歴史や伝記といった「線」ではなく、各作品という「点」で語っているから、無理に通読せずに拾い読みする自由もある。さらには「点」である作品評の集積が、《刑事コロンボ》やジャズの（あるいはミステリや音楽の）全体像を点描のように描き出している。それぞれのジャンルの深みも提示しているから、紹介されていた作品を観た／聴いたあとで読み返しても楽しく、発見がある。果たして本書がそういう本になりえているかどうかは、私に判断できるものではないけれども。

すぐれたガイドブックは私たちの時間を素晴らしいものに変えてくれる。一個人が独力で触れることのできる本や音楽や映画には限界があるからだ。あの二冊の本のほかにも、内藤陳の『読まずに死ねるか』があり、北上次郎の『冒険小説の時代』があった。「これを読め」「あれも読め」とすすめてくれた友人たちがいた。そのおかげで私の読書生活は――いや、私の生活は――最高に楽しいものになった。

つまり本書は恩返しである。ただし恩を返す相手は私に面白い本や音楽や映画を教えてくれた恩人たちではなく、これからクリスティーを、あるいはほかのミステリを読もうとしている皆さんだ。本書を通じて面白い本に出会ったのなら、それをほかの誰かにすすめてくださるとうれしい。

二〇一八年三月

解説

書評家
杉江松恋

一口で言うならば、未来に向けて書かれた本だ。

読者に未来の可能性を示すことは、評論にできる最も素晴らしいことである。霜月蒼は『アガサ・クリスティー完全攻略』で、それをやってのけた。だからこそ一読の価値がある。

本書は、ミステリ史にその名を刻んだ巨匠、アガサ・クリスティーの全作を一人の評論家が読み、すべてを書評するというやり方で成立した。全作解題という企画自体は特に珍しくないが、この試みが始まるまで霜月はクリスティーの著書を数冊しか読んだことがなかったという。熱烈な愛好家がそれをやるのではなく、まったく縁がなかった読み手、おかしな言い方になるが〈クリスティーのしろうと〉が手を挙げたという点に本書の妙味がある。だから『完全攻略』なのである。同じような食わず嫌いの読者にクリスティーのおもしろさを伝えたいという熱情が霜月の第一の動機であったことだろう。

私事になるが、本書の成立には私が関与している。情報サイト〈翻訳ミステリー大賞シンジケート〉(http://honyakumystery.jp/) が二〇〇九年十月に発足した際、私は管理責任者として書き手を探していた。そこで霜月に、本書の前身となるウェブの読書日記を移動させて連載を行うように求めたのである。その時点では、クリスティー全作読破という課題は終わりのない旅路に見えた。本にまとめることなど両者とも微塵も考えていなかったのだ。

作品紹介はシリーズごとに分けられており、それぞれが年代順に配置されている。最も点数の多いエルキュール・ポアロものの長篇から始まり、ミス・マープルもの、トミー&タペンスもの、短篇集、戯曲と続いてノンシリーズ作品で終わる。連載で霜月はクリスティー文庫の配列に従って攻略を行ったのでこういう順序になったのである。おもしろいのは、ミステリに非ず、ということで従来は継子のような扱いを受けていた作品群、メアリ・ウェストマコット名義の普通小説やノンフィクション『さあ、あなたの暮らしぶりを話して』などがノンシリーズ作品を扱った第六部でミステリ作品と同列に年代順で論じられている点である。これにより、クリスティーという作家の全仕事を一望することができるようになった。

〈翻訳ミステリー大賞シンジケート〉上の連載は二〇一三年四月に終了し、その後二〇一四年五月十三日に講談社から単行本として刊行された。本書は、その単行本版の内容に当時は未刊行であったクリスティー作品『ポアロとグリーンショアの阿房宮』に関する章を追加した本当の「完全版」である。このたびクリスティー文庫に収められたことを、作家のファンとして心から歓迎する。なお、本書は単行本刊行時に大きな話題を呼び、第六十八回日本推理作家協会賞評論その他の部門（現・評論・研究部門）と第十五回本格ミステリ大賞評論・研究部門を受賞した。参考のため、以下にそのときの他の候補作も書き留めておこう。日本推理作家協会賞は同時受賞が喜国雅彦『本棚探偵最後の挨拶』（双葉社）、候補作は大橋崇行『ライトノベルから見た少女／少年小説史：現代日本の物語文化を見直すために』（笠間書院）、杉江松恋『路地裏の迷宮踏査』（東京創元社）、本格ミステリ大賞の他の候補作は小森健太朗「ループものミステリと、後期クイーン的問題の所在について」（南雲堂『本格ミステリー・ワールド2015』所収）、杉江松恋『路地裏の迷宮踏査』（東京創元社）、深水黎一郎『大癋見警部の事件簿』（光文社）、渡邉大輔「情報化するミステリと映像――『SHERLOCK』に見るメディア表象の現在」（青土社『ユリイカ』二〇一四年八月臨時増刊号所収）であった。

各章は独立した書評として楽しめるようになっているので、読者はもちろんどこから読んでもかまわない。ネタばらしのような無粋な真似はしていないから（どうしてもそれが必要な場合は該当箇所を黒塗りし、巻末に無修正の文章を載せるという凝った処置がとられている）、未読の方は自分に合った一冊を探すためにあちこち眺めてみるといいと思う。すでにクリスティー・ファンになっているあなたは、自分の評価と霜月のそれとが一致するかどうか、既読の作品に関する章から目を通してみてはどうだろうか。

冒頭で本書を「未来に向けて書かれた」一冊と紹介した。クリスティー読破という課題に挑んでいたときの霜月は、ひたすら目の前にある作品にのみ集中し、それ以外の情報を遮断していた。お読みいただけると判ると思うが、各作品についての評価基準は霜月自身の読書体験以外には存在しない。しかもその起点は現在であり、自身が遡れるより以前の過去を排除、すなわち一九七一年生まれの霜月が物心ついてから読んだ本にのみ判断の根拠を求める形で行われている。本書の中ではクリスティー作品を他の作家のものに喩えた表現が散見される。それを見ていただければ、意図は察せられるはずだ。

——京極夏彦の諸作（『姑獲鳥《うぶめ》の夏』『魍魎《もうりょう》の匣《はこ》』ほか）や、『匣の中の失楽』（竹本健治）といった自己言及的なメタ・ミステリに通じるものを。そんな可能性が『オリエント急行の殺人』には秘められている。

——なぜなら『第三の女』という小説は、現在でいえばP・D・ジェイムズが、ジャパニーズ・オタク・カルチャーを彩りにして、パルプ・ノワールを書いたような作品なのだから。

——ちなみに私は、これを読んで現代ミステリの巨匠ジェフリー・ディーヴァーのある長編を連想した。ディーヴァーのその作品は現代作品なので、当然ながら『動く指』と小道具が異なっているのだが、やっていることはほぼ同一と言っていい。

霜月が試みているのはアガサ・クリスティーを現代小説と同じ評価軸で読み直すことである。クリスティーを現代に接続させる、と言い直してもいい。そのために捨てられた要素もある。たとえば本書では、ミステリ史の流れには極めて限定的にしか言及されない。クリスティーの技巧について霜月が触れる場合、源流まで遡るわけではなく、当該作品の周辺に触れる程度で留められるのである。また同時代において作家がどういう位置づけにあったのか、という点についても情報が提供されることは少ない。縦横時間軸の比較を初めから断念しているからだ。ゆえに今後、そうした観点から『アガサ・クリスティー完全攻略』批判は行われるべきであり、霜月自身も自著の検証作業が行われることを期待しているはずである。

右記の不完全さを意識しているがゆえに、霜月は自著を書評である、と位置づける。先に書いたとおり、全体の構成を無視してどこから読んでも楽しく参考になる、という意味ではたしかに本書は書評でありブックガイドだ。試しに第一部をお読みいただければ、はっきりするだろう。霜月はどの作品についても作品の核にあるものを明かさず、その輪郭を浮かび上がらせるような技巧を用いて紹介している。読者の立場から言わせてもらえば、非常にもやもやさせられる。それはそうだろう。知りたくてたまらない肝腎の部分は決して教えてもらえないのに、ひどくおもしろそうに本の内容が紹介されるのだから。この解説を読んでいるあなたも、さっき引用した『オリエント急行の殺人』が京極夏彦や竹本健治と対比される理由を知りたくて仕方なくなっているはずだ。大昔の額縁ショーを見せられているようなものである（知らない人は各自調査）。ここが霜月の、書評家としての腕である。

ところが、本を読み進めていくうちに奇妙な現象が起きる。霜月は決してネタばらしをしていないのに、その言わんとしていることの全体像、クリスティー作品を貫く軸として仮想している理論のようなものが、浮かび上がって読者にも見えてくるのである。その第一の兆候は、第一部『杉の柩』の章に生じる。ここで霜月はクリスティー大理論のようなものを幻視しつつある。そして二章置いた『五匹の子豚』において、突然それが何であるかに気づくのだ。「はじめに」を除けば本書の中で初めて太字ゴシックで強調された「作品のすべてが脳内に出てきた」の一言が霜月自身の驚きを示している。霜月蒼という評者はとにかく驚きたがりなのだが、それを考慮に入れてもこの一文はびっくりしている。そして読者もまた、ここで霜月の心の動きを共有することになるのだ。

そういった展開が本書を、純粋な書評、ブックガイドという位置づけには留まらせない。本書を手にしたとき読者は、霜月蒼という読書体験を持つ人間に自身を託し、その視座からクリスティーの作品世界を見ることになる。霜月蒼というのはいわば大いなる仮定である。数学の証明問題で言うところの「もし～ならば」というやつだ。この仮定に従ってクリスティーを読み、提示された命題が証明可能か否かを確かめる。それが本書の第二の読み方と言っていい。その読み方によって本書は、書評と同時に「評論にも」なるのだ。

ネタばらしを避けて本書の評論としての読みどころを先に書いておく。第一部が終わったあと、第二部の初め『牧師館の殺人』の章で重要なことがいきなりぽろりと書かれる。ここは系統立った読書とはいかなるものか、という大事な提言にもなっており、大いに参考になる。次の大事な提言は第四部『謎のクィン氏』の章で行われる。『杉の柩』で胎動が始まったものに、霜月はここで自分なりの答えを発見したようだ。以降の章はその補強に用いられているようにも見え、九十六番目の章である『終りなき夜に生れつく』において実質的な大団円が訪れる。クリスティーの好敵手であったエラリィ・クイーンであれば間違いなくQ.E.D.（証明終わり）と書いたであろう一章である。それがどの程度妥当であるかという判断はもちろん読者に委ねられる。本書に最後までお付き合いいただいた後は、間違いなくもう一度、いや、二度三度とクリスティー作品を読み返したくなっているはずだ。

本書は二〇一四年五月に講談社より刊行された単行本に、
加筆・修正を加え文庫化した〔決定版〕です。

灰色の脳細胞と異名をとる
〈名探偵ポアロ〉シリーズ

本名エルキュール・ポアロ。イギリスの私立探偵。元ベルギー警察の捜査員。卵形の顔とぴんとたった口髭が特徴の小柄なベルギー人で、「灰色の脳細胞」を駆使し、難事件に挑む。『スタイルズ荘の怪事件』（一九二〇）に初登場し、友人のヘイスティングズ大尉とともに事件を追う。フェアかアンフェアかとミステリ・ファンのあいだで議論が巻き起こった『アクロイド殺し』（一九二六）、イニシャルのＡＢＣ順に殺人事件が起きる奇怪なストーリーが話題をよんだ『ＡＢＣ殺人事件』（一九三六）、閉ざされた船上での殺人事件を巧みに描いた『ナイルに死す』（一九三七）など多くの作品で活躍し、最後の登場になる『カーテン』（一九七五）まで活躍した。イギリスだけでなく、イラク、フランス、イタリアなど各地で起きた事件にも挑んだ。

映像化作品では、アルバート・フィニー（映画《オリエント急行殺人事件》）、ピーター・ユスチノフ（映画《ナイル殺人事件》）、デビッド・スーシェ（ＴＶシリーズ）らがポアロを演じ、人気を博している。

好奇心旺盛な老婦人探偵

〈ミス・マープル〉シリーズ

本名ジェーン・マープル。イギリスの素人探偵。ロンドンから一時間ほどのところにあるセント・メアリ・ミードという村に住んでいる、色白で上品な雰囲気を漂わせる編み物好きの老婦人。村の人々を観察するのが好きで、そのうちに直感力と観察力が発達してしまい、警察も手をやくような難事件を解決するまでになった。新聞の情報に目をくばり、村のゴシップに聞き耳をたて、それらを総合して事件の謎を解いてゆく。家にいながら、あるいは椅子に座りながらゆったりと推理を繰り広げることが多いが、敵に襲われるのもいとわず、みずから危険に飛び込んでいく行動的な面ももつ。

長篇初登場は『牧師館の殺人』（一九三〇）。「殺人をお知らせ申し上げます」という衝撃的な文章が新聞にのり、ミス・マープルがその謎に挑む『予告殺人』（一九五〇）や、その他にも、連作短篇形式をとりミステリ・ファンに高い評価を得ている『火曜クラブ』（一九三二）、『カリブ海の秘密』（一九六四）とその続篇『復讐の女神』（一九七一）などに登場し、最終作『スリーピング・マーダー』（一九七六）まで、息長く活躍した。

35 牧師館の殺人
36 書斎の死体
37 動く指
38 予告殺人
39 魔術の殺人
40 ポケットにライ麦を
41 パディントン発4時50分
42 鏡は横にひび割れて
43 カリブ海の秘密
44 バートラム・ホテルにて
45 復讐の女神
46 スリーピング・マーダー

冒険心あふれるおしどり探偵
〈トミー&タペンス〉

本名トミー・ベレズフォードとタペンス・カウリイ。『秘密機関』(一九二二)で初登場。心優しい復員軍人のトミーと、牧師の娘で病室メイドだったタペンスのふたりは、もともと幼なじみだった。長らく会っていなかったが、第一次世界大戦後、ふたりはロンドンの地下鉄で偶然にもロマンチックな再会をはたす。お金に困っていたので、まもなく「青年冒険家商会」を結成した。この後、結婚したふたりはおしどり夫婦の「ベレズフォード夫妻」となり、共同で探偵社を経営。事務所の受付係アルバートとともに事務所を運営している。トミーとタペンスは素人探偵ではあるが、その探偵術は、数々の探偵小説を読破しているので、事件が起こるとそれら名探偵の探偵術を拝借して謎を解くというユニークなものであった。

『秘密機関』の時はふたりの年齢を合わせても四十五歳にもならなかったが、

最終作の『運命の裏木戸』（一九七三）ではともに七十五歳になっていた。青春時代から老年時代までの長い人生が描かれたキャラクターで、クリスティー自身も、三十一歳から八十三歳までのあいだでシリーズを書き上げている。ふたりの活躍は長篇以外にも連作短篇『おしどり探偵』（一九二九）で楽しむことができる。

ふたりを主人公にした作品が長らく書かれなかった時期には、世界各国の読者からクリスティーに「その後、トミーとタペンスはどうしました？　いまはなにをやってます？」と、執筆の要望が多く届いたという逸話も有名。

47　秘密機関
48　NかMか
49　親指のうずき
50　運命の裏木戸

著者略歴　1971年生，ミステリ評論家
共著に『バカミスの世界　史上空前のミステリガイド』『名探偵ベスト101』など。本書で第68回日本推理作家協会賞（評論その他の部門），第15回本格ミステリ大賞（評論・研究部門）受賞

アガサ・クリスティー完全攻略《かんぜんこうりゃく》
〔決定版〕

〈クリスティー文庫 106〉

二〇一八年四月二十五日　発行
二〇二五年五月　十五日　八刷
（定価はカバーに表示してあります）

著者　霜《しも》月《つき》　蒼《あおい》
発行者　早川　浩
印刷者　矢部真太郎
発行所　株式会社　早川書房
郵便番号一〇一 - 〇〇四六
東京都千代田区神田多町二ノ二
電話　〇三 - 三二五二 - 三一一一
振替　〇〇一六〇 - 三 - 四七七九九
https://www.hayakawa-online.co.jp
乱丁・落丁本は小社制作部宛お送り下さい。
送料小社負担にてお取りかえいたします。

印刷・三松堂株式会社　製本・株式会社明光社

ISBN978-4-15-130106-3 C0195

本書は活字が大きく読みやすい〈トールサイズ〉です。